上海广度

钱平雷/著

上海科学技术文献出版社
Shanghai Scientific and Technological Literature Press

图书在版编目（CIP）数据

上海广度 / 钱平雷著．—上海：上海科学技术文献出版社，2018

ISBN 978-7-5439-7613-9

Ⅰ．①上… Ⅱ．①钱… Ⅲ．①随笔—作品集—中国—当代②散文集—中国—当代 Ⅳ．①I267

中国版本图书馆 CIP 数据核字（2018）第 093788 号

责任编辑：李　莺
封面设计：樱　桃

上 海 广 度
SHANGHAI GUANGDU
钱平雷　著
出版发行：上海科学技术文献出版社
地　　址：上海市长乐路 746 号
邮政编码：200040
经　　销：全国新华书店
印　　刷：常熟市文化印刷有限公司
开　　本：650×900　1/16
印　　张：22.75
插　　页：6
字　　数：315 000
版　　次：2018 年 6 月第 1 版　2018 年 6 月第 1 次印刷
书　　号：ISBN 978-7-5439-7613-9
定　　价：58.00 元
http://www.sstlp.com

谨以此书献给上海市科普作家协会成立四十周年

作者简历

先后毕业于上海市提篮桥区中心小学、上海市第58（澄衷）中学、同济大学路桥系桥梁与隧道专业。历任哈尔滨、上海铁路局桥梁工、技术员、助理工程师，上海市铁道学会专职副秘书长、上海铁路局对外经济贸易办公室主任兼中国土木工程公司上海公司总经理、中国铁路对外服务上海公司总经理，上海中星集团副总工程师、世城实业有限公司董事长兼总经理。兼任民盟上海市委常委兼直属科技总支主任委员、上海市政风行风监督员、上海市长宁区人大代表、上海市科普作家协会副秘书长、上海大学客座教授等社会职务。

现任上海城市房地产有限公司副总经理、上海市科协委员、上海市楼宇科技研究会副理事长兼秘书长、上海交通大学城市发展研究中心兼职研究员等职，中国科普作家协会会员、上海市作家协会会员、高级工程师。

曾获得中国科协先进个人、中国铁道学会先进工作者、民盟中央先进个人、上海市统战部先进个人，民盟上海市委“社情民意”先进个人、上海市优秀科普作家、上海铁路局优秀知识分子等荣誉称号。参与《21世纪上海对外交通发展战略研究》课题、担任大型科普丛书《原来如此》编委兼（交通分册）主编，分别获得上海市科技进步二等奖。

1988年开始从事科普和散文创作，主要代表作品有：散文集《幸福相对论》《幸福就在当下》《幸福永伴你我他》《上海高度》和科普小说《居家养老解困记》等，科普文章《城市有轨交通将东山再起》《科普——新的经济增长“火箭”的发射台》《何谓智慧城市？》等。2006年参加中国科协《我与科协》征文，以《科协是座大舞台》一文获二等奖。

《从金山农民画到毕加索艺术》插图：上右图中，右边人物是农民画家邵其华

《金泽船娘抒乡曲》插图：金泽水乡一景

《金泽船娘抒乡曲》插图：金泽船娘黄家明

《经历补课记》插图

《书让智慧广场更加智慧》插图

《皖南行》插图：皖南“川藏线”G318

《皖南行》插图：查济古镇一瞥

《“两牙”纪行》插图：葡萄牙里斯本印象

《“两牙”纪行》插图：西班牙龙达小城“五月节”游行队伍里的俊男靓女

《越中行》插图：与老伴在新昌大佛寺“双林叠瀑”合影

绍兴柯岩风景区游览图
Tourist Map for Keyan Scenic Resort
(柯岩·鉴湖·鲁镇)
KEYAN JIANHU LUZHEN

《越中行》插图

合肥夜景

《合肥学旅的故事、随笔和花絮》插图

《皖南行》插图：晨曦中的红杉树林

前　言

在我的散文集，被科普同仁们戏称为“幸福三部曲”——《幸福相对论》《幸福就在当下》《幸福永伴你我他》相继出版后，我又撰写并出版了一本散文集《上海高度》。作为文学界以“三部曲”为约定俗成的书籍取名的惯例，似乎我接下来出版的散文集还是要用《上海 X 度》作为新书的书名。当《上海高度》出版的时候，由于书的封面图案是上海浦东三座最高的楼宇，其中就有当时全国最高的楼宇——上海中心，因此人们常误以为这是一本有关建筑方面的技术类书籍。为此，下一本散文集就不能用诸如《上海深度》之类，好像又是谈论上海地下建筑的书了。于是，我在心里早早就把自己下一本散文集的书名定为《上海广度》。“广度”既可用于自然科学的论文，也可用在人文科学的文章，符合上海市科普作家协会提倡的将自然科学和工程技术、与社会人文科学相结合的科普创作方式。我也继续以科普与文学相结合的散文形式撰写我的文章，一般先在微信中发表；经过一年的文章积累，我突然发现《上海广度》的文字数量已经到位，可以交付出版社出版新的书籍了。

我把《上海广度》一书的内容分成四个部分，用了四个标题：《岁月抒怀》《多彩世态》《旅途随记》《科文学思》。

在本书的第一部分《岁月抒怀》中，我以一个年逾古稀老人的心态，来看待过去的岁月。随着年龄的走高，与许多老人一样，因为有了人生经历的积淀，于是就喜欢怀旧，怀念故人，怀念与自己关系亲密的长辈和亲朋好友。其中《人民警察阿姨》是写我的阿姨李玉华曾经与我们相处的日子、留在我们心中的印象和影响。她的女儿杨越表妹看了文章后告诉我，这些事情连他们子女也未曾听说过。近年来，我的要好同学朱林根、史国定等相继离去，这是自然的规律，我不能在书中放进每一篇怀念他们的文章，于是就以一篇《悄悄地他走了　正如他悄悄地来》的散文作为代表。回忆曾经熟悉的城市和在那里发生的与自己相关的人和事，也是一桩很有趣的事情，尤其会引起各位读者的强烈反响，因为大家都有对那几座城市的印象和记忆，《南京故事》《无锡印象》就是此类文章，也是我在本书中自认为属于"上乘"的作品。上一代知识分子无私无畏地热爱祖国的情结，常常让我感动，无论是科技界还是文艺界，无论是著名艺术家还是默默无闻为"两弹一星"做出卓越贡献的科技人员，都值得我歌颂和敬仰。《他们也是哥哥的"同学"》《我爱你，中国！》《追"星"记》就是我的心声。回顾上海历史文化沧桑对自己的影响，趁着同济大学110周年校庆，表达对母校的感恩，我撰写了《上海前夜历史文化在我身上的印记》《共同的生日礼物》编入了本部分。

第二部分《多彩世态》中，继续着我这个人，对周边发生的非本人从事的专业或丰富多彩的世态和事件，写下了我的观察、了解。《让中国民乐也能诠释西洋音乐》《上海闲话就是这么说的吗？》就是属于我"多管闲事"所发表的见解。其次，我把看似不相干的事情拿来比较，《从金山农民画到毕加索艺术》《冷盘与主菜可以比"印象"》就是我希望"触类旁通"，让它们联系起来，互相启发渗透的散文。《金泽船娘抒乡曲》《老同学聚会"规律"趣谈》《黄泥螺让我与文坛名家同台》《经历补课记》，是我希望把精彩的世态介绍给大家，共同来分享令人愉悦的人和事。尤其是在此融入作为一个科普作家对科学方法、思想、精神和科技知识普及的社会义务，《川杨河畔的"生态平衡"》属于此类文章。在《当惊母校殊》《黄浦江滨江大道的建成提前了30年》中，抒发了自己对上海市容和交通发生巨变的感叹。通过《上海广度》这篇被运用成为书名的文章，从文化角度，感悟"海纳百川"的海派文化对市民精神面貌、对全国乃至全世界发展的影响。如今人们大多数通过网络获得知识和信息，此刻我办公室所在的楼宇——智慧广场办起了"职工书屋"，我很是赞同，于是写了一篇

《书让智慧广场更加智慧》的随笔。

许多读者都喜欢阅读我撰写的散文，说我写的游记有让读者身临其境的感觉。而我的旅伴对我每天晚上能够拿出即时的游记感到惊奇，觉得我撰写文章速度之快，不像一位古稀老人。特别是旅伴一般忙于摄影，到了整理照片的时候，搞不清究竟在哪里拍的照。有了我的游记可以沿着文字的线索予以整理，为此给予我点赞和感谢。第三部分《旅途随记》就是我近期撰写的游记的汇编，其中《"两牙"纪行》是我在本书中唯一的一篇海外游记。其实国内也有许许多多的旅游资源足够我们享受，在《皖南行》《华南行》《越中行》三篇游记中都可以说明，祖国的大好河山何等秀美，历史文化积淀如此深厚。即使是《老友聚会的理想去处》《山居避暑记》属于"农家乐"的项目，也不影响我们对崇明、安吉的绿水青山中幸福农村生活的享受和赞美。当大家都劝导我年事已高，写游记要"悠着点"，所以我去合肥参加学术年会，没有按照以往当天撰写游记的惯例，待回到家里，发现"积攒"的素材实在太多，不知从何下手，磨磨叽叽地写了一篇被我自己称为"杂文箩筐"的游记《合肥学旅的故事、随笔和花絮》，长达1.3万字，发在微信上，没想到还好评如潮呢！

毕竟自己是一个老科技工作者，同时现在还是一个业余的科普和文学"双重作家"，因此免不了对一些科技和社会问题有深一层次的思考和研究，第四部分《科文学思》就是其中部分文字的记载。《用楼内拥有老人的户数比例代替同意与否的比例进行表决》《外国人是如何居家养老的?》属于对社会热点问题的研究和社情民意式的意见。作为一个科普作家，我在《我的小说有了"名分"》《科普是集成创新的基础》中，对科普作品在文学领域中的地位、科普如何在创新中发挥的作用发表了见解，但这些文章并非单纯的学术论文，还是以散文的形式来表达意思的。在《夜幕下的"中国画"》一文中我力图用科普文章的笔法，描述一处工艺比较复杂的照明工程。虽然称自己是一名科普"老"作家，但在文学界却是一名"新兵"，所以品味"文学作家"的滋味，《过把作家瘾》《外国文学也有方言问题》《越写越短的"命题作文"》，就是我花点工夫做作家的"作业"。

如今,网络在我们的生活中的地位不可或缺,我的这些文章一如既往,基本上都先在微信群和朋友圈里发表。总的说来反应热烈,也有了一批我的“粉丝”,他们都经常对我的文章给予点赞,尤其是还有极其宝贵的“评议和联想”,我非常珍惜这些文字,基本上都将它们抄录下来,附在每篇文章的后面。尤其是不少微友的文字水平非常了得,不是点中文章的要害,或者锦上添花,就是具有画龙点睛的功效,而且已经成为我散文集的重要组成部分,还是我散文集的一个特色。这次,我照旧把这些评议和随想的文字,一起交付出版,请求编在一起。

期望广大读者能够认可我这本散文集,虽然年事已高,但我一直希望经过自己的努力,文学水平还能不断提高。

目　录

旅途随记

科文学思

岁月抒怀

他们也是哥哥的“同学”

一

我这个人记忆力比较好，还喜欢怀旧。前些年开始散文写作，其中有几篇文章是把我哥哥、姐姐的同学，甚至与我家住在一座楼里的表兄弟的同学，他们在我脑海中的印象和轶事都述说了一番，有些文章曾先在诸如《澄衷中学校刊》等报刊、书籍、网络上登载，最后我把这些文字归纳为一篇散文《忆哥姐同学所想起的》，正式发表在我的第二本散文集《幸福就在当下》一书中。我的这些文章公开发表后，引起了这些学兄、学姐的惊奇，因为当他们看到自己的名字和往事出现在文章里的时候，多半觉得自己并不认识这位自称是同学弟弟钱平雷的作者。有几位读者即使对我有点印象，也因为岁月的流逝而淡忘了。这其实是在青少年时代，弟弟、妹妹对哥哥、姐姐及其同学言行，投去的关注程度，远远超过哥姐对弟妹及其同学关注的缘故。随后就是热烈的反响，他们为居然还有学弟在牵挂自己而感到欣慰。一位名叫陈肇泰的学兄是我大表哥柴慈铭高中的同学，他还当过我初中班级军训的辅导员，他看到那篇文章后的反应，具有典型性，他请人捎来了短信：“……钱平雷写的回忆很亲切、感人，勾起了我深深的回忆，很幸福，在此深表谢意，请代我向他问候。陈肇泰。”现在文章要回忆的，是和我哥哥钱平天有着密切关系一个群体，尽管其中 3 位也是我哥哥的高中同班同学，但大多数人与哥哥并没有“同学”的关系，确切地说，他们是我哥哥的同事，但他们给我的不仅是哥哥“同学”的印象，而且还对我产生了影响，有些还是深深的影响。他们就是在 1960 年前后，从上海的一些重点中学中直接抽调进入国防科委系统工作的一批学生。

57年过去了,这批学生也都年逾古稀,有几位还与世长辞了。回顾他们所走过的历程,他们所做的贡献和付出,都与祖国的命运紧紧相连,中国发展的轨迹,在他们身上也同样留下了不可磨灭的印记。

二

1960年暑假,由于国防建设的需要,一些军事院校直接就从高二学生中抽调学员,最著名的就是"哈尔滨军事工程学院"(哈军工)和"西安军事电讯工程学院"(西军电),从我所在的上海市第58(澄衷)中学抽走10多名学生。与我哥哥同班的二表哥柴慈钧,就是在此时被西安军事电讯工程学院抽走的。随后上级又继续抽调高二学生,开始传说是将要去"张家口军事外语学院",当时品学兼优并担任班主席(学习民兵叫排长)的哥哥与他们班同学沈华强、王善文、戚忻怿一起,被非常赏识他们的班主任王石华老师推荐上去了,58中学兄弟班级同时被推荐的还有季玉珍和宋惠民同学。与哥哥同时被选中的还有住在我家斜对面酱油店的"小开"——继光中学的孙贯龙。过了几天,又说不是去"张家口军事外语学院",而是去"上海科大",后来又说去"科委"报到。当这批学生到"科委"报到时,被告知统统分配去"上海新中动力机厂"当连技术员都算不上的"练习生"。这对满脑子打算上大学的高中生来说,无疑是晴天霹雳,他们毫无思想准备。沈华强的家长甚至把他到外地读大学的行装都准备好了。但在必须服从组织分配的年代里,那是没有还价余地的。我哥哥原来是一心一意想报考中国科技大学的,他的理想破灭了,被分配到新中厂中央试验室当了从事化学分析专业的练习生。与他一起去从事同样专业的,还有其他中学分配来的章哲苏、吴紫紫和阮建国。他们每月工资26元,哥哥拿了第一个月的工资到旧货店买了一架小提琴,作为纪念。

那段时间哥哥的情绪波动很大,爸爸、妈妈,还有当时还是姐姐男友的姐夫戎珊明没少与他谈心。不久,他被派到一机部上海材料研究所,去跟随两位著名的科学家吴诚、吴继祖见习。在那里,他在学到了不少知识的同时,还目睹了科学家如何制订国家标准那样的高层次科技进程。他还与当时中国顶级化学分析学家周宗祥所长零距离接触,耳濡目染,业务水平迅速提高,最重要的是他取到了“真经”——科学方法,这为他今后进入高层次的专业领域打下了基础。这一批被抽调的高中生中,大多数人业余时间都到虹口区业余工业大学上夜大学,这多少弥补了没有上正规大学的缺憾,逐渐地大家也能面对现实,情绪也就稳定下来了。

三

“物以类聚,人以群分”,同样的命运让他们一批人经常聚在一起,起初经常来我家的是孙行卓和严鸿才两位原来是继光中学的学生,他们分别从事材料机械性能和金属探伤专业,与哥哥并非从事相同专业,但由于相互谈得拢,所以就走得比较近,他们两位最后成了哥哥最亲密的终生朋友。尤其是孙行卓,他的弟弟孙行琦是我中学6年的同学,原来由于年龄的差异,我在班上与孙行琦关系一般,后来由于两个人的哥哥关系非同一般,促使两个弟弟的关系也越来越好,最后孙、钱两家成了“通家之好”的世交。

除了孙行卓和严鸿才两位,哥哥与其他“同学”也经常一起学习、锻炼、玩耍。于是其他“同学”的名字也陆续飘进我的耳朵里,王哲昌、章哲荪、陈国强、郑礼岁……当时打乒乓有点像日本人拉弧圈球的翟在兴,被大家取了个“长谷川”绰号,于是他们给宋惠民取了个“矮谷川”的外号作为对应。再后来,鲍永贞、吴紫紫、曾同勋、王素云、虞雪丽等女“同学”的名字也渐渐地出现在哥哥他们男生的话题中。在哥哥和孙行卓、严鸿才一起去无锡旅游时,以“天下第二泉”为背景的合影中,还出现了两位女生的身影——鲍永贞、吴紫紫。哥哥以后被调往位于松江的新江机器厂,他偷偷地告诉我,那是造导弹的总厂。孙行卓和严鸿才则留在新新机器厂,那是发动机厂。他们都早已从他们的“黄埔军校”——上海新中动力机厂“实习”完毕“毕业”了。哥哥在松江采取的是两个星期回市区休息一次的制度。有一次因为期终考试,下午不上课,我回家复习,看到哥哥与一位女生在家里的小桌子上吃饭。我是一个见女生就难为情的人,不会主动与女生打招呼,哥哥问了我上午考试情况,对她介绍说,这是我的大弟。同时告诉我,这是他的同事鲍永贞,于是我礼貌地称呼她"鲍永贞阿姐"。谁知道这位日后成为我嫂嫂的女士,被我一辈子叫"鲍永贞阿姐"至今。吴紫紫也成了严鸿才的夫人。在他们中间,我家对面的孙贯龙"率先"与曾同勋结了婚,成为伉俪。正如有首印尼民歌的歌词这么唱道:"甜蜜的爱情从哪里来?是从那眼睛到心怀……年轻人就是这样相爱!"

四

他们这批人为了国防事业,放弃了上大学的机会,但国家的命运却一直左右着他们的前途。1962 年国家处于困难时期,采取了"精兵简政"的政策,动员城里的人去农村。哥哥他们这批人也受到了影响,我的爸爸、妈妈都在为哥哥寻找出路了。后来听说王哲昌、阮建国、宋惠民等人参军去了。郑礼岁也重新考大学去了,他考上了华东纺织工学院(现为东华大学),最后成了一位纺织专家,这是后话。

随后在 1965 年"三线"建设动员开始了,哥哥和当时还是他女友的鲍永贞阿姐,严鸿才和吴紫紫,以及戚忻怿等都先后去了位于贵州遵义周围的代号为 061——现称为贵州省航天局的各个工厂。当时去那里,先要乘近 10 天长江轮船,到达重庆后再换乘汽车。那时贵州经济之落后程度,与上海相比可以用"天差地别"来形容。1969 年哥哥得了急病,我和姐夫代表家属去探视,遵义 061 指挥部所在的延安路,是该市的主要街道,两边的建筑都是茅草屋。更不要说,哥哥他们的工厂还都在山沟沟里,可以想象当年当哥哥、嫂嫂他们刚刚到达时,生活的艰难程度。据说嫂嫂开始还因环境恶劣而受到过惊吓。不久"文革"开始了,这给筹建工作带来许多困难,就是在这样的情况下,导弹还是被造出来了。当今天国家在表彰"两弹一星"的功臣——钱学森、钱三强、邓稼先、程开甲等代表人物时,哥哥、嫂嫂他们那批人的奉献也不应该被人们遗忘,他们也应该受到尊敬。

五

哥哥曾经自豪地对我说,他们这批人的业务水平是一流的。当时我是将信将疑,毕竟他们没有接受过正规的高等教育。尤其是在航天系统,不要说名牌大学的毕业生比比皆是,就是曾经的留学生也不在少数。但后来的事实证明哥哥说的情况属实。哥哥曾经在全国性的科技杂志上发表过不少论文,而且经常应邀参加全国性的学术研讨会,上海材料所的老所长周宗祥很赏识哥哥的才华。在贵州,哥哥还是遵义地区化学协作组的组长,很有权威,连茅台酒、董酒想扩大生产,都要请他去帮助他们化验当地的水质。哥哥还是我如何撰写论文的“启蒙老师”。

我工作后,搞大桥维修碰到钢梁涂装时,需要先对钢梁表面的油污进行清理。以前铁路系统都是用汽油、柴油作为洗涤剂的。这样不仅耗费了能源,而且污染了江河,还对作业者的健康有害。一次偶然机会,听说搞防锈技术的嫂嫂他们是用“表面活性剂”清洗金属表面的,我受到了启发,去化工厂买来工业洗涤剂,在南京长江大桥等桥梁上一试就成功了,现在这项技术在铁路上得到了广泛的应用。

据我所知,除了哥哥、嫂嫂,在他们那批人中,业务突出的不是个别。孙行卓曾经告诉我,沈华强在上海的计量专业界颇有名气,这让我想起我的这位58中学的学兄,在1958年到上海有线电厂勤工俭学时,就搞了技术革新,屡屡被那位说着带有浓厚宁波口音普通话的团委书记刘嗣奎老师,在全校大会上当作典型予以表扬。我还听哥哥说,孙行卓同样也是行业中的精英,和哥哥一样,他们都是高级工程师,没有因为学历原因,被业内另眼相看。严鸿才学兄还有律师的资质证书。

在20世纪90年代初,大量军工厂搞民用产品时,哥哥所在的工厂因为生产了当时的著名产品——风华牌冰箱,成为航空航天系统冰箱生产的排头兵,哥哥还因此被派往北京出任中国华天冰箱集团的总经理。听说王善文、孙行卓、沈华强他们也在开发、经营汽车用的空调和其他产品。

此外,还传来戚忻怿解决分居,调回了上海的消息,他在原闸北区政府当了公务员,同时还担任政协委员。由此可以看出他们这批人的素质是相当高的,不仅是技术高手,而且也是管理能手。

六

如今流行老友聚会,我发现我哥哥、嫂嫂最积极参加的老友聚会,就是与这批"同学"的相见。尤其是哥哥,他比较内向,尽管他的朋友圈子也不少,但每年至少有一次聚会的朋友圈,好像只有这批"同学"。而且他最贴心、无话不说的朋友,也主要在这个圈子里。

我近年来从事业余散文创作,先后出版了几本散文集。每次出版后,哥哥都要向我要若干本,并让我把他的这些"同学"的名字都事先签好,并写上"请予指正"的字样。这个"待遇"似乎在他的其他朋友圈里是没有那么周全的,即"一个也不能少"。由此可见,这些"同学"在哥哥心目中的地位,可谓刻骨铭心。

可能正如我女婿的一位忘年交杨明桥先生所指出的,我的散文的读者群主要是老年人。我也发现,哥哥的这些"同学"大多数都喜欢看我的散文。最近王哲昌、章哲荪等学兄,都通过我哥哥给我发来微信,予以鼓励。哲昌兄写道:"有些文字看似随手拈来,实际我看得出他的深厚的文化积淀。我很喜欢看。连我的妻子也清晨在床上看你们的《'两牙'纪行》。"哲荪兄写道:"平雷近期勤于笔耕,速度飞快、连珠似的发稿,且很有趣味性,展现'上海作家'之内涵,可点可赞!"哲荪兄还分析了我能不断撰写散文的原因。

我心中是很尊重这批学兄、学姐的。前些日子,中央电视台有一档节目引起了全国人民的关注,就是在《出彩中国人》中,由清华大学上海校友会艺术团演唱的《我爱你,中国》引起了全国人民的极大共鸣,这批学子为了祖国的建设,隐姓埋名,默默奉献一辈子,我在撰写的一篇《我爱你,中国!——那一代"知识青年"的心声》的散文中写道:"还有当时发展国防工程的需要,而技术人才奇缺,也让一些优秀的高中生没有进入大学，直接派到军工单位从事初级技术工作，这批人也因为‘两弹一星’做贡献，从而失去了进入大学深造的机会……他们都应该归入那个时代‘随时听从祖国召唤’的‘知识青年’的范畴。”借此机会，我表达了对哥哥这批“同学”的尊敬。

最近，哥哥与王哲昌在策划一项活动，他们准备用他俩对书法、篆刻和国画的业余爱好，为这批“同学”每个人赠送一把扇子，留作纪念。哲昌兄提出，他也要为我这位学弟送上一把，并建议由我为他们这次活动作序。恭敬不如从命，于是我就写下了以上文字，请各位学兄、学姐指正。

《他们也是我哥哥的“同学”》后记： 拙文写好后，在我的微信朋友圈，引起了强烈的反响，这是我始料未及的。正如我哥哥在点评中指出，我是站在我的立场上，凭着我的记忆和印象在写此文，所以我的视角与文章中的主人公的客观情况，可能存在偏差。毕竟我比较了解的，还是他们中与我接触相对比较多的人，对其他的学兄、学姐了解并不多，因此，对他们的成绩和奉献就不可能更多地描述了，这就是我哥哥所指出文章的片面性。但无论是我自己，还是广大读者，能对他们投去更多尊敬的目光，产生更深的理解，正是我写这篇文章的初衷之一。以下我摘录部分微友的感言，与大家分享。

联想与评议

孙行卓： 钱平雷在这篇文章中写的是钱平天最挂心的朋友，就是我们相处已有 57 年的“老同学”，乃真言也，一语中的。

吴紫紫： 我们这批人是在当时中国发展导弹事业，缺少低级技术人员的情况下，钱（学森）老建议从高中学生中拔取的。还有两批比我们幸运，他们是分别进入上海各有关科研机构和提前进入上海科技大学（现上海大学）学习的。后者是最幸运的，1965 年毕业，避开了“文革”中不公的分配。相比之下，我们算是比较不走运的，大部分人没有直接进入机电二局工作，后来一部分人还到了遵义的大三线。当时在科委报到时，对我们承诺说可以边工作边学习，后来没有兑现，成了空话。好像我们就是低级技术人员，不用培训和学习。好在大家都不甘于现状，自行学习，都在工作和学习中取得了极好的成绩。

孙淑平：拜读了大作，知晓了平天兄嫂的学业和事业，他们的奉献是令人尊敬的。我那时年幼，不知道平天哥为啥没读大学？现在也晓得了慈钧哥去西安的缘由了。

陈素娣：你的哥哥、嫂嫂当初为了国家的事业，忍辱负重，艰苦奋斗，为我国的高科技发展贡献了自己的力量，向他们致以最崇高的敬礼！同时也感叹你们家的父母为祖国培养了优秀的孩子，你们的家风是最好的，是一般家庭的楷模。我也十分喜欢看钱哥的散文，既有文采，又接地气，有亲切感。

顾亚民：感谢平雷同学让我们共同分享你身边最亲近的人与事，娓娓道来具有真情实感的小故事，将身边人的人生阅历汇成一部厚重隽永的大书。这些记忆，弥足珍贵！说实话，咱们这一代人无愧先人、后人和社会的做人准则，注定活得认真、辛苦和充实。人到老年，就把保重自己放在首位吧，这也是心疼晚辈、有益于社会的最实际的贡献。此说不为过吧？

楼珍珠：感谢平雷同学告诉了我们还有一大批没评上功勋的有功之臣，正是有了他们的贡献，才能使“两弹一星”更快、更好地上了天！

郭玲春：你说得对，那些默默无闻却用青春与热血换取祖国强盛的一代人，也堪称豪杰！儿时的记忆随着岁月远去，是一笔丰厚的财富。有人把它悄悄地藏在心里，慢慢品味，而你，一个勤奋的作者，却把它化为文字，与人共享！当我读到熟悉的校名、人名以及我自己童年的故事，一种亲切而又美妙的感觉油然而生，感谢你，也因此而感叹——为你那超强的记忆力，以及笔耕不辍的毅力！

张伟强：祖国不会忘记他们！后辈永远敬重他们！没有他们就没有今天国家的盛况！

沈华强：拜读平雷学弟的新作，十分感动。再提供两个素材，为我们

60 届同学增加一点光彩:1. 1988 年我和王善文被航天部破格评为高级工程师。2. 我曾任上海市计量学会理事,黄浦区计量学会理事长。

张星玲:他们这个年代的人,完全是无私的,心里想着为国家的科学发展强大做出贡献,远离上海大城市的优越条件,离开家人,积极支援国家的三线建设,值得敬佩!我身边也有这些同仁,为他们在中国强大方面付出的代价点赞!他们真是值得我们尊敬的一代人!

徐佩珍:一口气拜读了《他们也是哥哥的“同学”》,感到很亲切,很感人!我曾在贵州遵义绥阳县工作过 12 年,就在令兄的工厂附近。恢复高考后,辖区内的子弟学校归县文教局管理,因此,与这些工厂子弟学校有过一些联系。

潘红星:(澄衷中学校长)很有情趣,我也爱读。

钱平天:平雷是站在他的个人视角看我们,写的内容事先并没有征求我的意见,片面性是在所难免的。他 70 多岁了,主观性强,没有原则错误,我就不去纠正,随它去吧!好在他对“60 届老同学”是心怀敬意的。都说“文如其人”,就是说一个人写的文章可以看出他的内涵和性格。平雷写的文章很多又很快,尤其成为上海市作家协会会员后,似乎经常有作品问世,我是他的哥哥,当然近水楼台先得月,是读得最早的人之一。每次读完就感到平雷的文章主题突出,但内容往往不是平铺直叙,而是习惯采用“娓娓道来”的逐步展开方法,从各个角度把主题分析清楚,这个特点似乎与平雷为人处世灵敏,心急直率的性格特点并不相符。

我爱你，中国！

——那一代“知识青年”的心声

昨天晚上在收看央视一套新闻联播时，不经意地听到播音员李梓萌说了一句“清华校友合唱团演唱今晚播出……”我也没有听清在什么时间，什么频道播出，听过也就算了。当晚也是不经意看到央视一套在播出专题节目《出彩中国人》。因为一只眼睛出了问题，我现在一般已经很少收看此类综艺节目了。但当时也无事可做，所以就不太在意地开始观看这档节目，它是由4位评委撒贝宁、蔡国庆、朱丹和黄豆豆共同主持的。由于对当下电视娱乐圈的陌生，所以连朱丹是何许人也，我也搞不清楚。但看到了经过剪辑的录像中，全部通过的各怀绝技的选手的精彩表演，还是被吸引住了，当妻子催促我该洗澡、睡觉时，我还舍不得离开这档节目。正当我不情愿地按下电源开关的瞬间，听到“清华”两字，但电视机已经被我关掉了，我突然想起播音员李梓萌的推荐，莫不是清华校友合唱团演唱？于是又重新开启了电视的电源，如今因为应用了有线电视的机顶盒，所以从接上电源到看到节目播出，需要等待一段启动时间，等我看到时，一群白发苍苍的老翁、老妪穿着演出盛装在那里演奏、合唱一支脍炙人口的领唱、合唱歌曲《我爱你，中国》，已经越过了前面主持人问询演出者一些背景情况的演出铺垫了，同时连屏幕上的文字简介也没有看到。

一位70多岁的老太穿着紫红色的连衣裙在领唱，后面伴唱的女同学是一袭白色连衣裙，还都佩戴项链等首饰，加上郑重其事的浓妆；男同学则是西装领带的正装，但尽管如此，仍旧掩盖不了岁月风霜在他们脸庞上刻录下的道道痕迹。有一位身穿黑色连衣裙的女士在弹钢琴，与由三把小提琴和一把大提琴组成的弦乐小组组成的小乐队伴奏，再有一位男同学在指挥。他们饱含深情地唱道：

百灵鸟从蓝天飞过，我爱你，中国！
我爱你，中国，我爱你，中国，
我爱你春天蓬勃的秧苗，我爱你秋日金黄的硕果。
我爱你青松气质，我爱你红梅品格，
我爱你家乡的甜蔗，好像乳汁滋润着我的心窝。
我爱你中国，我爱你中国，
我要把最美的歌儿献给你，我的母亲我的祖国。
我爱你，中国，我爱你，中国！
我爱你碧波滚滚的南海，我爱你白雪飘飘的北国。
我爱你森林无边，我爱你群山巍峨，
我爱你淙淙的小河，荡着清波从我的梦中流过。
我爱你，中国，我爱你，中国！
我要把美好的青春献给你，我的母亲我的祖国。
我要把美好的青春献给你，我的母亲，我的祖国！

他们完整地演绎了《我爱你，中国》全部歌词和旋律，说声情并茂也是恰如其分，但如果仅仅从艺术水准去评判，就是一支如同如今街道级业余合唱队的水平，与前几个表演者接近或者超越专业的演出，不能相提并论，但为什么能够引起评委和全场观众如此热烈的鼓掌和共鸣呢？这里不排除编导的“引导”因素，因为在前几位表演者评分的过程中，让其中一位评委给其中水平稍逊的选手投否决票，明显可以看出评委背后导演的取舍倾向。但更多地还是这批老人的演出，确实深深地打动了在座的观众，还有像我一样坐在电视机前，有着同样经历，那一代“知识青年”观众的心。

当演唱完毕后，评委们纷纷向眼前的这些饱经风霜的清华老校友提问，4 位评委中，北大出身的主持人撒贝宁无疑是学历最高的一位，“惺惺惜惺惺”,所以他显得特别激动和活跃。当问及这批老校友的平均年龄时,答复是“72.3 岁”,主持人朱丹笑着说道,到底是搞科研的,还精确到小数点后一位。主持人撒贝宁还开玩笑地说他们是“学霸合唱团”,这话不假,清华大学学生的入学水平一直保持在我国的顶端,而且受到了最好的教育和校园文化的熏陶。因为除了我与当年考入清华大学的同学有过直接的交往,有切身感受之外,他们这支合唱队中频频被主持人提问做解答的队长刘西拉和最长者程不时还与我直接打过交道,是我的“同事”。他俩的专业水平确实非同一般,而且才艺双全,文理皆通。除了学术上一直处于我国顶尖水平,还都有一手小提琴演奏的特长。我与刘西拉没有见面前,看到过他的一篇学术报告,其中对工程师水平的评价标准,令我叹服,确实具有独到见解,我将其应用到我的学术报告的 PPT 中。有一次,我去上海交大某学院办事,在院办公室见到了他,经林少培教授的介绍,我与刘教授握手相识,使我有机会对他的学术报告当面表示钦佩。以后我被交大聘为兼职研究员,刘教授不就成了我的“同事”了吗?昨天做钢琴伴奏的陈陈女士,据我知道是刘教授的妻子,他们在清华的恋爱史,也是人们津津乐道的话题。我与 87 岁的程不时先生打交道的时间更长,因为我们都是上海市科普作家协会的老会员,从程先生长期担任协会的副理事长的角度来说,他还是我的领导。撇去程副理事长科普水平高不说,他为运-10,即当年的 708 国产客机所做贡献的事迹,早让我们这些晚辈敬佩不已,他确实是我国国产飞机事业的见证人和奠基人。昨天还有一位将军,介绍了当年在极为艰难的环境下,他们为我国核武器发展所付出的艰辛和成功背后的心理变化。说话间他们自己都激动得热泪盈眶,说着对青春“无怨无悔”的豪言壮语。

我估计这批清华校友应该就是新中国成立后到“文革”前进校的那一拨人,用现在的话说,就是“30 后、40 后”,现在 70—90 岁之间。从今日网上流传的新中国成立后中国大陆大学的录取率来看,各个年头不尽相同,有难有容易的,而且有些差距还相当大。1958 年的录取率高达 121.0%,1960 年也有 111.4%,但 1962 年只有 24.3%,因此 1962 年显然是最难考的年份。但随后由于重提阶级斗争的极“左”思潮，使所谓不少“出身不好”的高中毕业生，失去了上大学的机会，进入社会，甚至远赴边疆。还有当时发展国防工程的需要，技术人才奇缺，也让一些优秀的高中生没有进入大学，直接派到军工单位从事初级技术工作，这批人也因为“两弹一星”做贡献，失去了进入大学深造的机会；当然还要包括这些年其他大中专，乃至初、高中的毕业生，他们都应该归入那个时代“随时听从祖国召唤”的“知识青年”的范畴。但不管怎么说，清华大学是我国的顶尖大学，它总能招到当年成绩最好的高中毕业生，因此说他们是当年“知识青年”中最优秀的代表也不为过。尽管清华大学毕业生水平较高，但“服从组织分配”这一条，在计划经济时代，他们也必须执行，自己是没有选择余地的。由于当时我国经济发展水平较低，国外又对我实行封锁政策，当时又没有“改革开放”的政策，创业是何等的艰难。这批人也是“文革”的经历者，除了少数人以外，大部分人还要经受“臭老九”之类的歧视，同时也是由于这批人没有太多的历史遗留的把柄可抓，所以还是由他们承担起了当时的科技文化岗位的重任。

十届三中全会后，知识分子的日子开始有了好转，但这批人由于处于“上有老，下有小”的“人到中年”的时段，已经不可能有大的动作了。对于30后来说，多数人处于“退休还早，接班已老”的尴尬年龄，他们也只能兢兢业业做好本职工作了。对于40后来说，大多数人迎来了一段好时光，一些人以“访问学者”的身份派往发达国家进修，更多人作为“四化”干部，走上各级领导岗位，成为社会的栋梁之材。直到“文革”后经过高考进入大学的学生，逐渐挑起大梁时代的来临，这些“30后、40后”也就逐渐退了下来，像刘教授、程先生至今还在技术岗位上发挥作用的人毕竟还是少数，能为“祖国工作50年”的科技人员，也为数不多。休闲养生、含饴弄孙、书画歌舞、旅游会友，成了他们这辈人如今的主要生活内容。没有后顾之忧的晚年生活，是他们最大的福分，也是最为现实的期望。怀旧也是他们生活中不可或缺的事情，回顾自己漫长而曲折的一生，尤其是迎来幸福的晚年，又有多少肺腑之言要倾诉啊！

《我爱你,中国》这首歌曲成了他们倾诉的载体,此歌是电影《海外赤子》的插曲,通过歌词展现出一幅祖国大好河山的壮丽画卷,使"我爱你,中国"的主题思想不断深化,描写了归国华侨对回到祖国参与建设无怨无悔,无论何时何地热爱祖国的心不变的一种内心表白。清华老校友选择这首歌曲来表达自己的心声,是有他们的道理的,因为纵观他们一生的境遇,有点像当年华侨,尽管吃了不少苦,受了不少委屈,但对祖国一片忠诚的心,始终未变。这也正是这首歌创作的成功之处,不仅是他们这一辈"知识青年"会感动,其他国人听了也会受到感染,主持人撒贝宁随之泪流满面。当然也包括我,也不知不觉地发现沿着自己的腮边,也有两股热流在不经意……这就是那一代"知识青年"的心声在流淌。

最后他们获得 4 位评委的一致通过,直接进入半决赛时,我才知道这是清华上海校友会艺术团的表演,本来我也在奇怪,分布在全国的清华大学校友怎么召集到一起排练的呢?

评议和联想

陈素娣:看来由歌声引起了钱哥的感触,于是奋笔疾书,写了这么长的一篇文章。你的记忆力超强,出手也真快呀!

郑柏林:一生奉献祖国的老前辈在舞台上表演,能被观众认可,是社会进步的反映,现在执政的各级政府、领导更应关注,忘记过去,意味着背叛。当然老同志也要谦虚谨慎,保持晚节,发挥余热!

陈国梁:此类节目我平时不会从头看到结束。但昨晚这档我自始至终看完,同样是心情无法平静,我就是 1962 届高中毕业的。我校有 6 个班,我所在的高三(4)班,考进清华有 5 人,这 5 个人平时在班级里的成绩确实属于顶尖水平。对于昨晚上台的这批清华校友,我和大多数人一样,怀着崇敬的心情。他们的心路历程,我很理解,因为我的很多同学,也是这样走过来的。他们的无怨无悔,令人肃然起敬。节目看完后,心里想得很多很多……

汪美丽:谢谢钱老师让我们看到了这么精彩的一幕,我平时也不大看这档节目的。同是40后,感动至极。

顾正兰: 说得好,太感动了!这一代知识分子经受很多磨难,依然热爱着我们的祖国,很了不起!我很敬佩他们。

周文华: 最近一首歌名为《我爱你,中国》引出的故事,最早由钱平雷同学在群里介绍并附上感想,已让人觉得很感动,随着网上传播,迅速蹿红。在我们的微信群里,也都在转发此歌,只见一片叫好声和点赞声不绝,连不大上网的蔡松娥同学也上传了一次,今天黄达维同学又上传了,可见此歌含义不同寻常,是一次人心所向的集结,它触及同命运人的灵魂而引发了共鸣。一群清华莘莘学子,梦想并没破灭,还在继续,选此歌是“学霸”们非常出彩的一次集体亮相。他们没有倒下,他们百折不挠地站着,虽然曾遭遇不公,仍艰难地用才华为复兴中国不懈地努力着,真是可歌可泣。他们希望祖国能记住他们,这怎么不使人为之动容。此情此景牵涉许多读书人也包括我们,要实现梦想何其难,需要隐姓埋名,甚至遭受屈辱,如陈景润的数学哥德巴赫猜想,就是在恶劣的环境下勇攀高峰,想想这些真是令人痛楚。当时这些清华的“学霸”们付出没有回报,还受到歧视,因此当他们再次唱响此歌时,怎么会不泪流满面?为他们高质量的演唱喝彩吧!这群最受国人崇敬爱戴和喜欢的特殊歌手,永驻在我们心中,祖国不能没有你们,祖国牢记你们,你们这代人是最可亲的为国报效的有用之才,也包括了我们,你们也唱出了我们的心声,向你们致以最崇高的敬礼!我还想说对祖国的理解,祖国是祖祖辈辈赖以延续生存的脚下土地,为其做贡献就该无怨无悔……尽情地歌颂祖国吧!

人民警察阿姨
——对姨妈李玉华的回忆

昨天我母亲二姐的女儿孙淑人表姐邀请我和妻子、姐姐赴宴，说她宴请她的弟弟、弟妹，也就是为我的孙和成表哥、费珣表嫂饯行，他们将于今天返回他们旅居的新西兰，让我们作陪。同时邀请的还有母亲大姐的幼子柴慈钢夫妇。席间，淑人姐告诉我们，妈妈的堂妹，我们的玉华阿姨日前病逝了，享年88岁。他们已经在前天去她的寓所向她的遗像鞠躬致哀，今天将举行告别仪式。我和慈钢弟说，我们应该前去与她告别。淑人姐又说，玉华阿姨生前有关照，丧事简办，只要一张讣告就可以了。因此，她的大女儿杨越代表他们全家谢绝了大家参加告别大殓，只是在很小的范围内，搞个仪式。为了表示悼念，淑人姐已经代替我们柴、钱两家一起，委托杨越代办花圈致哀。淑人姐说，既然如此，我们就尊重玉华阿姨的遗愿，明天就不去参加仪式了。话说到这个份上，我们也只好如此了。回到家中，我还惦记着此事，觉得这样似乎无法表达对阿姨的哀思，于是就通过微信给杨越表妹发了一封唁电，简单地回顾了玉华阿姨对我们的影响，以及对她的怀念。今天上午，我还在念叨着这件事，心里想，虽然不能到现场与她告别，但完全可以写一篇文章，来叙述一些玉华阿姨留给我们的印象，这也许是对她最好的纪念。

我对玉华阿姨开始有印象记忆，大概是在20世纪50年代初期，当时她就是一位人民警察了。我们平时并不叫她玉华阿姨，而按照她的乳名"阿英"称呼她"阿英阿姨"的。她是我母亲的叔叔李常绥的女儿。李常绥叔公去世得很早，柳桂娣叔婆带着她和锡庠舅舅姐弟俩，生活就很困难了，于是由我的妈妈把她领到上海，与我外公一起生活。关于这段历史，还是在昨天宴会上孙淑平表妹告诉我的。我曾在《盘根错节的母系亲属》一文中，谈到过柳桂娣叔婆——我们称她为“外婆”或者“锡庠舅舅外婆”刚来上海与我们一起共同度过的日子，其中谈到我与玉华阿姨开玩笑时，叫她“人民警察阿姨”。当年曾与我家为邻的大姨妈家的柴慈铎表哥，在看到这篇文章时，也引起了共鸣。他在评论时，说到玉华阿姨应当是由慈铎的叔叔柴和祥——当年的老闸区劳动科长，是他介绍阿英阿姨进入公安局的，就此开始了她终身的职业——人民警察。

遥想当年的人民警察，与解放军战士一样，在老百姓的心目中是具有同等地位的，广大青少年对他们是又敬又畏。许多小朋友在写作文谈理想志愿时，当一名解放军和当一名人民警察，都是比例最高的选择之一。于是在我们这些外甥、外甥女的心目中，对阿英阿姨的印象是“阿姨”的亲切感与对“人民警察”的敬畏感融为一体。阿姨当年是“青年团员”，这是一个很有政治分量的光荣称号。所以当学校要求填表的“社会关系”一栏中，我们这些外甥、外甥女都会把玉华阿姨的名字填上，然后在“政治面目”一栏中，写上“青年团员”。大家都在沾阿姨的光。当然，玉华阿姨讲的话，对我们来说，也是说一不二，必须服从的。有一年的春夏之交，玉华阿姨领了我们柴、钱两家的外甥去虹口公园游玩。当年的生活环境与如今不同，城区的小孩子见到可以接触的水面的机会是很少的，所以大家都到湖边戏水。慈镛表弟与我的平天哥哥蹲在湖岸边，互相用手抄起湖水洒向对方，结果把对方落脚的地方都泼上了水，成了泥泞，我哥哥一个站不稳，两只脚就滑进了湖水里。幸亏岸边的湖水很浅，哥哥站在了水的深度在膝盖附近的湖里，虽然没有淹没之险，但哥哥的内外裤的两个裤管全湿透了。情急之中，玉华阿姨让与哥哥同年的慈钧表哥把外面的裤子脱下来，给哥哥换上，慈钧表哥就剩下内裤了。慈钧哥认为这样做有失他的面子，不肯脱下外裤。阿姨就给他做“思想工作”，说是你弟弟慈镛惹的祸，导致平天掉到水里，你当哥哥的有义务帮助弟弟做些弥补。在阿姨的劝说下，慈钧哥一边嘴巴还在嘟囔，一边乖乖地服从阿姨的“命令”脱下了外裤，给我哥哥换上。这件事给我留下了深刻的印象，体现出阿姨当人民警察的工作风格。

有一年初夏的一个傍晚，当时“锡庠舅舅外婆”还与我们住在一起的时候，阿英阿姨与一位年轻英俊的青年一起从浙江余姚老家来到我家。他们带了许多杨梅和一些诸如红漆木桶之类的木质容器和小家具。原来那位青年就是她的男友，也就是后来成为我们“姨夫”的杨伯泉，他们到乡下是去取一些东西，准备结婚了。我以前一直以为伯泉姨夫既是阿姨的同事，也是阿姨的同乡。直到近年，我才从杨越表妹那里知道姨夫是无锡籍人，他们是从工作中建立起爱情的。他们结婚后，就把外婆也接了去。因为玉华阿姨他们工作地点与住处都在徐汇区，以当年的交通工具水平，这可是距离不近的地方。但每逢初夏杨梅下来的时节，凡是余姚有亲戚给他们捎来杨梅的当天，玉华阿姨总是想方设法给住在虹口的堂姐和外甥们送去，让他们也能分享来自家乡的美味果品。玉华阿姨的杨梅也成了我少年时代对玉华阿姨和伯泉姨夫最难忘的记忆。

我其实并不真正了解玉华阿姨的工作风格，甚至以为当一名人民警察是以“严肃”为工作主调的。有一次偶然听到丽臻姐姐说起她所见到的玉华阿姨的工作状态。也是一次偶然的机会，姐姐陪同玉华阿姨去一所中学，那是她受了她工作范围内的一位老太之托，为其孙女转入该校。老太的儿子、媳妇从事“两弹一星”国防建设，都支内去了远方，按照政策，他们的女儿在上中学的时候，可以转学回沪。但那所中学以额满为由，拒绝接纳。玉华阿姨显示出极大的耐心，无论对方接待人员的态度如何蛮横，她都和颜悦色来应对，晓之以理、动之以情来说服对方。结果校方被阿姨的“耐力”感动，就收下了这个学生。阿姨的这个姿态，也与姐姐的想象大相径庭，姐姐很惊讶，并深受感动，回来就对我们讲述了这则至今难忘的故事。

随着岁月流逝，我也离开了父母独立生活了，所以相对说来，与玉华阿姨的来往更少了。我们的见面一般都是在长辈做寿或者小辈结婚的喜宴上。听说玉华阿姨与姨夫公安工作也都很出色，在徐汇区小有名气。他俩的感情非常和谐，家庭也很幸福，我虽然与其他的表弟表妹鲜有接触，但与杨越表妹的来往还是不少的，这是一个既懂事又很能干的妹妹，当年她经常代表玉华阿姨前来看望我们年迈的父母。她的身上可以依稀看到玉华阿姨当年的影子，说明他们子女都继承了父母在外礼貌敬业，在家孝顺善良的家风，同时也尽力维护着我们上辈兄弟姐妹传承下来的宝贵亲情。

由于疾病，伯泉姨夫较早地离开了玉华阿姨，使阿姨的晚年感到非常寂寞。如今玉华阿姨也远行了，去和她日夜思念的姨夫聚会了。在那里等候她的还有那几位虽然不是亲姐妹，但胜过亲姐妹的堂姐和姐夫们。

玉华阿姨，一路走好！

评议

柴慈铎：沉痛悼念玉华阿姨不幸去世！想当年她还当过华山路交大所在地派出所的户籍警察，对交大的教职员工的情况非常清楚，非常熟悉，是一位非常优秀的民警，是我们学习的榜样和典范。

杨　越：我在今天的答词中，把你对我母亲的评价也说了。非常感谢你的文章，生动地描写了我母亲与你们一起的情景，让人有亲临其境的意境。

陈国梁：玉华阿姨既有人民警察工作认真勤恳的一面，又有家庭亲情中尊老爱幼善良的一面。娓娓道来很感人，今天又是感恩节，钱总以此文追忆逝者，我们同样受到教育，忆故人珍惜亲情！

无锡印象

——一座物华天宝人杰地灵的城市

一

上海处于长江三角洲的东端，长江在上海入海。但从内陆的角度来看，太湖无疑是这一带呈浅碟形地貌的中心，与长江、京杭大运河、钱塘江一起，为组成江南水乡格局的城市和村镇提供了“生命的源泉”。近代以来，随着历史的进程，以上海为中心的长三角城市群，如珍珠一般星罗棋布地洒落在这片山清水秀、如诗如画的土地上。我因为大半辈子从事铁路事业，对以沪宁、沪杭两条铁路干线所串联起来沿线的几座大中城市，由于工作便利的原因，应该说是比较熟悉的。尤其是沪宁线沿线，因为在政治、经济、文化、交通发展等方面，超过沪杭线沿线，所以前往的机会更多一些，相对来说也就更加熟悉一些。当我打算写写沪宁线沿线的几座城市的印象时，写过了苏州以后（我在2015年曾写过散文《苏州印象变迁记》，发表在《幸福永伴你我他》一书中），觉得接下来应该先写无锡——这座离上海128千米，曾经被人们誉为“小上海”的大城市。

在沪宁线沿线除去起点直辖市上海和终点省城南京以外，还有苏州、无锡、常州、镇江等四座地级市，在那些县、市尚未划归这些地级市以前，大概无锡的城市规模和经济总量是排在首位的，这当然是指近代。在古代无锡东西两侧的苏州、常州，无论是行政管辖地位，还是经济发展水平，都在无锡之上，后来因为无锡在工业现代化的进程上，步伐走得更快，于是“苏、常二州”的能量一度就比无锡“小”了。但由于历史地位和文化渊源的原因，这“二州”尤其是苏州，在全国乃至世界上的影响还是超过了无锡。

说起来我可能已经有好几年没有去过无锡了,尤其是去无锡市中心。虽然如今有高铁,从上海到无锡最快只有半小时的行程,即使自己驾车前往走高速公路,也在 2 小时之内,但近年来好像无锡没有出现过特别吸引上海普通老百姓前往的人和事,特别是我的老同学彭杏林前段日子因病长期住在上海,因此我连鼓动自己去无锡的"理由"也没了。因此当我想起要写有关无锡印象的散文,也只能是一篇"怀旧"性质的文章了,它将是我作为一名上海居民对无锡的"怀念"。如今的无锡是包括宜兴和江阴在内的"大无锡",而我能谈的还是仅仅是对原来无锡市区,最多包括它的郊区原来的无锡县在内地盘的印象。无锡给我总的印象,就是它是一座物华天宝人杰地灵的城市。

二

我对无锡这座城市的认识,是一个随着年龄增长、学识提高,由浅入深、由表及里,逐渐品味出它的魅力的过程。

无锡离上海只有 128 千米,但在我们儿时去无锡不是一件轻易可以实现的事情,因为那是要坐火车才能到达的地方。在中国,人们对于上海人的评价,有"见多识广"的美誉,但实际上在改革开放以前,那种几乎一辈子都没有离开过上海的上海人,也不在个别。像我直到大学毕业分配到哈尔滨铁路局工作以前,虽然因为"文革"串联到过北京、广州等"遥远"的地方,但"近在眼前"的无锡,却从来没有去过。在小学期间,无锡给我们带来的印象只是父母、邻居到无锡旅游带回来的那些土特产:首先是酱排骨,虽然俗称肉骨头,但色泽酱红,甜咸适中,腴而不肥,尽是酥香入味的里脊肉;其次是装在一个形状如同金华火腿的竹篓里的油面筋,还有就是水蜜桃。对我们小孩子最有吸引力的就是"烂泥菩萨"玩具泥塑——惠山泥人大阿福。对于无锡的景色印象最深的,就是凡是到那里旅游的人,如果摄影,一定有一张以刻有"包孕吴越"四个大字的临水石壁为背景的照片,还有就是哥哥、姐姐曾经去无锡旅游拍摄的以"天下第二泉”景点为背景的照片，这就是我少年儿童时代对无锡的全部印象。

当年在念高中的时候，有一年的暑假，我们一群男同学在一起闲聊，大家谈起杭州西湖湖光山色的美丽，一位曾经到过无锡的尤惠新同学，用一种带有自豪又神秘的口吻对我们其他同学说道：“杭州的西湖怎能与无锡的太湖相比？当你到了鼋头渚，登上太湖畔的堤岸，看到浩瀚太湖一望无边的湖水，自己的心胸顿时就会产生一种开阔的感觉！”此时我等其他没有到过无锡的同学，也只能以羡慕的眼光，看着尤同学的神情和口气在那里遐想了。但当我们考大学填写志愿表时，发现整个无锡市只有 1 所大学——无锡轻工业学院（现为江南大学），而苏州有 3 所大学，于是对它的文化发展水平又充满了疑义。

到了大学时代，学校是对全国招生的，同学中就有可能来自江苏无锡的同学，我们班虽然有六七个来自江苏的同学，可没有一个是无锡人。但同系兄弟班级就有无锡同学，由于我们上大课是在一起的，彼此也就慢慢地熟悉起来了。在上海同学的眼中，他们的衣着服饰一点不亚于上海人，也依稀感觉到无锡不会是一个小地方。尤其是他们假期回无锡还会给同学捎来只有 7 元/双，而式样新颖的皮鞋。可见无锡那个城市的产品价廉物美，其轻工业应该还是比较发达的。

在上海有不少无锡籍的上海人，我中学时代的同学孙行琦、马喜荣，大学时代的同学蒋筱青、徐满都是无锡籍的上海人，还有高中、大学与我同级不同班的冯德涌同学，他小学还是随祖父母在无锡念的书，在中学同学中还有一个“小无锡”的绰号。他们的上海话中已经没有无锡口音，不过他们的父辈来自无锡，所以与其他地方移民到上海的居民一样，家里多少还带有原籍的生活习俗，像徐满在家里与父母讲的仍旧是无锡方言。尤其是一些称谓还是随老家的叫法，如管祖母叫“亲娘”。还有无锡方言与上海、苏州方言虽然都属于吴语系，彼此能互相听懂，但是有差别的，即使苏州离无锡只有 40 多千米，也是明显不一样的。在这方面，上海的地方戏剧——滑稽戏，为我们普及各地方言的声音形象功不可没，它让我们尽管不一定能说，但能知道对方说的是否无锡方言。再有上海成为中国工商业的经济中心，其企业界的代表人物荣毅仁是无锡籍人士，在上海也是家喻户晓的事情。

这是我在没有踏上无锡地界前，对无锡了解的基本印象。

三

20世纪70年代初，大约在1971年秋天。我所在的哈尔滨铁路局第五工程段要建一座预应力混凝土结构的车间，打算到上海一带来“取经”。时任技术室负责人的张福定工程师让我在回上海探亲时，了解一下有关预应力技术和工艺的情况。我到同济大学母校了解“行情”，知道了无锡的建筑预制场这方面水平较高，由此我第一次踏上了无锡的土地。在计划经济时代，我们干铁路的人有个习惯，每到一个新的地方，总喜欢把当地的火车站作为认识这座城市方位坐标的原点，并尽可能在铁路系统的招待所下榻和就餐，好像如此就有了“依靠”。首先出行方便，因为一般说来，火车站附近一定会有当地的公共交通接入。其次铁路系统有自己独立的通信系统——路电，可以随时免费与本单位联系工作。还有因为单位分散，铁路系统在同一地方工作的铁路员工，不一定属于同一单位。像当时的无锡，在铁路系统就属于一个“地区”，除了无锡站，算一个独立核算的基层单位外，其他在无锡上班的铁路员工，他们在无锡可能只是一个车间，甚至只是一个班组，而他们的上级机关却大多数不在无锡。但是有些诸如食堂、浴室、公寓、卫生所等公共设施，却是可以让所有铁路员工共享的福利机构。我这次就住在无锡地区为火车司机、列车员等换班休息的乘务员公寓兼招待所里，用餐则在位于无锡火车站里的无锡铁路地区食堂。第一顿午饭的花费就让我惊讶不已：一盆豆腐干烧红烧肉：0.14元/份；一碗雪菜汤：0.01元/份；再加上4两米饭：0.06元/份，一共只有0.21元，太便宜了！与我一起用餐的一位来自吉林铁路局的老兄感慨地对我说，这些饭菜在当时的东北，恐怕0.4—0.5元也不一定拿得下来呢！当我晚间在公寓的澡堂子洗澡的时候，听见一位司机与另一位司机在说，洗完澡就准备回上海去了。我真是羡慕极了，在东北，128千米之间不可能存在2—3座大城市,可以自由来回的。从那时起,调到上海铁路局工作,就成了我当时的理想。

从无锡火车站到无锡市内去,首先要经过的干道叫工运路,虽然它在无锡已经可以算得上一条车水马龙的热闹马路,但在我一个第一次来无锡的上海人的眼中,却是一条非常一般的马路。即使类似南京路、西藏路那样在上海属于东西、南北的顶级商业街道,在无锡市中心就是人民路、中山路,它们最多也就相当于上海的一条诸如东长治路、长寿路那样区级商业街道的水平。因此对于当时无锡的市容我是不敢恭维的。然而无锡的物产却让我不得不佩服。我曾走进著名的老字号点心店——王兴记馄饨店,吃了一碗全虾肉的馄饨,这是生平第一次我吃到过全用新鲜的河虾肉作为肉馅包成的馄饨,不仅味道鲜美,有嚼劲,而且汤水里还放进了翠绿的葱花和淡黄的蛋皮,真可谓色香味俱全,勾起了我的食欲,让我大快朵颐了一番。更令人吃惊的是它的价格,只有0.30元/碗,太便宜了!以后我再去无锡到王兴记,就再也没有吃到过这道令人难以忘怀的全新鲜虾肉包制的馄饨,它只能永远留在我美好的记忆里了。

我找到了位于无锡郊区的预应力混凝土制品的预制场,那位名叫胡本度的厂长,也是一位著名的全国劳动模范,热情地接待了我。见我慕名远道而来,表示了热烈的欢迎,并且同意接待来自哈尔滨铁路局的同行们,愿意向他们介绍这里先进的技术和经验。他给我展示了全国性的媒体对他和他的工厂先进事迹的报道。他还招待我品尝他为职工加班准备的点心——桂花糖芋艿——一种既可当菜又可充饥的水生植物。在粮食还处于计划经济的时代里,无锡作为江南地区的城市,老天爷还是恩赐给了他们更多的物质享受。

完成了公差任务,我就可以游山玩水了。但在当时,我来无锡,属于“公差”,游山玩水是不允许,连到这些地方去的公共汽车车票也不能报销,因为在填写财务报销单时,要注明每张车票的起始站和到达站的站名。另外,我住的招待所不能因为我旅游而多住几夜,除非我自己承担住宿费,同时还涉及差旅费补贴的问题。所以我必须抓紧时间,用一个白天玩一下,乘坐晚车回上海去,这样也就“公私兼顾”了。

无锡的风景名胜是让上海市民望尘莫及的。据我所知,当时无锡最有名气的风景点有四处:锡惠公园、鼋头渚、蠡园和梅园。那时不像现在,游览前可以事先上网查阅这些景点的简介、看点或者文化历史背景,新华书店里也没有相关书籍出售,甚至连一张无锡的地图也很难买到。

我首先要去的就是高中时代尤惠新同学鼓吹的让人心旷神怡的鼋头渚公园,据公园简介牌介绍,鼋头渚是横卧无锡太湖西北岸的一个半岛,因巨石突入湖中形状酷似神龟昂首而得名。它是无锡人巧妙地利用当地的真山真水所建造的园林,被郭沫若称为“欣赏太湖水的绝佳处”。这里的风光果然是山清水秀,浑然天成。其中那个曾经在父母、邻居照片上看到刻有“包孕吴越”四个大字的悬崖峭壁名为“横云石壁”,是鼋头渚众多景点中最有代表性的风景点,它是奇峰怪石半环着一个天然的大水湾。在绝壁上除了“包孕吴越”外,还刻有“横云”二字,就是这6个字如同画龙点睛一般,它们使鼋头渚占据了整个太湖风景和文化制高点的地位。后来我才知道“包孕吴越”形容太湖气势宏大,它跨越江浙两省,因为江浙两省在古代曾是吴越国的疆域,太湖在其中央,湖水浇灌了这里的土地,使百姓生存生息。因此形容太湖就像母亲一样,哺育了吴越的儿女。在这里还露出太湖一片水域,被周边诸峰环抱,湖水最开阔处,远远望去可见形如大龟的三山,加上湖面上风帆如梭,真如一幅美丽山水国画,实为太湖风景的精华所在,故有“太湖第一名胜”之称,实至名归。

从鼋头渚出来,我回到市内,赶往位于西郊的锡惠公园——一座将锡山、惠山两座山围起来的公园,趁着当年的年轻力壮,首先爬上山顶有个宝塔的锡山,宝塔是不开放的,但在山顶上可以俯瞰无锡的市区——那是“一望无边”白墙黛瓦民居的“海洋”。然后下山去一处名为“天下第二泉”景点看看,那里也是哥哥、姐姐以前到无锡来旅游时拍过照的景点,至于为什么叫“第二泉”,在当时也顾不上去研究了。离开“第二泉”,我在不经意中走进一处“园中园”,我惊喜地发现,这里与我以前到过的苏州园林一样,假山水榭、漏窗回廊、亭台楼阁等各种古典园林的元素一点不少。等我从那里出来看了门楣,才知道这个地方名叫寄畅园,也是一处具有历史文化深厚积淀的园林。只不过我去的时候,还处于“文革”期间,管理人员也不敢“明目张胆”地宣传“封建文化”,只是把它当作一处普通的游览地。

这就是我第一次踏上无锡地界的大概印象。

四

我对无锡地理有了比较全面的了解是在1985年到1992年期间。当时我担任了上海市铁道学会主持日常工作的副秘书长,无锡铁路地区属于上海铁路分局管辖,所以当地与铁路相关的单位的科技人员,无论是路内还是路外,都可以成为该学会的会员。当时从无锡市区连接如今的灵山大佛所在地马山是一条面向太湖绕山盘旋的公路,俗称十八湾。在大约3/4的地方,铁道部在那里建设了一处培训基地,从当时的建筑标准来说,水平不低。虽然前不着村后不着店,但很适合在那里安心学习、开会。上海铁道学会经常租借那里举行国内、国际学术研讨会。到那里开会的中外学者都被窗前100米外的太湖美景所倾倒,有一位来自黑龙江铁道学会的领导,当我抱歉地对他说,他的房间里没有彩电配备,他居然这么回答我:“有这样的美景在眼前,还需要看电视吗?”由此无锡站也成了我们经常上下火车的地方,我也没少麻烦无锡站技术室的须德馨工程师。

另外一个因素是我小学也是大学的同学彭杏林从贵州调来无锡,市领导派给他第一个重要任务,就是参与改造新建无锡火车站。于是我们经常因工作需要而打交道了。新无锡火车站的建造,没有比上海新客站晚多少,在我的记忆中,沪宁线上无锡是最早建设新客站的,它也标志着无锡的经济社会发展走在其他城市的前面。它的建造模式也有点仿效上海市,由铁路方面与地方领导共同担任建设指挥部的负责人,当时无锡市委书记邓鸿勋就是无锡方面的一把手,与铁路方面联络的代表就是彭杏林。我在铁路方面的人脉,自然也是他可以应用的资源,他因从事铁路车站建设,所以被铁道学会吸收为会员,他也为我会在无锡市内活动提供方便。由于建站有功，他后来还被提拔为江阴市的副市长，主持了江阴长江大桥建设的前期工作，这是后话。1992—1995年期间，我担任铁路局的外经办主任，也有一些业务会议在无锡举行，因此，在上述时段，我也见证了无锡发生的更加巨大的变化。

首先，我对无锡的地理逐渐熟悉起来了，以前不清楚的诸如河埒口、中桥、崇安寺等无锡当地地名及其特征，我也记住了。这些年，无锡与上海一样，可谓“一年一个样，三年大变样”，不但经济，尤其是乡镇企业作为新的经济增长点大幅度提升，而且市容市貌也发生了翻天覆地的变化。我只要有一段时间不去了，就有可能认不出原来的地方了。以火车站为坐标原点寻找方位的办法已经失效，往往出了车站就迷失了方向，原来作为地貌特征的建筑物都已经被拆除了。尤其是20世纪90年代初，以梁溪大桥附近很有气派的无锡大饭店为代表的一群建筑的落成，让人感觉无锡已然已经从一座长三角的中等城市演变成国际性的大都市了。如今看来，最可惜的是无锡也没有逃脱“千城一面”的命运，虽然城市现代化了，但把无锡城市市容本来拥有的厚重的历史底蕴的面貌稀释掉了。

无锡人在开发旅游资源方面可谓殚精竭思，除了把原来锡惠公园、鼋头渚、蠡园和梅园等老的景点逐步修复，扩大对外开放的范围外，还开辟了诸如鹿顶山那样新的景点。把以前只接待少量贵宾的场所，例如小箕山也开放了，面向更多的普通游客。无锡人具有战略眼光，把影视基地的建筑和旅游结合起来，他们积极配合当年中央电视台按照“以戏带建”的方针，1987年，共同在无锡建设影视基地，占地面积近100公顷，使用太湖水面200公顷。为拍摄电视连续剧《唐明皇》、《三国演义》和《水浒传》，相继建成了唐城、三国城和水浒城三大景区和当时的欧洲城。曾几何时，以上海游客为主，全国各地的游客趋之若鹜来无锡旅游。但这些毕竟是“人造景观”，当横店等地造出更为壮观的影视基地后，这里的“卖点”就褪色了。于是无锡人做出了更为惊天动地的动作——灵山大佛横空出世。他们不知怎么考证出：1000多年前的唐代，相传玄奘西天取经归来，游历东南到此，来到小灵山，见“层峦丛翠”，大为赞赏，于是就给此山起名小灵山。印度的灵鹫山是释迦牟尼得道成佛的地方，是著名的佛教圣地，于是玄奘就嘱咐大弟子在这里主持开法，祥符寺就由此逐渐发展起来了。无锡人以此为依据，在小灵山南麓矗立起如今的灵山大佛，包括莲花座在内，高 88 米，加上三层座基，总高度达 101.5 米，是迄今为止我国最高的巨型佛像。此外还有九龙灌浴、降魔成道、天下第一掌等配套景观。游客们闻讯纷至沓来，都惊叹不已。当这座灵山大佛与南方天坛大佛、西方乐山大佛、北方云冈大佛、中原龙门大佛之“五方五佛”的格局形成时，无锡人又建造了象征藏传、汉传、南传三大佛教体系的三座建筑——五印坛城、灵山梵宫和一座只有在泰国、缅甸以及我国云南一带才有的白塔，来提升这里的地位。我曾经到灵山梵宫里面去过。它是集旅游、会议、展览和文化体验多功能于一体的文化建筑，内部高大的廊柱、大跨度的梁柱、高耸的穹顶、超大面积的厅堂让我感到震撼，据介绍这里还曾是第二届世界佛教论坛的主会场，并被定为世界佛教论坛的永久会场。无锡人把灵山佛教文化的开发做到了极致，令人佩服。

五

无锡人在音乐方面的天赋，在国人面前也具有不可忽略的地位。无锡民间音乐家华彦钧(瞎子阿炳)的代表作《二泉映月》，如今已经成为举世闻名的乐曲，世界级的音乐大师小泽征尔说，要跪下来才能聆听《二泉映月》，据说他第一次听到由二胡独奏曲改编的弦乐合奏时，感动得泪流满面。因此《二泉映月》也可以说是无锡文化的一张名片。

无锡人运用音乐宣传还不止《二泉映月》，早在明末清初，就有一首名叫《无锡景》的民歌。后来无锡人用此曲调编写歌词，将无锡工商业繁荣、交通便利、风景优美的特色，用歌曲的形式，加以宣传。由任红举作词，龙飞作曲的歌曲《太湖美》是无锡的另一张名片：创作于 1978 年 1 月 4 日，2002 年 2 月 3 日成为无锡市歌，《太湖美》的歌词是：

太湖美呀，太湖美，美就美在太湖水。水上有白帆哪，啊水下有红菱哪，啊水边芦苇青，水底鱼虾肥，湖水织出灌溉网，稻香果香绕湖飞，哎嗨唷太湖美呀太湖美。

太湖美呀，太湖美，美就美在太湖水。红旗映绿波哪，啊春风湖面吹哪，啊水是丰收酒，湖是碧玉杯，装满深情盛满爱，捧给祖国报春晖，哎嗨唷太湖美呀太湖美。

光是看看歌词，就能想象出太湖有多美啊！更不要说用苏州评弹开篇的形式唱出来的歌曲，更是美上加美了。

无锡人大概觉得《太湖美》只能让中国人知道无锡有多美，但在国际上还是比不上苏州有名，20世纪80年代，无锡市在研究发展旅游业的过程中，发现无锡在日本的知名度很低，在《中国旅游报》报社副总编辑邵春先生和无锡市旅游局的策划帮助下，无锡市决定用歌曲推广城市品牌。为此特地邀请两位日本音乐界泰斗级人物ABC音乐出版公司社长山田广作先生和著名词曲作家中山大三郎先生前来无锡采风谱曲写歌，并希望他们在这首歌的歌词中，要表现出交通上如何到达无锡，以及无锡的三处景点。最终，在日本音乐家的妙笔之下，以爱情故事为题材，以无锡为事件背景的通俗流行歌曲《无锡旅情》脱颖而出。其歌词中文是：

站在陌生的异国街道，
想起你，泪洒衣衫。
曾说过忘了我，去寻你的真爱，
我心中只想去中国旅行。
上海、苏州，一路火车，
直达太湖岸边无锡城。

船儿轻摇，漂泊在运河上，
离开你，才知道虽生犹死的滋味，
那样爱过你，心曾为你燃烧，

也说过愿以三生换真情。
你流泪的侧影恍若眼前,
古老的街道如在雾中。

老帆船依旧在穿梭,
远处小岛依稀是三山。
鹿顶山上望太湖,
心如大梦初醒。
原谅我,让我们重头来过,
不再让你离开我。

据说,这首带有无锡背景的爱情歌曲在日本风靡一时,本来不知道无锡的日本人都要到无锡来看一看。无锡人还把这首歌词刻在太湖边的一块大石头上,使它成为无锡对外宣传的一个景点。

如果仅仅说无锡人有经济头脑或者有音乐天赋,那就太片面了。我们钱氏家族在无锡的名人最多:如中国文理顶级大师钱基博、钱钟书父子、钱穆、钱伟长叔侄都是无锡钱氏中的名人,来自无锡钱氏的大师还有钱钟韩、钱令希等。著名画家钱松岩是无锡人。另外,如孙冶方、薛暮桥等一流的经济学家也是无锡人。荣宗敬、荣德生、荣毅仁更是中国企业家中的先驱。各行各业的顶级人物中都有许多是无锡人,这是无锡人最大的荣耀和财富!

六

最近一段时间,无锡好像不如前些日子那样受到国人的关注了,它最主要的竞争对手——苏州的声音似乎比它来得响,尤其是苏州的 GDP 超过了无锡,但是无锡人心中恐怕并不服气,因为苏州下属还有六个县级市——昆山、太仓、张家港、常熟以及原来的吴江、吴县。而无锡下属只有江阴和宜兴两个县级市,那经济总量自然比不过苏州了,但它的人均 GDP

还是超过了苏州。

作为一个上海人,我发现无锡近年来悄悄地在经济发展方式和结构转变方面下着功夫,前些日子无锡在光伏产业上下了大本钱,在国内外市场取得了很大的份额和很高的地位,最近似乎有点过剩,名声亦不大了。前几天又听说,世界上容量最大、速度最快的计算机就在中国的无锡,这是否也是无锡人在新一轮发展过程中的卧薪尝胆?普通老百姓可能对无锡的旅游景点投去更多的关心,这一点最近无锡好像没有新的动作,也许正在紧锣密鼓的策划之中?相信无锡人不会甘于长期的静默,一定会有惊天动地的手笔,再一次出现在人们的面前,因为无锡是一座物华天宝人杰地灵的城市。

祝福无锡人民!

评议

张爱福:我也是真正的无锡人。父母都是无锡石塘湾人氏,如今80岁的姐姐及外甥、外甥女也全在无锡石塘湾老家。无锡确实是一个人杰地灵的好地方。除了你在文章中提到无锡人管祖母叫亲娘外,还有管姑妈叫伯伯,外祖父母叫舅公、舅婆。我姐夫20世纪60年代从上海动员回乡,以后在七机部的738疗养院工作,疗养院就在鼋头渚背后,面向太湖。无锡确实有许多美景:锡山、惠山、范蠡和西施隐居的蠡园、天下第二泉……还有瞎子阿炳居住的崇安寺等。

汪　川:读了平雷同学的"无锡印象",勾起了我对无锡的回忆。20世纪50年代末,读初中时第一次去无锡……我那时年少气盛,体力充沛,一口气就爬上了惠山。站在山顶,极目远眺,郁郁葱葱的农田,煞是好看。又一口气跑下山来,到山下的"天下第二泉",其实就是一口井,据说民间艺人瞎子阿炳拉的二胡独奏曲"二泉映月"即渊源于此。……无锡的风景太美了,太湖波光粼粼,一望无际,不是西湖,胜似西湖。正如尤惠新同学所说:"西湖哪能与太湖比?"……如今几十年过去了。无锡更美了,我又有了去无锡的冲动。

文章有关音乐和人才的章节是画龙点睛之笔，引起了读者阅读的高潮，欲罢不能。“二泉映月”和“太湖美”是家喻户晓、百听不厌的经典乐曲，获得世界的盛誉。尤其是“太湖美”把无锡太湖的美景描绘得淋漓尽致，足以让无数的游客流连忘返、为之倾倒。无锡不但有音乐的不朽之作，还涌现出无数文、理、经济方面的顶级大师。正如作者总结的那样：“无锡是一座物华天宝人杰地灵的城市。”祝她越来越好！

傅雅君：读完该文，无锡的地理位置，无锡的城市，无锡的语言，无锡的“肉骨头”，还有太湖的辽阔……各种无锡的元素扑面而来。我上月初还去了“鼋头渚风景区”赏樱花。以前我也会时不时去那里住几天，游半天，休半天，交通又方便，所以无锡与苏州、杭州、宁波一样，都是我喜欢光顾的好地方。

郭际冬：实在佩服您的记忆力，陈年往事能信手拈来，无锡的艺术、风景、铁路食堂的套餐，还有水蜜桃都写了，娓娓道来，让我们看的人都入迷啦！

钱平天：这篇《无锡印象》写得颇有趣味；使年轻读者知悉曾经，使过来之人引起回忆。

高水根：娓娓道来，行云流水。

倪纪芬：钱同学的记性真是超好，40 多年前的事情能详详细细地回忆起来，不说曾经在无锡办公差的经历，竟然连食堂的饭菜价格都能如数家珍似的一一道来，真的让人惊叹。

跟随钱同学对无锡印象的回忆，我也慢慢地回忆起当年去无锡旅游的点点滴滴。那是灵山大佛建成对外开放没多久，学校组织老师自驾游，一辆金杯中巴载着我们二十名左右教工，出上海先昆山再苏州到无锡……第一景点直奔灵山大佛而去，远远就看到大佛慈颜微笑，广视众生。到了跟前可以抚摸大佛的身体和脚趾，那个脚趾真够大的，一个脚趾的体积起码有一个人那么大，手摸着大佛的脚，犹如深沐佛恩大德，感觉幸运和喜庆……

下午去了三国城，在城墙上走了一圈……城里有一条街，一路走来最多的是肉铺和酒庄,还有客栈,有点古旧的味道,但绝对谈不上身临其境,人造的就是假的,远不及书本来得生动有趣。

第二天又去了鼋头渚,排队乘船等好长时间,说明鼋头渚吸引人,船靠岸,迎接我们的竟然是七零八落的猕猴,伸手讨东西吃,吓我们一跳。如此近距离地和它们接触还是第一次,好在它们只为讨吃的,不伤害人。越往里走猕猴越多,还有人造的水帘洞,简直是猴的世界,这是上鼋头渚留下的最深印象。静心看看太湖,一个字"大"一望无际。

当然,没有忘记的还有品尝了无锡小笼包和驰名中外的无锡肉骨头。实在没有钱同学的好记性,挖空心思就能想起这些游无锡的经历了,谢谢钱同学,读你的作品不仅是一种享受,还能引起共鸣,回忆曾经的美好时光,这是由你带来的生活的一大乐趣吧!

陈国梁: 这篇《无锡印象》写得十分动人,初看就让人欲罢不能,看得津津乐道,又激起了我许多联想和感受。我们家似乎对无锡情有独钟,上周我老伴和女儿才来过无锡,她们饶有兴趣地去了鼋头渚、蠡园、三国城、水浒城等景区游玩。只相隔一周左右,老伴又和我来到了无锡新区,入住希尔顿逸林酒家。今天白天又一次去了灵山大佛景区,观摩了九龙灌浴音乐喷泉表演后,又参观游览了灵山梵宫、曼飞龙塔、五印坛城、三圣殿等景点。这一次我知道了灵山大佛采用锡青铜铸造,高 88 米,右手施"无畏印",代表祛除痛苦;左手为"与愿印",代表给予快乐,均为祝福之相。整个佛像显现佛陀慈悲的法相,如法如律,庄严精美,与天坛大佛、乐山大佛、云冈大佛、龙门大佛一起共同圆满地形成神州东南西北中五方五佛的格局。

谈到无锡,我对它是有感情的,有些事情似乎也可以说说。首先,我当年当兵,就是在野战军二十七军,这是许世友拉起来的一支英勇部队,在解放战争和朝鲜战争中,这支部队都表现出敢拼敢打能打硬仗。从 20 世纪 50 年代初,一直到 1968 年,这近 20 年时间内,二十七军的军部就驻扎在无锡,当时的军长是赫赫有名的尤太忠将军。其次,谈到无锡代表性水果,人们一致公认的是无锡水蜜桃,其实真正的出产地是无锡阳山地区，当地果农均有自留地种植的水蜜桃，要买货真价实的水蜜桃，只有直接到阳山果农家，才不会买到冒牌货。前几年，我与几个朋友去阳山果农家，除了尽你吃水蜜桃，还可以自己动手去树上采摘，真是既好吃，又便宜，还有乐趣。第三，无锡郊区拥有丰富的水域，是鱼米之乡，前年我曾经去过一个景点是垂钓中心，旁边的宾馆以前曾经是公款吃喝的会所，近两年由于取消了公款请客，该会所只能面对大众消费了。这里厨师烹调水平高，太湖新鲜的各类水产品应有尽有，质量高，数量足，价格还公道。我们酒足饭饱后，还游览了渤公岛、渔父岛，还有惠山古镇、荡口古镇等无锡古镇。无锡的古镇也是值得一游的好去处。

钱丽臻：平雷的这篇有关无锡的文章真棒，不要说无锡人会惊喜，我们也赞叹不已。记忆之强，还加经历之深广！文中提及的人物彭杏林如今可安康？

南京故事

——一座到处引起我回忆的城市

一

我在撰写一篇有关北京的散文时，把与我关系较为密切的城市分为四类：一类是对我成长过程有着重大影响的城市：上海、北京。上海是生我养我，并在这里受到最多的教育，抚育我成长的城市，尤其是自己的家庭和事业都在上海，因此上海无疑要排在首位；而北京是首都，许多最重要的政治、经济、文化的信息，都是从那里发出，每天通过各种媒体的传播途径，渗透到了我们日常的生活之中。第二类是与我的血缘有着密切关系的城市，那就是宁波和余姚。我的父母原籍都是浙江慈溪人氏。我的祖籍所在地，如今举世闻名的历史文明遗址河姆渡，当年它是钱氏故居所在浪墅桥村的村民外出时，必须要搭乘余姚江舟船的渡口，两者之间的距离只有100多米。浪墅桥村原来归属于慈谿（溪）县，后来浙江省县界调整，将浪墅桥村划归了余姚县（现为余姚市），于是我这个从来没有在浪墅桥村生活过的人，尽管在填各种表格的“原籍”一栏时，仍旧会写“浙江慈溪”，但实际上余姚才是原籍所在地，这是不以我的意志为转移的事实。不过无论是余姚还是慈溪，如今都是宁波市下属的县级市，在上海说自己是宁波人总不会错，因为无论宁波还是余姚或者慈溪，都可以说是我的“根”。尤其是我，因为受父母和周围环境的影响，不仅在饮食和生活习俗上保留了许多宁波的烙印，更不可回避的是，我的上海方言中带有浓厚的宁波口音。第三类是我曾经工作和生活过两三年的城市——哈尔滨和杭州，这两座城市可以称为我的第二故乡，它们留给我的更多的是“念想”。第四类是我以前由于各种原因经常去的城市——苏州、无锡和南京。但是就这三座城市对我来说，也是有区别的，对于苏州、无锡的方方面面，给我带来的主要是“印象”。而南京给我带来的既不是上海、北京那样的“影响”，又不是哈尔滨、杭州那样的“念想”，也不是苏州、无锡那样的“印象”，而是兼有上述三类城市都有一点的因素，但都没到那个程度，于是我把南京定义为是一座到处可以让我回忆起许多“故事”的城市。怎么会产生这样的结论呢？因为，南京对我来说，鉴于各种原因到那里去的机会，超过了去苏州、无锡，可谓不计其数。为工作、为旅游、为个人的原因都有：那里有我工作对象所在的场所，如南京铁路分局、南京长江大桥等基层单位；有我印象深刻的旅游景点，如中山陵、玄武湖、燕子矶等；尤其是在南京有我最要好的同学、血缘很近的亲戚，有我合作过很默契的同事，甚至还有过一位交往时间很短的恋人。这些人和事都能让我对南京触景生情，产生许多“故事”。

二

一个人对一个地方的第一印象是难以忘怀的。1966 年，我与大学同班同学赵可杰、张明德、萧洪义四人 9 月中旬从上海到广州、长沙、武汉一路大串联，赶到北京，参加国庆游行后，又一路经过天津于 10 月到达南京。我们开始是小心翼翼去“串联”的，所到之处主要到各大专院校看大字报，抄大字报，还收集各种传单。萧洪义经过岳阳，都没敢下车回家看一看，再说一旦下了车，再上车就难了。等我们到了北京，到各大学一看，那里大多数的大学生也到各地串联去了，学校里冷冷清清。于是感觉到自己没有必要搞得那么紧张，家在南京的张明德同学就提出路过南京时要下车回家看看，我们也就都同意了。当年的南京火车站，就是如今的南京西站，位于下关，从下关到我们准备入住的，离张明德家所在的成贤街不远的南京工学院（现在叫东南大学），所要经过的最主要的马路就是中山北路，街道宽阔，两边种植的梧桐树茂盛，两侧的房子也大多数是由中国式的大屋顶与玻璃水泥结构相结合的现代建筑。我们一路走过这么多的大城市,还没有见过如此令人赏心悦目的林荫大道。我坐在公共汽车上看着车子一站一站地沿着中山北路向前行驶,沿线车站的站名也一个一个"排着队"陆续地印进我的脑海——挹江门、盐仓桥、三牌楼、虹桥、山西路……看着美丽的街景,因为家庭被冲击,一直郁闷和紧张的内心世界,在此刻开始缓和放松了。

那时的南京工学院自然也成了串联学生的接待站。当张明德回家与家人团聚时,我们去看了该校与附近的南京大学中已经贴了多时、被风雨弄得破碎的大字报,以防被别人说不投入运动。接下来,其他时间就往南京的风景区跑去了。首先要去瞻仰中山陵,我们走的这一路到过的大城市,都有不少中国革命的遗址,如广州黄花岗72烈士墓、长沙第一师范等,因此对以孙中山、毛泽东等为代表的革命先驱所走过的道路,从书本知识的认知,到了有具体印象的升华。出了中山门,就算出南京市区了。通往中山陵的主干道——中山门大街、陵园路粗壮的行道树更是如同卫兵一般,整整齐齐地挺立着,一路排到中山陵前。

站在中山陵主体建筑最前方的牌坊处,抬头望去,是由392级由宽逐渐变窄的台阶组成的墓道,直达顶端的墓室。所有的建筑由浅蓝色的琉璃瓦和本白色的花岗岩建成。墓道两边的雪松和苍柏也随台阶一直种到山顶。我们开始登上台阶,才发现392个台阶不是逐级一直向上布置的,而是上了若干个台阶就有一层平台。在第二层平台上有一处中山陵碑亭,用花岗石建造的,有一块高八九米的石碑,安置在一个龟状的石质雕塑上。它的正面自右至左竖刻三行鎏金碑文:"中国国民党葬总理孙先生于此,中华民国十八年六月一日"。碑亭有被砸过的痕迹。听说在"文革"初期掀起"破四旧"的高潮,有一拨红卫兵一度要砸,但另有一拨红卫兵出来保护,说毛主席在谈到孙中山时说过:"我们不能苛求于前人。"这才阻止了对中山陵的破坏。

当时我们年轻力壮,不一会儿,就到达了山顶的平台,迎面是祭堂,为中山陵主体建筑,它融中西建筑风格于一体,祭堂三座拱门为紫铜双门,门楣上分刻"民族、民生、民权"六个金色篆体大字。我知道所谓"三民主义”的“三民”，就是这“民族、民生、民权”六个字。另外，在中门上嵌有“天地正气”四个金色楷体大字。进入中山陵祭堂内，估计大殿长约30米，宽20米，高20多米，祭堂吸取中国传统建筑布局的特点，采取中轴线对称的布置方式，正面是一尊孙中山先生的坐状塑像，塑像四周有反映孙中山革命事迹的浮雕。大殿东西护壁上刻着孙中山手书的遗著《建国大纲》和别人书写的《总理遗嘱》。后面就是孙中山先生的墓室了，当时大概免于破坏，对外是不开放的。

走出殿堂，站在门口远望南京全城，真是“气象万千”、“虎踞龙盘”的风水宝地啊！山峦起伏，大江奔流，尤其是树木郁郁葱葱的高绿化覆盖率，南京的地理地貌特征，可以给城市建设者带来做文章的题材，是我们上海根本无法比拟的。中山陵两边的明孝陵和灵谷寺，在“文革”期间更是没有多少可看度了，不过既然到了这里，还是要“光顾”一下的。

玄武湖，据说是江南地区最大的城内公园，它东面是紫金山，西面靠着古城墙，到南京来不到玄武湖，好像连自己都说不过去，于是又去了玄武湖。但由于“文革”，它的自然景观与人文景观均遭到空前的破坏，连公园的观赏树也不能幸免，大量地被连根拔除。即使如此，它作为一处大花园，还是受到我们这些外来“串联者”们青睐的。它给我留下最深的印象，就是它拥有的五个洲——环洲、樱洲、菱洲、梁洲、翠洲，每个洲之间都有堤桥相通，浑然一体。

当然，到南京是因为“革命大串联”，所以雨花台也是一定要去瞻仰的，不过当时在“文革”的时代背景下，有些烈士的身份被红卫兵质疑，他们的坟墓也有被人砸过的痕迹。另外，中华门、新街口、鼓楼等南京的地标，我也第一次留下了印象。

我们在南京只待了3天，张明德因为得到额外的探亲机会，心满意足，也不敢在南京更多逗留，大家心里也惦记着学校和家庭这些天可能会发生的变化，就赶忙回了上海。我这次走了一路，发现所到过的地方，在上海人的眼中，就是一个“土”字，即使是北京，除去名胜古迹和十大建筑，其他的衣食住行条件，也可以用“土”字来形容。例外的就是天津和南京,尤其是南京,尽管生活条件接近上海,还不如上海来得精致,但也有许多比上海有优势的地方。因此对我来说,南京是很不错的一座城市。

三

我高中班级的几位同学在南京读书和工作,他们都说南京是一座具有丰富文化底蕴的古城,又是拥有众多大学和科研单位、高科技企业的现代化城市。一点不错,我班考到南京来的三位同学都有一个共同的特点:他们都是具有文学艺术才华的"理工男"——王海川、王吉茂和高炉森。1964年王海川同学考上了南京大学天文系,王吉茂和高炉森则考入南京工学院(现为东南大学)自动控制系,这两所大学是众多南京大学中的排头兵。王海川与我是小学的同班同学,他很有文艺天赋,在小学就能编写快板书,到了高中更是博览群书,知识面非常广,还会表演,说相声。能上南大的天文系也是很不容易的事情。据说"文革"初期,他比较活跃,在校内也小有名气,但他毕竟是个青年学生,不久就遇到麻烦了,于是他就及时吸取教训,也逐渐地看出了"文革"的本质,随后淡出了运动。王吉茂在高中时就是班中的作文高手,为班级演出编写剧本,还下的一手好棋,是全校的象棋冠军。听说在大学时,他是校刊的兼职编辑,还一度被学校推荐到南京市正规的报社当过实习记者。高炉森为人比较低调。当他们大学毕业后,"二王"分配去了江苏其他城市,高炉森则被分配在南京江苏电视台工作,在那里他表现出非凡的文理兼通的才华,不仅是台里技术设备部门的骨干,还兼职"玩"起了剪辑,这可是需要具有相当文艺专业水平的人才能干的事情啊!高炉森不但胜任有余,还干出了名堂,曾经获得中国电视顶级的荣誉——剪辑单项"飞天奖"。南京给这三位学理工科的同学,提供了表现人文才艺的舞台。

从清华大学毕业的邵洁人和上海交大毕业的周玉坤同学也辗转来到了南京工作,直到退休。周玉坤同学在中学、大学都是文艺积极分子,有一副"天籁"般的好嗓子。他被分配在位于南京三汊河的新华造船厂。

从一个工人做到了党委书记,也在这里找到一位同时从交大分配来的叫刘霞贞的女同学为妻,生了一个女儿叫周宁,“宁”为南京的简称。我还在哈尔滨铁路局工作时经常来南京出差,从下关铁路招待所到三汊河,没有直达公交,要沿着长江走一段长长的路,然后摆渡才能到达。在他还没有结婚以前,如果正值他休息,我们经常会一起外出游玩,除了一些大家熟知的景区外,还到诸如屹立于长江南岸的燕子矶那样,连一般南京人也并不熟悉的景点。我们站在三面临空直立江上宛如临水飞燕的山石上,去领略所能观望到的无限风光。登上燕子矶头,它离长江江面数十米,举目远望,看滚滚长江,浩浩荡荡,江天一色,风帆片片,风景如画。周玉坤尽地主之谊,请我品尝闻名中外的南京盐水鸭,我们用一种叫“麦精露”的碳酸饮料,代替啤酒互相碰杯。他还设法帮我采购东北稀缺的施工材料,在南京延续了我俩在高中时代结下的深厚友情。

邵洁人同学是我在高中时代另一位较为要好的同学,他从宜昌调到了南京工程学院当老师,从助教一直当到教授,他是我国数控机床的著名专家。我们俩从高中毕业后一直保持着联系,没有中断过。然而在他上班期间,我却从来没有到过他南京城里的家,倒是他退休后,搬进了位于江宁学校为他们建造的别墅里,我才与妻子天仪和另一位中学女同学陈怡群一起,第一次来到他和他的妻子——也是高中同学的仇淑梅的家中。我们在他家里度过了难忘的五天。2012 年 9 月,一个金桂飘香的时段,我们驱车去南京,在他们家品味了由邵洁人亲自种植的原汁原味的绿色蔬菜,并一起游览了我以前多次来南京却没有去过的景点——栖霞山、方山和高淳古镇,后者连生活在南京几十年的邵洁人也没有到过,它是中国第一处被国际组织评定为“慢城”的地方。这次南京之旅让我们对南京留下了极为美好的印象,成为在以后的日子里,我与妻子经常念叨回味的愉快事情。

在南京,还有我二姨妈的女儿,我的孙树人表姐,她早年去沈阳音乐学院就学,以后辗转丹东、舟山,最后落脚在南京,在南京艺术学院任教——教授钢琴至今。她在南京教过的学生不计其数,看来南京确实是搞艺术的人的一块福地。凑巧的是,她的丈夫吴东建先生,也是邵洁人任教的南京工程学院的员工,他们彼此是很熟悉的同事。

四

我于1975年调进上海铁路局,1977年11月开始到路局总部工作,直到1995年离开铁路。按照当时的体制,南京分局是上海铁路局下属的一个分局。在铁路"高、大、半(高度集中、大联动机、半军事化)"的体制下,我们路局对分局以及再下属的站、段的管理是直接的,这也是我作为路局机关的一名工作人员,到南京去的机会特别多的原因。我在路局机关从事与基层有关的专业有三个——养路机械、桥梁和对外经贸,为此也有机会与南京这里许许多多同事打上交道。从当年的分局长,最后当上铁道部长的盛光祖到南京工务段工厂的钳工周衡盛,都有过交集。

南京长江大桥是与我工作相关的一个基层单位,在大桥建成初期,它的管理单位叫南京长江大桥管理处,是一个名副其实的"处级"单位,可当时南京分局也只是一个处级单位,因此,后来尽管它对外仍叫"管理处",但实际上从业务角度对它的管理则按照一个"段"——当时只是一个"科级"基层单位来对待的。当然,当时它有接待来自各方的中外顶级贵宾的任务,这还是其他一般基层单位望尘莫及的。南京长江大桥在很长一段时间是人们到南京一定要去参观游览的地方,且不说南北桥头堡内大厅的豪华气派远远超过武汉长江大桥,就是桥头堡下面的大桥公园在当时也是按高标准建设的,除了各种树木花草,还有喷水池。站在那里仰望大桥,显得更加雄伟。武汉长江大桥我去过,它的桥头堡很小,从铁路桥面的人行道可以直接进入接待客厅。而南京长江大桥的桥头堡面积就要大得多,分别由中间大厅和客厅组成,而且接待一般游客和接待贵宾分别在不同装潢水准的客厅里。"近水楼台先得月",我们有机会陪同来宾进过贵宾厅。

其实,南京长江大桥由于时代的局限,也有先天不足。如桥梁与水面之间的净空留得太低,仅30多米,不像上海黄浦江上杨浦、南浦大桥的净空有近50米，因此影响了大型船舶通过大桥桥孔，驶向武汉、重庆等中上游大城市的港口。有一次大桥管理处来电话汇报，说钢梁承担桥枕的部位，技术术语叫上盖钣的顶面，发现大块锈蚀，让我们赶快去分析原因。工务处桥梁科长派我立即赴南京查明。我到桥上一看，样子是有点难看，但锈蚀的厚度并不深，对行车没有危险。原因是当年防锈工艺中，上面喷的金属锌，下面是钢梁的本体。由于喷锌时质量不好，锌没有与钢梁密贴，中间就有空隙，一旦有水浸入，锌与钢梁的铁质，就成了一个“蓄电池”的两极，水是电介质，这就为钢梁锈蚀创造了条件。我由此问询了陪同我看的管理处沈总工程师，这是什么时候喷的锌？他说，就在大桥竣工前不久的1968年前后，一般说来，到了铺设桥枕阶段，就意味着桥梁快要竣工了。那是正值“文革”最乱的时期，工作质量较差是可以想象的。在铁路系统，此类技术问题对于从事养护维修的“工务”部门，属于常见病，而对于建造大桥的工程部门却是陌生的。沈总工程师恰恰就是大桥建设单位在大桥竣工时留下来的工程技术人员，了解当时的情况。他很同意我的判断，随后我告诉他处理的方法。当年与他一起留下来的另一位主要领导是樊炳麟副处长，他俩是分别从南北两个方向相向建桥的两个工程单位的技术负责人。据他们同事说，这两人是一对“欢喜冤家”，两个人脾气、个性正好相反。沈总是个典型的老知识分子，性情耿直，而樊副处长则有点官员气质，说话婉转。两个人在许多地方意见经常相左，说不到一起去。但命运偏偏让此两人一辈子是同事，一辈子是邻居，一辈子在一起。

在南京铁路系统，像沈和樊那样的工作上的“冤家”还有一对更加有趣。南京线桥大修队是一支施工力量很强的队伍，上海地铁第一根长钢轨是他们铺设的。京沪线明光特大桥是他们建造的。他们的队长叫魏培礼，是一个能力很强，在单位里说一不二的领导。有一度，上级给他配一位姓金的党委书记，也是一位能干的干部。于是乎，两人闹得不可开交，谁也不买谁的账。后来，工务处领导在分析原因时，说这样的现象是“一山容不得二虎”，建议南京分局调配干部，结果派了一位很能做思想工作的梁金玉同志去大修队当书记，果然，梁和魏成了一对配合默契的“哥俩好”伙伴，后来听说那位金书记被派到防疫站当领导后，也与那里的行政领导关系融洽。以后铁路局在搞企业管理培训时，在关于如何配备干部的课程中，把上述故事当作了典型案例。由于梁金玉同志的出色工作，后来他被任命为南京长江大桥管理处的处长。20 世纪 90 年代，为了解决我的大学同学张明德的分居问题，我帮他调来南京，一度也当过南京长江大桥管理处的副处长。

我们来南京除了工作外，各种会议也肯定少不了。当时会议期间一定会有参观的项目，但政治性景点会更多一些，如“总统府”旧址、梅园新村中共代表处等。去过总统府参观后，知道了当年蒋介石的办公室、国民政府要员开会的会场，以及陈毅进了总统府，打电话给毛主席的地方在哪里。以后在观看各种相关历史影视剧，如《风雨下钟山》时，对故事情节发生的场所都有了直观的概念。

当年位于新街口的金陵饭店的顶层是一个能够旋转的餐厅，那可是在中国大陆开了先河啊！想去观光的人真是不少，旋转餐厅接待能力有限，一般人很难如愿。但由于南京铁路系统，尤其是南京站，掌握着当年紧缺的车票资源，方方面面都很买他们的账，金陵饭店也不能例外。我们也因此沾了光，很早就去领略这奇妙的设施。第一次在高处对着整个南京城环视鸟瞰一番，印象深刻。由于南京有山有水的地理优势，尤其是有植被很好的绿化，所以看过去有种赏心悦目的感觉，一点不亚于后来在澳大利亚悉尼塔旋转餐厅看出去的美景。以后我从事了外经贸工作，经常陪同外商来南京洽谈业务，还去过诸如夫子庙、珍珠泉等以前没有到过的旅游景点。

五

真是连做梦也没有想到，我在南京还有过一段恋情。这本来是属于不好意思说出来的事情，想想如今自己已经年逾古稀，作为一段人生的经历说说也无妨，也许还可增加点文章的可读性，因为人们对有关爱情的片段总归还是会感兴趣的，不论男女老少。

我 1970 年分配到了哈尔滨铁路局，先在位于佳木斯的第五工程队劳动兼实习。那个单位的同济老学长张福定工程师一家对我特别关照，我们拥有如同亲兄弟一般的友好情谊。1972 年 5 月重新分配，我就到了哈尔滨，但彼此仍旧保持着紧密的联系。我因为一直想回南方，所以也没有在东北成家的念头。虽然曾与一位女同学在哈尔滨既像谈恋爱又不像谈恋爱，有过一段恋情，但我们在口头上从来没有明确过彼此是恋爱关系。况且，后来她 1973 年 10 月调回了天津老家，也就不了了之了。张福定的夫人于淑兰大姐是佳木斯铁路医院的大夫，她曾经在此时派往南京铁道医学院进修，在宿舍里遇到一位来自南昌铁路医院的外科护士 H 姑娘，她是与一位脑外科医生一起配对来学习脑外手术的。于淑兰大姐当年是佳木斯铁路系统有名的美女，H 姑娘确实也是一个很漂亮的武汉籍姑娘，两人"惺惺惜惺惺"，很有共同语言，于是于淑兰大姐很热心地要把 H 姑娘介绍给我做朋友。对于这件事，我毫无思想准备，如果成功的话，意味着我将要调往江西。但大姐的好意我也不能推辞，于是答应在春节回上海时，到南京与 H 姑娘见一面。

她如约到南京铁路招待所找到了我，我客客气气地接待了她，她倒也大大方方陪我在南京游玩了 2 天。她说莫愁湖很好玩，那里我也没有去过。于是我们去了莫愁湖公园。莫愁湖是一座有着 1500 年悠久历史和丰富人文资源的江南古典名园，据说公园面积 58.36 公顷，其中湖面就占了 33.3 公顷，"文革"中，园林景物遭到严重破坏，当时给我留下印象的除了湖中莫愁女的雕塑，还有胜棋楼、郁金堂等一些不开放的亭台楼阁，其他就是树木草坪等一般公园的设施了。我带了一个 120 的相机，为她拍了几张照片。次日，我们又去中山陵一带风景区尽兴地玩了一天。晚间沿着中山北路把她送回学校后，我也顺道回了招待所。两天的交往，彼此印象还算不错，大家都同意相互通信，继续联系。第三天上午，我就回了上海，到家后把相片冲洗出来后，哥姐一看都说 H 姑娘是个美女，很像当年的明星姜黎黎，鼓动我去南京把她请到上海来过年。当时铁路的免票停止使用,她也不能回家。她在征得定居在南京她的同父异母的大哥大嫂同意后,随我来到上海,住在我姐姐家里。除了见过我的父母、兄嫂外,也随我去一些亲戚家拜年。大家对她的反响还都不错,我们俩似乎也有点感觉了。年初五,她回了南京。好像是老天爷的安排,哈尔滨的领导让我与从哈尔滨赶来的同事程玉湘一起,去南昌工务段学习铁路线路边坡清筛机的制作,还应南昌工务段的请求,帮助他们把该机的全套图纸画出来,这样在南昌我们待了半个月。

在南昌的铁路食堂,我遇见了好几位同济大学68届的同学,其中有一位姓庄的同学,我在学校时就与他很熟悉。一次吃饭时闲聊,我说起H姑娘,但并没有说是女朋友,庄同学不假思索地说,他与H姑娘很熟悉,刚分配来的时候,在一起劳动锻炼。他说H姑娘虽然漂亮,但不是"淑女型"的女孩,还讲到了她在南昌的一段没有谈好的恋爱史。这让我对本来就不大了解的H姑娘的印象开始有了一些疑虑。因为她告诉我,她从来没有谈过朋友。当我结束了南昌的公差,与程玉湘一起登了庐山,随后程玉湘乘火车去浙江老家探亲,我则乘船沿长江到了南京去与H姑娘聚会。谁知还没有等到我说她以前的事情,因为我认为,一个女孩子不愿说出自己的恋爱史,在当时是正常的事情。她倒向我发出"最后通牒",让我在半年内调进南昌,否则终止恋爱关系。这倒好,我本来就没有做好去南昌的思想准备,而且计划经济时代,半年内调动工作谈何容易?况且,她虽然长得漂亮,但在我的心目中,与她的共同语言似乎少了一些,她也并不是属于我要寻找的非她莫属的理想伴侣。于是在南京好聚好散,回到哈尔滨就与她结束了联系。

六

21世纪初,我和妻子、女儿一家三人第一次外出旅游,就选择了南京为目的地。这也是我最近的一次到南京市区游览。整个南京城正处于大拆迁、大建设的阶段,不过这一次对我来说,主要是一次"文化之旅"。

我们到达南京的那天,全城汽笛齐鸣,原来是"12.13"南京大屠杀遇难者纪念日,1937 年的 12 月 13 日,侵华日军侵入南京实施长达 40 多天灭绝人性的大屠杀,30 万生灵惨遭杀戮,人类文明史上留下最黑暗的一页。由于在大冬天,乘着旅游车,寒风凛冽,游览玄武湖也不是好滋味,只是让女儿看看南京的古城墙是什么样子的。这次中山陵可以进入孙中山的墓室了,我们瞻仰了有孙先生雕塑的棺椁。灵谷寺尊重历史,恢复了为祭奠抗日阵亡将士设立的牌位。还知道了明孝陵的御道为什么不是呈直线形的,而是弯道,原来是明太祖修墓道时,遇到了孙权的坟墓,为了表示尊重,他的墓道就在孙权的墓前转了一个弯。

莫愁湖与我上次来时已经今非昔比,原有建筑重新整修一新,园内亭台楼阁错落有致,掩映在山石、松竹、垂柳、花木绿荫之中,湖水碧波荡漾,清澈照人。关于胜棋楼的历史典故,园中也有介绍:"此地为明太祖朱元璋与中山王徐达弈棋之处。徐达棋艺超群……明太祖见徐达以棋子巧布'万岁'二字,始服徐达的棋艺确实比自己要高,乘兴将此楼连同莫愁湖赐予徐达,以彰徐达建国功勋。此即胜棋楼名之由来。"

在夫子庙更是收获颇丰。不说秦淮河的历史传说,走进景区就看到了"乌衣巷"的路牌,这让我想起唐朝诗人刘禹锡的名句:"朱雀桥边野草花,乌衣巷口夕阳斜。旧时王谢堂前燕,飞入寻常百姓家。"这"朱雀桥、乌衣巷"就在夫子庙一带,历代的诗歌使夫子庙增添了诗意。而位于南京夫子庙学宫东侧的江南贡院又称南京贡院,是中国科举博物馆的所在地,它是中国唯一以反映中国科举考试制度为内容的专业性博物馆。在这里又让我从实地中看到古代读书人的不易。里面成排的考试号舍的布局,让我对当年那些书生经历考试过程的紧张和艰辛,有了直观的认识和感受。夫子庙在南京的地位大概和城隍庙在上海的地位相仿,是老百姓吃喝玩乐休闲的好去处,所以也有各种小吃供应。令人略有遗憾的是南京的食品都显得比较粗糙,即使在夫子庙供应外宾的顶级小吃,也就是包括茶叶蛋之类的普通点心,与上海城隍庙绿波廊供应的精致小吃点心,还有相当大的差距。这种现象不局限于夫子庙,整个南京的餐饮水准确实还有提升的空间。然而我却在夫子庙获得意外的收获。在那里卖 CD 片的摊位上，我看见一张名叫《18 把小提琴(1)》的 CD 片，只要 5 元钱，比上海便宜，就买了下来。回来一听，那可真是美的享受啊！无与伦比。它成了我所有 CD 片中最喜爱的一张盘片。以后我在上海书城买到《18 把小提琴(2)》，要 48 元/盘，价钱与《18 把小提琴(1)》相比，贵了近 10 倍，但还是《18 把小提琴(1)》选择的乐曲来得更加悦耳动听。能买到《18 把小提琴(1)》简直成了我在南京最有成就感的事情之一了。

如今我把《18 把小提琴(1)》拷贝了数盘，分别放在家里、车里和办公室里，一有机会就会放送聆听，其中的乐曲几乎成了启发我回忆上述在南京发生的各个故事的背景音乐。

后记：写完无锡，写南京，没想到写南京的篇幅比写无锡的还要长。上次写无锡的文章引起许多微友热情的点赞和评议，尤其是评议如此的丰富，让我非常感动，因为这些评议，大大地扩展了原文所没有包含的内涵，也是对拙文的一种鼓励。因此我特地把微友的评议摘录下来，让大家分享。当时我觉得，这可能与上海离无锡较近有关。没想到这篇写南京的文章所引起的反响，让我喜出望外，不但不亚于无锡，还有过之无不及，已达数千字之多。而且微友之间因为评议中有对对方的怀念，还互动起来。特别是有些评议本身就是一篇美文，得到其他微友的赞美。还有高炉森同学作为“老南京”，因我的请求，给我把关，指出了拙文中的错误，让我及时修改，免得误导读者。因此我再一次把有关《南京故事》的评议摘录部分，请各位读者共享。

评议和联想

汪　川：平雷同学的《南京故事》，激起了我的兴趣。南京是我国六朝古都，若论历史文化的底蕴，除了北京，当数南京。我去过南京两三次，一次是我从新疆回沪探亲时路过下车短暂一玩，第二次是我调回上海后随学校集体旅游。主要游了玄武湖、夫子庙、秦淮河、总统府和中山陵。

这些景色和气派，天下一绝。第三次是去年全家专门去秦淮河夜游，坐着游船，饱览了两岸美景。灯光造型美轮美奂，用灯光和雕塑，演绎了众多的历史典故。第二天又重游了中山陵和总统府，每次游览完毕，总有不同的感受，深为陵墓的气势和三民主义精神所感染。

平雷同学文中提到的几个南京的好友，其中有两个同学，我和他们曾有过共同的经历。一个是周玉坤，一个是王吉茂。周玉坤和我是当时校武术队队友。自始至终，共有两年多时间。周玉坤给我的印象是随和，有灵气。学东西刻苦认真，一招一式，一丝不苟。当年他和我是队中个头最小的，所以在后来学对打时我俩一组。我俩配合默契，动作娴熟。我班班主任陈丽华老师专门为我俩的对打拍照，遗憾的是年代久远，现已找不到了。如在的话，真是弥足珍贵。

我与王吉茂是当年象棋比赛认识的。在高一时举行校象棋比赛，我参加了。由于是课后比赛，时间有限，规定一局定胜负。我历经几天苦战，过五关，斩六将，最后遇到和王吉茂决赛，我执红先行，以中炮、盘头马进攻，王则以飞象、屏风马固守。下到中局，王吉茂有点轻敌，被我盘头马跃马成功，取得先手，终于获胜。这样我成了第一年的全校冠军。到了第二年再比赛时，我明显感到王吉茂的棋力在我之上，他这次全力以赴，下棋稳健细腻。而我是个急性子，只顾猛攻，不顾后防。眼看我将大功告成时，他居然绝地反击，我兵马来不及后撤，最后功亏一篑，输了。但是我输得心服口服。他因此成了当年的全校象棋冠军。近惊悉王吉茂已作古，唏嘘不已。但愿他一路走好。到天国，继续下棋……

宋爱华：谢谢平雷推荐汪川同学这篇回忆文章，写得真好，值得一读。

戴一梁：感谢平雷的介绍！南京也是我的福地！尽管苏州、杭州、常州、无锡、镇江等也是江南烟雨城，但终不及南京的气派和历史悠久！六朝古都，且不说玄武湖的美丽，雨花石的精透，中山陵的仰视，夫子庙里的繁华和苍凉，秦淮河边的惊艳和香气。即使品着盐水鸭，就着花生米，再喝上二两洋河大曲，也足以让人陶醉三天！我在 1989 年到 1997 年间，担任农场供销科的副科长。在1990年,我住在南京的一个小旅馆中,正愁肠百结地为如何打开橡胶制品销路而发愁,猛听到楼下鞭炮响,推窗一看,原来南京五金交化批发中心成立。我经过两天奋斗,拿到三十万元订单合同,心里那个美啊!还有一次,南京地摊的一个算命先生一看见我,就说你有二子,我欲转身离开,因为当时我只有一个女儿,但算命先生大叫一声,你已有一女,将有一子,我回头一看,算命先生目光如炬!说来真的是灵,过了几年,便有儿子了。南京真是我的福地呵!

20世纪90年代初,我在中山陵下面一个小店里看见一大堆五彩斑斓的小石头,一问,是雨花石,一块钱一小堆,有几十块小石头。我和另一农场干部各买十元钱,好大一堆,很漂亮。可惜,现在不知给我老婆丢在哪里了,找不到了!在南京,收藏的雨花石最出名的在鼓楼,相当珍贵,南京的文化一半在鼓楼!

顾亚民:记忆也许就是过眼烟云,随着岁月的消逝而模糊散失。一个人若能表现出超乎寻常的记忆力,那是因为他们的灵魂中有一个花园,许多往事像一片片枝叶繁茂的花树,在这花园中存活着,生长着,能真正显示出一个人的人格和才华,会受到大家的喜爱。这是我看了平雷、一梁、汪川所写的上述回忆文字的感想。

钱雪元:惊人的记忆力!这哪里是印象,简直是现场报道。

黄鑫霖:你的记性真好,让我看后形象地回顾了以前的南京,带出了旧时的回忆,蛮有味道!

冯寅生:我佩服你过人的记忆力,几十年前和故友在南京相聚的经历一一道来,是那么娓娓动听,描述得又是栩栩如生,看得出,并非笔下生花,而是发自肺腑。

高炉森:你写的“南京故事”系列散文,把南京写得很优美,很细腻,如数家珍,一一道来,使我一个老南京也感到非常亲切。文中三点有误:1. 从下关火车站到城内的公交车站名顺序应是挹江门、盐仓桥、三牌楼等。2. 出中山门到中山陵的路,要先经过中山门大街再拐到陵园路,才直达中山陵。3. 周玉坤在南京请你吃的恐怕不是南京板鸭,而是南京盐水鸭,因为板鸭太咸,一般不作为卤菜。盐水鸭是南京有名的卤菜,适合作为下酒菜。

毛正峻:确实是"(南京长江大桥)桥梁与水面之间的净空留得太低,仅30多米,不像上海黄浦江上杨浦、南浦大桥的净空有近50米。影响了大型船舶通过大桥桥孔……"当时我在上海海运局基建处工作,经常会到局下属在安徽芜湖的荻港船厂出差。那时也要安排部分万吨轮去该厂修理,就是因为大桥桥孔净高太低,必须在上海立新船厂把烟囱等割除了,再去荻港船厂,然后在回到上海再恢复(焊接),很麻烦,现在也如此,也直接影响了荻港船厂的价值和效益。

陈梅生:看了你的文章,我印象最深的是南京长江大桥的建成。在我们去北京上大学时,还没有大桥,绿皮车或特快车到南京站后,等待时间很久。要把一列火车拆开,三节一截、三节一截,推到下关轮渡码头上轮渡运到浦口,再由对岸的火车头把它们拖上来,重新排列。这样一推一拖的过程大约要2个多小时。我们这些同学常在南京站一到,就出站坐公交车到新街口玩一下,吃点东西,又乘车去下关渡口摆渡,再在浦口车站上车,与车上的同学会合,成了习惯。大桥建成后,天堑变通途,这种"福利"就没有了。真怀念那时的日子,年轻真好。

说起南京的雨花石,有这样一件可笑的事。那年,大约是1967年吧?缪学诚同学的弟弟缪学强到外面大串联,到南京雨花台去捡雨花石,准备送给我,结果他捡了一块八九斤重的大石头,放在书包里,他把这块石头先带到西安,又带到了成都他大姐家里。后来因为东西太多,石头又重,最终他没把这石头送我,而是丢在贵州遵义会议纪念馆里了。其实那不是雨花石,而是一块大鹅卵石,但他的这份心意我领了。可惜缪学诚弟弟20多岁就得白血病,早逝了。

周玉坤:读了平雷好友的南京故事,激起了我对南京往事的美好回忆。从1970年交大毕业分配开始到2007年退休,我一直在南京工作。其中31年春秋就是在平雷文中提及的南京新华船厂度过的。31年中见证了新华船厂的风云变幻,从500吨沿海货轮到1000吨沿海货轮,从援外苏丹的30吨汽车轮渡到铁道兵司令部的993机动舟,从3000吨油轮到5000吨分节驳,从葛洲坝三峡工程的50吨浮吊到宝钢工程的沉井项目……自己也在党组织的培养和船厂干部、工人的教育帮助下,从工人、技术员逐步走上中层干部、副厂长和党委书记的岗位。与此同时,成家立业,与一位一起分配到船厂的交大学妹组建了家庭并有了爱情的结晶,我们为女儿起名为周宁,就是为了永远记住我这第二故乡的南京,同时祝愿女儿要宁静而致远。我很“妒忌”平雷惊人的记忆力,不管我如何绞尽脑汁,也想不起20世纪70年代,和平雷一起喝着麦精露当啤酒的美景。同时要告知平雷好友和诸位,“三汊河”早已没有当年渡轮的踪迹,并因先后建造了两座大桥而交通便捷了。我还要感谢汪川校友“爆料”出他曾经和我武术对打过,而且还带来了尊敬的陈丽华老师曾经为我们拍过照片的“惊喜”啊!

倪纪芬:南京我也去过,那是20世纪90年代初。过去那么多年了,已经淡忘了。读了钱同学的《南京故事》又慢慢地回忆起来了。我们去过中山陵,几百级台阶分几段走完。三个拱门,中间大两边小,听说孙中山的棺椁是沉放在陵墓底下的,所以看不到。去“总统府”除了参观国民党官员办公室外,院子里的一辆轿车引人注目,那是一辆只有在电影电视里才能看到的,军官坐的轿车,所以印象很深,在夫子庙的一家茶楼里品尝过茶点,在雨花台上留过影,去栖霞山爬山时出过洋相,爬得我筋疲力尽,像狗熊似地差点瘫在山路上,全没了风度,引起后面同事大笑。去南京还有一大收获是带回来许多雨花石,一只有斤把重的石雕大公鸡,还有各种小挂件。但也有对南京的不满地方,当时的南京卫生搞得不太好,地上的垃圾清除不及时,旅馆里满是浓浓的蒜味,让人不爽。现在该不会了吧,有机会一定再去南京看看。又该谢谢钱同学了,你的作品又让我找回了忘却的美好的时光,这种回忆是幸福的。

章哲荪:我已把平雷的《无锡印象》《南京故事》等佳作及评论都转发到我的圈子中去了;平雷近期勤于笔耕,速度飞快、连珠似地脱稿,且很有趣味性,展现“上海作家”之内涵,可点可赞!只是写作是脑力劳动,毕竟年已古稀，细水长流才好。

钱平雷能不断地撰写散文，也是对社会的贡献。为什么平雷能“高产”，我认为他具备了以下修养和素质：

1. 有丰富的社会阅历和情感体验；

2. 有较高的文学艺术修养；

3. 有对日常社会体验活动内容的超强记忆力或各种形式的丰富记载；

4. 有满腔热情和高度的社会责任担当。

陈国梁：反复阅读钱总的《南京故事》引起我思绪涟漪，浮想联翩，感触良多。南京对我来说有养育之恩，乡土之情。

一、初到南京

1962 年 6 月，正值我从市西中学高中毕业。由于蒋介石要反攻大陆，形势紧迫，历来从不招应届高中毕业生的惯例被打破，连大学一年级的在校生也被招走，我因此入了伍。29 日早上军车停在原铁路上海西站，按照原计划是火车直接拉到福建前线打仗。但在待命 24 小时后，南京军区最后决定，由于福建前线兵源已够，我们的军车暂时先开往南京。6 月 30 日火车启动出发，傍晚抵达了位于下关的南京火车站，然后背着背包夜行军两个多小时，摸黑从浦口走进花旗营房。在浦口的花旗营房军训，我们劳动了 8 个月。除了队列、军训，还有不少务农任务。农田在离营房有七八千米的北城围，一般天亮出发，傍晚回到营房。各种农活从学着干，到完全能独立做。偶尔部队放假一天，从营房走到浦口两个小时左右，再过江进入南京市区。初到南京，想要尽快参观游览各处景点，经过几个月的一次次放假，逐渐把南京大多数的景点一个一个地看了一遍。

二、结缘南京

如果说，南京与我有缘，就是来自于新朋老友交往，尤其是其中有三位与我关系比较密切的朋友是在南京与我结缘的：

第一位朋友是刘以鸣。他和我既是发小，又是初中、高中的同学。在中学时代，在班级中我们俩不是我第一就是你第一，你追我赶，相互勉励，互相促进。1962 年我由于参军，来不及考大学，他则考取了南京工学院的电子管专业，这就有了我们俩的南京聚会。我在南京半年多的时间里多次去过南工。

他的座右铭是："一个人一定要有远大目标，通过自己的努力，即使不能百分之百的实现，至少有百分之六七十的实现，也算基本成功。"他的思想也影响了他的女儿，她曾在上海外国语大学读本科，是个"学霸"，读研究生去了美国，后来定居美国了。

第二位朋友是夏文芳大姐，她是南京军区的一名医务人员，是我在看病的过程中与她相识的。文芳姐的为人对我的人生影响挺大，她是一位先人后己、严格要求自己的人。对待亲戚朋友，她是宁可自己吃粥，也要把米饭送给别人的人。在各种公共场合，她都是一个很会照顾别人和谦让他人的人，无论是穿着军装还是穿便装，即使一天工作下来很劳累，在公交车上她总是让座位给老人或行动不便的人，我亲眼看见过许多次。

1967 年"文革"时期，正值南京两派武斗，刘以鸣同学虽然人早已逃回了上海，但仓促间无法带走对他说来很重要的大皮箱，得知我要回沪探亲，就请求我去南京工学院，帮他取出有 20 千克重的大皮箱，带回上海。文芳姐知道当时南京很不太平，路上会遇到各种困难且很危险，她二话不说摘下手上的梅花牌手表交到我手里。借我这块手表的意思，是让我精确安排时间，不至于弄得火车脱班。事后证明她的判断正确，马路上稀稀拉拉，少有行人。尽管我穿着军装，心里也有点害怕的。当时要是搞不到一辆车，就无法取走大皮箱，几经周折我好不容易才找到一辆高价车，最终才将皮箱交到了刘家。为此父母把我大骂一顿，说为了一个朋友的皮箱，连自己命都不要了。梅花手表是文芳姐唯一的贵重物品，是她工作好几年，省吃俭用才买下的。当然，回南京后，我立刻将手表归还主人。

我复员回上海后，我们仍旧保持着密切的联系。在我女儿蔚琦小学读三年级暑假时，我们夫妻俩陪女儿去南京游玩了不少景点，也住在文芳姐家。周日，她陪我们游玩珍珠泉。蔚琦喜欢爬山，由于雨后山地泥土湿黏，爬了近一个小时，浑身都是泥浆，鞋帮和鞋底也几乎大部分已分离，走起路来很困难。文芳姐却大加赞许，说小小年纪的独生女吃得起苦，有毅力，将来会有出息。

50 多年来，我们两家一直保持着往来，她的小女儿也是我女儿的好朋友，她们一起到上海体育馆去观看过刘德华的演唱会。文芳姐退休后住南京军区干休所，部队分给她近 200 米的跃层套房，享受了团级干部待遇，安度晚年。我夫妇俩逢出差或游览南京，必去拜访。

第三位朋友是我的忘年交——陈宝洪将军。

1964 年我在南京有缘结识了陈宝洪政委，这是一名普通的战士与首长之间的友情。他是 1935 年参军的老干部，戎马一生，抗日战争、解放战争，大大小小的仗打了近二十年。我俩相识时他是南京军事学院的一位领导。陈宝洪政委向我介绍了许多有关南京军事学院的人和事，50 年代初期，刚组建南京军事学院时，刘伯承元帅是首任校长。在刘帅身上发生过大量的传奇故事，他是震撼中国军界的一代名将。毛主席说，刘伯承是一条龙。朱德称赞刘帅具有仁、信、智、勇、严的军人品质，是“军事奇才”。许多大的战役的方案制定和指挥均出自刘帅的英明决策。在我 1962 年当兵时，南京军事学院的主要领导是王平上将。当时整个华东地区仅有两名上将，其中一位就是王平上将，另一位是南京军区司令员许世友上将。南京军事学院是培养军事干部的摇篮，主要培养对象是师级及以上的军事干部。“文革”之前，南京军事学院也帮助培养训练亚非拉友好国家的军事指挥员，但起点必须是营级干部以上。

南京军事学院位于南京太平门外的一个部队大院。陈政委全家都住在大院内，我去过不少次。有时政委的爱人张素莲也会叫我一起吃吃饭。政委有两男两女，大女儿爱嘉，大儿子卫国，小儿子建业，小女儿自立。爱嘉比我小两岁，南京军区有名的文艺活跃人物，到北京后是部队的军医，丈夫是协和医院的外科主任。小女儿自立是北大金融专业的高才生，80

年代来上海,就住在我家,她立志进军华尔街。

南京汤山镇有著名的汤山温泉,除了街上有普通的温泉浴室外,还有一处独立的封闭的别墅花园,就是蒋介石和宋美龄洗温泉浴的地方。“文革”前不对外开放,只有上将以上的高级将领才可以享用。虽然当时陈政委不是上将,但他可以自由出入,我曾有幸跟随陈政委进入并彻底地参观了一番。我们迈步走来,在小山坡上,可以看到大小不等的温泉泉眼,不停地冒着热气。

70年代,陈政委调往北京,任国防科工委后勤部政委。当时军中后勤部这条线洪学智将军是最高首长,因此他是陈政委的业务领导,俩人私交甚好。国防科工委是由张爱萍上将主持工作的,系统上陈政委又受张爱萍上将领导。

陈政委所领导的后勤部在北京德胜门外苇子坑,是个部队大院,陈政委有一幢独立的小别墅,我去过几次。1986年我爱人和女儿去北京游玩十来天,均住在陈政委家里。陈政委将我视若知己,所以我俩不但有许多直接交往,也一直保持书信往来有二十多年之久,至今我仍保留着他老人家不少的书信。最可贵的是,在我20岁左右成长关键时,他教会了我许多,真是“亦师亦友亦父”,他的直爽性格一直不断地影响着我。如他在战争年代里,有时一年里可以连升好几级,但在另外的情况下,由于个别的原因也可以连降二三级。但他始终如一乐观对待。这方面的故事他给我讲了很多很多。我们彼此的了解和信任,是在南京打下的基础,所以我要感谢南京这块福田。

1979年我第一次去北京,也住在陈政委家里。周日休息陈政委特地陪我去北京有名的全聚德烤鸭店,好好地享受了一番,味道实在太好了,终生难忘。1979年我父亲故世后,母亲情绪一直不好。80年代初,政委到他下属的上海办事处检查视察,特地花了半天时间去家中和我母亲促膝谈心,母亲甚为感动,以后慢慢地也恢复了正常的心情。陈政委离休后享受大兵团级别,也就是大军区司令员级别的待遇。

几十年过去了,回忆起年轻时的苦甜酸辣,有艰辛,也有快乐。但印象最深的当数南京，它教会了我许许多多做人的道理，限于篇幅，太多的故事就不一一讲了。每当我想起三位朋友，就会想起南京，南京的点点滴滴实在无法忘怀。愿好人一生平安！也祝福南京！

共同的生日礼物

一

2017年是同济大学建校110周年。早在2016年第四季度,学校就在主流媒体上发布筹备校庆的通告,要求校友和各界人士为学校多做贡献。作为一名同济的学子,我热爱曾经培养自己的母校,也愿意为学校发展贡献力量,但如果要求我在经济上做贡献,恐怕没有这个可能。因为我现在已经没有权利或者个人财力拿出资金赞助学校,况且对于一所知名的大学,太少的款额也是拿不出手的。于是我就想到,我被人们最为称道的就是成了一名文理兼通的“通才”,我的成长经历正是目前学校提倡“博雅教育”可以提供参考的经验。其中最有代表性就是我作为一名“理工男”,在做好各项本职工作和社会兼职的同时,还演变成为科普作家,又成为文学作家。在科普创作界,我的文理结合的散文作品是具有一定特色的,它们能够反映我应对各种工作、生活环境的变化。这次正逢我的第四本散文集——《上海高度》即将出版,我就与出版社商议,在其扉页上写上:“谨以此书献给同济大学母校110周年校庆”的字样。并请原同济大学副校长郑惠强教授,作为我的老领导、老朋友为该书作序。这样,我为母校校庆的“礼物”就准备就绪了。

接下来,就是用什么形式把“礼物”送出去?于是我就想到搞一个类似图书的“首发式”是比较合适的。因为以前我的“幸福三部曲”,三本书都搞了研讨会暨首发式,效果也都比较理想。出版《上海高度》的上海科技文献出版社属于上海图书馆系统,可以应用有高端品牌效应的“上海图书馆讲座”的舞台来举行首发式。我以前就通过这个途径,应邀在“上图

在同济大学110周年校庆活动上做报告

讲座”做过2次报告。但在与出版社张树副总编讨论这个话题时，得到了否定的结果。于是我们不约而同想到了“上海科协大讲坛”这个同样具有影响力的大舞台。因为我和上海科技文献出版社分别是上海市科普作家协会的个人和团体的会员，每年都有机会参加由“上海科协大讲坛”举办的活动。于是我就找到了负责“上海科协大讲坛”的上海科协事业中心朱建坤主任。他原来与我一起担任过上海科普作协的副秘书长，彼此很了解。我对他说，我想搞一个以大学生为主要受众的科普讲座，向他们宣传、普及科学方法是造就“通才”的捷径，同时搞一个仪式，向以同济大学为主要对象，赠送《上海高度》，以庆祝同济大学110周年校庆。我的想法得到朱建坤主任和他的副手王洁老师的完全赞同，他们说，可以应用“上海科协大讲坛”中的“名家科普讲坛”的栏目举办这次活动。我则以“上海市楼宇科技研究会副理事长兼秘书长”的身份，做题为《步向通才之路》的科普报告。然后我们拟定了这个会议的主办、承办、协办和支持单位，大家分别去落实。

二

早在酝酿这个活动的想法时，我就与郑惠强教授商议过，请他作为上海市楼宇科技研究会的理事长出席会议。考虑到全国“两会”的召开，郑教授要求把此次活动放在“两会”以后，那就是3月下旬了。但当王洁老师与科学会堂联系过程中，发现举行“上海科协大讲坛”的“海洋能厅”预订已满，只能排到4月15日了。一次偶然机会，我在同济大学沪西校区应邀参加会议的时候，遇见了负责学生事务的同济大学党委马锦明副书记，向她汇报了准备举行这次讲座的事情，得到了她的首肯。具体的事务我到同济找了现任文科办公室主任的陈强教授，他也是我们楼宇研究会的理事，得到了他大力的支持。他为讲座组织了学生，邀请到了马锦明副书记出席，确保了本次讲座作为同济大学110周年校庆的一次活动。其次我向上海市科普作家协会的常务副理事长兼秘书长江世亮也汇报了此事，他对我撰写文理结合的散文创作一直很赞赏，也同意把科普作协作为本次活动的承办单位之一。他还欣然担任了主持人。因为我还是上海交大城市发展研究中心的兼职研究员，所以本次活动也曾去交大找了胡昊主任，邀请了交大的部分师生与会。因为讲座还有赠书仪式，出版社的领导和编辑自然也是重要的出席嘉宾。另外，我的一些亲朋好友如妻子、哥哥、姐姐以及胡定伦、许兴汉、达世新、孙行卓等也都受到邀请。为了使“名家科普讲坛”具有延续性，王洁老师也让大讲坛的“基本听众”来了一些，这些人士都是“一场不落”的老听众。具体会务由王洁老师和楼宇研究会秘书处办公室张星玲主任负责，以她为首的同仁们在那里张罗，包括媒体邀请、电视录像以及会场布置，都一一精心地考虑周全。稍有遗憾的是，郑惠强理事长因为还是民盟中央的副主席，临时受民盟中央委托，代表民盟中央去某省出席那里的代表大会，因而不能出席我们的活动了。于是我们就请求副理事长毛正峻研究员代表郑理事长出席了本次活动。当然，对于向母校汇报自己成长过程的报告，我是不敢怠慢的，认真地准备了有60多张画面的PPT，事先交给了王洁老师。

这次活动中还插入了与我个人有关的插曲。由于《上海高度》一书在春节前只赶出一些样书，因此年初五高中同学聚会时，只能把有限的书籍给了平时生活在外地或者家中有困难不易出来的几位同学，其他同学只能让他们在参加本次活动时领取。我的初中同学每年也是活动一次，本来是在去年10月，当天下大雨，考虑到老师年事已高，所以临时取消。因为我也要给他们送书，考虑到书籍较重，我建议他们把聚会放在科学会堂内的思南汇餐厅，当会务组把会议用书运过来时，就把赠予他们的书也一起带过来了。更戏剧性的事情发生了，我高中兄弟三班里有我一位表弟柴慈镛，因此他们班几乎所有的同学我都认识。他们班级微信刚兴起时，人数较少，因此当时的群主胡善通同学将我也拉进去了，后来他们的群人数急剧增加，我理应退出，新群主许利利同学与其他同学让我以“表兄”的代表身份继续留在他们群里。三班微信群中文字能力强的同学不在个别，当我《上海高度》一书中的文章陆续在微信群中发表时，他们都给予许多宝贵的评议。我在书出版审稿时，把这些评议放在每篇文章后面一并发表。因此当《上海高度》一书出来了，理应给三班微友们送书。他们班每年的聚会活动是在4月，所以我向王成、许利利等召集人建议，是否也于4月15日放在思南汇餐厅，这样同样可以请会务组把几十本书一起带过来。但我与表弟柴慈镛商议过，请他们与会恐怕不太合适，恐有勉强人家的意思，为此在他们刚刚到达，我就提前把书签送给了他们，他们也准备了毛笔等小礼物回赠，这是后话。

三

4月15日(星期六)是个艳阳天，天朗气清，惠风和畅，气温突然升了起来，摆脱了前几天还略有的寒意，让人感到非常舒适，真是一个好的兆头。我早早地到达科学会堂，我初中同学已经有不少比我还要早到达，这是老年人聚会的一个特征。三班已经派员提前按照餐厅的请求，把3桌的菜点好。我也赶快把另外预订的2桌菜肴定好，因为初中的同学年龄都偏大，我也吃不准到底最后来多少人，因此留有一定余地。午饭后,我赶紧先去车中打了一个盹,可以让自己在下午做报告时,精气神能够更加充沛。但可能是内心激动,根本就睡不着,于是又跑进了会场。啊!同济大学的老师和同学已经到啦!我赶紧向马锦明书记打个招呼,感谢她在百忙中率领学弟学妹前来与会。同时告诉她,今天只是象征性地赠书,正式要送的200本书,将由出版社直接送往学校。说话间,除了上述的各路人马都陆续到达,楼宇研究会另一位副理事长、交大党委的宣传部长胡昊教授也特地赶来与会,给了我们一个惊喜。出版社的张树副总编、责任编辑李莺也到了,今天也是他们的"节日"。我看到民盟市委原副秘书长王如松也作为"基本听众"在座,他们与同济、交大的学生在一起,真可谓"群贤毕至,少长咸集"济济一堂。研究会的秘书周怡小姐在介绍到会的重要领导时,后面又呼啦啦地进来一大批人,原先摆好的座位已经满座,他们又临时加了不少椅子落座。原来是我初中班级和三班的大部分聚会的同学在用完午餐后,也来为我"捧场"了,真给了我好大的面子。会议分为上下两个部分,前一部分是赠书仪式,由上海市科普作家协会的常务副理事长兼秘书长江世亮主持,副理事长毛正峻研究员代表楼宇科技研究会、科普作家协会向同济、交大两校的代表赠书,因为除了与会者领取了赠书以外,其他书由出版社直接送往学校,所以这里用红缎带扎的几本赠书是一种象征,由我作为作者签了名后,送给学校的主要领导。接着同济大学党委马锦明副书记发表了热情洋溢的讲话,她在报告中多次提到我,说我是"优秀的钱校友",对我这个同济毕业生来说,这无疑是最大的鼓励和褒奖了,我心中的愉悦不言而喻。会议的第二部分是我做报告,因为"名家科普讲坛"是有一定的程序模式的,因此这部分由上海科协事业中心朱建坤主任主持,在他介绍了我的简历后,我就"粉墨登场"了。我首先向全场来宾深深地鞠躬,此时下面响起了热烈的掌声,后面甚至还有喝彩声混杂其中。事后才晓得是我初中同学徐水根所为,我跟他开玩笑,说他开创了科学会堂学术报告中有喝彩的先例。

我的报告《步向通才之路》分为四个小题:一,"通才"名称的由来和演变;二,自称“通才”的经历;三,“科普”是成为“通才”的主要条件;四,掌握科学方法是“通才”的捷径。在第一个部分中,我把与“通才”相对应的“专才”,以及对“通才”的定义,演变的过程向听众介绍,说明以前把“通才”说成是“万金油”式的人物,是一种误区,而今科学和社会发展的潮流呼唤“通才”发挥作用。在第二个部分中,我以我自己的经历,说明我在不经意中成了一个“通才”。在第三个部分中,我告诉大家,科普并非仅仅是科技知识浅说,还有科学思想、科学精神和科学方法的普及,要想成为一名“通才”,尤其是要重视科学方法的普及,这是在学校中得不到系统教育的空白。第四个部分是我本次报告的重头戏,对受众宣传科学方法的最佳载体就是讲故事:

- 用毕业论文选题的故事宣传数学方法
- 用“表面活性剂”代替汽柴油清洗钢梁的故事运用宣传实验方法
- 用不同剧种的流派寻找共同点的故事宣传逻辑方法
- 用许多小故事简述广义系统论中的分支学科理论的内涵
- 用修理皇宫、办喜事的故事解释“系统工程”
- 用书法行书创作规律的故事解释哲学方法
- 用学二胡的过程故事宣传“文理不分家”的哲学观点
- 用杭州西湖和苏州园林分别作为“通才”和“专才”的象征,申请世界文化遗产的过程的故事,说明人们对“通才”理解发生变化的历程。

在我演讲过程中,我非常注意下面听众的反应,我发现下面的与会嘉宾都认真地听我在“吹”,甚至与我还有情绪上的互动,有时还发出满堂的笑声和掌声,中间基本没有出现离场的现象,不知不觉一个多小时过去了,当我打出一个画面“掌握科学方法是一条通向‘通才’的捷径!”作为结论时,说明我的报告将要结束了,当画面出现“谢谢! Thanks!”我就鞠躬下台来了。在一片掌声中,胡昊、毛正峻、江世亮等领导纷纷与我握手,说我报告精彩,祝贺我演讲成功。当朱建坤主任宣布会议结束,人们开始离场时,我也顾不得有人让我在书上签名了,赶快跑到后场向将要离去的尚汉惠老师和同学、亲友们致谢,告别。就这样,高中同班的周玉坤等同学还是没有照上一面。"蓄谋已久"为母校"献礼"的活动就这么圆满地结束了。

四

4 月 17 日是星期一,这一天是我 71 周岁的生日。早晨我吃过早饭,看到孙行琦同学发来为我拍的照片,坐在那里一想。由于时间的巧合,上星期六的活动不是正好为我举行"庆生"仪式吗?这么多的亲朋好友、母校的老师同学到场,聆听我成长过程的报告,不是对我最好的祝贺形式吗?同时也是最宝贵的生日礼物!此时我真感激为这次活动付出辛勤劳动的同事、朋友们,感谢为《上海高度》作序的郑惠强教授。于是我就在微信朋友圈写了一大段话,简单回顾本次活动的过程,并对相关人士表示由衷的感谢。同时附上了孙行琦同学发来的照片。这下可好了,用我妻子的话来说,在我发表的所有朋友圈文章中,这篇所得到的祝贺和点赞,超过了任何一次文章的发表,我确实被感动了,当然我也感到自豪,因为这也是我亲情、友情富有的表现。

三班的微信群中也给了我许多鼓励和谢意,我选择精彩的把它们记录保存下来,说不定还是我写一篇文章的素材呢!其中顾亚民同学的文字最有代表性,我就在这里选择片段给大家分享:"前天下午领略了钱平雷同学的新书发布会,一次难得的学习机会,由衷的高兴。几年前承蒙平雷同学馈赠的'幸福三部曲',因有许多熟悉与亲近的人和事,也会不时翻阅。今又得《上海高度》,当可供今后慢慢地赏析。平雷同学不仅专业功底深厚,由于涉猎广泛,文学造诣也令人叹服。写起各类文章均是信手拈来,笔翰如流。综观书中有关文字,若有心将其串联,则平雷同学的人生轨迹亦大致清晰可寻了。由学业而事业,由科普作家而文学作家的双重身份,每个阶段都经营有方,每个阶段都人脉相亲,理所当然也就有了每个阶段的骄人成就。平雷同学是属于在自身的学术领域'勤勤恳恳做了许多事'的一个人,不仅谨守学者的本分,还关注公共事务,有很强的社会使命感和人文关怀……”。如果顾同学写的东西确实符合人们对我的客观评价,那对我来说无疑是太幸福了!

本来我不准备为这次活动留下文字了,后来觉得随着自己年事渐高,记忆力也在衰退过程中,还是应该写上一篇文章纪念一下。况且,我现在也拥有一批“粉丝”,只要我有一段时间没有文字发表,他们就会问询怎么没有文章啦?今天当我在开始撰写此文时,听到手机一响,是周怡秘书发来一段链接,原来今天的《上海科技报》上有一篇有关该次活动的报道,题目是《通才之路需要跨界学科探索》,副标题是:“市楼宇科技研究会副理事长钱平雷在上海科协大讲坛'名家科普讲坛'做主题报告献礼同济校庆”。唐诗曰:“相看两不厌”,母校与学子一起庆生,这次活动不是成了“共同的生日礼物”吗?

评议

许兴汉:一次成功的演讲,一曲励志的欢歌!

李　莺:那天天气特别好,留下了美好的回忆。

钱平天:平雷真的是“快枪手”!一转身就是洋洋洒洒一篇长文出来了。我仔细读了一下,文章虽长,却条理清晰,文笔秀晔。他身兼科普、文学两个作家协会的作家,名副其实。忽然让我想起我们少年时,叔叔调侃平雷“多说废话”之趣事……如今我们均已老年,回首再想,因平雷从小就观事仔细,记忆力极好,反馈出来的必然是洋洋洒洒,后天又勤奋升华,遂形成当今“二协作家”的基石。作为他的哥哥,我心里高兴。

周文华:闲来无事翻阅《上海高度》一书,惊喜地发现我的名字也出现在评议部分中,早知道该多写一点,借光啦!机会难得。你的书已经出到第四本了,其特点是通才,更是高人一筹。功夫不负有心人,你的人格魅力和才华如书名,上海的高度,够高了,实在是可喜可贺,作为同学我们是有幸分享了你的成功和荣耀,同时也见证了你的心路历程,一分耕耘一分收获。台上闻得喝彩声,台下付出十年功,你得到的荣誉是实至名归的。那天因为陪送蔡松娥同学上火车回昆山,没能参加发布会,但这小小的遗憾,在你这篇文章中得到了补偿,如同到场一般。

悄悄地他走了
正如他悄悄地来
——追思郑凯声同学

前天晚上9点多了，我坐在床上看着电视。家里的座机电话铃突然响了起来，如今大家都用手机，还有各种微信群和朋友圈，亲朋好友之间彼此的交流已经很少用固定电话了。我拿起电话一听，还是在南京的仇淑梅同学打来的，她和她的丈夫，也是我们高中的同班同学邵洁人都在“（澄衷中学）6432”微信群上看到郑凯声同学的亲属用他的手机发布关于郑凯声已经去世火化的消息，感到极为震惊。他俩以为我们在上海的同学会为郑凯声同学送行，想从我这里进一步了解更加详细的情况。当听说我也浑然不知，就让我赶快去看手机上的微信。现在一般在晚间都把手机摆在其他房间里充电的，所以我赶快从卧室里向对面房间冲去，拿起手机，打开路由器，再一看手机，原来此前邵洁人已经用“视频聊天”方式呼叫我多时，因为没有反应才用打电话的途径找到我。

我在班级微信群上看到一条消息：“告诉大家一个不幸的消息，你们的同学郑凯声已于7月10日病故，于12日火化，特告知此事。”看到这条噩耗，我难以相信这是已经发生的真事，因为我们班级自从1996年重新集结到全部找到实现“大团圆”以来，历时近20年，由于毕业后50多年光阴的流逝，同学们的脸庞都被岁月刻上了沧桑的痕迹，日渐增多的白发，略弯的腰背，已是大多数同学的“标配”。在较晚时候悄悄地出现的郑凯声同学，让大家都为之一惊：他依然腰板挺直，满头乌发，肤色白皙，而且精神焕发。班上最高个子的他，站在同学中间，显得鹤立鸡群。我曾经问他，乌黑的头发是染的还是本色？他的回答是后者，让人羡慕不已。如今给同学留下最为“后生”印象的他,居然与“去世”连在一起,实在让人难以接受。微信上已经有王金如、江似鹤同学在表示哀悼了。随后老班长赵瑞康的第一句悼词就是“消息来得太突然”。我更是希望知道郑凯声同学究竟是得了什么病才如此突然离世的,因此在悼词中恳请凯声同学的家属告诉原因。其他同学也迅速纷纷地表示了哀悼,他们的悼词也都是包含了四层意思:表示怀念悲痛,家属节哀顺变,感到突然意外,希望知道病因。

当天晚上我失眠了,一直在回忆郑凯声同学。说实话,对郑凯声同学我实在了解得不多,因为我当时是班上个子最矮小的同学之一,而他是最高大的同学,因此我总是坐在前排,他总是坐在最后一排。由于个子的原因,我们不是经常玩在一起。他是蔡大伟同学的隔壁邻居,我因为经常与蔡玩在一起,所以到过他的家。我记得郑凯声同学的性格属于比较内向的,为人低调,他似乎有一种与世无争的人生哲学,从来没有看到他与其他同学有过不愉快的情景。他好像连小组长也没有担任过,但他的心与同学们一样,充满青春激情。他的兴趣爱好很广泛,他是校武术队的队员,还在班级小乐队中担任黑管手。他的成绩应该也不差,第一批录取通知书就有他的:北京化工学院——一所全国重点大学。我曾经问他,怎么会去填当时我们上海学生并不熟悉的高校?他说,他的第一志愿是一所军医大学,第二志愿才是北京化工学院。他的入团也很有戏剧性:班级团支部是在他大学录取通知书收到后,才为他和另一位赴新疆的承兰英同学开的扩大会议。批准他的时候,他已去北京报到了。他的团徽还是在他第一次从北京放假回沪时,补发给他的。也因为他上了化工学院,所以毕业时分配到了兰州化工设计院,以后他与同学们就失去了联系,直到兰州化工设计院在上海建立分院,他才携妻回到上海。自从回到班级后,他几乎每次活动都积极参加,如果因故不来,都会事先请假。有一次班级聚会结束,我驱车送行动不便的朱林根同学回位于徐浦大桥下的女儿家,顺便让郑凯声和励慧静同学同行。当我把朱和励送到家后,再去送郑凯声,发现郑凯声的家离徐浦大桥还有很长一段路,他每次来参加班级聚会都很不容易的。近年来他因为妻子身体欠佳，需要照顾而请假。他从来不在同学面前"吹嘘"自己的成就和倾诉自己的烦恼。今天，当我要写这篇文章，向孙行琦、赵瑞康这二位召集人问起郑凯声具体是什么时间回到班级这个大集体的，他俩都说记不清了。郑凯声一直保持着他为人低调的风格。但这并不等于大家不重视郑凯声，蒋琴英这位老团支书至今清楚地记得郑凯声近年来每次出席班级活动的情况。

昨天，我忍不住给郑凯声家里打了电话，是他儿子接的电话。他告诉我，郑凯声是由于"酒精肝"引起的肝硬化，今年春节演变成肝腹水，4月份住进医院，3个月后因医治无效而去世。郑凯声肯定是因为工作需要才导致的身体恶化，他常年默默地承受着与年龄和身体条件不相称的工作压力。我说，我们是从班上的微信上才知道你父亲去世的噩耗。他儿子说，那是他妈妈写的。我代表班级其他同学向他们家属表示慰问，他礼貌地表示感谢。当赵瑞康等同学建议登门慰问，我从他儿子的口气判断，他们家庭保持着郑凯声同学为人低调的氛围，因此郑凯声的告别仪式也没有通知我们，是替我们在考虑。既然他悄悄地来，也让他悄悄地走吧！我们不要再过多地惊动他们了。

我们可以采取其他方式来追思郑凯声同学，我决定写一篇散文来悼念郑凯声同学，当我把这篇文章编入我下一本散文集出版时，也算大家对郑凯声同学留下了永远的纪念。

郑凯声同学，一路走好！

评议与联想

陈梅生：郑凯声同学高中是在二班，初中与严金楼、冯国平、蔡松娥、周以明、刘林福、我都是一个班，在初三(2)班。他住五福里，我们放学回家都同路。当我听到噩耗，感到十分难过，希望老同学一路走好。赋诗一首来悼念老同学："夏日炎炎心却凉，朝夕思兄断肝肠。谁念聚会平常事，孤寂神伤凄如霜。"

赵瑞康：钱平雷撰写的《悄悄地他走了　正如他悄悄地来——追思

郑凯声同学》,是一篇追思郑凯声的文章,说出了我们大家的心声。一位班级里最为低调、最朴实无华的同学走了,让我们全班同学为之震惊、难以置信。如今郑凯声同学虽然人已走了,但是他的为人真诚、与世无争、平和坦荡等质朴的品格,却永远铭刻在我班同学的心里。凯声同学,一路走好！我们健在的同学将格外珍惜人生中的每一天,珍惜同窗半个世纪中的每一位。

仇淑梅：感谢钱平雷同学代表我们大家悼念郑凯声同学。

蒋琴英：钱平雷同学的记忆是超人的,郑凯声和承兰英的团支部扩大会议,我已经没有印象了,可能其他团员还能想得起来。

上海前夜历史文化在我身上的印记

一

9月1日是个星期五，我与妻子去福州路杏花楼去取月饼，准备在次日周六早晨到邮局去，给几位在外地的亲友寄去，这已经成为我家数年来“每逢佳节倍思亲”家庭文化的一档固定的节目，顺便也准备把我在福州路上一家裱画社裱装的几幅书法的条幅取回。我们在一家特色点心店吃了面条，餐后到裱画社提取条幅时，店主周丽英虽然在紧闭的玻璃门上挂着“营业中”的牌子，但里面已经没有人了，估计她也去附近吃午饭了。我最近换了手机，新手机里没有她手机的电话号码，一时联系不上，只能等了。就在裱画社的隔壁，是一家名叫“古籍书店”，但实际是什么书都卖的实体书店。近年来，随着网上购书兴起，我已经基本上不进书店的门了，都是在媒体上看到有吸引我的书时，让女儿代我在网上采购的，一是价格便宜不少，二是快递直接送到家中。“多快好省”四个字中，除了“多”，其他三个字都在我这里充分体现了。但当下正闲着，就跑进书店消磨时光吧！

我这个“书虫”是不能进书堆的，一旦被我看到心动的书名，不买下来是难以过门的。这不，首先吸引我眼球的，就是近日《新民晚报》副刊上连载的由作者王唯铭撰写的《十个人的上海前夜》一书。在里面介绍的人物中，英国建筑师雷士德和宁波商人代表人物叶澄衷，都是在我身上留有印迹的人物，自然引起了我更多的关注。而且仅仅从连载的片段来看，其内容已经大大超过了我对他们的了解，我当然是有进一步知晓的愿望,尽管该书还被塑料膜封着,我仍旧将其捧在了手中待买。在该书旁边又有一本书的书名映入了我的眼帘——《沈寂人物琐忆》。这位被称为“写老上海的行家里手”,因为编写我国第一部科幻电影《珊瑚岛上的死光》被上海市授予“公众喜爱的科幻电影优秀编剧”的称号。在授奖大会上,他与我相识,事后又与我有过交集。尤其是他撰写的上海传记文学作品,也是我所感兴趣的题材,因此,对于他的作品我会投去更多的关注。我打开书粗看了一眼,这本书中介绍的又是一批多半与上海有着密切关系的“文化人”,有好几位我还是第一次看到他们的名字,这又是我想知道的事情,于是这本书又端在手中放不下去了。此时我发觉时间也差不多了,隔壁的店主该回来了,而且再待下去,我的购书欲望很可能“一发不可收”,赶快付账吧!尽管这两本书价格不菲,营业员也说一分不能便宜,我还是毫不犹豫地将它们收入囊中。

当我在阅读着这两本书的过程中,不断与其中的人物和内容发生着感应,有一种希望把自己与作者或者书中人物的关系描述出来的创作冲动,这就是撰写本文的背景。

二

我在本文中想谈谈我与雷士德、叶澄衷和沈寂这三位与上海城市建设、经济、文化发展有着重要影响的历史人物的关系。相较之下,似乎叶澄衷最容易上手,那就先从叶澄衷说起吧!谈到叶澄衷,在现时,在上海人的印象中最明显的莫过于以他名字命名的学校——澄衷中学,它曾经一度改名为上海市第58中学,是我中学六年的母校。从我有记忆开始,它是位于提篮桥区的一所私立学校,里面除了中学,还有小学,所以叫澄衷学校。那时学生要上学,先要投考公立学校,因为学费便宜,而且一般来说公立学校都是条件较好的学校,但招收名额有限。投考公立学校没能被录取的学生,才会再投考私立学校,因为私立学校水平参差不齐,它们之间的差距巨大。澄衷学校往往是这类学生的首选,毕竟这是一所早在1900年就招生的老学校了。我哥哥、柴氏表兄弟以及许多邻居孩子都曾经在该校就学。1956 年“大合营”，私立学校都改成公立学校。澄衷学校也不能例外，分解为上海市第 58 中学和唐山路第一小学，成为两所互不相关的学校，尽管各自的校舍还在原来校园范围内。我是在 1958 年该校成立 58 周年时，考入这所中学念初中的，我又在这里念了高中。在以“阶级斗争为纲”的年代里，对叶澄衷的评价也是用“阶级分析”的标准来进行的。如果对他客气一点，说他是一个民族资本家；如果说得严厉一点，他还是一个依靠帝国主义分子帮助发财的“奴才”。所以无论怎么说，他都不是一个正面人物，因此当我们进校时，他在校园里的塑像只剩下花岗岩的基座，上面的人身金属铸造部分已经不知去向，据说是回炉融化了。

这是当时官方对他的态度，在民间对他的评价却大相径庭。我们的父辈因为一直经历不断的政治运动，对这种涉及政治的话题，多半采取避而不谈的态度。而更老的一代，就没有那么多的顾忌了。我们邻居一位翁家奶奶就以讲故事的形式告诉我，当时叶澄衷从宁波乡下到上海来谋生，在黄浦江上摇小舢板船，送客摆渡。有一天，一个外国商人到浦东后，匆匆忙忙离去，将一个装有许多票据和金钱的皮包落在船上。叶澄衷就将船靠在岸边一直等候，那个外国商人发现皮包丢了，非常着急，返回到码头，发现叶澄衷守着皮包等他归来，非常感动，要用钱酬谢叶，叶坚持分文不取，表示这是他的职业道德。外商大为感动，于是就挑生意给叶澄衷做，叶由此发了大财，结果把赚来的钱建造了这所“澄衷学堂”。翁家奶奶是以赞美叶澄衷有诚信，以“好人有好报”的口吻，给我们小孩子讲述这段故事的。这也是上海民间有关叶澄衷故事最为典型的版本。我们在澄衷中学从第 58 中学改回校名以前，对叶澄衷的了解，大约也就这些。

第 58 中学因为改名，同时从原来的提篮桥区并入虹口区，成为区一级的重点中学，但由于历史文化底蕴深厚，有着优秀的校园文化的传承，优质师资的积淀以及较好的生源，其教育质量还是很好的。以我们那年高考为例，当我进入大学，从班上上海其他各区重点中学考来的同学那里了解到，无论是普陀区，还是静安区，他们班级的录取率与我高中所在班级根本不能比，而且考上清华、北大等顶级大学同学的人数，更是差得很远。而他们住在所谓上海“上只角”的同学，对我们虹口区的情况很不熟悉，根本不知道第58中学是一所怎么样的学校。有一次，我对住在市中心王家沙的吕前进同学说，你周末回去问问你的父亲，知不知道叶澄衷其人和那所学校？星期天晚上他回校对我说，他父亲以很敬佩口气告诉他的，就是翁家奶奶对我讲的那个版本的故事，由此可见，第58中学在当时仍旧是一所名校。

自从学校改回澄衷中学的校名后，学校在新的教育大楼前又重新树立起叶澄衷的塑像，我们同学回学校聚会，都会在塑像前列队留影。自从我担任校友会理事后，有更多的机会了解包括叶澄衷本人在内的校史内容，可以让我们自豪的本钱也更多了。与我一起担任校友会理事的许兴汉同学，又曾经与我同时担任上海市科普作家协会的副秘书长。当我们与科普作协同仁在一起时，每当我们向他们谈到我们是澄衷中学同学时，许兴汉都要如数家珍一般，把蔡元培曾经是该校的校长，胡适、竺可桢、丰子恺……是校友，向周围的人述说一番。我们从更深一个层次，更广的意义上，了解了叶澄衷的精神和轶事。

自从看到《新民晚报》副刊上连载的由作者王唯铭撰写的《十个人的上海前夜》一书中的叶澄衷，再买来该书完整地阅读叶澄衷的往事，我觉得作者的视角是站在更高的位置上，他把叶澄衷摆到上海从农耕时代的“第一上海”向工业化时代的“第二上海”过渡过程中有着重大影响的历史人物的位置上。他绝不仅仅是一个宁波来的乡下人，因为诚信，得到外商帮助发大财，建了一所学校，培养了许多人才那样简单的故事。作者认为叶澄衷是享誉世界赫赫有名“宁波帮”的领军人物和代表人物，他的经营之道和大手笔，乃至民族气节，是顶天立地的人物才能表现出来的气概。就以苏州河以北的地界，我们如今的北外滩，能有今天，都与叶澄衷当时投资近1/3参与外白渡桥的建造有关。原来在这个地方有一座叫威尔斯桥的木桥，经不住风吹雨打，朽烂了，要重建但工部局钱不够。叶澄衷主动提出捐献2000两银子，新桥建成了，而且华人过桥不再付费，于是博得“白渡桥”的美名。其实叶澄衷又在桥北堍处用4万两银子购进400亩土地，等到大桥一通，这块土地暴涨到了100万两。由于这次空前的暴利，叶澄衷开始进入房地产行业，唐山路、华德路、提篮桥、舟山路、杨树浦等地区的许多石库门建筑和工业建筑就这样风生水起地建立起来了，包括我们曾就读的澄衷蒙学堂也是因此在唐山路巍然屹立。叶澄衷已经不仅仅是原来的“五金大王”“火油大王”，房地产每年给他带来1/3的利润，他还是上海华人房地产的翘楚。其次，叶澄衷在用人方面也独具慧眼，海上另一位名人朱葆三也是由于叶澄衷推荐而成为举足轻重的大人物的。这就是我看了《十个人的上海前夜》一书后，对我在学业和成长过程中有着重要影响的人物叶澄衷的重新认识。

三

谈过了叶澄衷，就来谈谈雷士德这个英国建筑师与我的关系。说起来这个1926年就去世的英国老头应该与我没有任何历史交集。可是我从小就生活在他的影子里。我出生在唐山路那座船型房子里，并在那里成长成人。我家的阳台就对着被父母称为“雷士德学堂”的大型建筑。那座建筑可以分为三截，中间是主楼，是一个带着穹顶的建筑，两侧是呈某个角度展开的副楼。从建筑的角度来说，有一点巴洛克风格，因为立面上有许多竖向的装饰物。现在我从《十个人的上海前夜》一书中才知道，这是按照雷士德遗嘱中的一项内容而由德和洋行设计建造的雷士德工学院的校舍，建在抗战期间，建筑平面寓意是一架冲向天空的翱翔的飞机。据我所知，我们的船型房子就是那所学校的教师宿舍，自然也是德和洋行设计建造并设置了所有的物业。

除去“雷士德学堂”，雷士德与我的关系就是我父亲曾经是德和洋行的职员。我父亲在读大学一年级的时候，因为祖父去世早，大哥又英年早逝，所以作为二儿子的他，就要挑起家庭生活的重担，他在读书期间就与我母亲成亲。由于生活压力所迫，他没有能力继续读大学了，打算辍学工作。时任德和洋行华经理（买办）的我父亲的岳父，即我的外公李文绥不同意,他让我父亲上午去圣约翰大学上课,下午到德和洋行上班,一直到毕业后,就留在德和洋行工作了。于是德和洋行就成了我父亲第一个正式工作的单位,一直到1954年,德和洋行收归国有,父亲进入国营房地产经营公司,进而成为闸北区房地局的一名公务员,直至退休为止。

德和洋行的全称,据我所知叫"英商德和洋行",是由三个英国人:雷士德、马立斯和约翰逊合伙建立的一家房地产公司,位于外滩17号的字林大楼内的8楼,如今由美国友邦保险公司租用。从《十个人的上海前夜》一书中我才知道,德和洋行的最初创建者并不是上述三人,而是一个叫史密斯的英国冒险家,他在19世纪六七十年代,趁着太平天国的李秀成攻打上海,在租界里建造了大量的简屋,供逃入避难的江南士绅居住,发了大财,开出了德和洋行。而雷士德因为三个兄弟在老家一一蹊跷病逝,听从医生的劝告,远离家乡来到上海,他在建筑设计和城市规划方面取得卓越成就,被史密斯邀请加入德和洋行,赠予股份。而史密斯因为回英国突然去世了,于是按照事先的约定,股份全部转到雷士德名下。经过雷士德几十年的经营,他在上海房地产界成为仅次于哈同的第二大户。但雷士德没有忘记自己是一个建筑师,尽管德和洋行也有诸如西施公司、字林大楼等那样在上海举足轻重的建筑,但他们是以团队面目出现的,因此不像设计国际饭店的匈牙利籍建筑师邬达克个人名气那么高。从这个角度讲,德和洋行更像是一个建筑设计师的大本营。

我外公李文绥就是在雷士德时代进德和洋行当的练习生,他上班在外滩,却住在东长治路新建路口的宝华里。他每天走路上下班。外公很勤奋,他每天最早去上班,最后一个离去。在离去前,他还要到各个办公室去检查一下各人桌子的抽屉是否锁好。有一次,他发现雷士德的保险箱的钥匙下班时忘记带走,就把钥匙给雷士德送去。从此,他被雷士德赏识,越级提拔,登上了地产部经理主任的要职。雷士德在临终时,给两个心腹留下了遗产,一个是姓陈的华人买办,另一个就是我外公。据说在雷士德的遗嘱中,原先是给陈买办留了一块地产,而留给外公的只是5000元。但当雷士德的遗嘱公布时,其内容却恰恰相反,陈买办拿到的是

5000 元，而外公拿到的是一张地契——一块在市中心黄金地段的土地。从此，外公成了“高等华人”。当陈买办离职，外公用那块地做抵押——当买办的必要条件，当上了华经理，完成了他从一个青年学生到“洋买办”的道路。所以，外婆家的客堂也是“中西合璧”被划分为两个空间，一端是中式的客堂，除了客堂家具，还悬挂着条幅和中堂国画以及外公父母的照片；另一端是西式的客厅，有沙发和壁炉，壁炉上方挂着雷士德的照片，外公把雷士德当作自己父母般的“恩师”。“文革”中，这也成了外公的一条“罪状”，因为当时人们把雷士德称为“第二代冒险家”。

在《十个人的上海前夜》一书中，作者写道：“……多年后的今天，当我们追述他时，我们发现，将他称作为‘第二代冒险家’，那是对他的亵渎”。作者对上述表述的依据是：1927 年，雷士德的遗产估价总价是 2000 万两白银，其时赫赫有名的汇丰银行上海分行的全部注册资金也只有 2000 万两白银，可见雷士德创造财富的雄厚。但在 1924 年，他立遗嘱时叙述道：“在将近 60 年中，我主要和永久的定居处一直在中国的上海，现在如此，以后也将如此；很久以前，我就选择了中国作为我的户籍，目前就是这样。”因此他在遗嘱中明确规定，除了少量赠予个人，他所有的钱财必须用于发展上海的教育、卫生事业。雷士德身为巨商，生前却是非常节俭，竟然没有买过一辆小轿车，出门总是临时雇一辆黄包车，也因此对黄包车夫有一份特殊的感情，特别在遗嘱中，将 5 万两白银捐给“上海车夫福音会”。20 世纪 30 年代，按照他遗嘱的要求，仁济医院、雷士德工学院、医学研究院在上海一一落成。而他自己在 1926 年长眠于上海静安寺路的公墓中。他将自己创造的一切都献给了上海，因此，作者认为，雷士德是与众不同，超凡脱俗的。我认同作者的观点，也证实了外公、父亲生前对我们子孙辈介绍雷士德的事迹和为人，是有一定道理的。

四

沈寂先生，他不像叶澄衷、雷士德那样，是 19 世纪至 20 世纪初期，上海开埠前期的风云人物。沈寂先生的祖籍是浙江奉化，广义上也是宁波人,原名叫汪崇刚,1924 年生在上海,2016 年去世。也就是说,雷士德去世时,他才刚刚出生。谈不上是上海前夜的人物,但沈寂先生对老上海历史文化变迁的了解,却独树一帜,有其自己的特色。因此我在这篇散文里,借着《十个人的上海前夜》《沈寂人物琐忆》两本书一起买的机遇,也来谈谈我与沈寂先生的交往和对他作品的印象。

大约在 2008 年,上海市科协成立 50 周年,沈寂先生因编写我国第一部科幻电影《珊瑚岛上的死光》获得上海市授予"公众喜爱的科幻电影优秀编剧"的称号。在 1980 年,作家童恩正的科幻小说《珊瑚岛上的死光》获得了全国优秀短篇小说奖,这部科幻题材的小说引起了沈寂先生的注意。熟悉世界电影史的他,深知科幻片在西方电影中很早就出现了,而我国在当时仍属空白地带,所以,他很想尝试创作一部科幻电影。沈寂先生向童恩正提出把这部小说改编成电影的想法。为了不节外生枝,在剧本还没有创作出来的情况下,沈寂先生就向"上影"领导提出了拍摄要求,厂长徐桑楚经过一番考虑后,果断拍板同意。而童恩正表示,自己还有繁重的教学任务在身,再说他也不熟悉电影编剧的业务。在此情况下,沈寂先生远赴四川见到童恩正本人,以两人编剧的名义,沈寂执笔,在当地完成初稿。但到本次发奖时,童恩正已经去世多年。现场受奖者只能是沈寂先生一个人了。当时授奖仪式是在上海科学会堂,是时任上海市科普作家协会理事长褚君浩院士给沈寂先生发的奖。当时陪同沈寂先生前来领奖的是著名电影演员曹雷。

会后,褚君浩理事长设宴招待沈寂先生和曹雷女士,我作为科普作协副秘书长也列席作陪,这是我作为科技界人士与电影界人士第一次近距离接触。席间,大家再一次对沈寂先生对影片《珊瑚岛上的死光》的贡献表示赞赏和敬佩,沈寂先生再三表示,从艺术角度来评价,这不算高水平的作品。事后我才知道,原来他编写过著名剧本《女篮五号》《舞台姐妹》等,连谢晋导演生前都曾表示:"我拍电影,有了很大名声,但对这些戏有贡献的沈寂一点没得到荣誉。"确实我们一般观众最关注的是演员,其次是导演,编剧虽然排在演职人员的名单中,但往往会成为不被注意的"幕后英雄”。所以在此以前,连我这个被别人称为记忆电影演员名字有“特异功能”的人,也不太知道沈寂先生这位大编剧。倒是曹雷女士坐在我的邻座,她大学毕业就在电影《年轻的一代》中饰演林岚一角,早就记在我的脑子里。她是名人曹聚仁的女儿,她的弟弟曹景行原来是凤凰卫视的著名主持人,他的风度倾倒许多中老年女观众,有“师奶杀手”的美誉。我对曹雷说,尽管后来你主要从事译制片配音演员的工作,但给我印象最深的还是你在电影《年轻的一代》中扮演的林岚一角。我说,你们姐弟俩都具有社会知名度,很了不起。曹雷微笑着谦虚地摇摇头,表示并不认同。沈寂先生却以长辈身份用很自豪的口气对我们说,当年曹雷大学毕业,是他介绍她进入上影厂的。

餐后,我因自己开车,提出把年迈的沈寂先生送回家,曹雷因不同路就自己回家了。路上,他与我进行有关文学方面话题的闲聊,我也告诉沈寂先生,我虽然是科普作家,但喜欢文学。快到斜土路电影公寓大门前,沈寂先生抱歉地说:“本来应该请你上楼到家中坐坐,但这里停车条件很差,不能挽留你了。”我表示理解,并在下车时,匆匆从后座上拿出一本我在2005年出版的散文集《幸福相对论》,写上“请予指正”的字样,呈送给沈寂先生,美其名曰“以书会友”。事情过去,我也淡忘了。

一天,我办公桌上的电话铃响了,我拿起电话一听,“我是沈寂!”“孙杰?”因为我的同事中有一位名叫孙杰的,再一听声音不像孙杰,沈寂先生大概发现我已经不记得他了,又说:“我是上影厂的沈寂!”我这才恍然大悟,赶忙向他打招呼,说因为在上海话里,“沈寂”和“孙杰”发音是一样的,我弄错了,很是抱歉。他说,他已经读完了拙作《幸福相对论》,觉得一位科技人员能这样写散文,有自己的特色,很不错,并鼓励我继续这样写下去。我非常感谢这位老前辈的热情指点。2013年年末,我的第二本散文集《幸福就在当下》出版时,我给他打了电话,问清地址,通过快递给他送去,并表示有机会去登门拜访求教。他表示欢迎。但以后由于种种原因,我没与他继续联系。当2016年春天,我打算给他送去我的第三本散文集《幸福永伴你我他》,与他打电话联系时,发现他们家电话一直没人接,当时我就怀疑他是否年事已高生病住院了。果然到了5月份,各种媒体报道:沈寂先生去世了。

从随后对他的各种追思回忆的文章,特别是阅读了这本由沈寂著,韦泱编的《沈寂人物琐忆》这本书,我才知道沈寂先生在上海文化界里有着重大影响。他给人们留下的印象,不仅仅是一位电影编剧,更是一位著名的传记文学作家。沈寂创作的人物传记小说《一代影星阮玲玉》《一代影星周璇》都曾引起轰动,初版首印都达十万册。沈寂先生晚年笔耕不辍,先后写作及主编了《老上海奇闻》《老上海南京路》《老上海电影明星》等十余部"老"字号的文集与大型画册。尤其是沈寂先生对老上海掌故十分熟悉,早年他因为写小说、编刊物,结识了当时活跃于上海文坛的柯灵、张爱玲、徐訏等不少作家,亦熟悉商贾巨富如黄金荣、杜月笙、哈同等上海名流,使他成了写老上海人物的行家里手,为上海留下了诸多作品。20世纪80年代,沈寂先生还和画家贺友直联手推出"百年上海滩"专栏,他写过反映黄金荣旧上海生涯的小说《大亨》,还写过以哈同为主角的长篇小说《大班》,他还写了大世界创始人黄楚九传记小说《大世界传奇》等著作,在广大观众中引起巨大反响。像华君武这样的大艺术家,都被他的作品所迷住了,给他写信说:"昨天看《解放日报》刊《大世界传奇》,你的文章确实吸引人,不是拍马之词,一看就想知道下回分解。你的《大亨》在《新民晚报》发表后,别的连载就不吸引人了。"华君武的话道出了许多读者的心声。

据说,沈寂先生的作品《话说百年上海滩》,连他自己也没有亲眼看到此书的出版。《话说百年上海滩》不就与叶澄衷、雷士德所处的时代连起来了吗?从这个角度来说,我把沈寂先生与叶澄衷、雷士德等前人摆到一篇文章中来是合适的。他起到了承前启后的作用。对我来说,有点遗憾和可惜。我是一个对上海城市历史文化发展非常感兴趣的人,在我的书柜中,有一排全是带"上海"两字的书籍,如《上海俗语》《上海先生》《上海旧事》等等。早知道这样,我应该抓紧时间与沈寂先生交往,从他那里应该能够听到更多的上海轶事,但时间是无情的,任何人都无法逃脱生老病死的规律。我也只有在书本和文章中,继续与沈寂先生的对话和交流了。

另外,我自己想想也很奇怪,叶澄衷和雷士德这两个历史人物,本来没有什么关系,可是由于叶澄衷在唐山路创办澄衷中学,德和洋行按照雷士德的遗嘱,沿着唐山路建造雷士德工学院及其教师宿舍——船型房子,这就让我这个雷士德徒弟的外孙,有了到叶澄衷学校读书的机会,在我身上留下了他们二人事业的印迹。沈寂先生是描述大上海历史风云变幻的高手,我在这里作为后人,也算小小地补上一笔,让众微友,尤其是曾经的澄衷的学子、原来德和洋行员工的后代以及船型房子的发小们一起分享吧!

后记:这篇文章用了3天,发送到微信朋友圈和其他的微信群中,可能是触及了各位微友心中蕴藏的情感和思绪,所以各种联想和评议相当热烈,甚为精彩。由于文中涉及了许多历史人物及其轶事,还有微友在阅读之余,进行了验证,保证了文章的正确性。这一切让我很感动,也觉得应该让大家分享,因为微信发布有字数的限制,为此还要有所选择,并分成(上)(下)两次,分别发送。

评议与联想

毛正峻:又是一堂生动的历史课。

傅雅君:购书、阅书、藏书、写书……爱书的欲望一样,阅书人的范围不一样,当然好文字、好文章隐藏多年之后会"发酵",很多读者最终成了作家……这就是阅书的人一代传一代,写书的人也一代传一代……

陈素娣:大哥就是一个名副其实的读书人,读书写书,就是和书交朋友,你是一个书神。大哥的这篇文章又引起了我的深深怀念。澄衷中学也是我的母校,但可惜的是我正正规规只读了一年书,就遇到"文革"了。想当年我们考进澄衷中学时是多么的自豪。记得那时,我校每个年级六个班,每个班50个人。靠近唐山路的新大楼前面有一小花园,休息时我们三三两两地在那儿散步,坐在石凳上促膝谈心,学校里到处弥漫着浓浓的文化气息。虽然我当时在学校里是最低的年级，但由于担任大队长，所以对一些老师还是很熟悉的。董思林、应锡侯、应志达、夏慧玲、张立茂、林颂光、邵达、马积祥、孙行琦等等老师，到现在我都很清晰地记在脑海里。我为自己曾是澄衷的学生而感到无比自豪！

戴一梁：看了钱平雷同学的文章，我颇有同感，我也是一个书虫。我同老钱是不同类型的人，他是个大学理工科生，人生之路四平八稳，腹中饱读诗书礼乐，年轻时一种书生气质！而我一生放荡不羁，坎坷曲折，当然，长路寂寂，总需要一些美好的东西来支撑，人生要永远保持愉悦的希望。我们会在繁花盛开的春天里，期待秋的成熟，也会在秋的沉静中，向往春的姹紫嫣红。也许生命的美，就在于心存希望，人生的蕴含，就在于尝遍千般滋味后，仍能心存感激，感谢命运给予我的每一种美好。

钱平天：平雷写文章在于选题，题材有两类，一是所见所闻，二是点石成金；所谓点石成金，就像打开阿里巴巴山洞，里面的东西确实五花八门，琳琅满目，却仍然需要有一个外来因素去打开一条缝隙，然后里面就会有许多天文、地理、历史、自然、文学，人物……有趣的故事场景，都闪烁在平雷的眼前，又再展现在他的笔下！记忆力好，笔头也快，翩翩文采，勤于笔耕；对于一段复杂的历史过程侃侃而谈，并用较简练的文字，将其描述清楚；文笔功夫不俗，文章一篇篇跃然纸上，汇水成渠，编成一册册书。书的叠加出现了高度，科普作家、文学作家的头衔接踵而至！除了他的聪明，要夸奖的是他的勤奋！为我们钱、李两家门，为钱少山、李文绥、钱柏年、李盛华增添了光彩！我作为兄长，也沾光了，从心底感觉到高兴，也忍不住写几句感言！

刘珮瑜：你好！我现在终于知道了“亲家”你的才华和你们钱家人才荟萃的原因，是在于有一篇《钱氏家训》。我还看到一个绕口令来形容钱家的人才谱：一诺奖、二外交家、三科学家、四国学大师、五全国政协副主席、十八两院院士……当代钱氏家族仅科学院院士，国内外就有 100 多人，你拥有了各种才能，成为现在的科普作家，是由于你的基因太好了。

胡定伦：历史真相是需要一点一点地还原的。

许兴汉：平雷学兄：每每文中提及学弟，都是溢美之词，感谢之至。其实兄的文章其中一大特点就是所述细节，大到典故逸事，小到人名数字，真的是娓娓道来，如数家珍，从而使文章的真实性和影响力均臻上乘，而这却是我欲攀附而不逮的，这也是兄每有大作我均会细细拜读而最终发出会心一笑的原因。

孙淑平：有关外公李文绥的诸事，我亦不是很清楚，谢谢你的深情叙述，对祖辈，父辈的怀念之情……

汪美丽：谢谢钱老师发的文章，因为住在东余杭路舟山路，对澄衷中学、继光中学一带都很熟悉，所以文章读来更加亲切。

顾亚民：平雷同学的叙事很有历史沧桑感，更含有半部家史在其中吧！这些故事在上海的近现代史上也是不可或缺的一部分。娓娓道来既亲切又长了知识。谢谢了！

周文华：老顾点评钱平雷同学的叙事方式我很认同，就像隔壁阿婆吃好夜饭话旧事一样，无须刻意文字修饰，但叙事能力够强，很吸引人，细声细气很有亲切感，老少皆宜，看来钱平雷同学应选说书行当，必定能成响档……

孙行卓：钱平雷有关上海前夜文化的文章大对我的胃口，读来很觉有味！在上海居住了76年，我们就是在海派文化的前夜今世氛围中生活的，现在回过头来，再仔细地思昔一番，浓汁浓汤，亦怡人啊！

倪纪芬：钱同学肚里故事多多。有点"吃好夜饭看微信，听我老钱讲故事"的味道。会上瘾的，长知识了，谢谢哦。

陈梅生：读了你的文章，感到特别亲切。你说到的雷士德，作为一代巨商，不买小轿车，在现在年轻人的眼中是多么不可想象的事情，却在当年发生了，这是一个真实的故事。这让我想起我的一位亲戚——姨外公，一个穷小子，为人善良，勤奋学习肯干，直到海外留学，返回上海后，在洋人成堆的海关里，成为华人中第一位海关税务师。他的做派和你讲的故事中的人物一样，不坐小轿车，常去街边面摊吃中午饭，却把工资中很多钱，拿去捐献做慈善事业，资助更多没钱读书的孩子。谢谢你的文章，引起了我对他的回忆。

姜乃亮：平雷的《上海前夜历史文化在我身上的印迹》很好。每个章节我都认真阅读。谢谢平雷！看了平雷的大作，出于好奇心，上网搜了一下。竺可桢，绍兴东关镇人，5 岁上学。后考入上海澄衷中学。1909 年考入唐山路矿学堂，即后来的唐院。蔡元培是 1901 年 7 月受上海澄衷学堂监督刘保良邀请前往澄衷学堂代理学监职务，一个月后到南洋公学担任教习。胡适，丰子恺未搜到与澄衷中学有关的相关文字。

钱平雷：感谢乃亮同学关注拙文，并予以考证。据我看到的资料，蔡元培开始担任的是类似教导主任的职务，后来第一任刘校长去京做官后，他兼任了校长，大约在 1902 年前后，为期一年。胡适是没错的，澄衷中学校刊的刊头就是用了他的字，学校还出版了他在校日记的书籍。丰子恺是曾经的美术老师，属于校友，不一定是学生。其他人的出处请看我从书上拍下的照片。

姜乃亮：平雷，我现在明白了在微信中你用的头像为什么是外白渡桥啦！有历史渊源。

钱平雷：对！这是我从上海大厦上面拍下来的照片，更主要的寓意，还是学桥梁专业的缘故。

钱丽臻：平雷的研究成果之一：船型房子原来是雷士德学堂的教师宿舍，岂不令我们欢喜雀跃，说声谢谢啦！

钱平雷：这不是我的研究成果，是我父亲告诉我的。

追“星”记

我们这一代人以前最主要的娱乐活动就是看电影,所以对当年的著名电影演员都很熟悉。在我散文集《幸福永伴你我他》中有一篇名叫《他们是我们心中永远的星》,叙述了20世纪60年代从各个电影制片厂挑选出来22位明星,作为全体电影演员的代表,把他们的照片挂在全国各大电影院进厅的墙壁上,供广大观众欣赏。我将我对这22位明星及其代表性的作品给我留下的印象,全部阐述了一番,形成了该文的内容,当然也包括今天看到的秦怡和王丹凤二位大明星。

我和妻子能够去“追”星,是因为我有一位朋友,沪上著名中医许良教授,他的夫人、作家居平正在参与一项名为《庆祝香港回归20周年2017沪港文化月“电影人眼中的石库门摄影展”暨“香港经典电影展映”开幕式》活动的筹划。会上要放映1962年拍摄的由王丹凤主演的喜剧片《女理发师》,因此今天也是庆贺王丹凤荣获20届上海国际电影节“华语电影终身成就奖”的仪式,会上还有“沪港青年电影人文创会”揭牌仪式的内容。居平女士是与我同时加入上海市作家协会的,所以她开玩笑称我“师兄”,热情地邀我参加这次活动,并告诉我除了王丹凤、秦怡、梁波罗等老演员与会外,为保护石库门等老建筑做出重大贡献的同济大学的阮仪三教授也将到会。阮仪三教授为保护历史文化名城义无反顾,令我敬佩,仰慕已久。我在我第一本散文集《幸福相对论》写有一篇《文化的价值》的文章,专门为阮教授的行为点赞,并请他的一位老朋友卫国昌先生将该书转呈给他。但除了从电视上看到有关他的报道外,迄今为止我尚未与阮教授正式见过面。他是我这种从事土木建筑专业科技人员心目

著名电影表演艺术家王丹凤

中的一颗璀璨的“明星”。居平与阮仪三教授在保护石库门建筑方面有着密切的合作。我现在基本上是不去影院观看电影的，所以对如今的电影乃至影星都很陌生。但是对老电影怀旧的情结加上对建筑专业的情怀，促成了我前往上海大时代广场的万裕影城“追”星。

为了今天的“追星”，我也做了一番准备，为他们准备了“礼物”。为秦怡、王丹凤老师准备的是拙作《幸福永伴你我他》，并在扉页上为秦怡写着“这里记载着一位老观众对您的敬仰”，为王丹凤老师写的是“这里记载着一个老观众对您艺术的赞美”。为阮教授准备的是我为母校同济大学110周年校庆而出版的新作《上海高度》。我也吃不准届时在什么场合下见面，于是还另外带了一本《上海高度》备用，因为梁波罗老师曾经住在他的姨妈家里，与我的岳父母是邻居，也算妻子的一个熟人了。

在电影院门口的大海报前，站满了等待入场的观众，他们大多数与我

著名电影表演艺术家秦怡、梁波罗为“沪港青年电影人文创会”揭牌

一样是老年人,看得出他们都穿得很正规,这大约也是对他们心中“明星”的一种尊敬。他们中很多人排队买了用王丹凤曾经主演的一部电影《春满人间》为题的画册,其中有一位老人还举着他自己画的王丹凤的肖像漫画。也不知什么原因,上海电视台的记者专门让我站到海报前采访了我。记者问我,作为一位老观众,以前是否看过《女理发师》?当得到肯定的回答后,他又问为何会再一次来看该片?我说,作为老年人的我,除了希望再一次目睹王丹凤老师精湛的技艺外,还能从影片中看到当年上海的情景,可以与今天的上海进行比较,同时也满足一个老年人怀旧的情怀。

我和妻子没有看到居平的到来,就随大伙儿进入剧场,被工作人员告知,应坐到3排以后。为了与居平联系方便些,我们选择5排靠走廊的位子坐下。看着场子里满是背着长枪短炮的摄影者的场面,我估计我事先预想的让居平一本正经地为我引荐,看来是难了,因为这些“明星”应付眼前的新闻工作者都来不及。随后居平到了,我赶紧下了几级台阶与她打个招呼,并告诉她,我有书要赠送。谁知居平告诉我,说她现在很忙,没时间接待我,让我先到3排以外坐下再说。我能理解她当时忙碌的处境,加上今天的活动尽管是建筑与电影的交叉，但看上去电影要强势得多，因此我也感觉到今天要依靠她来“引荐”的想法是不现实的。如果我事先不准备“礼物”，并在书上题词，我也就如同普通观众来看一部电影就完事了，但如今不把书送出去，留在手上算什么名堂？看来唯一的办法就是重新捡起与我年龄和身份不相称的行为，自己亲自如同小年轻一般，当场去“追”一次“星”，长期担任各种团体的秘书长的职务，也让我具备这种潜能。

舞台下方右侧的太平门口，站满了摄影师，大概贵宾们是从那扇门进出的。当我看见居平将阮仪三教授从那里扶出来入座后又走开了，那些摄影者并没有注意到阮教授，我知道机会来了。我拿了为阮教授准备的拙作《上海高度》，坐到他旁边的空位上，做了自我介绍，他对我的举动开始有些吃惊，当我说到曾经送他《幸福相对论》一书，他的脸上露出了然的表情。然后我打开书的扉页，告诉他，这本书是专门为同济母校 110 周年出版的，他笑了，并连声致谢，收下了书。我今天的第一轮“追星”的尝试就算成功了。

当我回到座位上不久，舞台下方右侧的太平门里侧闪光灯在频频发亮，我知道秦怡和王丹凤二位大明星要出场了，果然她们都坐在轮椅上被推出来了，梁波罗老师也在其中。看着除了拿着长枪短炮的摄影师，许多拿着手机的业余摄影者也跟着拍照，我觉得机会到了，我也应该抓紧拍摄几张照片，为自己制作微信做些准备。于是就拿了那两本书和手机围了上去。人实在太多了，结果我拍到了王丹凤的正面像，而秦怡只拍到了背影。等到王丹凤的轮椅就位，我就迎了上去，告诉她，我也是民盟的盟员。王丹凤老师虽然精神矍铄，但毕竟年事已高，反应有点迟钝，等她反应过来说：“啊！民盟的……”，还没有等到我把书交到她的手中，旁边一位身体魁梧，穿着湖蓝色 T 恤衫的小伙子就把书接了过去了。看着这个情况，我潜意识感觉到了自己应该具备维护公共秩序的自觉性，“追星”也要适可而止，再如此去找秦怡老师是不明智的，于是就把给秦怡的书也一并交给这个小伙子，请他转交，他也满口答应会帮助我送到她俩手中。

后面的程序是由主持人介绍领导和来宾，其中有几位是从中国香港赶来的当红明星，我妻子说，她听说过他们的名字。对影视圈子，我除了国内几位明星外，其他的一概不知，纯粹是个门外汉，与当年记住秦怡、王丹凤等那一代的电影演员的名字至今不忘，真可谓大相径庭。会上除了各位领导发言外，还有秦怡题写的“沪港青年电影人文创会”揭牌，并聘请秦怡、梁波罗老师担任指导的仪式；王丹凤老师、阮仪三教授分别向黄浦区档案局捐赠《春满人间》画册和有关石库门建筑的著作的仪式。秦怡、阮仪三教授还即兴发言。在这些仪式的进行过程中，各路记者的围堵拍摄没有停顿过，后面的普通老影迷们因为视线的阻挡，看不清他们心仪的明星，着急得连声埋怨。我站在座位上拍的照片也因此都不理想。随后秦怡、王丹凤等就不等到电影放映就要退场离去了，那些老年影迷又一次围了上去。那个为王丹凤画漫画的老影迷，急着要冲到王丹凤的跟前送画，被工作人员阻挡，急得简直要跳了起来。此时一批年轻人正忙着轮流与来自香港地区的明星一起拍照留念，主持人不得不大声呼叫，让他们暂停，会后再拍，因为《女理发师》放映在即。新老观众分别追着不同时代的“星”。看来老影迷“追星”的劲头，也不亚于如今年轻的粉丝。

《女理发师》这部黑白的老片开始播放了，我们又看到了似曾相识的上海街景和上海家庭生活情景。从现在的眼光再看这部影片，剧情是比较简单的，道具场景也是很简洁的，也没有如今电影的恢宏场面和音响，但王丹凤、韩非、顾也鲁等老一代演员精湛的表演艺术却是经得起时间考验的，至今仍旧被人们赞叹称道。妻子说，这是一部很“朴素”而又很好看的老电影。在一片会心的笑声中，我也裹挟在这批老影迷中“追”了一次“星”。

电影放映中，居平来找我，问有什么要转交的？我说，没有了。回到家中整理照片时，发现照片都不太理想，发了两张给我同学孙行琦，请他帮助修一下，他后来答复说仍不满意。“天无绝人之路”，正当我为没有理想的照片而有点烦恼时，我的微友、著名剧作家陈达明发来了微信，就是刚刚在仪式上拍摄的照片，难道他也在现场？再一看是一位名叫祖忠人先生拍摄后传给他，他再转载的。其中一张就是那个穿着湖蓝色T恤衫的小伙子在迎接王丹凤老师出场的照片。“得来全不费工夫”，我向达明兄打了招呼，说要借用这些照片于散文写作，得到了他的允许。随后居平也发来微信照片，也有可借用的。我的一位老同学许兴汉启发我用“美篇”软件做链接比写散文更吸引读者，具有“图文并茂”的效果，有了这些照片，可以让我第一次尝试“美篇”的效果，不知您感觉如何？

评议与联想

陈　敖：返老还童，又回到了20世纪60年代观看电影明星的劲头，不过很值。

钱丽臻：啊！追星太累，但焕发了追星人的青春，写大块文章精神尤佳！

陆　辛：钱平雷先生在外“追星”，我在群里“追星”，追着读您的随笔散文，颇有那么些“追星”的激动。

钱平天：平雷以71岁高龄竟然犹如年轻人一般追了一次“星”，并用文字生动地描写出来，读来颇有点趣味。其实，他从学生时代就善于组织大型社会活动，如今虽已年逾花甲，基本功还在，驾轻就熟，小菜一碟。

居　平：呵呵，钱师兄笔头快！追星更快！

多彩世态

从金山农民画到毕加索艺术

——农民画家邵其华访问记

我是一个美术爱好者，从对中国传统书画和西方传统油画都有着浓厚的兴趣，但是对现代艺术总有一种难以欣赏的莫名感觉，其中主要原因，是不能理解其中的美感。近些年来，我对一些大型书法展览会上的得奖作品，总有许多看不出到底好在哪里的窝囊感。听书法家的权威解释，这种书法不是一般的书法爱好者能够轻易品味的。同样被誉为“当代艺术的创始人”“西方现代派绘画的主要代表”的西班牙籍画家毕加索，其具有代表性的人物油画《坐着的女人》中人物两只眼睛和鼻子的侧面，在同一平面上，两只手同时可以看到她的手掌和手背，实在难以产生欣赏美术作品通常会有的美感。然而，毕加索是全世界公认的大艺术家，我不能欣赏，只能说明自己美术水平低下。因此我只能以如何看待“皇帝的新衣”的心态来对待普通人不能欣赏的艺术作品。

昨天我哥哥邀请我和妻子随他去走访我嫂嫂鲍永贞的外甥女——上海市非物质文化遗产——金山农民画的传承代表人物之一，农民画家邵其华女士。在与她的交谈中，当我问及金山农民画的特点时，她无意中告诉我，金山农民画构图最大的特点是在同一平面的画面中，可以同时表现出处在不同平面的物体。如果用点科学的术语来表达，就是在同一平面上，可以同时表现出同一物体不同角度的多个三维空间。她说，其原理与毕加索画的特点是差不多的。随后她又拿出她的代表作《水乡小镇》，这幅画曾经在1983年获得上海市第二届“江南之春”美展的一等奖。她指给我们看，可以在同一画面中，同时看到一座石拱桥的桥面和两侧的拱券；桥两边上桥的台阶，通过不同透视画出来不同视角的踏步；桥两侧民居房子的墙壁和屋顶的画法，也采取了不同三维空间出现在同一个画面上的手法。也就是说，一般的画面不可能出现前一座房子呈现的是西山墙、朝南的门窗和屋顶，而后一座房子却看见了朝东的山墙、朝南的门窗和屋顶，在这里它们却能和谐地分布在画面上。听了她的介绍，我回到家中，通过互联网查到了毕加索的作品，用这个原理再来观赏一下，果然如此，毕加索就是把从不同角度画出来的人物的器官和附加物，放到同一画面，再各选择若干"拼"装成了一幅画。后人把给毕加索当模特儿的女人再找来，用不同角度照相，然后将照相一拼，就呈现出毕加索画面类似的图像。我过去一直没有弄明白的毕加索的画意，却借助于金山农民画这个民间艺术的普及知识，基本看懂了，这不能不说是一次奇遇。当然这是后话。

我们这次是到位于金山区朱枫公路靠近枫泾镇的一个叫作中洪村(这里又被称为"中国农民画村")的地方拜访邵其华女士的。邵女士其实是金山廊下人，她的艺术已经形成了自己的风格，并有一定的知名度，为了弘扬和保护"金山农民画"这一当地的文化瑰宝，金山区政府就将邵女士等农民画家有组织有目的地吸引到此地，形成创作基地和市场。这个"村子"确实很有特色，它既保留了农村的特点，但又非常具有文化氛围。它的建筑都具有金山白墙黛瓦农舍的特色，村子里小桥流水、树丛竹林、菜田瓜架等农村景象的元素一应俱全。具有金山农民画特点的绘画元素纹样点缀在农舍白色的山墙上，富有文化气息，充满诗情画意。我和妻子一进村就被眼前的美景所吸引，这里真是改变了人们对中国农村固有的印象，怪不得这里同时也作为旅游区对外开放。人们向往的就是，既要保留农村特征，又具有现代审美要求和生活水准的"乡下"啊！虽然没有见过面，但在比我们先到的哥哥、嫂嫂的引荐下，邵其华女士与她的母亲如同迎接远方来客般迎接我们。接到我们已经进村的电话，她们从置于"农舍"中邵女士的画室里迎了出来，热情地招呼我们进屋，并倒茶让座，欢迎我们前来做客。这次随同哥嫂一起来的还有嫂嫂的弟弟忠民、忠建，妹妹忠爱和妹夫占良，他们都比我们早到，已经在邵女士画室外面的

《从金山农民画到毕加索艺术》插图

河岸坡上和门前蔬菜棚架下,忙碌地采摘“农副产品”了。这大概也是“农家乐”的重要活动内容吧!

我们当然首先要环顾一下挂满邵女士作品的画室,这么多五颜六色的金山农民画一下呈现在眼前,难免眼花缭乱。对于农民画,我们其实是面熟陌生的,看热闹可以,看门道就有些茫然了,于是就请求邵女士帮我们做些介绍。邵其华女士在农民画家中,是一位见过世面的人。她现在已经是上海市美术家协会的会员,据她自己介绍,生于1965年的她从小喜欢画图,她自豪地告诉我们,金山具有美术的传统,她身上就有美术的基因。她的奶奶、外婆都是当地的剪纸能手,到了她妈妈那一辈已经成了农民画家了,这里确实还有她妈妈邵炳英的作品。她们三代人的作品取材于民间的剪纸、刺绣、灶壁画、蓝印花布等美术元素。而她比妈妈有更良好的学习机会和更广阔的视野。早在1982年2月,她就被当时的金山县文化馆录取参加一期农民画学习班。1983年她的作品就获奖了,除了上述的《水乡小镇》外,她的《帆船》还荣获全国农民画二等奖。对她来说,具有划时代意义的是,1987年她的作品《新菜上市》被邮电部选中,印制成特种邮票发行。随着中国农民画受到国际上的关注,外国人来华购买收藏,他们认为金山农民画具有毕加索绘画作品的风格。2001年邵女士也将视野转向海外,她除了在加拿大、韩国举办画展外,2002年创办“其华画院”,同年远赴澳大利亚考察、展览、开拓长达4年之久。随着年龄的增长,她的艺术思想也日臻成熟,形成自己独有的风格,她的画在2010年世博会被展出;她的作品《城中园林》也被上海市城市规划展示馆收藏。据她说,上海画院高度评价金山农民画,称其为“金山画派”。

我这个人大概是学理工科的原因,总希望从画中找出“规律”。因为邵女士说,当年与金山农民画齐名的陕西户县农民画,由于受到正统学院派的指导,也学起“透视”等知识,结果失去了原有的乡土风格,海外的爱好者就不再青睐,也因此失去了赖以生存的市场。那我就问邵女士,你们的画中如何来解决物体的远近问题呢?她说,她是通过颜色的深与浅、鲜艳和素净的办法来解决的。她指着《城中园林》介绍道:“展示馆是近景,我就用红色和鲜艳的颜色,后面的高楼是远景,我就运用淡灰和淡蓝等冷色,这样就解决了问题。”我又问她,你的成名作《新菜上市》上的蔬菜——茄子、黄瓜、萝卜都用了大红大绿对比强烈的色彩,如何使整个画面“稳定、柔和”呢?邵回答:“我将紫色作为背景,就解决了大红与大绿颜色的过渡。”随后她还给我讲述了我在本文开始介绍的金山农民画与毕加索油画之间的微妙关系。

邵女士的一番介绍,使我们了解了有关金山农民画的发展和变化的历程,同时也对这位从农村走出来具有浓厚乡土韵味的艺术家刮目相看,充满了钦佩。她所走过的艺术历程正是中国农民登上世界文化舞台的典型,也是中国文化如何走向世界的一条道路。中国确实拥有丰富的文化遗产,如何将它们挖掘、发扬和升华,是一道值得全国人民思考的大课题。我也为自己获得新的启示感到高兴,准备回家上上网,查一查毕加索的画与金山农民画之间风格的共同点何在,看是否有助于我对毕加索艺术的欣赏。

随后我们到村里一家名叫“灶头屋里”的农家饭店品尝了富有当地特色的饭菜,餐后带着邵女士的母亲送给我们的她家自己种植的有机蔬菜以及对金山农民画知识收获的满足感,返回了上海。

评议

孙行卓:毕加索的画欣赏起来总感觉有点别扭,与平雷有相同感觉。但看金山农民画觉得顺眼多了。平雷此文很有启发。

张中原:原金山画大都出自农村老年妇女,其特点是外拙内巧,有农村刺绣、剪纸、印染、漆绘,甚至有灶壁画成分。当时孙家正部长将其誉为“中国毕加索”。从现在情况来看,没有必要去傍名人。金山画就是出自农民之手,其发展却后继无人,有些尴尬,如果一旦嫁接新画法,那就不是金山画了。

毛正峻:毕加索的画与金山农民画有异曲同工之妙。

戴一梁:毕加索的画布上呈献给我们的是一个按照他的方式重新组

装的世界。奇特、混乱、怪异、晦涩、骚动不安,颠覆传统,冲击我们的视觉。通过毕加索,我们体验了别样的欢乐与幸福,迷茫与痛苦,冲动与挣扎。这是我们从未见过的世界。它也不会真实地降临到我们身边。这个世界,只属于毕加索。我们则是一些受邀访问的好朋友,或者贸然闯入的不速之客。

钱平天:平雷的纪实性文章,在叙事之中,穿插一些评论,更有创见和提高,确实写得好!

钱盛怡:金山农民画一直被金山区政府作为金山的特产送给各国友人。我们一直羡慕金山区的同仁们有东西可以拿得出手。

钱丽臻:我赞同平雷文章中的观点。

金泽船娘抒乡曲

在我家有一个约定，由我们姐弟四人轮流做东，每个月全家老小聚会一次。这个月轮到了我哥哥钱平天做东了，他把聚会的地点安排在上海青浦的金泽——一个江浙沪三省市交界处的古镇。这个虽然也可称为水乡的地方，却一直没有被人们列入旅游景观点的行列。我曾经在负责一个位于淀山湖畔名为“清水湾中星康乐城”的旅游房地产项目开发的时候，发起组织过一个名叫“环淀山湖旅游景点单位联谊会”的团体，目的是为了发展环湖交通。当时像大观园、周庄、角直、水上运动场、同里、朱家角等等可以作为旅游景点的单位，都作为参与单位加入该会，但好像没有包括金泽。其实我这个学桥梁专业出身的人，曾经从媒体上看到过介绍，说相比于其他诸如周庄、乌镇等已经出名的古镇，金泽的桥梁——形成江南古镇的重要元素，无论是数量还是特色，都超过了那些名镇，更具有代表性。于是有一次我与妻子天仪从昆山花桥返回上海时，特地驱车拐弯到金泽来过，但没有发现它与其他古镇相比具备了特有的韵味，所谓桥梁是它的特色，也没有看到与其他古镇石拱桥不同构造的桥梁，所以坐在车上在镇区内兜了两圈，就带着失望返回了上海市区。当这次哥哥把聚会放到远离市中心，上海边的一个小镇上时，我们都有点奇怪。况且，气象预报说今天还要下雨，气温也偏低。我们这些被邀请者禁不住有些嘀咕，不就是吃一顿饭吗，干吗要跑这么远的地方？然而，当一天下来，我们除了品尝了具有当地特色的美味佳肴，满载了哥嫂为我们准备的大包、小包的，诸如螃蟹、豆干、干鲜蔬菜等土特产，尤其是还游览了金泽水乡的美景，欣赏到了它的韵味。其效果是大大出乎我们这批事先还有些疑惑的人的意料，连连感谢哥嫂为我们安排如此完美的活动，他们说，这一切都源于他们事先与金泽当地一位热爱家乡的船娘——黄家明女士的交往。

我哥哥和永贞嫂嫂在今年国庆长假期间，观看了上海电视 STV“新闻综合”频道播放的由上海著名笑星王汝刚主讲的“上海话节目”，在关于他游览金泽古镇的节目上，得到了启示。在 10 月 8 日长假一结束，两人就驱车前往金泽。他们首先找到了在电视片中王汝刚搭乘游船的码头，位于一座名叫“普庆桥”桥堍，码头的岸上就是游船接待处的房子。里面只有一个人，就是为笑星王汝刚摇船的船娘黄家明女士。那天因为过了长假，也可能当今金泽的名气还不够大，所以古镇空旷静谧，游客稀少。仅哥嫂两人租用一条价格不菲的游船也不太现实，因此就只能与黄女士搭讪聊天了。他们首先要谈的话题自然就是笑星王汝刚来金泽拍摄游船的情景，因为屋子的正面挂着引人注目的一幅照片——游船上乘坐着笑星王汝刚和一位女士——估计是节目主持人，后面有一名船娘正在为他们划船。黄女士带着自豪的口气告诉哥嫂，那位船娘就是她本人。看着哥嫂带有惊讶和羡慕的表情，黄女士的激情被调动起来了，她滔滔不绝地给哥嫂介绍了那天她与笑星王汝刚合作拍摄电视节目的情况，以及不少

著名笑星王汝刚游金泽，船娘黄家明为其导游

有关金泽的历史、文化、民俗、景点和土特产的知识。大约她煽情式的言语也打动了哥嫂的心,于是他俩除了与黄女士合影以外,还相约一定带着亲朋好友来金泽旅游一次,也一定要亲身乘坐黄女士的游船,体验一下笑星王汝刚合作拍摄电视的意境。这就是哥哥选择金泽作为家庭聚会的地方的原因。

今天哥嫂大清早就离家赶往金泽,他们在上午9时许就到达目的地,并与黄女士如约见了面,把上次与她合影的放大照片送给了她,同时定好了游船的登船时间。另外,还请黄女士推荐了最具当地餐饮特色的菜馆——天鲜楼饭店。黄女士可能感到哥嫂的诚意,她把原定包租游览镇河北半部分需要的船资300元,降到了200元,还把游程扩大到了镇河的全部。随后哥嫂上街定好饭店,又到相关商铺分别预订土特产,就等待着我们的到来了。冒着冬雨,大家风尘仆仆地在12时左右先后到达了天鲜楼饭店。昨天是大侄女臻怡的儿子翊立的生日,今天还是特邀前来二侄女菁怡的姑娘李喻犀的生日,借着金泽当地以新鲜水产为主力的佳肴和具有农家特色菜饭为主食的宴会,与会者一起举杯为寿星祝福,大家也一道沾沾喜气。

饭后,也顾不得休息聊天,就急急赶往码头。在经过一座名叫颐浩禅寺的庙宇后,我们就进入一处停车场,感到天气下雨阴冷,就让哥哥高龄的亲家史慧芳女士与身体不适的弟弟平云的外孙心楠在车上休息。其他人熙熙攘攘地涌向游船,也就见到了黄家明女士,她是一位45岁左右的中等身材的女性。可能因为如今人们的衣着打扮已经消除了城镇差别,所以看不出她与上海市区的人有什么区别。由于接待处位于"普庆桥"桥堍,我少不了先要打量一下这座桥,它的结构颇似宋代画家张择端的著名作品《清明上河图》中的那座桥。桥堍处有一块青浦区政府竖立的石碑,介绍这座桥的建设情况:"普庆桥系仿又名汴水虹桥的大拱桥,跨度为16.28米,宽度4米。全桥由64根拱圈木和5根横梁木组成拱圈,其上再装以60根弓形木呈X形网状结构,造型优美,线条流畅,再现了我国古代精湛的造桥技术。应美国WGBH制片公司为NOVA专栏节目需要,由上海东方明珠国际交流公司承办并委托同济规划设计总院桥梁设计分院设计,青浦古建园林建筑公司施工，于1999年10月30日竣工。特立此碑，以示纪念。”我不厌其烦地将碑文全部照搬，是出于我这个桥梁工程师的职业本能，更多地从专业角度去欣赏这座桥。我还让我的妻子以此为背景拍照留念。紧接着我们就鱼贯登上了木质的游船。像江南的其他古镇游船一样，它也被主人用雨棚、雨帘和红灯笼装饰。为了更好地为我们讲解金泽的文化，黄女士还特地请了一位船工为她掌篙，她就坐在船尾处专心导游。

我们的船首先是往北划去。黄女士就开始了她的介绍。她说，金泽镇其实已有2000多年的历史，这座镇因桥梁和庙宇众多而著称，所谓“桥桥有庙，庙庙有桥”就是金泽风光的最大特色。由于历史变迁，如今只剩下2座庙了。但谈到桥，虽然数量也少了不少，但以普济桥（宋代）、迎祥桥（元朝）、放生桥（明代）、如意桥（清朝）等为代表的古桥，仍旧在金泽镇内相继跨于相距350米的同一段河道上，形成了“四朝古桥一线牵”的景观。尤其是至今已有740多年历史的万安桥，就坐落在镇的北首，是金泽最有代表性的桥梁。途中，她还给我们介绍一座临河的二层建筑，说这座楼名叫“状元楼”，因为金泽出过一位状元。但更有历史故事性的是，当年陈云同志曾在此召集会议，听到有敌人包围，陈云同志从楼上跳下，上了一条刚好经过装载稻柴的大木船，船老大将陈云同志藏进了稻草堆里，逃过了一劫。她还指着一处临河的院落，透过院墙的空隙，可以看到院子牌匾上的名字——恒贞。黄女士说，这是一位上海人士，花了120万元买下，又花了80万元，修旧如旧地装修一

金泽船娘黄家明

番,只用了200万元就打造一所经典的院宅,现在看来实在是太便宜了。她还不时地与岸上的居民开着玩笑,问他们愿意不愿意出售老屋?她接着说,如今当地居民知道了老屋的潜在价值,再也不愿意卖掉自己的房子啦!说话间,我们的船就到达了万安桥前,开始掉头返回。我也趁机细细观察这座号称"金泽第一桥"的古桥。这是一座单孔石拱桥,除了它的体量比较大以外,与其他古镇的石拱桥相比,没有什么特别突出的优势。在返回路上,黄女士主动提出要为我们唱歌,大家自然鼓掌欢迎。她是用本嗓在唱的,用的曲调取自人们都熟悉的江南民间小调,如《天涯歌女》《金陵塔》等。歌词是她自己编的:"金泽呀,好风光,水乡、水景,水清、水秀。古镇、古迹,古色、古香……坐船观看两岸,美景尽收眼底……"尽管听得出她的歌声没有经过专业训练的底蕴,但一板一眼倒也交代清楚,曲调发音字正腔圆,一点不亚于其他古镇船娘的唱歌水准,甚至高出一筹。每次歌声一停,都能获得满船的掌声、喝彩声。

船过了普庆桥,又进入我们的下半程。第一次看到黄女士在歌词中唱到的"桥桥有庙,庙庙有桥,桥眺庙,庙眺桥……"的情景,航向的左侧那里确实有一座庙连接着一座桥。它叫天皇阁桥,南北通向,桥堍有天皇阁庙,以庙定桥名。此桥桥身高大,是江南少有的三孔连拱石桥,中间一个大孔,两旁的小孔的半径,按桥的坡度、比例相应缩小。听说,在那座桥的桥面上,还有许多富有艺术性的浮雕。

在航向的右侧,有一处从外表看仅仅是修得比较整齐的民间宅院,但仔细一看建筑临河的一面不是砖墙,而是大块的玻璃,往里瞧进去,是装潢很精致的客厅,甚至看到不锈钢的水龙头,这可不是一般的民宅。黄女士介绍,这是一位姓梅的香港籍女士投资的影视基地,当地人都称她为梅小姐。宅院里面是由一大片建筑群所组成。此时我们还隐约听到"咿吖……"的唱戏声。附近原来的石拱古桥因为不能适应现代交通工具的要求,已经改造成为现代梁式混凝土桥梁。沿途经过的不少临河建筑,上面往往装着探头,据说都是对外不开放的私人会所。现代文化已经在人们不经意中悄悄地渗透进了尚未大规模开发的古镇。我这才恍然大悟,

金泽水乡一景

我上次与妻子驱车来金泽，坐在现代化的汽车上，自然接触不到蕴藏着历史文化的古代桥梁了。突然，黄女士让我们注意前方从岸上伸出来的大树的树枝，是否很像如今小青年在互相打招呼时，彼此用伸直右手的中指、食指与手掌连着手臂组成的"Y"字母，口中喊着"耶"！仔细一看，已经进入深秋，一些树叶已经脱落的树枝，确实很像横着的"Y"字母。黄女士说，这就是欢迎你们到来的意思。啊！原来黄女士正在不断寻找金泽可以开发成为旅游的资源。当获得大家的认同时，黄女士显得很兴奋，她说，金泽的旅游资源至今还没有如同其他古镇一样全面发掘出来，但它古朴宁静，更是人们品味历史文化韵味的难得机会。说话间，我们的船来到了一座桥梁前，它的旁边有一座亭子。黄女士让我们注意这座桥，她比较详细地介绍道："这座桥叫迎祥桥，建在元代，桥为六柱五孔梁架式石桥，其构造形式颇为独特：用5块长青石并列组成四条石壁式桥柱立于水中，形成了五桥洞。石壁顶面横置石盖梁，盖梁上稳固地搁置五根粗的金丝楠木梁，上部桥面结构由砖木组成，形成砖体桥面。因为元代蒙古族以骑兵著称，他们经常也要过桥，所以导致迎祥桥的桥面用砖铺设，而无踏步、无栏杆。"当船到了桥底下，我特地拍了照片。从桥梁结构来分析，这种桥梁属于"多跨简支梁结构"，在有钢筋混凝土建筑材料的现代建桥水平来看，这是最简单的构造，但远在元朝，就有此结构，确实很了不起。黄女士告诉我们，到了迎祥桥就意味着船到了镇河的南端，我们必须返回去了。

在返程的途中，黄女士还不断地介绍金泽曾经拥有的繁华，尤其是颐浩禅寺，以前是一座拥有5048间宏伟建筑的禅寺，名扬江南，尤其是它的庙会，热闹非凡。她指着一处临水的石阶说道："这就是颐浩禅寺的前山门，可见这座庙有多大啊！"她正努力激发出游客的充分想象力。当我们问及，你是否外地人？她自豪地回答："我就是金泽人！"可能她觉得这批游客很能理解她热爱家乡、热爱工作的情感，理解她把介绍家乡作为毕生事业的情感。所以她与我们已经不是"做生意"的船家与游客之间的关系了，我们升华成为她的朋友和"知音"。她还拿出当地的特产熏青豆招待大家。不知不觉我们回到了码头，在互相道别时，除了感谢黄女士给我们带来愉快的旅程，也感谢哥嫂给我们安排了如此有意义的水乡旅游。

在返回上海的途中，我还沉浸在刚才旅游的意境中。我觉得，相比于其他水乡古镇，金泽除了桥梁，并没有太多的优势，即使它的古街，也很一般，关键是它拥有2000多年历史文化的积淀可以挖掘。像黄家明女士就是一个普普通通的金泽妇女，由于她从心底里热爱家乡，所以她会呕心沥血去挖掘旅游资源，如她自编自演歌颂金泽的民歌，就是一个很有典型意义的例子。但由于文化水平的局限，她一个人不可能开发出更多深层次的资源。而当地的政府和社团却可以大有作为，如果把沿河的建筑好好开发一下，如果把金泽的桥、金泽的水、金泽的庙、金泽的人文、金泽的历史等自然文化资源很好地串联整合起来，就可以组合成为诸如博物馆、美术馆、艺术馆、文化沙龙、非物质文化展示馆等带有高层次旅游文化的资源。这样金泽镇不是可以变成与西塘、周庄等著名古镇并驾齐驱的旅游胜地了吗？朱家角是金泽的兄弟镇，它虽然没有列入江南著名六古镇的行列，但经过当地政府和老百姓的共同努力，如今的名声大振，已经绝不亚于乌镇、南浔等名镇了。更何况如锦溪、沙溪、召稼楼等那些原始旅游资源还不如金泽的古镇，现在也变成人山人海热闹非凡的旅游胜地了。

为金泽和包括黄女士那样的金泽老百姓祝福！

评议

毛正峻：金泽不远，是以前去周庄、商榻、锦溪的必经之地，居然这里还有"四朝古桥一线牵"的景色。

钱平天：平雷的文笔迅捷，一篇洋洋洒洒的纪实文章，事隔一天就写出来了。

钱雪元：此文极精彩，值得一读。

文中有一处我可以发挥一下。普庆桥好像应该是应联合国教科文组织建议，按《清明上河图》中虹桥的结构建造的，是否这样，我记不清了。

徐佩珍："颐浩禅寺"是"一号禅寺"的异声，此禅寺实为江南第一禅寺，终有一天，金泽会名声大振！

周文华：看到钱平雷同学的游记，初冬的寒意一点都没能挡住你们出游古镇的热情，令人羡慕。趁走得动，当抓紧时间游玩，也得互相鼓气加油。文章看完，我们也似乎跟着兜了一圈，古镇的魅力是永恒的。

黄鑫霖：介绍得如此周到、深刻……毕竟出于作家之笔。读者似乎也去过了金泽古镇了，真过瘾！

孙有望：好多年前去过两次，游人稀少，几座桥真的不错，可惜那时没有游船可乘。

江似鹤：金泽，10 年前老师带领我们去那里写生。小镇安静，没有游人，只有一家招待所，一家饭店，环境优美，我们优哉游哉地在那里待了一个星期，很高兴。

川杨河畔的“生态平衡”

这些日子，我忙着为宣传《CCHC（持续照料社区）居家养老模式服务管理标准1.0》，在撰写非虚拟中篇小说《居家养老解困记》。对于我这个从未写过小说的人来说，这不是一件轻松的事情，因为除了写小说的技能我不熟练以外，这又是一篇科普小说，里面不允许出现过多的科技术语，确实难度不低。开始时写作速度不快，也就是说坐在电脑前的时间就比写散文、随笔要长得多。老伴怕我静坐时间长，痔疮会复发，所以一到下午就催我去附近的川杨河畔的休闲走廊散步。因为总在思考小说的情节构思，人在走，脑子停不下来，没有发现周围环境已经发生了较大的变化：河畔的人行道在铺设暗红色的沥青路面；岸边的杨柳已经发芽，呈现嫩绿色的色彩；红梅基本上都快凋谢了……但有一种现象却还是引发了我的探索欲望。

前几天，当我走在川杨河北岸的走廊上散步时，看见对岸东前方，川杨河船闸的驳船等候进闸用的临时停泊码头上，站满了一大群穿着鲜艳色彩衣衫的人群，他们的脚下有一包包用红色塑料袋盛装的东西，很像一个旅行团将要返程时，临近上车，当地准备的土特产让旅客随手拎走上车的样子。等我走到他们的正对面，询问岸边也在观看的老人，他告诉我，这些人是在准备“放生”螺蛳。说话间，那些放生的人群，把大约一袋袋在二三十斤左右的螺蛳沿着码头的侧壁，在一片沙沙声中，倾倒进了川杨河里，密度之高，令我吃惊，起码在100袋以上。当时我就在想，螺蛳生长是否不在乎密度，否则如此大量的螺蛳倾倒在同一处，它们会不会因为挤压而窒息？我用手机拍下了这个奇观。

昨天我发现放生者“升级”了，他们不是在放生螺蛳，而是放生鱼了，只见两位男性抬着一个塑料大盆，盆的两侧各系一根绳子，两人用绳子吊着成盆的鱼,慢慢地从码头顶面,徐徐地放到接近水面的地方,再将大盆倾斜,被放生的鱼就掉进了河水里。这被放生的鱼,还不是一两盆,起码在10盆以上。透过对岸的树林,看到马路上停着好几辆小车,鱼就是从小车上被搬运下来的,因此这批放生者估计不是当地的居民,是一批成团的群体。是从哪里去弄来这么多的鱼和螺蛳?我估计还是他们从水产市场上买来放生的。

对岸在放生,此岸的一些人却在抓鱼。说实话,川杨河畔的捕鱼也是此地的一景,钓鱼的多半是上海市区口音,是垂钓爱好者;而一些带着浦东口音,年龄在六七十岁左右的老汉,他们是用扳网方式来抓鱼的,成功率很高,我总看见在他们的身边的水桶里有个头不小的鱼在扑腾。如今对岸在放生,此岸在抓鱼,成了一种"生态平衡"。一位正在休息操着安徽口音的环卫工人对旁边另一位说:"与其这样放生,还不如送到我们的伙房里去,改善我们的伙食!"

看着眼前的情景,让我想起前些日子一件更为滑稽的事情。在川杨河北岸的西侧,有一位讲北方话的年轻姑娘,对着用扳网抓鱼的浦东老汉请求:"大叔,您就别抓了,我刚刚放生的鱼,如果被您立刻再抓了上来,我不是白放了吗?我求求您啦!"那个老头好像不以为然,说:"你放你的鱼,我扳我的网,互相不搭界的!"看着那个女孩痛苦的表情,我也感到有点同情,但如此放生有何意义,我也没有想清楚。我只好继续往前走去,散步去也。

评议

章杏波:"放生"和"杀生",两种生存哲学的较量。当信仰在一部分人中间被神圣化时,也在另一部分人中间被庸俗掉。放生者你注意到每次放生的合适数量、时间、地点没有?否则只能适得其反,或成为他人的"盘中餐"!川杨河畔的"生态平衡"只是作者反映的一个侧面,其中大有学问。希望有关媒体宣传引导。

陈素娣:"如此放生有何意义?"这句话问得好。

上海闲话就是这么说的吗？

——谈《爱上海，大声说》节目中的“误导”

我是一个生在上海，长在上海，大半辈子在上海生活的老人，但我的上海话中也带有一些宁波的口音。因为我儿时周围讲宁波方言的亲友、邻居实在太多，所以我的上海话至今也难以非常标准，但这并不影响我对上海方言说得准确与否做出判断。3 月 22 日晚上一个偶然机会，我看到上海新娱乐频道在播出《陈蓉朋友圈》一档《爱上海，大声说（上）》的节目，据介绍这是首届主持人的沪语比赛。主持人陈蓉与司雯嘉是地道的上海人，她们如同舵手驾驭着节目的进程，同时也是标准上海方言的代表。另外五个在上海工作的主持人选手的原籍都是外地：赵鑫琦（南通）、王冰皓（江阴）、刘彦池（无锡）、万峰（北京）和杨吕（云南）。本来这档节目的愿望是好的，是想让这些主持人作为新上海人的代表能够学好上海方言，与老上海人一起共同保护已经有失传危险的上海方言，使它作为上海文化的一个重要组成部分得以传承，也让新上海人更好地融入上海社会。被上海人叫作“上海闲话”的上海方言，并不是上海原来土著居民的语言，它也是上海开埠以来五洋杂居的居民共同创造的一种方言，其中沪剧演员和上海电台沪语播音员的发音最为标准。从他们口中讲出来的上海闲话，尤其是沪剧的台词，给人以美的享受。但是在这档《爱上海，大声说（上）》里，估计由于编导对上海方言尤其是对语言学知识的欠缺，留下了不可忽视的遗憾。其中最大的问题就出在他们对方言中“文白异读”的现象存在误解。

方言是一个地方文化的重要组成部分，或者说载体。文白异读是汉语方言中一种特有的现象，一些汉字在方言中有两种读音。一种是读书识字所使用的语音,称为文读,又叫读书音、文言音、字音;另一种是平时说话时所使用的语音,称为白读,又叫作说话音、白话音或话音。在中国地区,上海方言作为吴语的一个分支,文白异读现象最为纷繁复杂。如"大学生"中的"大"字,如果用文读,与普通话一样发(da)音,如果用白读则发(du),近"杜"音。因此称一个年龄大或者个子高的学生,就要用白读,如要称一位在读的大学生,就要用文读。在沪剧中,当演员在朗诵或演唱时一般都要运用文读的方法。同样上海电台的沪语播音员在阅读报纸的时候,也一定要用文读的方法。在本档节目中出现的错误最大的是在让外地籍的主持人用上海方言念古诗的时候,不但没有运用文读的方法,而是用上海俚语,这实在让人难以接受。如:

锄禾日当午,
汗滴禾下土。
谁知盘中餐,
粒粒皆辛苦。

当主持人让选手念这首诗,念到第三句"谁知盘中餐"中的"谁"字时,应该用文读,发"sui"音,与普通话"shui"相比,就是沪语中没有卷舌音。结果选手用"啥人"代表"谁",这显然是错误的,哪知道主持人陈蓉在纠正他的发音时,仍旧用"啥人",这就不应该了。到另一首诗,更是糟糕。原诗是:

鹅,鹅,鹅,曲项向天歌,白毛浮绿水,红掌拨清波。

选手在念到"鹅,鹅,鹅"用了"白乌龟,白乌龟,白乌龟"三个"白乌龟",当陈蓉在纠正他的发音时,仍旧用"白乌龟",这显然是不允许的。上海人把"鹅"说成"白乌龟",是因为在上海方言中,"鹅"字与"我"字一样,因此在一些居民的俚语中用"白乌龟"代替"鹅"。但到了电视台这么正规的场所，而且是宣传推广上海方言的场所，怎么可以这样处理呢？

为此我又看了3月29日《陈蓉朋友圈》一档《爱上海，大声说（下）》，发现仍有一些环节与编导的语言学水平不太相衬。如有一个环节让两位选手合作，一位选手看了一张纸上写的字，用肢体语言或者其他词语暗示站在纸的背面的另一位选手，让她（他）说出纸面上写的什么词语。有一张写着“敲边”，当两位选手都猜不出的时候，主持人公布答案是“qiaobian”，这显然是“撬边”的意思，出题人究竟让选手是用文读还是白读方法呢？最令人不能容忍的是出了一道让选手用上海话念后，写出其中的意思：

> 乌居妖搭拖纸重星闭伞晒宁刨德夸，
> 计汤夏兰拖纸裁刨弗估乌居，拖纸
> 油店弗淋盆敌伪雅倒鞭浪猫老夷，
> 尝怕叠摘管残赖杰啤，姆么向刀，
> 格摘乌居透勒部甲塌错勒塌！

上海人用上海方言的白读发音可以知道，这是一则《龟兔赛跑》延伸出来的故事。问题是如果编导真的要宣传上海方言，完全可以效仿《新民晚报》星期天《夜光杯》栏目中的“上海闲话”版面中，用带有上海方言的文字形式来写出上述内容，而用这样的文字反而有点像上海开埠早期的“洋泾浜”那种不正规的语言书写形式，这实在是对已经成熟的上海方言研究的一种倒退。

还有既然是学习上海方言的节目，就要把上海方言传播得完整准确。如选手杨吕名字中的“吕”字，在上海方言中不发“lu”音，而念“li”音的。我们小时候听说某人说我姓“li”，就可能还要问一下：“您是‘木子李’，还是‘双口吕’？”而在本次节目中一直把“吕”字用“lu”发音的，甚至把它与“驴”字作为同样发音来开玩笑。

为了把宣传保护上海方言的好事做好，建议东方电视台的有关编导和主持人，在准备类似节目时，邀请一位诸如钱乃荣、薛理勇那样通晓上海方言的专家作为顾问，虽然节目是带有娱乐性质的，但让受众接受地道正确的上海方言的教育，才是节目真正的目的。

评议

钱平天：上海话很复杂，要用书写方式完整、正确的描述太难了。

朱冰玲：这篇有感而发的批评文章写得好！好在言之有据，言之有理。可惜这么好的反思，电视台该栏目的编导和主持人未必能够看到。

顾　颖：写得好！传播也需要有做学问那样的认真态度。

胡定伦：《上海闲话就是这么说的吗？》一文写得好，使我这个老上海也学到了不少知识。

黄泥螺让我与文坛名家同台

——阅读《关于黄泥螺的那些年,那些人,那些事》一文有感

这两天我在为筹备“2017 年上海居家养老国际会展”准备文字材料。每天有不少时间坐在电脑前打字,有时也上网查查相关资料。那天有点无聊,不经意在 360 搜索的方框里打进“钱平雷”三字,然后用鼠标点击一下方框旁边绿底白字的“搜索”方块,出来的网页的首页是以“钱平雷 360 百科”为开端的一系列消息。在首页的底下还有一行小字“找到相关结果 3780 个”。我数了一下,首页上有 10 条消息,如果我要全部查看一下,不知要多少时间了。以往我一般主要看看五六页就不会继续往下看了,不少消息往往是重复的,只不过是不同的网站刊登相同内容而已。那天我不知怎么会翻到 20 多页,居然看到我以前不知道的信息,如著名作家赵丽宏把为拙作《幸福相对论》作的序言《科学的智慧和文学的情怀》,编入了他的新作《头和尾:赵丽宏序跋二集》之中。另外,还有一则以《甬式味蕾》为专栏有一篇《关于黄泥螺的那些年,那些人,那些事》的文章,引起了我的注意,怎么黄泥螺也与我钱平雷有瓜葛？于是我就点击打开了这条信息。啊！这是一篇与宁波菜肴有着密切关系的文章,作者为陆龙海产。等到我把整篇图文并茂的文章看完,网页的最后是两瓶以“陆龙兄弟”为商标的黄泥螺的照片,原来这是一篇貌似阐述宁波饮食文化,实际是宣传企业产品的广告性质的散文。但我也不得不佩服作者在这篇文章布局方面的水平之高,确实达到了“雅俗共赏”的要求。其中在《散文名作佳句鉴赏(部分)》的栏目中,还有拙作《幸福相对论》中关于上海人对包括黄泥螺在内的宁波菜肴钟爱的文字摘录,与我同台的居然是梁实秋、

汪曾祺、潘向黎等几位文坛的名家，他们对黄泥螺有关的人和事的描述片段让我感到意外的惊喜，也觉得可以将阅读这篇“广告散文”中有趣的文化部分，介绍给微友们，让大家分享。

文章一开始用了一个《小泥螺，有滋味，有故事》的小标题，将一个民间小故事把本文“主角”介绍了给读者：相传，古时候有一位宁波籍的胡进士，在杭州教书。东家餐餐一桌好酒好菜招待先生，其中必有一碟黄泥螺。时间长了，东家忍不住向人抱怨：“胡进士教书有方，只是每餐都要吃黄泥螺，实在供不起。”原来，黄泥螺的产地在宁波，属于当地的平民美食，但在杭州的售价却奇高。东家见先生喜欢吃，就天天买；而胡进士还以为泥螺便宜，为了替东家节省，三餐专拣泥螺下饭。胡进士得知后，雇船从老家运了一船醉泥螺到杭州，回赠东家。文章的作者以宁波人的乡愁与黄泥螺的故事，引出了黄泥螺在宁波菜肴中的重要地位。

接着作者又把与宁波平民百姓家常菜肴罗列了一下：有黄泥螺、咸鳓鱼、咸乌贼蛋、咸蟹酱等；也包括蔬菜的腌制，如宁波的三臭：臭冬瓜、臭苋菜梗、臭芋艿蓊，以及盐笋干等所谓促进食欲的“压饭榔头”。其中三种可称为三宝：咸齑、炝蟹、黄泥螺，它们是宁波人心目中最亲切、最草根又最引以为豪的三道美食。除了黄泥螺，不是与宁波菜肴熟悉的读者可能弄不清楚咸齑、炝蟹，又是什么东西？那是宁波人称呼雪里蕻咸菜和咸梭子蟹的“术语”。作者怕人们会看不起黄泥螺，不能登大雅之堂，又不忘抬高它的身价：“看似家常的黄泥螺，在中国古代，也曾作为最高等级的‘国礼’，对内犒赏功臣内戚，对外赠送外邦元首。”

作者很巧妙地告诉读者，尤其是上海人，你们上海有今天的经济文化发展水平，我们宁波人和宁波文化可是起过非常关键的作用的，从对上海城市经济发展有过举足轻重作用的虞洽卿，到新中国成立后生活在上海的苏青、白忠懋、陈诏等宁波籍作家，都对黄泥螺情有独钟，他们都大力弘扬宁波饮食文化，使得许多上海人把宁波下饭（菜肴）看作上海小菜，导致了上海菜与宁波菜的合二为一，因此可以说，宁波菜肴也是上海菜肴文化的主要源头之一。

为了提高文章的文化含量，也为掩饰太明显的产品“广告”之目的，文章引入了《散文名作佳句鉴赏（部分）》的栏目，一共是6篇散文的片段，前后分别是：拙作《幸福相对论》、施健子《略加讲究宁波菜》、潘向黎《白水青菜》、梁实秋《雅舍谈吃》、汪曾祺《四方食事》和蔡澜《吃的讲义》。引用我的文章篇段是“任何上海人不出三代，都要与宁波籍的人结为亲戚。自己不是宁波籍人士，或许娶的妻子，嫁的丈夫就是宁波籍人……难怪对宁波特产，如黄泥螺、鳗鲞喜欢的顾客，不一定是宁波人，而是他（她）受了宁波人生活习惯的影响后的潜移默化。”这是从我在1997年写的第一篇散文《我的故乡》中摘录的，对现在的新上海人可能并不适用。在施健子、潘向黎、梁实秋、汪曾祺和蔡澜的文章中，分别谈到各位离开宁波或大陆的宁波籍人士，对包括黄泥螺在内的宁波家乡菜肴的怀念，或者在品尝黄泥螺时的感受，大多数是把黄泥螺一笔带过而已。看看，除了我和施健子名气不大，其余四人都是文坛的名家。他们在读者中的号召力可是很强的呢！他们的文章都被作者搜集到了一起，可谓呕心沥血，不遗余力。

作者还不甘心，继续引出蒋氏父子、包玉刚、邵逸夫、陈逸飞等政治、经济、文化领域的宁波籍名人对宁波菜肴是如何的喜爱。作者多次不忘在文章中插入《人民日报》、“上海发布”、“宁波发布”等有影响的媒体中的有关文章的片段，反复说明黄泥螺在宁波菜肴中的地位：如果要选择一种美食能够代表宁波美食，那答案就是——黄泥螺！一张两瓶“陆家兄弟”商标的黄泥螺的广告照片出现在文章的最后，告诉读者，请您选择它吧！

这篇文章的目的是宣传企业产品和企业文化，但观赏性、故事性却很强，让读者可见作者手段高明，真是一篇用心良苦的优秀散文！

评议与联想

戴一梁：你这篇有关黄泥螺的文章写得好！我拜读了两遍！妙文也！

钱平天：平雷在我们平辈之中是最有“宁波情结”的一个，他那一口带着浓重宁波口音的上海话，使他在大学时代就有“小宁波”的外号，很多同学老师还以为他是从宁波来的学生。“黄泥螺”也是我们上海家庭中日常佐餐的菜肴，在平雷散文中出现，应属平常，却被选中与某些著名文学大家并列于“泥螺文化”之中，也算为我们祖籍宁波作了一份贡献，尽了一份力。

经历补课记

一、引子

昨天是我们家族按照惯例每月聚会的日子，我与哥哥钱平天、嫂嫂鲍永贞坐在一起吃晚饭。席间，哥哥接到嫂嫂的大弟鲍忠民打来的电话，说他好不容易弄到次日在东方体育中心举行的“2017 国际滑联上海超级杯短道速滑及花样滑冰、队列滑大奖赛”的“公益票”。他原来想邀请的两位亲戚因故不能前往观看，问哥哥，其他亲戚是否有兴趣去观看比赛。因为我家就住在离东方体育中心不远的地方，所以哥哥就问我有没有兴趣去看滑冰比赛？

二、缺课

说起来也许别人不相信，连我自己也难以相信，别名“海上王冠”的上海东方体育中心，就在我们家的窗前，我们是看它从空白地块上建造起来的。开始建设的样子有点像北京“鸟巢”的钢结构的形式，后来又用白色的建材把钢结构包了起来，形成了 3 座有不同拱形形状的柱子和屋顶的建筑物，以及一幢近似正方形的高层建筑，它的顶部有“东方体育中心”的字样。后来从媒体上知道，那 3 座拱形的建筑物和高层建筑分别是综合体育馆、游泳馆、室外跳水池和新闻中心。尤其是综合体育馆，可满足包括各种游泳、球类，乃至冰球、短道速滑、花样滑冰等冰上运动国际专项和综合赛事的功能要求。综合体育馆的使用灵活性特别高，既可搭建临时泳池，又可随时制冰或铺设活动大地板。场内可搭建一座 50 米×25 米×3 米的标准泳池，可制 60 米×30 米的冰场，也可搭建 78 米 ×47 米大地板。场地转换一般在 24—72 小时内就可完成，是上海浦东地区具有世界级水准的体育设施。所以每次当我们知道上海地区有世界级游泳、滑冰赛事的举行，总可以看到那座建筑内灯火辉煌，但我就是偏偏没有进去过一次。我走得最近的一次，是我们远眺那座高层建筑，总觉得它没有竣工，因为其外立面上包着一层好像是"塑料布"之类的东西，一直没有撤去。于是我走近一看，原来是外墙采用了一种带有无数小孔的建材，建材表面形成水波的图案，但远处望去有"塑料布"的效果。最近随着前滩的大规模建设，那 3 座拱形建筑在我们的视野中，逐渐地被四周的高楼所挡住，只能看见它们的部分结构了。最让我感到遗憾的，本来完整地远眺徐浦大桥雄姿，是我家的一道独特的风景线，也因为同样的原因，如今只剩下其一点儿塔顶建筑和几根钢缆留在我们的视野中了。

我在 1970 至 1975 年在哈尔滨铁路局工作了 5 年，分别在佳木斯、伊春和哈尔滨等城市生活过。那里的冬天既漫长又寒冷，可谓冰天雪地，但

东方体育中心及其周边建筑

却是冰雪运动的天然福地。尽管处于“文革”期间，没有了如今冰灯和雪雕之类的艺术活动，不过一般的滑冰、冰球活动和比赛，还是可以看得到的。我们这些南方去的人基本上很难融入当地人的生活，因此以一种旁观者的身份和眼光，在现场看待这些以前只有在《冰上姐妹》等电影中见到过的场景。而如今在电视上看到王濛等优秀运动员在室内的短道速滑比赛，以及申雪/赵宏博的双人花样滑冰，只知道他们在李琰等教练员培养下达到了世界一流水平，很好看，但其中的门道是说不上来的，因为我们从来没有到现场亲眼看到过正式的比赛。我们的这一代人，大多数人如今仍旧生活在书报、电视，时尚一点就是微信的世界里，基本与到现场看比赛、演出的经历已经告别很久了。因此，当我哥哥邀请我们去现场观看滑冰时，上述两门经历方面的“缺课”，让我动了心，还动员了我的妻子，接受邀请一同前往“补课”。

三、补课

1. 地域场地课

我哥哥和嫂嫂真是客气到了家，还开了车来接我们。不过从我家到东方体育中心实在是太近了，开车只要5分钟，就到了东方体育中心的正门前。哥哥去车库泊车，嫂嫂就和我们一起去找如约等候我们的忠民弟。还没有进入大门，我们便来到一块刻有“东方体育中心”6个红色大字的半圆形石碑的广场上，回眸一看，不由得感叹起来。曾几何时，这东方体育中心已经被四周高大的商务楼宇所包围，如同一座新城拔地而起，正前方还有一座超高层建筑正在紧张施工之中。作为一个上海人，尤其是住在附近的居民，都对眼前的环境有点陌生了。我们中国人搞建设真是“只争朝夕”啊！幸亏上海市政府下决心在后滩留出相当的面积建设绿地公园，否则，真成了钢筋混凝土森林了。在体育中心园区的铁栅栏大门前，遇到了忠民弟。他是一个体育迷，当年是游泳和乒乓球的业余高手，对东方体育中心的大型比赛很是关注，经常千方百计弄来票子，给亲朋好友共享。今天他除了把一部分票子给我们外，还等着当年的“师兄弟”缪云、陆顺洪和周勤为等好友们，让他们一起分享。于是我们就先进入园区，去与已经在里面的哥哥会师。从大门到登上体育馆还有一段临水的景观大路，旁边是碧波荡漾的水池，游泳馆就好像“浸泡”在水中，加上周边绿树成荫，确实是一处吸引眼球的好风光。我们少不了互相摄影留念。然后，拾级而上，仰视形成高大拱形的立柱，的确震撼。穿过玻璃门，经过安检，就到体育馆的内廊了，也同样给人以“高、大、上”的感觉。

进入这座可以容纳 1.5 万观众的赛场，完全是一座现代化装备的体育“宫殿”，正上方巨大的 4 块电视屏幕和两侧上方电子显示牌等现代设施一应俱全。四周环绕着各国的国旗，很有国际大赛的氛围。观众席上的座位是五颜六色的塑料椅子，今天开放的观众座席连主席台，分为 32 个价格不同、高低错落的区域。高处还有一圈观众席，估计因为人数没有那么多，所以是不开放的。我看了忠民弟给我的说明书，我们这些处于场地斜线方位的“公益票”的座席，如果正常买票要每张 100 元，而其他按照离中心场地远近不一的各处座位的票价分别卖到每张 680、380、200 元不等，在大多数上海人对冰上运动还不很熟悉的背景下，这样的票价是偏高的，因此上座率并不高，估计也就在四五千人左右。但是由于今天的项目是短道速滑和花样滑冰比赛，运动员届时会满场飞，所以我们座位的视野反而不错，看冰场没有死角。而且运动员是从我们这里出入场子的，我们能很清楚地看到他们的面目。60 米 ×30 米的冰场是一块晶莹剔透的白色场地，四周由大约有 1.5 米厚的泡沫塑料制成的围墙包围，据播音员介绍，它们是用自重安放在地面上的，当运动员高速滑动中不慎甩出滑道而撞到围墙上时，可以防止运动员受伤。一台尾部喷着小水柱的冰面修整专用车，正在整理冰面。在比赛正式开始前，忠民弟领着他的师兄弟们进场了，哥哥、嫂嫂与他们当年也是同事，多年不见，何等的亲热，但运动员已经开始入场了，他们只能相约，赛后共进晚餐，再畅谈叙旧。

2. 短道速滑课

今天短道速滑比赛的项目是混合团体决赛，这是一项非奥运的项目，是 2016 年开始我国与国际滑冰协会合作尝试的新兴项目，据说一方面是希望增加滑冰运动的观赏性，吸引更多的观众参与冰雪运动。另一方面也希望2022年我国举行的冬季奥运会能够增加这个项目，让运动员能够增加获奖的机会。这项比赛包括3项内容：女子单人444米短道速滑、男子单人777米短道速滑和男女混合2000米接力赛。每队都是2男2女四人为一组，这次中国除了派出了3个队之外，还有几位队员与一些派出的运动员还不能凑满4人的国家组成混合队。短道速滑每跑一圈是111米，跑道呈椭圆形，两端的弯道，用黑色橡胶的碗状物品，按照预定的设点覆盖在冰面上；而直道却没有设置任何标志。运动员穿着滑冰鞋，随着赛程从休息室鱼贯入场，他们鞋的冰刀上套有尼龙的护套，这样可以在普通平地上行走，一旦进了冰场，立即抽去五颜六色的护套，将它们放在泡沫塑料厚厚的围墙入口处的顶面上。

据我观察，比赛的过程大概是这样的：运动员在过弯道时，要侧过身

速滑团体接力赛

子,用手拄着冰面,在胶碗的内侧划过,到了直道可以加速,从外侧或内侧超过前面的运动员,占领领先地位。但一旦到了弯道,必须回到由胶碗放置所形成的跑道外侧,不允许从内侧超越。所以优秀运动员不仅要求滑得飞快,更要有灵活的技巧,才能抓住稍瞬即逝的时机,超越前面的选手。比赛很是精彩,一组接着一组,看得目不暇接,尤其是运动员互相超越的过程,特别刺激,你还没有反应过来的一瞬间,后面的运动员就跑到前面去了,也有经过一阵争夺,结果后面的运动员仍旧被挡在身后,一旦进入弯道,只能老老实实仍旧在后面跟着。最后根据每队四个选手的平均成绩,分出1—12名,按照9—12、5—8以及1—4名的先后名次,再进行男女混合接力的决赛。每个男选手要比女选手多跑半圈,第一组选手开始比赛后,到了一定距离后,后面的选手也在赛道内侧开始加速,到了要接棒时进入赛道,由前一棒的选手在他(她)身后用力一推,就算完成了接棒。由于众多的运动员同时出现在赛场上,令观众眼花缭乱。反正大多数的观众是"外行看热闹",只要有超越成功的场面出现,都会鼓掌甚至叫"加油"。比赛结束了,著名的教练员,如今当上中国滑冰协会主席的李琰给优胜者发了奖牌。我也基本看懂了短道速滑比赛的看点所在,今后再在电视上看比赛,就会注意如何看门道了。这堂课我是有收获的。

3. 花样滑冰课

随后就是带有表演性质的花样滑冰队列滑,这是这次专门为提高观众对冰雪运动的关注和兴趣安排的节目,犹如闭幕式一般。时间已经到下午5时了,如同前面每节赛事结束,冰场都要进行一次冰面整修一般,又要停顿15分钟到30分钟。这段时间很乏味,于是我把现场拍摄的照片传到了微信朋友圈里,告诉他们,我在东北生活5年也没有看到的冰雪项目,却在家门前的东方体育中心看到了,也收到不少微友的点赞。

照明灯光渐渐地暗了下来。屋顶上的灯光打下的蓝天白云的图案铺满了整个冰面,全体运动员按照国家拉丁字母的顺序进场向观众致意,有些国家只有一名运动员。花样滑冰开始了,有队列表演,将近20名运动员,其中只有一名是男的,其余都是女的。第一个表演的是来自北京的小孩子，只有一个男孩子，开始我以为与如今歌坛的“阴盛阳衰”的现象一样，女生是主流。可是后来美国队的队列表演，也只有一个男青年，我才想到，是否花样滑冰的队列表演，如同芭蕾舞《天鹅湖》一般，只设一个男主角？随后男子单滑、女子单滑，男女双人滑和冰舞都出现了几次。但据播音员介绍，他们都不是世界比赛前三名的选手。他们的表演套路，我们在电视上都看到过，但毕竟是现场观看，氛围是不一样的，因为还有立体声音乐、灯光追踪、天幕幻灯打在冰面上各种图案的变幻，还有观众的喝彩欢呼等，这在电视里是欣赏不到的。现场看表演者身材都显得很小，要看清他们的面目，还不如抬头观看挂在顶上的四块巨幅电视屏幕，但这样的仰视与在家中看电视的效果是一样的，就没有意思了。至此，现场体验花样滑冰表演的经历也算是补上了。

四、早退

一晃时间已经到了下午6时了，播音员说，请休息一会儿，又需要整修冰面了。本来对体育不太感兴趣的妻子，开始失去了耐心。来东方体育中心和看短道速滑，她还感兴趣，因为没有体验过。花样滑冰，她认为电视上看到过，刚才又体验过了，下面的表演即使水平再高，不会超过过去申雪/赵宏博的双人花样滑冰水准，于是她坚决要回家吃饭了。此时哥哥他们还兴趣正浓，我处在两难之中。总不能让妻子一个人回家，尽管不远，但也要走上半个小时左右的，又没有直达的公交汽车。不得已我只能向忠民弟他们打招呼早退了。回程一共3站路，却换了2趟地铁，才回到了家。当晚哥哥给我发来了微信：“今天晚上的节目真的很棒，各项艺术的冠亚军都登场表演，还有集体冰舞表演，直至8点结束，应该说是世界一流水平，你提前退场可惜了！”可是妻子看了这条微信却“幸灾乐祸”地说，幸亏她“英明”决断，提前回家，不然到8点钟，她要饿得胃痛了。她还振振有词地说，花样滑冰的精彩动作在电视上就可以欣赏，现场表演的氛围领受过了，就可以啦！我自然是两边都不能得罪，人家盛情的邀请，我也幸运地补上了经历上缺憾的课程，应该是一件令人欣慰的事情。但赛事过于冗长,也确实超出了妻子所能承受的范围。于是我用自嘲的口气告诉哥哥,因为早回来看到了申花队和上港队“足协杯”的冠军赛,也算一点补偿吧！还有就是写上这篇不短的散文,作为今后可以与今天一起观看的亲朋好友一起回忆的纪念。

当惊母校殊

一个人对自己学习生活了六年的母校应该是很熟悉的,不仅是校园范围内,对学校周围的环境也应该同样很了解。我从 1964 年至 1970 年在同济大学上学 6 年。尽管这 6 年处于"文革"期间,学习生活处于不正常状态,但这对了解学校及其周围环境应该没有什么影响。毕业离开上海 5 年后,我调进了上海铁路局,无论从工作专业的角度,还是从与母校感情的角度,我与同济大学一直保持着一定的联系,虽然有时也会有数年不去母校,但一旦回到同济,还是如同回到"久别的老家"一般,熟门熟路找到要去联系工作或者寻找熟人所在的地方。当然这是指同济大学四平路校区。以后陆续合并进来的原上海铁道大学的校址,因为同为铁道系统,尤其因为我当了 7 年上海市铁道学会专职副秘书长,经常去那里,所以到了那里还能知道其主要建筑的大约方位所在。而对于处于嘉定安亭的同济大学新校区,仅去过一次,里面的面积太大了,如果没有向导,就会晕头转向不知所措。同济新区的面积据说是四平路校区的 3 倍多,而当年四平路同济大学校园的占地面积近 1000 亩,那可是全市高校排名第一啊!

前两年因为工作原因到过同济四平路校园几次,因为都是自己开车来的,需要从处于赤峰路的南校门进出,所以没有过多地关注四平路原大门(现称东校门)前的变化情况。尤其是为了便于同济的师生上下班或者购物,四平路从处于赤峰路口的汽车一场所在地入口到内环线附近出口,修了一条地道,去五角场方向办事的车辆,如果不去同济大学东校门一带,直接穿越地道通过就行了。我这两年就是这个情况,不是穿越地道避开东校门,就是开车从南校门进出,对于原来同济大门附近的情况就不太清楚，但也没有想到仅仅两年就会有如此巨大的变化。

昨天下午去同济大学找陈强教授联系工作。事先向陈教授了解进校停车的事情，因为来之前我就听说如今要想进同济大学停车是一件很难的事情。我也一直在纳闷，同济四平路校区要比上海交大徐汇校区的面积大得多，交大徐汇校区虽然要花费较长时间泊车，但还允许我们外来车辆进出，而同济却不行了。陈教授说，校园内不得停校外来的车，建议我坐地铁去，我一查地图，从我家到同济要先坐一趟公共汽车，然后换乘三趟地铁，才能到达同济。如今我年事渐高，换乘地铁，有些站出入口没有自动扶梯，要爬扶梯，膝盖吃不消。因为同济大学地处四平路街道，于是找了原来在我们上海市行风监督组挂职锻炼的四平街道干部小丁帮忙。她说同济确实难以停车，建议我把车停到处于汽车一场原址的同济设计院地下车库去。我觉得这个意见可取，从汽车一场到同济大门不就是一站路吗？后来小丁又帮我联系了同济新村居委会，让我停到同济新村里去。等到我把车开到了彰武路同济新村原大门的地方，发现那是车辆出口处，进口处还要寻找，不得已而为之，我把车开进我们原来当学生时常去的同济新村对面的一家饮食店的原址。在该店原址位置稍微过去一点，有一座大门入口处，向右拐进去后，发现里面有地下车库入口，我就将车开了进去，里面的地下停车场好大啊！有 2 层，几乎全是空车位。我把车停在地下一层的空位上，然后乘电梯到了地面一看，是到了原来华东建筑机械厂的位置了，也是 10 号线地铁的出入口。同济大学校门就在对面。原来这块地下停车场就是同济设计院的车库，它上方是一座玻璃幕墙的高层建筑，大概也称同济 B 座。从赤峰路的汽车一场到彰武路，现在全成了同济设计院的地盘了！

当我进了同济校园，难免稍微打量一下里面的环境，发现变化也很大。前几天《光明日报》头版用照片和文字说明介绍我国一些有年头的著名大学的校园，其中有同济，是两个学生模样的人在图书馆前的草坪上，以一个名为“同济华表”的立柱为背景在拍照。我把这张照片转发在我们大学班级的微信群上，离校 46 年的范巧芝同学都认不出来了，问这事发生在校园的哪一块地方？因此我也乘机再实地看一下“同济华表”的样子。同时我发现由于自己的视野发生了变化，好像校园变小了，原来南、北二楼是同济的主体建筑，现在都几乎被周边的高层建筑和绿化淹没了。只有毛主席塑像依旧，昨天是他的生日，基座上有几束鲜花供奉。与陈教授原定在位于大门北侧的行政楼五楼见面，这座建筑也是我们在校时所没有的楼宇，就在原来收发室过去一点校舍维修队所在的地方。但仅仅几年的工夫，它也显得陈旧了。没有电梯，我好不容易爬到五楼，可能还在午休的时间，办公室的门都关着，我就擅自进了一个大门敞开的会议室坐下等候。看着离约定的时间还早，我打开手机看看微信，发现陈教授已经2次发短信，通知我改在同济A座的19楼办公室见面，于是匆匆忙忙从五楼返回地面。同济A座又在哪里呢？一问门卫，原来对面原来同济邮局位置上的高层建筑就是A座。

于是我就再一次穿越四平路，来到同济A座，这座也是有玻璃幕墙的大厦，前面有一块横向的招牌，上面写有“同济大学经济管理学院”，啊！原来同济大学建筑工程系的一个“建筑工业经济与组织”专业，如今已经发展成为占领一座高层建筑的学院了。陈教授的办公室还真不好找，幸好楼里每一间房间的门前都有一块牌子，上面有“×××教授”的字样，我找了一圈也没有发现陈教授的办公室在哪里，最后问了一个学生模样的人，才在最里面的一扇门处发现陈强教授的名字。进了陈教授的办公室，里面还真不小，除了硕大的办公桌和一长排书橱，还有小圆桌可以接待客人或给学生答疑。以前我们在校时，由于教师可以不坐班，一个教研室也就是如今的一个系办公室，大概也就只有这么大的面积。

与陈教授愉快地谈完原定的事宜，我才得知如今管理学科在大学属于“大文科”，陈教授原来让我去行政楼五楼见面，那里还有他的办公室，他如今还是同济大学文科办公室的负责人。今天下午他原定在那里办公，因为时间早才改在同济A座。

在陈教授与他人通电话期间，我走到他的办公室幕墙边，俯瞰窗外的景色，发现周边高楼林立，鳞次栉比，几乎全成了同济大学的“势力范围”，还包括一座大酒店。原来的同济校园似乎变成一个被压缩在一座建筑规划展示大盘中的“盆景”。怪不得媒体报道有“同济产业带”之称，说它所产生的产值令人惊讶，是一个成功的案例，让全市的大学都要学习模仿同济，建设以大学为核心的新的经济增长点和创新产业圈。

学校及其周边的巨变，令我这个原来同济学子回来时，几乎找不着北。真可谓“学子应无恙，当惊母校殊”。

让中国民乐也能诠释西洋音乐

——再议“西曲也能东奏”

一

打开今天的《解放日报》，在第六版的右上角有一篇标题是《德国作曲家谱写上海传奇》的文章，其副标题是“民族音乐会《上海奥德赛·外滩故事》首演”，说的是由德国作曲家克里斯蒂安·佑斯特创作的一部名为《上海奥德赛·外滩故事》的作品，由上海民族乐团演奏。据说，近年来越来越多外国作曲家在世界舞台上讲述中国故事，一般都是以西洋音乐形式呈现的，这次用中国民族管弦乐形式体现，是向前迈了一大步。为此，佑斯特专门了解了诸如二胡、柳琴等民族乐器的音域和演奏技法。反过来，这也激发了上海民族乐团对民乐国际化的思考。上海民族乐团团长罗小慈深有感触地说：“中国民族乐器个性非常强，佑斯特跳出了我们习以为常的一些框架和束缚，更多地呈现了这些乐器的共性……中西方音乐思维和音乐语言的碰撞产生了创造性的火花。中国民乐应该以更开放的姿态……探索民乐的国际化当代表达，推动中国民乐走出去。”

看了这篇新闻报道，让我很有感触，浮想联翩。因为在好几年前，我就写过一篇散文，名叫《西乐也能东奏》，希望中国民族管弦乐团在演奏《红杉树》《蓝色的多瑙河》等西方艺术乐曲外，还能演奏柴可夫斯基的《第一钢琴协奏曲》、贝多芬的《命运交响曲》等西方古典乐曲，以此让西方的听众了解到，东西方文化差异确实不小，但并不是互相对抗，可以通过取长补短，成为全人类的共同财富。运用中国的文化也能诠释西方世界的理念,这叫“殊途同归”,也是介绍“和而不同”这个中国理念的一种方法吧!但当时只不过就是我一个人在那里自说自话,我曾经与一位音乐界的人士谈到过这个想法,她当即否定了我的意见,主要理由是当时的体制,不可能让民族乐团去演奏西洋音乐。最后我无奈地将该文收入了拙作名为《幸福就在当下》的散文集,也给自己找了一个台阶下。今天当看到《解放日报》上述的文章,又让我“重温旧梦”,把这个话题翻了出来,这次我把读者的对象对准了上海民族乐团的罗小慈团长和她的同事们,尽管我也不知道最后会有什么结果。权当一个音乐爱好者发出的“社情民意”,给音乐界朋友们一点参考吧!

二

自从我国走上改革开放的道路以来,国力日益增强,外国人尤其是西方文化背景音乐家开始注意中国这个拥有巨大听众的市场。他们很早就开始运用他们对中国音乐的理解来演奏中国各类乐曲。但由于他们缺乏中国文化的底蕴,所以尽管在改编和配器上,可以听出他们具有高水平的音乐功底,但演奏出来的乐曲却往往“文不对题”。无论是名气一般的为莫斯科新爱乐交响乐团编曲的尤里,还是大名鼎鼎的维也纳钱特(Giant)交响乐团编曲的华尔特·约翰逊(Walt Johnson),他们对于各种乐器之间如何配合,体现更加节制、更加和谐的合奏效果,技艺上无可挑剔。但由于不清楚原曲的文化背景,有时会产生与原曲内涵不同,甚至相反的效果。如《夜来香》是一首在夜深人静氛围中的艺术歌曲,但在西方乐队演奏出来的是气势雄浑的交响乐,他们还美其名曰:“东曲西奏”,使了解其时代背景的中国听众不知该如何评价是好。

相比之下,中国的音乐家对于西方音乐的理解要比西方音乐家对中国音乐的理解深刻得多。不说早年许多中国音乐家都有留学的经历,或者在国内接受有关西洋音乐的教育。近年来,许多中国音乐家赴西方学习,或者长期生活在海外,他们对中西音乐都有相当水平的造诣。像谭盾那样的作曲家,创作出许多内含中国文化元素而用交响乐团演奏的乐曲。

还有像郎朗、余隆、汤沐海那样通晓中西音乐的演奏家、指挥家。

三

但是,我们至今还没有听说哪一支民族乐团在表演成套的或者大部头的西洋古典音乐。其原因是多方面的,其中很重要的一点,就是原来的民族乐团的乐器音域不如西方交响乐团的乐器来得丰富,还不具备完全表达西方古典音乐的能力。关于这一点,我认为要有与时俱进的雄心。近代以来,民乐从以丝竹、锣鼓为基本乐器,以高音乐器的齐奏为主要表现形式,发展到各个声部基本配齐合奏的民族管弦乐团,已经开发和改良了许多新颖的中、低音乐器。前不久,上海举行的民族乐器展览会表明,还有不少新的乐器已经发明创造出来,而且这个过程还在进行之中。不过如今大提琴和贝斯大提琴等西洋乐器也“原封不动”地引进了,而不是原来将共鸣箱改成胡琴或者马头琴的样子,还有点民族乐器的味道,让观众在视觉上有点难以接受。当年的“革胡”到哪里去了?

其次,与我们国家当时还不够强盛也有关系,世界文化的评价体系也受价值观的影响,同样的国际乐坛的主角是西方音乐家。令人不解的是,在国内民乐音乐家的日子也比搞西洋音乐的音乐家要难过得多。在国内缺少对民乐乐团和民乐音乐家、民族乐器足够的重视和尊重,只有个别民乐独奏演员才有与交响乐团合作的机会。在这样的大背景下,怎么能让民乐艺术家树立起演绎西方音乐的勇气呢?但如今这个局面已经发生了根本的变化,我国的政治、经济已经走到世界舞台的中央了,我们的文化更不必妄自菲薄了。

第三,大概就是当年否定我想法的那位女音乐家的意见,在我国,为数不多的几支民族乐团大多数是由国家养着的,完全依靠自身在演出市场里,可能难以生存。人们普遍认为乐队是有分工的,表演西洋音乐是交响乐团的事情。让民族乐团去演奏西方古典音乐,不是“越俎代庖”了吗?大家是想不到,中国的交响乐团演奏西方古典音乐只能是体现它的水平问题,而如果是民族乐团来演奏西方古典音乐,意义就不一样了,这样可以诠释中西文化是可以相通的大道理。说得再明白一点，就是说明我们东方文明不比西方文明落后，这也是涉及中西文化价值观的问题。

四

我们中国的民族乐团具备表演西洋音乐的水平。当年中央民族乐团到维也纳金色大厅表演的《拉德斯基进行曲》不是与交响乐团演奏该曲获得同样的效果吗？上海民族乐团更是在“文革”前就有过演奏西方音乐的经历，当年在“左”的氛围下，不敢大张旗鼓说是举行演奏西洋音乐的音乐会，用“亚、非、拉音乐会”打旗号，中间也以加演的名义，表演了诸如芭蕾舞《天鹅湖》中的乐曲。

早期济南部队文工团也尝试过用民乐表现交响乐效果的乐曲，初见成效，说明民乐演奏西洋音乐在技术上是可行的。

这次上海民族乐团与德国作曲家克里斯蒂安·佑斯特的合作，也在一定角度上说明民族乐团是可以表演西洋音乐的。毕竟在《上海奥德赛·外滩故事》这部作品中，还是以西洋音乐的作曲方法作为基础的，只不过加入了一些中国文化的元素而已。但是最可贵的是，它是由一支民族管弦乐团来表演的。人家西方音乐家佑斯特们已经干起“西曲东奏”的事情，为什么我们中国的音乐家不能去尝试“西曲东奏”呢？除了我前面说的演奏西方现有的古典艺术乐曲外，旅居欧美的中国音乐家们也可根据自己在西方生活的感受，创作出描写他们眼中的西方自然、人文印象和故事的乐曲，用民族管弦乐团来进行演绎。西方听众同样会对中国艺术家如何描述自己身边的事物产生浓厚的兴趣的。我自己也有这样的体会，我是一名业余的散文作家，我发现，最关注每篇文章的读者，一定是文章的内容谈到了他(她)。

综上所述，在解决了编曲、配器、指挥等技术层面的问题后，最缺乏的大概就是资金了。我觉得我们的政府或者文化基金应该支持这件具有国家战略意义的大事。不过话又要说回来，此事能否实现，一个很重要的因素是民族乐团尤其是团领导是否有勇气、有信心去做这件事情。

上海民族乐团的艺术家们,“西曲东奏”很值得尝试一把啊!

评议与联想

陈梅生:我看了《再议》一文后,使我想起年轻时常听到的钢琴伴唱京剧《红灯记》,当时听起来的感觉怪怪的,好像国粹的曲子变味了。现在看来实有异曲同工之效,不能一成不变,适应时代才是最重要的事。

陈素娣:钱哥的知识面实在是太广了,博古通今,中西文化都涉猎!

钱平天:平雷的这篇文章颇有独到见解。相信在民族音乐行业中也一定早已有类似的暗流,只是形不成波涛,构不成洪流。其实还可以把原西洋乐曲中的某个主题曲,再锦上添花,改成用中国乐器演奏的变奏曲穿插其中,让西方听众既感到亲切又觉得新奇。这样创新的做法更有利于突破,因为艺术界早就有一个“定律”:原创永远是经典,仿制永远不会超越。建议平雷试着把文章往音乐界刊物投稿,以引起有实效的波澜。

徐荣林:没想到你对音乐也很在行,深透研究,它的过去、现在、将来的发展都深入调研过的。当个作家真不容易,行行深知。

汪　川:平雷同学:拜读你的“西曲东奏”的文章,很是吃惊。你不但精通书画与写作,还精通音乐。你的用中国民乐演奏西乐的观点,我很赞同。但愿你的愿望能早日实现。

上海广度

一

我曾经写了四本散文集，前三本的书名因为有点巧合，最后变成了所谓“幸福三部曲”——《幸福相对论》《幸福就在当下》和《幸福永伴你我他》，当第四本散文集出版要决定书名时，我的一位老同学许兴汉告诉我，约定俗成，不能第四次用“幸福”做书名了，尽管书中还有一篇题目用“幸福”打头的文章。最后，我用了《上海高度》作为第四本散文集的书名。这是我的一篇散文名称。上海市楼宇科技研究会在举行以“智慧楼宇”为主题的国际研讨会时，有一档节目是参观上海中心，这是当时国内最高的楼宇。我把所见所闻所感记录下来，给之取名为《上海高度》。该书的封面是一张包括金茂大厦、上海环球金融中心和上海中心三座大厦高耸入云合影的照片，给读者的第一印象是这本书是关于建筑科技的书籍。其实，在《上海高度》这篇文章中，我在赞赏上海中心的高度的同时，也在告诉人们，那次研讨会的学术水平也是一流的，是另一种的上海“高度”。因为用了《上海高度》做书名，于是下一本散文集似乎也应该用上海X度，作为书名的选择范畴，如上海广度、上海深度……我的第五本散文集已经完成大半部的文字写作量了，我一直在思考该书的书名问题，我基本已经选定用《上海广度》，因为我总觉得上海位于中国大陆海岸线中部，中国第一大江万里长江与东海的交汇处，近代以来，无论对内对外，都具有最为广泛的接触面，“开放”是上海这座城市最大的特征，也是优势。各种人物在这里邂逅，各种物质在这里集散，各种文化在这里碰撞，“海纳百川”，于是就形成了一种与中国各地略有不同的生活方式和思维方法，即海派文化。尽管在有些文化品类积淀和研究的深度，上海可能比不上其他地方，但如果从海派文化涉及面的广度来说，上海在全国应该还是处于领先地位的。当今天“2017 年上海居家养老国际会展”的论坛部分胜利闭幕时，作为主办单位负责人的我，在松了一口气的同时，也觉得撰写《上海广度》这篇文章的题材好像齐备了。

二

上海市楼宇科技研究会与海阳集团共同主办的“2017 年上海居家养老国际会展”，从提出到举行，有将近一年的时间了。举办这次国际会展既是偶然的，也是必然的。按照中国的体制，上海市楼宇科技研究会是上海市科协下属的一个学术团体。市科协对学会有考核评价指标体系，学术团体是否举办国际性会议，进而举办国际展览，是学会水平高低的重要标志。我们研究会成立时间在科协系统里属于较短的，如要赶上那些已经具有几十年甚至上百年历史的学会的办会水准，必须举办诸如国际会展这种一般学会没有能力组织的活动，来尽快缩小与一流学会的差距。之所以选择“居家养老”这个话题，是因为我国尤其是上海已经进入老龄化社会，按照中国国情，90% 以上的老人采取居家养老的方式度过晚年。居家养老并非是让老人及其家属自行解决所有的困难和问题，它是需要政府和社会创造一定支撑保障体系作为后援的。

我会老年用房及其设施专业委员会主任委员、海阳集团董事长徐超根据多年的实践，并在学习考察了美国的 CCRC（Continuing Care Retirement Community）、加拿大的 CCAC（Community Care Access Centre）、日本的“在宅介护”等各国居家养老模式的基础上，提出了 CCHC（持续照料社区）这一具有中国特色的居家养老模式概念。简单地说，就是 12 个字：“小机构、大社会、全天候、零距离”，具体模型是三级网络、四级平台，即市、区、街道（社区）三级网络，市、区、街道（社区）、居委四级平台。目前社会上虽然有“长者照护之家”、“时间银行”等帮助老人居家养老的举措，但都有这样那样的不足。如果想要把这些好的模式取长补短，进行整合,就需要制定一套有关服务与管理的标准。于是徐超就找到了研究会,希望得到帮助。因为他知道,上海市楼宇科技研究会曾经专门就《居家养老支撑保障体系》有过研究,已经为撰写《CCHC(持续照料社区)居家养老模式服务管理标准1.0》(下称《CCHC标准1.0》)作了技术上的铺垫。在此基础上,我们成功地合作撰写并出版了《CCHC标准1.0》。

因为有了《CCHC标准1.0》,使我们有了与国际上其他国家的专家和同业者进行对话的资格和底蕴,也是因为上海在国际上横向联系的广泛,本次会展得到了国内外学者和专家的热烈响应。来自美国、加拿大、英国、日本、韩国、瑞士、以色列、澳大利亚以及中国台湾、中国香港等国家和地区的客人济济一堂,我们互相取长补短,分享各自在居家养老方面的学术成果和产品,这已经不是当年一味地向外国人学习取经的场景了。在昨晚的欢迎宴会上,外国朋友纷纷竖起大拇指,称赞本次会展非常成功。当我把有中英两种文字手写体唐诗的条幅作为他们演讲的纪念品送给西方学者,请他们通过比较来理解书法这门原来只有东方人才能欣赏的艺术,他们喜出望外,连声道谢。这也应该是"上海广度"在养老领域和中西文化交流方面的一种显示吧!

三

《CCHC标准1.0》是我国第一部有关居家养老的标准,撰写制定这部标准涉及许多专业,除了诸如医学、护理、餐饮、家政、环卫等最基本的传统专业之外,通信、电子、建筑、机电、环保、金融、商业、物业、文化、体育、管理等等众多其他的专业也已经陆续地进入养老领域之中,制定标准时,它们都是不可或缺的,必须对上述专业进行集成创新才能奏效。《CCHC标准1.0》是在上述各类专业的专家通力合作下顺利完成的,它的出版就是各类知识广度融合的一种体现。

作为《CCHC标准1.0》的主编之一,我运用系统方法,首先建立了整合各类相关知识的模型,依此编写《CCHC标准1.0》的目录,这需要我具有比较宽广的知识面。长期在包括上海铁路、建委、人大、民盟、科协、行风和科普等系统专职或兼职工作学习的经历,使我具备了同仁们公认能够承担主编的水平。

不要说我们编制《CCHC 标准 1.0》涉及这么多专业的专家,都能在上海找到,就是当年编纂各类知识浩如烟海的《辞海》这样的大型辞书,毛主席也把这个任务交给了上海来完成,因为几乎所有专业的专家,在上海当地都能找到。

这次我会的副理事长戴晓波教授对我们撰写《CCHC 标准 1.0》,予以高度的评价。他告诉我,能够制定养老的标准非常重要,标准不仅是眼下对服务者、管理者和被服务者之间对服务、管理质量评价的依据。而且将是所有养老产品设计制造的依据。例如,如果要设计为老年人服务的机器人,对这个机器人有关服务项目的要求,应该同样符合相关人工养老服务的标准。我真是没有想到,标准会有如此的作用。

戴教授还告诉我,如今标准除了有原来的企业标准、行业标准、国家标准外,还有一种叫联盟标准,可以得到政府部门的承认。不过这个很难产生。如养老领域涉及众多的专业,要把这些专业的团体结成联盟,不是一件容易的事情。我告诉他,我们已经有这方面的尝试。上海市科协系统有 200 多个学术团体,几乎包括了所有的领域。我们在市科协的支持下,已经打破传统以相近专业结成的学会,如城建交通专业结成联盟的做法,开始跨学科进行接触和合作。如果随着养老学科的发展,我们可以朝着这个方向去努力,广泛地横向联系乃至结盟,这也应该是上海广度在创新方面新的拓展。

四

我周边发生的事情,让我产生想进一步了解为什么会有"上海广度"的历史渊源。最近正在召开党的 19 大,上海《解放日报》有一篇名为《铭记,红色起点的历史选择》的文章,其中谈到为什么中国共产党会在上海诞生?党史专家熊月之首先谈到上海处于海岸线的正中和长江的入海口这样的地理位置。于是有两点很重要,第一是全国化的上海,第二是全球化的上海。当时,世界上没有哪个城市能像上海那样信息发达,可以跟国际上任何大城市有通信往来。交通上跟欧美、日本及南洋都有轮船航线,面向国内还有内河航线。以后有了铁路,更是成为交通、信息通信的枢纽,这就是上海特有的交通优势。当时,上海还有全国最多的报纸、电台,甚至弄堂里都有电台。另一位党史专家忻平认为:“城市性格决定了城市居民的性格。”

作为20世纪三四十年代最国际化的城市,上海在西方商品经济的冲击下,打破了社会原有的等级差别——外来文化与本地文化交融,这种文化性格使得上海具有很强的包容度。

什么叫“很强的包容度”?不就是“广度”的同义词吗?原来,“上海广度”是这样形成的。同样,海派文化也是这样形成的。我们可以发现,上海的饮食文化、戏曲文化、建筑文化等各个领域的文化,乃至上海方言,都是在融合了中国各地文化,甚至外国文化后,所形成的一种新颖的文化,如土豆沙拉、“九腔十八调”的滑稽戏、石库门弄堂等等,都是典型的海派文化产品。即使是上海方言,也是一种融合了上海本地、江浙、山东、广东等地的方言,甚至还有英语的词汇后,所产生的一种地方方言,与上海郊区至今保留的方言有着明显的差别。

还有,我觉得上海的广度还表现在上海人的外向型。新中国成立后,上海人义无反顾地支援全国各地的经济建设,走到祖国的每个角落。自从改革开放以来,上海人也是最早出去闯荡世界的,不要说留学生最多,就是到世界各地谋生的人也比比皆是。1993年,我曾到只有3万人口的太平洋岛国帕劳出差,那里简直如同天涯海角,人烟稀少。听在那里设厂的一位南京干部说,就是在这里,还有3家上海人开的商店。这些走南闯北的上海籍人士,又把海派的文化带到祖国乃至世界各地。

我希望我们“上海广度”的优良传统还要发扬光大,以前有国人说上海人“精明而人不高明”,似乎与“上海广度”是相悖的。这是否与计划经济时代,物质匮乏有关?但如今这个时代已经过去了,上海的老百姓应该确确实实把如何保持“上海广度”这篇文章做得更好,赋予它新的内涵,除了有放眼世界的远大目光，还应让它成为我们作为“排头兵”的宽阔胸怀吧！

评议与联想

陈梅生：有《上海高度》，有《上海广度》，再写一本，组成“上海三部曲”。

徐佩珍：为钱老师又要出新书鼓掌！迎接《上海广度》《上海深度》的诞生，期待“上海三部曲”早日问世。

孙有望：勤耕文海，思如潮涌，著作等身！

章杏波：盼望第五本散文集早日付梓。

何胜妹：钱学长，您真了不起！您是一个优秀又多产的作家，期待您的新作面世！

傅雅君：看了此篇，在《上海高度》以后，我也非常赞同下一本书的书名为《上海广度》，因为既有了连接，又让这座世界闻名的国际大都市上海有了更直接、更广袤的立体式空间……

陈素娣：我也同意书名为《上海广度》，非常贴切。

老同学聚会“规律”趣谈

随着人们生活水平的日益提高，在精神上也有更多的需求，对友情的向往也有了足够的物质支持，其中各种老友的聚会络绎不绝，此起彼伏，也成了拉动消费的重要活动。只要有过相同经历的人，诸如同学、同乡、同事、战友、下乡，随便找个理由，上饭馆 AA 制“撮”一顿，成了最为常见，也是最受大家欢迎的活动形式。这其中同学的聚会最为普遍，也是人们参与积极性最高的活动。

因为学生时代，大家都处于成长阶段，对许多事情，例如理想、志愿、友谊、爱情、事业等，也是处于幻想、朦胧、不定性的向往状态之中。当年的经济水平，同学之间除了学习之外，不可能有更多的集体社交活动。尤其是男女同学之间，更是不允许经常交往的，学校和家长都有防止学生产生“早恋”倾向的义务。同学们毕业后，各奔东西几十年，到如今尽管各自的情况各异，每个同学之间的“人生观、世界观”，特别是“价值观”的所谓“三观”，可能差别很大，但有一点是相同的，就是很想再看看当年的同学现在过得怎么样的好奇心。这是如今一个班级乃至一个年级同学重新聚集的动力。那些价格适中，尤其是开在母校附近的饭店，也因此获得了大量的商机。最近，我在位于“北外滩”的一家名叫“芳庭酒家”的饭店，连续了吃四顿饭，其中 3 次就是同学聚会，我也因此看到了一些有趣的现象，与微友们分享。

我是在位于唐山路高阳路到公平路之间的上海市提篮桥区中心小学和上海市第 58（澄衷）中学完成我的小学、中学学业的。我出生在唐山路上的一座建筑里，而且当年我的同学也基本都居住在如今被称为“北外滩”的那一带。所以我的同学对那里的变化会更加敏感。这家名叫“芳庭酒家”的饭店,原来开在澄衷中学沿唐山路的教学楼里。因为老校友李达三在20世纪80年代捐赠了一笔钱,虹口区政府以此为基数,投入了更多的经费,立项建造了一座名叫“李达三楼”的教学大楼,于是学校就破墙开店,把这座建于1964年的教学楼借给了包括芳庭酒家等一些商业机构,对外营业。自从同学聚会重新兴起后,这家饭店成了澄衷学子返校参观访师聚会后最理想的会餐场所,尤其是它的价位适中和对澄衷校友给予打折的优惠,更使它成了同学聚会地点的首选。但曾几何时,政府不允许学校将校舍出租用于商业行为,芳庭酒家也不知搬去何方。我们不得不选择其他离学校最近的饭店用餐。最近,澄衷中学因为要进行一次全面的更新改造建设,搬离了原址,临时到广粤路原来我们上学时并不熟悉的地段过渡。尽管在再造的校舍中,将运用原来已经拆除的“澄衷蒙学堂”的建筑元素,来建造新的教育大楼,很让我们校友期待,但眼下却似乎一时没有了合适的去向。尤其是“北外滩”这个令人关注的名字横空出世,到那里亲眼看一看,走一走,成了曾经的澄衷学子的又一期待。问题是到哪里集合呢?一个偶然机会,位于东大名路丹徒路口的芳庭酒家又出现在我的面前,成了近期我频繁出现在同学聚会的场所,同时也发现一些很有意思的“规律”。

我第一次到这里是因为我高中兄弟班级三班的一次同学聚会,因为他们班里有我的一位表弟柴慈镛,因此我认识他们班绝大部分的同学。他们班的微信群刚刚建立时,只有3个人,于是“群主”胡善通同学,就邀请我加入,因为他对我写的散文比较感兴趣,希望我能及时地把新作在这个群里传阅。后来他们班的同学突然迅速找到加入了微信群,我理应退出。新群主许利利同学热情地挽留我,让我以“柴慈镛表哥”的名义继续留在他们群里,他们有时也邀请我参加他们班的聚会,9月的一次聚会,地点就是这家离提篮桥不远的芳庭酒家,这就让我知道了原来在母校教学楼里的饭店,如今搬到了这里。那天不是周末,顾客不算多,我发现这里菜肴不错,量也足,饭店的装潢也称得上华丽,确实是个老友聚会的好地方。

于是在10月份，家族聚会该月轮到我做东时，我也把聚会地方放到了这里，因为“北外滩”曾是我们共同的“故乡”，到这里可以怀旧。那天是个星期天，我因为算“东道主”，所以到得比较早些，10点多就到了，但发现饭店的门口已经站满了上了年纪的人。这是老人活动的一个规律，他们都很守时，宁可早一点，也不愿迟到。

等到我在预定的包房里点好菜，经过大厅去等待客人时，发现大厅里面已经高朋满座，我又发现了另一个规律，就是围着圆台面坐的顾客的年龄，基本上是一样的，这明显是同学的聚会。我估计他们多半是原澄衷中学的校友，年龄比我们这个年纪要小一些，但也不轻了，大约在五六十岁之间的居多。尤其是那些女同学，多半是做好头发，穿了裙装，往往还涂脂抹粉，精心打扮，尽可能以最年轻漂亮的面貌前来与老同学聚会的，这也是一个老同学聚会的规律。起初同学分散在各处，断了音信多时，只有很少同学保持着联系，后来随着老友聚会的社会风气逐渐浓厚，加上班上有热心的同学积极寻找，被找到的同学如同井喷一般，越来越多，于是就迎来同学聚会的高潮。在此期间，沉积在每个人心中多少年的情结都被激活了，希望看到当年自己心仪的同学如今的模样，是人们普遍的愿望。同学之间毫无禁忌地开玩笑，甚至向对方公开表白曾经的爱慕，都是被大家所允许和接受的事情。我们初中班级就出现过与上述相仿的情况。如今微信流行，同学们建立起微信群，在微信里继续交流着当天由于时间有限，还没有流露完的“激情”。不过大家都是比较理性的，毕竟时过境迁，旧情复发的现象并不多见。

这种现象，在班中同学逐渐被找回来的班级中，就比较少见了。我的高中班级从同学较大范围开始集会，到全班同学都被找到，实现“大团圆”，前后花了18年的时间。目前全班同学基本上是一年一次频率的聚会，时间也固定在每年春节的年初五。这是因为，同学之间该交流的也都交流过了，可以让人产生新奇和激动的东西已经不多了，而且由于“三观”各异的原因，一些已经被找到的同学，还逐渐淡出了同学的聚会，这也是老同学聚会的一个规律。如今大家一起聚会，是因为彼此年事渐高，见面互相报平安的因素更多些。偶尔也会增加一次，如11月6日，星期一，旅居美国的侯馨岳同学回国探亲，赵瑞康老班长发起聚会，在我的建议下，我们也到芳庭酒家聚会了一次。到结账的时候，我对店经理说，今天不是周末，我们又是澄衷中学的校友聚会，于是她给了我们八八折优惠。餐后，我们到北外滩漫步一番，这里也是大家魂牵梦绕的地方。

11月18日是今年的召集人王国培同学定的聚会日子，在我的建议下，我们大学的一些同学也将一年一次的聚会，放在了芳庭酒家。因为这批同学中，好几位同学原来的家也在虹口区，看看位于北外滩的故居，对他们来说，也很有意义。我姐姐钱丽臻虽然不是澄衷中学的毕业生，但她的母校继光中学也在附近，她在我们家族聚会后，发现芳庭酒家也很适合她们中学同学的聚会，于是打来电话，向我要了芳庭酒家的订餐电话号码和地址，难道去芳庭酒家聚会也是老同学聚会的一个"规律"？

后记：我本来是想谈谈老同学聚会的"规律"的，不料大家似乎对芳庭酒家更感兴趣，除了点赞，留言的微友大多数问及芳庭酒家在何处。真是始料未及，我的文章成了芳庭酒家的隐性广告了。

评价与联想

郭玲春：亲切的回忆，有关聚会的分析也很到位。看来，我再度抵沪时的提篮桥区中心小学聚会，也应该选择这里了。当年随大姐住的教师宿舍在二楼，恰与澄衷面对，在窄小的阳台上，可以观赏校园的花草树木，这是我儿时记忆中不可抹去的一页，也是我心之所念的地方。

陈素娣：钱哥写的就是接地气，一看你的文章，脑海里就会呈现出过去的一幅幅画面。真好！连你这个见过各种世面的人都觉得芳庭酒家是聚会的好地方，那可见确实是最佳地方。

舒庆华：是不是东大名路809号？这次我回上海，小学同学第一次聚会也在那里。

李　莺：同学聚会最开心！

徐佩珍：谢谢钱老师！这个芳庭酒家，我也要去光顾！

毛正峻：钱老师方便的时候把芳庭酒家的电话发给我，说不定俺们有机会也都去聚聚。

钱平雷：这个酒家只适合老同学 AA 制聚会，因为经济条件不一样的同学心态可以一样平静。

楼珍珠：芳庭酒家确是同学聚会的好去处，其一，价廉物美，比较适合大家口味，其二，学校就在附近（不说以前在教学楼下），大家容易找到，钱平雷的文章真是点到位了！

冷盘与主菜可以比“印象”

今天参加世界技能大赛获得冠军的选手和他们的教练,在北京人民大会堂接受包括李克强总理在内的国家领导人的接见,表彰他们为国争光,并将他们的业绩上升到与“发扬工匠精神,建设制造强国”的国策紧密相关的高度。如果仔细看看这些选手所从事的专业,都是在社会基层最基本的一些工种:汽车钣金工、泥瓦工、磨床工、理发师、插花营业员等等,即普通劳动者。

我曾经写过一篇散文,把一个社会的人员组成比喻为一桌酒席的菜谱,各人的社会分工和功能是不一样的。在我们江南一带一桌传统的宴会酒席的菜谱中,如果考究一点可以由以下内容组成:开胃菜、冷盘、热炒、大菜、汤品、点心、水果以及酒水饮料等。人们在品尝过程中,对菜肴是否“美味佳肴”,一般也是在同一品种中进行比较,当五官在对“色、香、味”的感受过程中,觉得印象深刻,尤其是“味蕾”得到满足后,这道菜就会被吃客赞赏。大家一般不会在不可比的菜肴之间,进行比较。如把鱼肉与蔬菜,冷盘与热炒放在一起,评论哪一道菜可以称为“好吃”。尤其是冷盘和主菜在宴会上的作用,是各不相同的,没有可比性。然而,它们留给吃客的好印象,却是可以让“冷盘”超过“大菜”的。

我们社会分工或者说职业,也是五彩缤纷的,各有不同,各人承担着不同的社会角色,有着不同的职业职责。各行各业也大多数都有自己的评判标准,谁行谁不行,也是在同行中通过不同形式的比较,才能得出结论的。但是社会舆论对人们的引导,往往是与此相悖的:“万般皆下品,唯有读书高”“书中自有黄金屋、书中自有颜如玉”“做大事、做大官、赚大钱”“只有上大学,才能改变命运”等等“教导”,不断灌输给青少年,使孩子们从小认为只有“高、大、上”，才能出人头地，当理想得不到实现时，不会脚踏实地从社会最底层做起，而宁愿去做“啃老族”。对“三百六十行，行行出状元”“只有小角色，没有小演员”等励志的俗语，他们不以为然，被当作了耳边风。

还有就是同班同学，同时入伍的战友，一起进单位的同事，虽然起点是一样的，除了个人努力与否，天赋聪颖不一，所受教育程度高低等原因，更主要的原因是各人机遇的不同，所以最后的结局也各不相同，尤其是行政级别、职称高低、社会地位，也许相差很大，但这些并不能与各人真实的能力水平完全一一对应。一些当年在学校读书的高才生，一些单位的“能人”，对比他们水平低的人，处在比他们高的地位，或者生活质量比他们好的同学、同事，有点不太服气，但客观情况他自己又无法改变，有时忍不住要发发牢骚，认为自己怀才不遇，好在大家还能谅解，有时也劝上几句。问题是已经处在高位、身价不菲的人们，有时有点把握不住自己，有些喜欢在老同学、老同事、老战友面前显示“财大气粗”的气概；有些还要“摆架子”“唱高调”，乃至吹嘘自己曾经的“丰功伟绩”；甚至有些人还把“官本位”的游戏规则或意识，搬进了老友聚会之中，引起了大家的反感。这种反感有时还会超过前者，因为他无意之中，在进行一种攀比的游戏，把自己的高地位、高职称去和已经不在相同行业或者单位的老友在作比较。这种游戏破坏了老友聚会本来是亲情、友情交流的基础，也损伤了其他老友的感情和自尊心，特别是那些本来就有些牢骚的朋友。

以前我们社会提倡不同分工，只要做出成绩都能得到最高的褒奖、受到大众的尊敬的社会风气，但这些年对普通劳动者创造业绩的客观评判有点走偏了，大家都在追逐“明星”“小鲜肉”，让孩子最好都读国内外名牌大学，将来做个“老板”，至少是“挣大钱”或者“金融”白领。

如今重新提倡“工匠精神”是返璞归真，人们逐渐认识到国家要发展，要强大，光是搞虚的东西是不行的，更需要千千万万个干实事的“工匠”才能顶起中国复兴的大业。前些日子，这些技校的学生在国际技能大会上获奖的情景，让国人印象深刻。当他们擎着五星红旗站上领奖台，国歌奏响时，带来的荣誉，与体育健儿在世界比赛中夺冠，完全可以相提并论的。这多少改变了人们原来“千军万马走独木桥”，孩子只有上学术型大学，才有出息的偏见。前几天，上海的一位老劳模，原第一百货商店的马桂宁师傅去世了，他当年的售货方式被人们誉为“马派艺术”。这又重新唤起媒体和广大老百姓对他的思念，他的影响超过了社会“菜谱”中的“大菜”，这就是社会“正能量”的回归。如果按照“官本位”“追星”或者“财大气粗”的原则来编排社会分工的“菜谱”，他只能算一盘小菜而已。

评议与联想

陈国梁：钱总的这篇文章提到了马桂宁，他是我的表舅，因为我外公是他母亲的亲哥哥。他们老马家的老大是个女儿，其余是六个儿子，马桂宁在儿子中的排行老三，20 世纪 50 年代在常州一家布店做营业员。后来，这个大家族的不少人都移民到上海来了，他也到上海市百一店当了营业员。其实，我外公的祖父、父亲的那二代人，在潮阳当地也算是个望族，到了我外公这一代的后期遇到抗日战争，就逐渐衰败了。到马桂宁和我母亲这一代几乎都是逃难到上海，各自艰难谋生。这几乎是 20 世纪三四十年代大多数城镇居民的一个缩影。

我写的这些可能和钱总的这篇文章的主题不太相关，只能算是个题外话，因为钱总提到了马桂宁，才让我把所想起的写上一二。马桂宁是幸运的，他后来如果不是到上海市百一店这样一个大平台工作，就很可能没有后来这么有影响的马桂宁。由此看来，平台也很重要。他兄弟中还有几个也是动手能力很强的能工巧匠，甚至比他还聪明能干，可惜没有一个好的平台让其发挥，名气都不如他。中国大工匠还是不少的，但平台也很重要。

黄浦江滨江大道的建成提前了30年

——上海2050年的交通发展战略目标回眸

昨天我在电视上看到一则消息，徐汇滨江大道跨越淀浦河的大桥桥梁架设到位，至此徐汇滨江大道全部贯通。按照上海市委、市政府的计划，到2017年的年底，45千米的黄浦江两岸滨江大道全部贯通，成为上海市民休闲漫步、体育锻炼、文化娱乐的理想去处，也是观赏上海城市历史变迁的一道风景线。随着分布在杨浦、虹口、黄浦、徐汇和浦东各区的黄浦江岸线滨江大道景区中的一个个景点，逐渐展示在人们的面前，广大市民对这一巨大系统工程的胜利完工，充满了信心和期待。

大家可曾想到，在1992年，上海的一批交通专家在做一个名为《21世纪上海对外交通发展战略研究》的课题中，对黄浦江两岸整治所要达到上述类似水平的表述，是放到了2050年的战略目标的一项内容里。现在2017年就完成了这个项目的建设，而且与原来战略目标相比，现在的建设标准可以说，更加上了一个台阶。从听说市里要建设这个项目开始，我就把20多年前所参与的课题在我脑子中的印象，联系到了一起，就想以此撰写一篇有关上海对外交通发展方面的文章，来和读者们一起分享，我从一个从事交通专业的科技人员的视角观察到的现象。

早在20世纪80年代后期，上海的交通运输行业的专家，已经意识到上海市要成为经济中心、贸易中心、金融中心、航运中心，它的对外交通必须有一个综合交通运输体系来予以保证。这就是除了铁路、公路、海运、内河航运、航空和管道运输各种对外交通形式之外，还要有与之匹配的市内交通等各种运输方式，共同组成互相协调合作的大交通系统。因此，要有一个带有一定前瞻性的发展战略来引领各级政府的规划设计。但当时上述交通运输形式，分属不同上级系统单位主管，诸如铁路局、海运局、长江航运管理局、东方航空公司等主要大型企业，都是中央直属单位，上海市对其没有业务的约束权力。要做规划，首先就要寻找历史档案统计资料，一般说来，这些单位是不会轻易提供给上海市政府有关部门的。

但我国还有一个人们并不关注的领域，就是科协系统，它的优势就是“人才荟萃，横向联系”。上述这些交通系统的科技人员，即使是领导干部，他们都可以以各种相关专业的学会会员的身份，参与到综合交通运输体系的研讨之中来。尤其是当时市科协的学术部发挥了关键的作用，以吕孝濬部长为首，在支持各个学会独立或者联合举行诸如“新客站投产启用研讨会”“上海与相关地区交通学术研讨会”等学术活动的基础上，大约在1991年下半年，请科协高级顾问委员会成员、上海市交通工程学会理事长张佐周领衔，由科协提供一万元的经费，邀请了铁道、航海、公路、航空、水利和城市科学等学会、研究会的许多专家，设立了《21世纪上海对外交通发展战略研究》的课题，进行了广泛的调查和研究，采集到了许多如果按照行政隶属体制，拿不到的数据，最后经过大家讨论，基本达成共识，再由科协学术部的邵臻裕以及上述各个学会各派一人，共同执笔，形成报告。我作为铁道学会派出的代表参与了课题研讨和编写。

当时这些各个行业的专家们，根据自己对于专业的理解和经历，谈出了各自的真知灼见，大家一致同意以2000年、2020年和2050年为三个发展阶段。2000年，交通运输对国民经济严重制约的矛盾达到初步缓解；到2020年，交通运输体系与上海社会经济发展相适应；到2050年，交通运输体系的发展已经适当超前于社会经济发展……接近当时世界发达国家交通运输的发展水平。根据上述要求，以2020年和2050年作为两个时间里程碑，然后提出各个阶段的战略目标。当时大家都把思考的重点放在2020年的目标上，因为按照当时世界发达国家的交通运输和科技发展水平作为追赶的目标，结合我国当时的具体情况，大胆地设想一下，也就相对比较容易地把2020年的目标及其具体建议实施的项目都表述出来了。

但对于2050年，还有近60年的时间，究竟会发展到怎样一个水平，实在难以想象。各路专家绞尽脑汁地想啊想，真有点像在创作“科学幻想小说”。其中给我印象较深的就有航海学会卢崇光副秘书长对黄浦江两岸如何建设的想象，就是货运码头都迁走，建成为绿树成荫的花园大道，但就是如此水平，还没有达到如今具体实施的水准，而在当时大家还觉得难以实现，在写报告具体提及这方面的内容时，留有余地。卢秘书长还以我们讨论中形成的一些共识为依据，撰写了一篇科学幻想小说，其中一个情节，让我印象深刻：一个风雨交加的夜晚，从架在黄浦江两岸的某座大桥的桥面上，一对青年恋人，分别从浦东、浦西两侧迎面飞奔而来，到了大桥中央，紧紧地拥抱在一起……卢崇光副秘书长的这篇文章充满想象，情节动人，文采飞扬，最后在 1993 年被评为“上海市优秀科普文章”。

《21 世纪上海对外交通发展战略研究》这一课题的背后是许多上海交通科技工作者心血的付出，特别是其中的资料数据都来之不易，完成后，受到了上海市政府有关部门的高度评价，课题最终获得了上海市科技进步二等奖。而且其许多成果确实是被政府部门在正式制定规划时采用，或者成为重要依据。这些曾经参与的学会，在课题完成后，至今也没有解散，组成了联盟，成为市科协的一张名片。

今天当我重新拿出久违了的课题报告，再看看当年的战略目标，与如今已经实现的进行比照，发现 2020 年的目标早就成为现实，即使是 2050 年的目标，也八九不离十地完成了。当时对于总目标的描述是：“瞻望 21 世纪上海对外交通的前景，将呈现一幅宏伟的蓝图，简言之，将是**三港兴城，二路起飞**，一个综合立体交通网络而辐射内外。所谓三港，即现代化的海港、航空港和信息港。所谓二路，即高速化的铁路和公路。”读者看到这里肯定会认为，这个当年的“理想”，早就成为现实。如果大家有兴趣，不妨也看看当年对 2050 年的目标是如何具体描述的，如今也基本实现了，我从中略选择一二，请大家比对一下：

铁路：自上海往北至北京延伸到哈尔滨，往南至广州、香港地区，均为 300 千米/小时以上的高速铁路，已经建成。由于我国高速铁路已经形成网络，自上海到国内主要城市都可以当天到达。

水运：长江口南岸和杭州湾北岸两翼建成了现代化新港口；崇明、嵊泗、舟山等岛屿已经完全成为“大上海港”的一个组成部分……黄浦江两岸主要是为中心城市服务和旅客服务的国内国际客货运码头，两岸建筑是绿树掩映的封闭式厂房、集装箱码头、现代化客运站，游览黄浦江是真正的享受。

公路：上海对外公路将全部为高速公路和高等级公路，并与沪宁杭城市链及全国各干道相连（往崇明和苏北的越江工程与铁路共用）。

航空：国内以上海为中心扇形辐射内地，增加上海到北京、广州、东北、西南以及各地的航班密度，国际上增加上海至美国、欧洲、日本航班的密度，与世界各航空网的枢纽站均有定期班机。

由于篇幅原因，我不可能把 2050 年战略目标的全部内容都摘录下来，但各种交通运输方式中，最主要的片段就是上面的条文。请各位读者，尤其是上海市的读者们看看，20 多年来，上海市的对外交通发展得如此得快啊！它与上海的其他领域一样，随着国家社会经济文化的发展速度一起前进着，它已经早就不是对国民经济发展严重制约的主要矛盾了，并且在一定程度上是提高老百姓幸福生活质量的重要推手。当然，“像法兰克福那样的世界上最大的枢纽航空港之一”的目标，还需时日，但是也是可以达到的。

总而言之，我们可以自豪地说，与黄浦江两岸滨江大道的建设时间一样，上海的对外交通发展速度提前了 30 年！

书让智慧广场更加智慧

——参加智慧广场“全国总工会职工书屋示范点”授牌仪式有感

负责我的办公室所在的楼宇智慧广场的物业管理是广慧物业管理公司，日前该公司的郭际冬总经理前来找我，说智慧广场被上海市、静安区总工会和曹家渡街道推荐为“全国总工会职工书屋示范点”，将在最近举行授牌仪式，邀请我出席，还让我讲几句话。前些日子，我是听说郭际冬、倪英浩等物业公司的负责人在忙于为入驻智慧广场单位的以白领为主的员工增设各种非营业必需的设施，如妈咪小屋（哺乳室）、健身房等，如今又引入了图书室，我是很赞成的，因为这是提高智慧广场档次的重要举措，我总跟郭际冬这个既是物业总经理，又是智慧广场联合党支部书记的“双肩挑”人物开玩笑，说他搞“虚”的东西很在行。我说他搞“虚”的东西很有一套，其实就是指搞企业文化。该座楼宇之所以称为“智慧广场”，是因为该楼是上海市第一批5A级办公楼，所谓A就是英文自动化“AUTO”第一个大写字母。5A意味着本楼拥有的通信、消防、安保、办公、楼宇的装备实现了自动化，当时可是国内设施最为先进的楼宇之一。随后该公司的负责人张星玲、汪建平等与郭际冬一起撰写了《智慧广场物业管理标准》这部国内第一部楼宇的物业管理标准，受到业内外广泛欢迎，目前包括许多三级医院都引用这部标准。智慧广场在软硬件方面都处于领先地位，包括时任静安区委书记在内的各级领导，都高度评价他们的工作。

但随着科学技术和社会飞速发展，有些原来先进的设施已经开始落伍了，楼宇需要进行必要的更新改造是毫无疑问的，但其更新速度还是难以做到与科技发展同步，用软件来弥补硬件的不足，显然是事半功倍的对策。就在这个背景下，由静安区总工会、曹家渡街道和智慧广场管理方共同建设的“智慧广场职工书屋”作为“全国总工会职工书屋示范点”，真是锦上添花，送来了及时雨啊！于是我愉快地接受了邀请。

2017年11月28日，智慧广场“全国总工会职工书屋示范点”授牌仪式隆重举行，曹家渡街道党工委丁有为副书记主持了会议，街道的第一把手、党工委书记唐凌峰、静安区总工会副主席谭振勇等领导出席了会议，揭牌并致辞。曹家渡街道姚嬿副主任和智慧广场的产权代表、上海城市房地产公司毛履武副总经理签订共建书屋的协议。他们让我发个言，事先丁有为副书记还介绍了我一大堆头衔，其实大部分是“过去式”，但也足见他们对我出席这次会议的重视。

我在发言中谈到智慧广场的过去和现在，建立“职工书屋”是智慧广场物质文明建设和精神文明建设互相衬托、互相提携、共同提高的很有创新意义的事情。目前网络文化很活跃，但它不能替代书本的系统功效，所以，人们应该把网络和书本阅读有机地结合起来，才是获得知识最好的阅

《书让智慧广场更加智慧》插图

读方法。我们客户的职工入驻智慧广场,得到了单位以外的关心和教育,对提高本人和单位的水平很有裨益,反过来高水平的客户群体对提高智慧广场的管理水准和精神面貌,具有不可替代的潜力和魅力,这是客户和管理者之间双赢的局面。我相信,书能让智慧广场更加智慧。从全国总工会到各级党政工会领导做了一件利国利民的大好事,是新时代具有提高全民素质的战略意义的事情。

会后,我们又到图书室参观,图书室书架上已有1800多册书,大多数是全国总工会赠送的,据说静安区的各级图书馆还会将书陆续送来,使这里的书籍不断更新。这次上级还送了若干台iPad,估计他们也认同"网络与书籍"相结合的阅读方式。随后,大家一起留影,几位领导硬让我立在他们中间拍照,给了我这个老头很高的礼遇。尤其是在后来各种媒体的报道中,特别提到我是上海市作家协会的会员,是以散文集《上海高度》的作者身份签字赠送书籍的"作家",使我这个老科技工作者因为创作文学作品而受到尊重,也让我感到了文学不可估量的影响。

评议与联想

倪英浩:智慧广场的英文名称是"HITECH PLAZA"就是"高科技"的意思,在建造之初由于造型之新颖与高科技含金量就确立了"他"在静安区西北部的领头羊的地位。随着时代的发展、科技的进步,新造的"小伙子"们似乎比"他"更靓些,但事物良性的发展大多是螺旋上升形式,特别是有"泥鳅"的搅动以及二十年的积累,"他"会犹如三十而立的中青年那样散发着由内而外的智慧光芒。(注释:我曾与倪英浩他们开玩笑,说他们好像一桶黄鳝,我是拱动他们动起来的泥鳅。)

郭际冬:领导们都成了钱总的粉丝了!

孙行卓:老作家为智慧广场增光添彩了。

郭玲春:在书籍与阅读式微的今日,能将眼光放远,开设职工书屋,是智慧广场的经营者的智慧得到了真正体现。祝贺,展望!

旅途随记

老友聚会的理想去处
——崇明农家乐体验记

一

近年来,老友聚会已经成为中老年朋友生活中不可或缺的内容。只要有过共同生活经历的人群,诸如同学、同事、同乡、战友,能够重新聚集在一起回忆过去的岁月,是一桩人们心中共同企盼的“大事”。因为虽然时光不能倒流,但有机会把埋藏在心底里许多年的记忆、钦佩、暗恋、思念,乃至误会、委屈,对着当事人的面“倒”出来,倾诉一番,对自己来说,就是一件具有莫大意义的快事。

在老友聚会过程中,最为普遍的方式,是人们到饭店一起“撮”一顿。自从中央反腐败8项规定颁布以来,一些高档酒家的经营者在叹“生意难做”的苦经,但价钱适中的饭店照样高朋满座,这些非公费餐饮的人群之中,老友聚会可以称得上是最主要的消费群体,于是老友聚会也就成为当下拉动经济的一项重要消费形式。

问题是大家觉得仅仅一顿饭的工夫,来诉说几十年积下的恩怨和夙愿,时间实在是太短了。有些话题尽管是两个人之间的事情,但也必须是在大庭广众的场合说出来,才不会引起误会和后遗症,例如某一位男同学曾经喜欢过班中另一位女同学,学生时代是不可以随便表示出来的,否则老师是有责任管教的。但到了如今,在众多同学面前,即使说了出来,也只是同学之间的戏语而已,对那位男同学而言,一吐为快,心头上如获重释;而那位女同学嘴上还在骂那位男同学“不要脸皮”,而心里却因为曾被人青睐暗暗自喜。正如爱因斯坦在向别人普及他的

“相对论”知识时所举的例子：大家都觉得聚会时间太短，于是能够延长聚会时间的方式——外出旅游又替代会餐成为老友聚会的另一种经常采取的方式。

我和我的铁路局老同事陈国梁、胡定伦、徐国铭四人加上我们的家属，就是一个经常一起聚会的老友群体。10多年来，每逢过年或黄金周，我们都采取了由我和徐国铭开车，四个家庭到上海周边的某一个风景区，做一次“一日游”的旅游活动。除了游览名胜古迹外，还要品尝当地的美味佳肴，购买一些那里的土特产，最后在归途中吃过晚饭后，尽兴而归。但是日积月累，上海附近可以进行一日游的景点，几乎被我们玩遍了，而且随着岁月流逝，跋山涉水、当天往返等令人容易疲劳的活动方式，已经逐渐不太适合我们这批年事见老的旅友。到一个离上海不要太远，但空气新鲜、青山绿水的地方，在那里住上一天，在游人稀少恬静的水边，散散步，喝喝茶，聊聊天，当然还有性价比合适的餐饮和住宿，那就是我们聚会的理想去处了！

我们的国梁兄是一个喜欢旅游聚会的人，除了与我们一起旅游以外，他还参与了诸如老同学、老战友等不少其他旅友群的活动，据他的夫人傅守爱大嫂说，一年之中，陈国梁要外出旅游多次，夏天去浙江山区避暑，冬天赴海南避寒，旅居在外日子有将近半年之久。所以哪儿有好玩的地方，他最有发言权。当我们上次聚会时提出下一次理想的去处，他说，崇明的“农家乐”具备我们要求的条件。

对于老陈说的农家乐，我是有疑义的，因为前年也是他推荐的苏州西山的农家乐，我们已经“领教”了一次。那天也真不凑巧，当我们游览了石公山尽兴而归时，偏偏当地供电系统出了故障，店家烧不出晚餐，饥肠辘辘的我们在蜡烛光下，很晚才吃到店主经过努力，但是质量打了折扣的饭菜。而且我们还发现，床上用品也没有按照旅社惯例，更换离开的客人已经用过的卧具。其他卫生条件也不尽如人意。因此，这次老陈又提出农家乐，我是带着怀疑的态度前往的。但将近两天的聚会结果显示，我的疑虑是多余的，这次旅行的性价比很高，不仅旅游的食、宿、行、游、购、娱等六个要素都得到了满足，而且老年人聚会要求的轻松、舒缓、静谧、抒怀的氛围，也全部达到了预期的目标。因此，本来我没有留下文字的打算，在诸位旅友的鼓励下，觉得确实可以向微友们述说一番。

二

2016年11月2日，星期三，早晨9时，按照惯例，胡定伦伉俪和我与妻子天仪一辆车，国铭与其妻子张淑华接上国梁老两口一辆车，分别出发前往目的地。在我的这辆车里，除了我，其余3人都与崇明有着不解之缘，他们都有在上山下乡的运动中，分配到崇明农场劳动的经历。以后尽管都先后回到了上海，但崇明这座中国第三大岛还是给他们留下了刻骨铭心的记忆，因为他们为崇明贡献过青春和汗水。一路上，他们纷纷回忆起当年在崇明度过的艰苦的蹉跎岁月，以及对未来命运转变的奋斗和期盼。崇明也给胡定伦、刘珮瑜夫妇带来了爱情，使他们成为眷属。

汽车穿过上海长江隧道，登上上海长江大桥，远眺崇明岛沿岸布置的风力发电机，正缓缓地转动着风扇，好像是母亲正在为迎接远方的游子归来而招手，他们都开始表现出激动的情绪。以前他们所在的农场是在岛的西边，如果要登岛，须清晨到吴淞码头乘坐轮船，到堡镇或者南门港码头上岸的，单程大约就要大半天甚至整个白天。所以，他们一年也不能回沪探亲几次。说话间，我们的车已经下了桥，大桥的北岸所在地就在陈家镇的区域内。虽然如今的下桥处是在岛的东侧，但从开车至现在毕竟还不到1个小时，崇明似乎再也不是离上海市区遥远的地方了。刚下桥，胡定伦就对眼前的街景赞美不已，这与他心目中的崇明的印象已经大相径庭。我按照导航仪事先设定的“雄耀农家乐”地址，向目的地驶去，它就在离陈家镇不远的地方。10点整，我们车穿过了上方有“雄耀农庄”大字的牌楼，驶进了它的大院。不到5分钟的时间，国铭他们的车也随后到达。

国梁兄把我们引进一座呈长条形，看似两层实际三层的楼宇的大门。这里就是“雄耀农家乐农庄”的接待大厅。因为客房要到中午12点以后才能腾出，我们就被请入左手第一间包房，等候11:30的午餐开饭。国梁兄摆开了他带来的好茶和瓜子、花生、开心果等休闲食品，我们旅游的第一个活动——闲聊就算开场了。据陈国梁介绍，选择星期三来这里，是因为我们这次下榻的“雄耀农家乐农庄”，周末根本是预订不到房间的。尽管他与老板黄驹锁先生已经很熟悉了，但也难以安排。国梁兄还说，黄金周尤其是春节期间的房间早就预订一空了。为此，他让被返聘的徐国铭向单位请了假，平时有带孙女“重任”的胡定伦、刘珮瑜夫妇，也让儿子、儿媳临时自行解决。傅守爱大嫂也如同女主人一般，去打听我们此行有何处可以游玩和购物。她了解了周边的情况，跑来对我们说，下午我们可以去看看东滩大道，很漂亮，很有摄影留念的价值，还可以到东滩湿地门口附近看看海滩。至于湿地公园，听说门票很贵，要90元/人，对老人也没有优惠，当地人说不值得。至于购买崇明的土特产，陈家镇的农贸市场就可以买到，建议明天上午前往，以确保食品的新鲜度。买完东西，还可以去游览离此地只有6千米的大庙——广福寺，据说很有规模，参拜游览皆宜。在我们闲聊期间，从外面开进来一辆旅游大巴，上面下来的旅客，看上去的年龄相仿，都在60岁上下，据守爱大嫂了解，那是宝山区某所中学毕业的同班同学的一次聚会。听完大嫂的介绍和安排，午饭就开始了，二日游每人总共只要180元旅费的伙食水平，居然大大地出乎我们这些没有来过这里人们的意料！

三

服务员第一次送上来就是三大盘：白斩鸡、大头虾和糟卤毛豆，其数量比上海市区饭店里的冷盘要多一倍以上，这已经给了我们一个下马威。尤其是那盆白斩鸡，完全是当地土鸡味道，口感鲜嫩，色泽金黄。紧接着又上了三大盘：红烧肉、清蒸黄鱼和鹌鹑蛋烩豆干。这道红烧肉又获得了大家的众口称誉，是用当地的家养猪作为食材的，它让我们又回忆起当年外婆、母亲烹制的传统家常红烧肉的味道。随后又先后上了猪血烩豆腐、炒茭白、糖芋艿和炒甘蓝等四道菜，几乎服务员每进来送一道菜，我们就要惊呼一声:“还有菜啊!”最后,服务员送来了大米饭和汤,她说“菜上齐啦”,这才算完了。那道汤,尽管是最普通的番茄蛋花汤,但是那番茄用的不是我们平时看到的那种整个通红的,而是红中带有一些青皮的半熟的西红柿,所以还微带一点酸味,加上淡黄的蛋花和翠绿的葱花,那汤的颜色先勾起了人们的食欲。我喝一口,那个味道——鲜美啊!平时不太喝汤的我,一连喝了2碗。到此时,我才发现菜肴已经基本被大家“扫”干净了,但在座的每一个人也都吃撑了。守爱大嫂说,这才是第一顿饭啊!到了吃晚饭,恐怕要留下1/3吃不下了。

下午我们略微休息后,又去东滩一带游玩了一番,随后到陈家镇街上先“侦察”了一下明天购物的地点和行情。晚饭前,张淑华、刘珮瑜二位夫人还打了一阵子乒乓,然后走进午饭的包房,17:30开始了我们的晚餐。一上来的三个大盘又把我们镇住了:豌豆炒虾仁、清炖甲鱼和毛蟹炒年糕,这些大盘都比我们上海市区饭店上菜的盆子,要大出一圈,而且菜肴不是仅仅布满盆子的表面,而是呈现堆积的状态。随后陆续端上来的菜肴都与午饭的菜谱没有重复,又是一桌十菜一汤。果然被大嫂说中,尽管下午运动量不小,但我们已经心有余而力不足了,像剁椒鱼头、毛豆炒豆干丁等确实剩下不少。我们纷纷议论,这样的餐饮水平,收取这样的费用,老板赚头不大了。国梁兄说,这个老板自己厨师出身,很会经营。他薄利多销,保持了很高入住率,因为他有常年的购货能力和渠道,供货方愿意把比较低价的食材供应给他,使他降低了餐饮的成本。

次日的早餐是7:30在大餐厅里吃的。早饭确实比较简单,但对于头一天已经大吃了两顿的旅客来说,倒也可以让自己的胃得到休息。每个人有一个白煮鸡蛋,一个白面馒头,一根油条。还有南瓜稀饭敞开供应,另外每桌还有两种酱菜。对于我来说,已经有很长时间没有吃过油条,就着热的稀饭,蘸着酱油,吃着油条,让我想起童年时代在家吃早饭的幸福时光。尽管早饭品种较之正餐显得比较简单,但吃饱吃好的标准还是应该说达到了。

吃完早饭当我环顾四周其他餐桌上吃饭的旅客们,发现了一个规律,就是尽管旅客的年龄不完全一致,但没有小孩,而且每一桌在吃饭的旅客的年龄一定是差不多的,这就是老友聚会,尤其是同学聚会的特征啊!周三、周四能够出来旅游的游客,也只能是我们这批已经退了休的老友们了。

早饭后,我们回到房间,拿出自己的物品装到车上,为今天到达的旅客及时腾出空房,好让服务员打扫。随后又去购物和游览。11:00 回到了农庄,继续我们的闲聊。11:30 在此最后一顿午餐开始,数量还是十菜一汤,但菜谱与昨天多少有点重复,这也难怪,顿顿翻花样,哪有那么多菜肴可上?我发现这里菜肴的水准已经不是所谓"农家菜"的原味了,普通农妇哪有如此高的烹调水平啊?据国梁兄说,这里所有的菜都由老板自己掌勺,其他人都给他当洗切菜的下手。这位厨师出身的老板,大概就是以前游走农村的"茶担"班子的大厨。他既保持了农家菜的口味,又对其进行改进和提高,是介于农家和饭店之间,另一种形式的烹调文化。面对着又剩下的许多美味佳肴,再将其倒入泔脚筒,是有些可惜了。在天仪的鼓动下,夫人们帮助大嫂将剩菜打包带走。

这个老友聚会的场所的餐饮可以称得上价廉物美,品种丰富,性价比很高。旅游要素中比较重要的第一环——"食",我们是比较满意的。

四

说过了"食"要素,接着我来说一下旅游"六要素"中的第二要素"宿"在这里的表现。如果给这里的住宿条件一个简要的评语,就是两个字:"简洁"。这里的客房与我们平时下榻的宾馆不一样的地方,就是该给的都有了。可给可不给的,基本没有。但旅客最为看重的是客房的整齐干净,这一点,它是做到了。

客房很高敞,里面只有 2 张本色的木床和中间一个床头柜,床的前方墙上是挂壁式的有线电视,那个机顶盒就摆在电视只有几厘米宽的顶上,靠了后面的墙壁才勉强达到平衡,真是一个名副其实的"机顶盒"了。电视机的下方有一只圆形的小茶几,说它小,是因为上面放置了一把电水壶后，再放上电视和空调的遥控器，就没有可以安放机顶盒的位置了。怪不得机顶盒要“飘浮”在半空中。小茶几旁边放了两把圆形的靠背椅，再加上一座落地式的衣架，就是全部的家具了。室内所有的电器开关都是触摸式的，还有免费的 WIFI。那个电视机具有将前面的节目往后倒放的功能，一般老人根本操作不了。昨天入住的客人不知怎么一弄，当我打开电视时，屏幕上就显示“没有信号”的字样。我只能让前台的女主管来调节，她开始很自信，但最后还是很无奈地邀请他人前来帮助恢复功能，为此花去了 200 元的上门修理费，她非常心疼，毕竟两天旅费才 180 元/人啊！床上的卧具明显是刚刚更换过的，因为网上已经告诉了我们有关的知识，看卧具是否及时更换，就是要看上面有无洗涤后折叠的痕迹。

卫生间的设施也非常简易，但打扫得很干净，完全摆脱了国内农家乐通常卫生条件跟不上的缺陷。除了洗脸盆外，还有一台电热水器和冲淋莲蓬头。所有的洗漱用具全部要求旅客自带，我们习惯自带毛巾、牙刷、牙膏，没有携带肥皂或者香波，结果在当天下午，通过上街购买来解决问题。

电热水器和空调性能都处于良好状态，那天恰巧寒流来袭，崇明是整个上海市内温度最低的区域，早晨不到 10°C。但在只有一条被子的情况下，仍旧可以洗澡和安睡。顶灯不亮也及时更换了新的灯管。店家以良好的服务弥补了设备简易的短板。从这一点说，“宿”的要素也是达标的。

据国梁兄介绍，这里以前是兼有娱乐功能的酒店，现在与时俱进，与市场接轨，改成了农家乐。因此，它具有搞娱乐活动的条件。那天晚上，我们夫妇因为习惯早睡，就在自己的房间里看看电视。而其余 3 对夫妻都到如今免费的卡拉 OK 室吟唱，据说他们又唱歌曲，又唱戏曲，十分痛快，连平时很内向的国铭，也高唱一曲，过了一把瘾。估计其他旅客多半都在畅谈友情，或者玩着棋牌，度过难忘的夜晚。所以，这里“娱”的要素，也是符合旅客要求的。

五

当天下午,我们稍事午休,14:00 左右,我们分坐 2 辆车前往东滩。当我们的车奔驰在东滩大道上,真被道路两侧和中间的绿化隔离带的美景所震撼。这里可以说,是我所看到过最漂亮的道路。以前我在新西兰南岛的基督城看到过一条马路,它沿着一条名叫剑桥河的河流,河的两岸有郁郁葱葱的绿化带。当地是将它作为景区向外来游客介绍的。而眼前的绿化隔离带的水平与上述的景色相比较,可以说,有过之而无不及。人们将绿化隔离带设计成为有地形构造的地带,中间有略带弯曲、流水潺潺的小河,河的坡上铺着绿茵茵的草皮,各种灌木随着地形分布,垂柳按照一定间隔种植,尚未落叶的柳条在微风中轻轻地摇曳,真是一座呈条形布局的巨大而美丽的盆景!

绿化隔离带的两侧是黑色沥青铺就宽阔的快车道,快车道往外又是一条绿化隔离带,上面种着灌木、乔木和草皮。再向外一侧是一条红色沥青混凝土铺就的自行车道,过了人行道,又是具有坡度的绿化带,各种具有几何造型的灌木和乔木、草坪融为一体,给路过的车辆和行人带来不可言喻的美感。在这片绿化带的背后,就是金光灿灿正在或者等待收割的大片稻田。正在收割的田野上,人烟稀少,只有几辆大型收割机在作业,这不是以前人们形容“农业现代化”的场景吗?曾几何时,崇明已经变成现代化的农村啦!车上 3 位曾经在崇明当过农业工作者的旅友更是感慨不已。大概是同样受到了感染的原因,开在前面的国铭驾驶的车辆,在看到前方有一拨穿着作业服的人群时,就把车停到了路边,我们也随后把车靠到了他们车的旁边,停了下来。

我们都对经过的路边景色赞美不已,胡定伦作为“老崇明”,与在路旁休息的员工们交谈起来。经了解,这些年龄都在五六十岁以上,穿着橙色的工作服,操着当地口音夹着普通话的园林工人,原来都是崇明当地的农民。因为他们的土地尚未被征用,所以平时除了照料农地以外,其余的时间就出来当临时工,有 90 元/天的工资待遇。估计如今外来人口多了,需要交流，导致他们平时也都说起了普通话。因为都有“崇明”情结，因此大家彼此具有一种亲近感，随后仍旧用上海与崇明方言继续交谈。他们主要工作就是维护东滩大道的绿化工程。当胡定伦赞赏崇明发生了巨大变化时，他们在表示自豪的同时，也对上海其他郊区发展得更快，表现出羡慕的口吻。随后他们开动了电动锯子，或者运用裁剪树枝的剪刀，熟练地修剪出灌木的几何造型。

告别了这些可爱的老农民，我们继续前行向东滩驶去。在一处丁字路口，我们发现前方有一块大的广告牌，上面写着“上实瑞慈老年公寓”的字样，还有几幢欧式建筑的图样。大家猜测这是上实集团与瑞金医院合作的建设项目，因为瑞金医院原来就叫广慈医院。天仪作为原来“二医”的退休员工，自然对此更有兴趣，说好到返回住处途中，去看看建设的情况。车继续朝目的地行驶，到了一堵大堤前，前方的指示牌告诉我们，因为修路，此处往东滩的道路已经封闭不通了，请予改道。于是我们干脆把车停泊在大堤的路面上，都下了车。

我们站在大堤顶上向前方一看，首先映入眼帘的，是下面一望无际的“大草原”，我也知道这是崇明岛东段因为长江上游的泥沙在此积淀长出来的滩涂，但由于长满了已经发黄的茅草和芦苇，所以呈现出来的景象，已经不是我们平时在海边所见的海水涨落潮的海滩。尤其是不知谁在此放养成群的水牛，牛群散落在广阔的草丛里静静地吃草，“风吹草低见牛羊”的草原景色，居然在这里出现。另外，它还让我想起，如此穿过一望无边的田野，看到地平线的场景，好像只有早年我去北大荒探望在农场落户的亲戚，才见到过。眼前的情景与北大荒何等相似！让人产生了一种时空交错的感觉，好像此时不是在上海的地界上，而是在离上海很遥远的地方。也不知用什么词汇来表达此时的心情，是惊讶？还是感叹？是赞美？还是舒畅？说五味杂陈并不过分。

下了大堤，我们又转了另一条道路，向东滩湿地公园驶去，其实湿地公园我以前来过，里面主要的活动内容就是行走在建筑在湿地上方的栈道观景。让我再花钱买票进去玩一番，说实在兴趣不大。我们就在大门附近下了车，近距离看看沿着道路布局的一座座风力发电机，倒还别有趣味。我与定伦兄还在路边一起拍照合影留念。看着夕阳西下，我们也就驾车调头返回了。经过“上实瑞慈老年公寓”的工地时，我们转弯往它的大门驶去，到门口对保安说，想看看里面的情况。保安问我们是否事先与上海市内的售楼处预约过，当听说没有时，他们断然谢绝我们进去。我们解释车上有远道而来“二医”的老职工，能否照顾一下，他们说，不能通融，对此我们也不勉强人家，把车调了头就回来了。

第二天的早餐后，我们先上市场购物，然后顺道前往店家推荐的广福寺游览。那座庙位于崇明中兴镇上。庙的前面是一条内河，河与庙之间就是一条可以让汽车来往的马路。该座庙的天王殿的大门就对着马路。大门旁边的一副对联说明了它的建庙历史和地理位置：上联是“咸丰年初香”，下联是“长江第一寺”。大门平时是关闭着的，僧人和香客要从右侧的边门出入。进庙不要门票，而且每人可以在香烛供应处免费领取三支香，但工作人员也嘱咐我们不要忘记往功德箱内投钱做贡献。不管是否信佛，我们都入乡随俗在大雄宝殿门前烧了香，闭上眼睛许了愿。该庙如今还在修旧如旧的建设之中，所以里面的建筑有陈旧和刷新不同的墙面。庙的布局也有自己的特点，它没有文殊菩萨和普贤菩萨的殿宇。骑着青兽的文殊菩萨和骑着白象的普贤菩萨分别被布置在大雄宝殿内后部的东西两个角上。而释迦牟尼佛和观世音以及众罗汉仍旧位于通常的位置上。除了钟楼、鼓楼外，观音殿和地藏王殿并排布局在大殿的西侧，东侧是客堂。大殿的背后还有正在建设中的卧佛殿。我们还看到僧人诵经、香客合十跪拜的佛事场景。庙里的布告栏上还有为什么要烧三炷香等佛学理论知识的普及介绍，也让我们经受了一次佛学文化的熏陶。

走出庙宇的大门，我们穿过马路，走下几级台阶到了河边，今天虽然气象预报有寒潮，而且崇明只有6°C，但此时蓝天白云，阳光灿烂，令人感到非常惬意舒适。我们8人漫步在刚刚粉刷过，呈鲜艳浅黄色的河堤护栏边的小道上，除了看看一二个捕鱼捉蟹的渔民在在攀网打捞作业，大家也有意无意地继续闲聊，在周边静悄悄的氛围中，心情感到非常轻松。在没有花钱买票的过程中,完成了此次旅游的主题“游”要素的全部内容。

六

崇明虽然属于上海市,但它有一整套独有的民俗文化,其中自然包括崇明的土特产,但如今物资丰富又流通,崇明人在市区设置供应崇明土特产的销售点也不少。不过,人就是这样,出来旅游不买一点当地的土特产似乎就有缺憾的感觉。我们第一天就去镇上市场“打样”,了解可以购买物品的品种和价位。

陈家镇原来在崇明属于比较边远的集镇,如今上海长江大桥在此作为崇明一侧的下桥处,又从此为起点通向苏北的南通的长江大桥。交通使该镇的地理位置发生了巨大作用。自然这个镇的经济建设,也因此迅速发展起来了。最显著的特点就是一批崭新的建筑与原来的建筑形成强烈的对照。在新的建筑群里,金融机构成批入驻,工商银行、上海银行等鳞次栉比排列成行,说明这里经济活动活跃繁忙。而在旧的建筑群里,仍旧可以寻找崇明土特产供应场所的踪迹。刘珮瑜受她老年大学同学的委托,要买甏装的“盐金花菜”——一种在上海市区已经几乎消失的食材。居然在这里菜场的角落的咸菜摊上被刘珮瑜“淘”到了。尽管眼下是螃蟹上市的旺季,崇明的螃蟹虽然已经摆脱了体型小的不足,但与上海市区人们青睐的阳澄湖大闸蟹相比,色泽是差了一档,所以不能吸引我们购买。最终大家都觉得崇明糕是最值得购买的土特产,每家都多少买了几大块。各家也按自己的兴趣,买了一些食材,毕竟这里的蔬菜比较新鲜,并且保持了食品的原味。

完成了购物,我们这次旅游的六个要素中五个要素已经得到了检验和享受。最后一个要素就是“行”。我们自己驾车固然方便,像宝山区的老同学们租一辆大巴,也是一个可取的方式。如果人数不足,据说,在1号地铁汶水路站外,有申崇2线公交车,12元/人的票价,一站路,50分钟直达陈家镇,也是一个不错的出行交通的选择。这样,六个要素都可以满足了。

此外，我们老年人聚会要求的轻松、舒缓、静谧、抒怀的氛围，这次也全部达到了预期的目标。大家都对这次旅游表示非常满意，尤其是对国梁兄的“尽职”安排，给予很高的评价，并请国梁兄转达我们对黄驹锁先生和他的员工，表示衷心的感谢。带着愉悦满足的心情，我们也在农庄互相道别，分别登上各自的车子，告别崇明，向上海市区奔驰而去。

读者朋友，看了上述的介绍，您是否觉得崇明农家乐是我们老友聚会的理想去处？

皖南行

皖南行(一)

2016年12月2日　晴　安徽宁国方塘

我哥哥钱平天前些日子一直在对我们姐弟宣传他最近在网上发现其他微友在发送的一条消息,说在皖南有一条可以与川藏线媲美的路线,把它说成了旅游爱好者和摄影师的“天堂”,还被誉为“江南天路,皖南318”。他让我们与他一起去那里旅游一次,但是由于天公不作美,还有身体欠佳,结果只有我和姐姐钱丽臻,和哥哥的一位亲戚黄建冲以及好友孙行卓接受了哥哥的邀请,带着对“皖南川藏线”的好奇心,于今晨7:00从上海出发来到皖南的宁国——“皖南川藏线”的起点。

如今有了高速公路,上海至皖南的距离似乎也大大缩短了。以前这个地区可是上海的“小三线”,也就是说,如果发生战争,因为从上海到这里有一定间距,所以是可以把上海一些紧要的东西转移到这里,是上海的后方。今天,从上海到宁国大部分路程走的是G50高速公路,只有从广德到宁国才走了一小段215省道,因此,不到3个小时就到达宁国。我因为长期在铁路系统工作,心中的地理位置是以铁路为坐标的,一直觉得去宜兴、南京以及安徽的芜湖,要乘坐北去的沪宁线火车,因此,它们都应该在上海的北边。而这次来安徽汽车的路程是往南离开上海的,但走到湖州市的长兴,就发现离宜兴的风景点太极洞很近,如再往前到了宣城居然离南京的高淳和芜湖都不远了,原来心中的地域概念被颠覆了。这其实是因为这些地方是围着太湖形成了三角形的交通系统的缘故。

到了宁国市内,接近11:00,早晨起得早,此时也有点饿了,就到宁国市内一条比较新的道路迎宾路上去休息一下，看到有一家名叫“徽韵外婆家”的饭馆，里面墙上排列的照片上，有许多徽帮菜肴，其中就有前年CCTV 上播出的电视纪录片《舌尖上的中国》中介绍的中国八大菜系中徽帮名菜，诸如毛豆腐、臭鳜鱼等代表性的菜肴，于是马上入座点了此类菜肴。在我们品尝过程中，发现这些菜味道确实不错，就是安徽菜的口味比上海菜要咸一些。那位姓唐的老板看到我们吃得津津有味的样子，就过来问我们吃得如何，听到我们的赞扬，就拿出笔墨让我们为他的菜肴点赞。他说，去年门前修路，他坚持营业，结果亏了几十万，如今他要抓紧搞好经营，把徽帮菜肴传承下去。看着他的诚意恳求，我们为他写了“品徽肴，外婆家”等几个字，他连连致谢，并表示要装进镜框，挂在店堂里。饭后我们知道他的困境，仍旧坚持按照开始所订的饭费与他结算，他为此特地赠送我们一笼蒸饺致谢。我们也觉得亲口品尝了徽菜，领略了徽菜文化的魅力，很有收获，大家一致认为这顿饭应该成为本次旅游的重要组成部分。

然后我们按照唐老板的指点，来到一处三岔路口，前方朝右去的路口

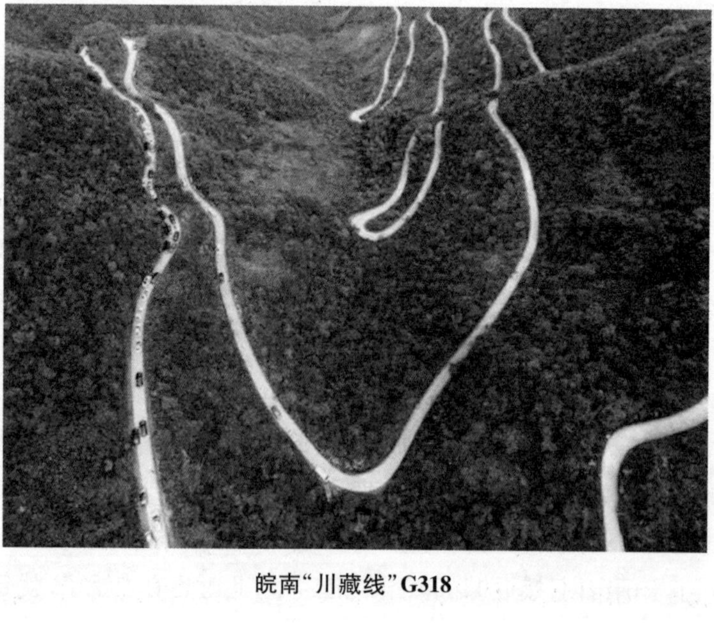

皖南“川藏线”G318

有一块醒目的牌子,上面写着“安徽‘川藏线’入口”的字样,再一看旁边有一块巨大的广告牌:左边是“安徽‘川藏线’自驾新体验”为题目的大幅湖景为背景的照片,上面有大大小小10个椭圆形的风景照,每幅小照片下方都有各个景点的名字,以及将它们串联起来的120千米线路示意图。广告牌的右侧是线路介绍“安徽的‘川藏线’,以宣城为起点,贯穿一市一区一县(宁国市、宣州区、泾县),其最精华路段在宁国境内80千米,始从中国树木博览园(山门洞)——恩龙世界木屋村……堪比G318川藏线”。顺着这块导游介绍板,我们就开始了正式的旅游。

我们到达的第一个景点叫作储家滩,那是按照旅游烧烤基地建设的景点。道路一侧是山,山脚下有几处私人的旅馆和饭店、停车场。道路另一侧对着一大块草坪,草坪的临湖岸边就是一顶一顶的大型遮阳伞以及几个秋千架,大约是旅游淡季,没有人在吃烧烤。站在岸边往下看,有几只天鹅和一位老渔翁垂钓的雕塑。看来这里是属于已经开发过的景点,再往前看,湖的对岸有几座白墙黛瓦的徽派民居,它们确实占据了优美的地形。说民居、湖面和远山等在这里组成了一幅风景画面,不算过分。但也仅此而已。

到了水边不下水也不叫游山玩水了。于是驱车去找游船码头,终于在水库工作人员的指引下,找到了码头,经过讨价还价,才让玩着棋牌的工作人员将我们送上游艇,风驰电掣般地将我们送往有别称“喀斯纳湖”的“港口湾水库”。虽然听说这水面被群山环抱的景色酷似新疆的喀斯纳湖,但坐在高速行驶的快艇上,尽管穿着冬装,仍旧被凛冽的寒风吹得蜷缩着身体,这哪里像在欣赏风景?只有在水库的大坝前,驾驶员才停了船,让我们拍了照片,随后就返回了。这个项目让我们哭笑不得,只能自我解嘲说,就算乘过船,玩过水了。正当觉得本次旅游有点“盛名之下,其实难副”的时候,迎来了第一处令我喜欢的景点。在曲线半径很小的盘山公路行驶中,突然发现一处风景不错的地方,停下车拍照,又马上发现对面的房顶上有一座多幢建筑组成的庙宇,于是让驾驶车子的黄建冲向对面的山峰进发。我们发现所谓对面其实与此岸道路是相连的,不久我们

皖南"川藏线"G318(细部)

的车就登上山顶,停在名为"惠云禅寺"的庙宇的山门牌坊前。应该说,这座庙的建筑是别具一格的。它的各座殿堂都是飞檐斗拱式的结构,而且其风格与众不同,都用五颜六色颜料涂装,真是金碧辉煌。但它里面的布局令人难以理解,各个菩萨的殿堂布置,让人不知所措。是博采众长,还是文化荟萃,说不清楚。在佛教的"禅寺"里,还有关公、太白金星和财神爷合在同一佛龛的殿堂。走廊上有书法条幅和国画。这些条幅显然是为了宣传佛学文化,但居然还有北大黄念祖教授、爱因斯坦等中外物理学家对佛学的赞美,甚至还把莎士比亚的语录也用于佛教的宣传。但不管怎样,在傍晚夕阳西下的时候,在静悄悄的山顶上,俯瞰下面竹海,弯弯曲曲的蜿蜒道路,实在是一幅可遇不可求的美景。

在我们前往旅馆的途中,意外地捕捉到了一大片长在湖中,树叶正在泛红的水杉森林的美景。许多旅友都停下车来,趁着微弱的晚霞光芒,赶紧拍照。我们也都拍了几张。但哥哥和孙行卓这二位业余摄影家觉得如此美景就这么走过场,实在不过瘾,他们商议明天清晨还要返回,重拍一次。

晚上我们下榻在方塘镇的一家名叫“皖南川藏线客栈”的旅馆里，小镇好像与上海等发达地区差了20年，但旅馆条件倒是一应俱全。我匆忙在餐厅里吃过晚饭，就回到我一个人的房间里，写下了以上文字。

皖南行（二）

2016年12月3日　多云　安徽泾县

昨天晚上我就料到哥哥和孙行卓今天会大清早再一次赶到昨天傍晚发现的有泛红水杉森林的地方去。果然，大清早哥哥就跑来对我说，原定上午7:30出发的时间，要提前到7:00。我因为昨晚找不到利用WIFI发送拙文的途径，无法把文章及时送到各位微友那里，早晨让孙行卓在帮我发送。于是又要洗漱，又要整理行李，又要吃早饭，处于忙乱之中。但哥哥还要求提前出发，心中有些不太痛快。况且，这里还有大雾，太阳还没有升起，如此着急干吗？在黄建冲的帮助下，把行李匆匆搬上车的时候，终于把上一篇文章在旅馆的大堂里发出。不一会儿就到了水杉森林，哥哥和孙行卓赶忙下车，去和早就等候在湖畔的众多摄影爱好者聚会，捕捉他们宝贵的镜头了，我们三人却坐在车上休息。过了一会儿，由于云层较厚，太阳羞答答地时隐时现，对面的山腰上仍旧环绕着尚未散去的云雾，这倒也是一幅挺美的山水画面。我也顺便下车去拍几张照片，因为我发现此时眼前的景色颇似去年在新西兰南岛皇后城见到过的当时为之赞叹不已的景色。

我正在拍着，只见哥哥一路跑来，说让我们一起下湖去乘坐竹筏游览湖景。随后坐上了竹筏，竹筏上除了我们5人，还有一位宁国当地的摄影爱好者，名叫何永健，当然还有划船工。据何介绍，他是今天5:00起床，赶来拍摄风景照的。因为今年的雨水特别多，湖水水面达到了历史上第二高的水平，往年现在已是枯水期间，但如今水面仍旧保持着高位，离开沿岸的电线杆上的电线，只有不到1米。大批的水杉也只有上半身露在水面之上，大部分还浸泡在水中，所以使它们的树叶都呈现出暗红的颜色。这个景色是以前没有见到过的,这怎么不让摄影爱好者兴奋呢? 我这才明白为什么哥哥和孙行卓这两位业余摄影家会如此执著地要再一次来这里重拍。水面上游荡所看到的景色,与在岸上的感觉大不相同,周围的群山由于雾气的缭绕,显得层次重叠,或隐或现,非常具有魅力。我们连连称赞哥哥决策英明,让我们欣赏到了难得一见犹如人间仙境般的美景。

何永健还告诉我们,整个青龙湖的形状很像一条龙,这里是青龙湖水库的末端。所谓"安徽川藏线",就是他们摄影协会的摄影爱好者首先发现的,随后当地的车友会又亲自实践了这条名叫桃岭盘山公路的行程,通过网络和媒体,把这里拥有丰富旅游资源的消息,在更大的范围传播开来,使全国各地的摄影爱好者和自驾游爱好者纷至沓来。2016 年 10 月 1 日国庆长假时,游客达到了 10 万。由于"安徽川藏线"路面窄,坡度大,曲线半径小,还不具备大巴士进来的条件,所以目前还只能满足自驾游的游客来旅行。

竹筏在湖面上兜了一圈,就送我们上了岸。我们与何永健道别,就赶紧驱车前往一个叫作板桥的地方,那里是我们这次穿越"安徽川藏线"的中点。中午前,我们走的一段路被称为"盘磨山公路"。这段路确实比昨天进山来的公路要难开得多,幸亏黄建冲驾驶技术高超,如果由我来驾驶,速度不知要降到什么程度了。路面只能维持两辆小车缓慢交会通过,车不时在呈现 90°、180°,甚至 360°的小半径曲线转弯,一个接着一个,险象环生。汽车在拐弯时必须鸣笛彼此警示。途中经过一个"石林"的地方,有一些呈喀斯特地貌的山坡,我和孙行卓下车去拍了几张照片。而见过真正云南"石林"的哥哥,认为这实在算不得什么,他都懒得下车。

接近中午,我们到达了板桥,找了一家名叫"远方的家"的饭店用餐,我们点了几个农家菜。这其实是一家夫妻老婆店。尽管板桥到处开着客栈、饭店,游客熙熙攘攘,但此家位置较偏,所以他们刚刚装修好客房,来吸引客源。我们趁着方便之际,也"考察"了客房,基本符合现代旅馆的条件,包括 WIFI 也一应俱全。那位店主姓仰,这是一个很少听到过的姓氏。当他妻子做菜的时候,我们与他拉起了家常。他介绍说,这里以前是宣城、泾县、旌德和宁国四个县的交界处，是一处历史悠久、具有革命传统的地方。在离此处不远的地方还有原始森林，有许多世界稀有植物，尤其是有一种植物——甜槠树，只有他们这里才有。可惜如今通向那里的公路正在修路而不通，否则他会带领我们前去观赏。我们食用菜肴的食材都是纯天然的，豆腐是他们家自己做的，还有鸭子、鸡蛋、蔬菜等，味道非常纯正，量也足。餐毕，一算账，连老酒在一起，只有140元，这个便宜的价格使我们从上海来的客人惊讶不已。

从仰老板和板桥的宣传资料中，我们得知下午的路程更加艰险。果然下午的路程比上午更加难开，它才真正堪比G318。与介绍的一样，整个路程，从山脚到山顶的线路都呈S形，几乎没有一段直的线路达到100米。桃岭盘山公路的惊险地形，被形容为两侧不是绝壁，就是深谷。有一辆浙江牌照的中巴开在前面，成了“一夫当关，万夫莫开”的局面，它开不快，后面的车都随后无法超越。在一处被称为“中国泾县最佳摄影点”的地方，竖立一块宣传牌，介绍这条20世纪70年代修建的长为20千米的盘山公路，经过了泾县的最高点，当时建设经历了无数的艰难困苦。如今人们在这里欣赏或拍摄层层迭起，蜿蜒曲折的公路，发现悬崖峭壁之间几条公路，同时出现在自己的视野，十分壮观。在深受震撼而激动时，也会觉得不能忘却当年为建设这条天路的人们！我们在此逗留了多时，拍下不少所有经过者，无论是摄影爱好者，还是普通旅客都不会放过的人间奇景，尽管许多宣传资料中都有这幅壮丽的画卷。我对旅伴们说，此行的“主菜”品尝过了。

下了山，随后我们又继续赶路，在经过了诸如漕溪花台、水墨汀溪等景点后，天黑前到达今天最后一个景点——月亮湾——一个以漂流为主要旅游项目的地方。如今已经入冬，漂流的河流也成了潺潺流水的小溪。但我们发现这里的溪河与周边的群山组成的景观，还是值得停留拍照的。细细的山泉水流过堤坝的溢洪道时，是一幅很温顺的景象。

天渐渐地暗了下来，我们经过了蔡家和琴溪两个镇后，都没有发现理想的旅馆，最后提前进了泾县的县城，在一家价格可以接受的现代化宾馆下榻。

皖南行(三)

2016 年 12 月 4 日　多云　安徽泾县查济古镇

昨天晚餐时，哥哥提出当天的旅游项目都很精彩，但大家都很累，次日的活动要相应减少，尤其是两个古镇——章渡和查济，准备选择一个。根据他的调研，阅读了一位著名的摄影师走遍了附近的景点后撰写的文章，认为章渡最有价值，因此他打算次日就到章渡游览。后来大家认为当前查济古镇的名声大振，应该已经是比较成熟的风景区，放弃这个景点不免太可惜了，是否可以明晚在查济古镇过夜，这样两者就兼顾了。为了让大家玩好，哥哥特地买了一本安徽的地图，在自己的房间里仔细地研究了一番。今晨早餐时，他宣布根据路线的安排，这两个古镇，再加上原计划

查济古镇

中的桃花潭都可以一游。于是今天的节目就此确定了。

我们今天的第一个旅游节目,并不是去游山玩水,而是到泾县的一条专门供应文房四宝的街上去采购。尽管去了几家“打样”,其实哥哥早就选中了其中一家名叫“四宝堂”的商店。虽然说里面笔、墨、纸、砚等文房四宝都有供应,实际上,它是以供应宣纸为主要商品的。它的店主就是“人类非物质文化遗产之一——宣纸制作技艺传承人”——曹光华先生,他们曹家就是宣纸制作世家,央视中文国际频道有专门节目介绍过,其实宣纸真正的原产地是在泾县,叫“宣纸”,是因为当时宣城是泾县的“上级行政管辖范围的领导”的缘故。哥哥以前来泾县到此家买过专门用于制作自己篆刻图章作品集的宣纸,以后还邮购过几次。这次他来皖南的一个重要目的,就是要购买专用宣纸。据接待的营业员告诉我们,这家店还为许多著名专业书画家私人定制宣纸。由于姐姐是个国画的爱好者,我是一个书画爱好者,而孙行卓的夫人周毓书是一个业余的国画家。于是,随着哥哥,我们都买了许多各色各样的宣纸、毛笔和扇面。

看着谈得投机,店主曹光华夫妇也都先后出场了,原来那位营业员还是曹光华的小舅子。他们知道我们姐弟都喜欢书画篆刻,连连夸奖我家是书香门第。孙行卓还把我是作家的身份也介绍出来了,曹先生等人都觉得很惊讶,并表示敬意。在这样的氛围中,我们就把随车携带的一本拙作《幸福永伴你我他》,签署了名字送给了曹先生,表示对他家族对宣纸文化的贡献和传承的尊敬。于是彼此之间交流更加亲切了,大家随后还一起合影留念。本来曹先生还要让我留下“墨宝”,我是实在不敢当,也就作罢。不然成了“走一路,写一路”,会成为我们今后聚会的笑料。但不管怎样,购物也是旅游六要素之一,大家心满意足地拎着大包小包离开了“四宝堂”。

随后,就向昨天哥哥介绍最“精彩”的景点——章渡古镇奔去。汽车的导航仪显示我们已经到了章渡,但在公路边一点看不到古镇景点的特征。问了路边小店的店主,才知道章渡古镇在一条勉强能把车子开进去的胡同里。于是又沿着胡同将车驶入,到了有一扇大铁门的院子前,又发现前面只有一道小门宽度的出入口，车子只能停在这里了。我今天因为坐在副驾驶座上，所以首先下了车，走进大铁门去询问章渡古镇的最大看点——吊东阁在哪里？进了院子一看，原来里面放满了一只一只酿酱的大缸，就是明星李立群坐在直升机上给酱油厂做广告的那个场景，只不过这儿的晒场没有那么大而已。再仔细一看，原来这是一家制造酱菜的工厂，尽管用了一些机械在粉碎蔬菜食料，但工艺仍旧是非常传统的。大缸里的大酱是为腌制酱菜和腐乳准备的原料。我与正在车间里拌制作料的师傅聊天，说你们在菜里掺入这么多的辣椒，我们江浙一带的人无法享用。那位工作服上印有"章渡老酱园"单位名称的师傅说，这是没有办法的，因为安徽人的口味，酱菜没有辣酱不受欢迎。我说，你们这里不是已经在开发旅游景点项目了吗？如果我们江浙一带的游客来，无法买回这里带有辣味的土特产。那位师傅有点无奈地说，说是要开发，眼下没有迹象。随后其他旅伴们也先后走进酱菜厂，他们对以前没有见到过的大酱和酱菜的生产过程，也抱有浓厚的兴趣，还纷纷拍照留念。

走出酱菜厂大铁门，发现对面有一个大仓库，门口还竖立一块碑——新四军总兵站遗址，碑的背后有文字介绍，这里曾经是新四军的后勤总部。随后，在酱菜厂职工的指引下，我们穿越了小门，进入了"章渡古镇的主要街道——吊东阁"，它面临青弋江，是类似湘西凤凰城一样的临水房屋所组成的一条古街，即一半建筑的基础在陆地上，另一半建筑是用许多木柱支撑在河坡上的一种结构。据当地居民介绍，这里源自唐代，发达于宋代，历史悠久。建筑之间有几处沿坡铺设的石台阶通到河岸边，那里有一些妇女在清澈的水边洗涮。有一处的下坡处有一块石碑，上面写着"周恩来上岸处"。石碑背后有背景介绍："1939 年春，周恩来受毛泽东委托到泾县指导新四军的革命工作……并在古镇茶楼'得月轩'会见叶挺、项英。"这进一步说明章渡与新四军的历史有过许多故事。再看街上，都是一些年久失修的木板房，一些老人在门前晒太阳，到了水边回过头来看那些吊脚楼，实在惨不忍睹，破旧不堪。虽然还有用石板和鹅卵石铺就的道路，可以看出这里具有历史的积淀，但眼前的景象，如果不赶紧"修旧如旧”的抢救，不久就会被那些所谓的农村新楼所替代，因为这类建筑已经在当地先富裕起来的人们的家中耸立，与古建筑极不和谐。到那时所谓“章渡古镇”只能成为历史的回忆啦！为此当地的居民正翘首等待旅游开发尽快来到这里啊！

虽然大家也承认，在这里获得了许多以前没有的经历和知识，但要在这里长时间逗留并下榻，是没有条件的。于是午饭后赶紧往下一个景点——桃花潭驶去。在该景点的大牌楼前，就看见许多与李白相关的文化设施，大牌楼的匾上是“桃花潭”三个大字。而它的正反立柱上刻的就是李白的一首最著名的诗：“李白乘舟将欲行，忽闻岸上踏歌声。桃花潭水深千尺，不及汪伦送我情。”原来“桃花潭”名字的由来，就在此诗中。“桃花潭”如今是一处成熟的风景区，确切地说，是一处园林建筑，里面除了亭台楼阁，树木花草、湖水岛屿等也一应俱全，还建设了许多徽派建筑，那都是开发为宾馆的楼宇，但是它们与其他园林元素倒也融为一体。如今又把这里的一些建筑，如楼馆堂所开发成为当代艺术家诸如韩美林、冯骥才等四人的纪念馆。这里既有自然景色，又有人文景观，我们游玩得很尽兴，尤其是除了黄建冲，我们其他几人均超过了65周岁，可以享受免票待遇。

趁着夕阳，我们赶忙前往下榻的查济古镇，在售票处得知，尽管旅馆就在景区范围内，但入住的旅客也必须购票入内。但同时得知，65周岁的人也可以免票，于是又只买了一张门票就将车开进了景区。穿过了新建的中心步行街后，我们到达一家叫作“半月塘”的客栈。名叫查日新的店主让我们趁着天还没暗，赶紧先去拍摄流淌穿过整个景区溪河的下半部分，明天再游览上半部分。他将我们领到一处名为“红楼桥”的景点后，就返回了旅社，并一再告诉我们晚饭后沿主街回家。我们一到红楼桥畔，就被眼前的景色所震撼，溪流两侧的古建筑完全保持了原来的布局和样式。溪流上方的桥梁，一座不远就隔着另一座，有拱形的，也有用石板铺设的梁式的。下面的溪流水清澈见底，河床上各种形状的石块，被山泉水冲刷得溜光，挂满青苔的桥梁与两岸的民居、茶楼、客栈、饭店、祠堂所占据的白墙黛瓦的亭台楼阁,是那么和谐,真可以说,一步一景,正面看是一景,转过身子,又是另一景。我们一边拍照,一边感叹。这真是我所到过的古镇中最精彩的一处了。怪不得除了中央电视台正在拍摄有关记住乡愁的电视剧,到处还可以看到有人在写生画图。有一处我们问一绘画者,他们是来自河北燕山大学的师生。

今天的内容实在太丰富,我已经没有本事将它们一一详细描述了。留着明天继续游览这个古镇时再谈吧!

皖南行(四)

2016 年 12 月 5 日　多云

我们所下榻的“半月塘客栈”,其实已经离该旅游区商业步行街有着一段不近的路程。如果以流过这个古镇的中心溪河作为整个旅游区的中轴线来说,客栈倒是处于中间的地位。晚上其他旅客都入各自的旅馆休息了,客栈也就周围静悄悄,没有一点声音了。

清晨,哥哥与孙行卓很早就起身在客栈四周溜达,寻找可以拍摄的景点。我也随后出门散步,遇到了他们。由于昨天下午已经看了许多古民居、桥梁和各种用途的亭台楼阁,所以今晨再看到的类似的景象,就没有了昨天的那种新鲜感。不过对眼前类似的景物,却觉得有了进一步的认识,尤其是这里深厚的文化积淀,令人印象深刻。

这里的祠堂建筑颇多,据说有上百处。昨天,我曾经进入一处叫“洪公祠”的祠堂,里面主建筑是一个建筑面积很大的厅堂,除了正面挂着他们老祖宗的画像外,两侧白色的墙壁上分别写着“忠廉”、“孝节”四个大字。大字的下面一边分别摆设着一条被分成若干段的舞龙,另一边是各种游街仪式使用的鱼形灯笼和木偶。还有许多书法和国画的作品陈列,这里就显得非常具有文化氛围。

早饭后,店主查日新先生亲自为我们当起了向导,领了我们去昨日还没有游览过的景区的上半部分,有了“向导”,了解的东西自然就更多了。听店主介绍,这个查济古镇原来是一个大村庄,20 世纪 50 年代前,全村的人几乎都姓查。他和妻子查月红虽然都姓查,其实血缘上隔得很远。如今当地有户籍的居民,大约有4000多人,但姓查的只剩下1500多人,已经不占优势了。我们在一家普通的民居大门前看见一副对联,尽管日晒雨淋,红纸已经褪色,但对联的内容却显示撰稿书写者很有文化底蕴:"松以静延年,竹因虚受益"。该民居的旁边是另一座叫作"镏公厅屋"的祠堂,祠堂对面是一堵白色的照壁,照壁下面就是一个呈半月形的水池——半月塘,原来我们下榻的客栈的名字就来自这个水塘。除了观看桥梁和各种用途的亭台楼阁,我还问及桥梁建筑的石料缝隙中挂有许多种类植物的名字,除了青苔外,有长长的藤条垂下,还有一种多瓣叶子的小草,它们都叫什么名字?因为有了它们装饰,才让石拱桥显得很有历史沧桑感。查日新说,小草的名字叫"金钱草",而长藤的俗称叫"猪婆草",以前当地百姓用来喂猪。查先生还指着一些新建的徽派建筑院落,说这都是外来的人在此建的私人住宅,尤其是艺术家,喜欢在这里采风,上海著名画家王维新就有一处。沿途确实还有一些画家在写生,从画面来看,已经不属于业余爱好者的创作水平了。孙行卓依依不舍地离开了查济古镇,他说,如果再住上三五天,会有更多的景点可以进入镜头。

告别了查日新夫妇,我们就向着宣城敬亭山进发了。途中,姐姐突然提出想买一点专门用于画国画的宣纸。原来头一天在"四宝堂"的购物活动,让她知道书法与绘画需要用不同性质的宣纸。黄建冲看见路边有一家名叫"徽鸿堂"的宣纸批发商店,就将车停了下来,让姐姐购买。店主名叫徐飞飞,是个青年人,热情地给姐姐介绍适于画国画的宣纸。

我们如今都知道了宣纸的原材料主要是稻草和檀树皮,根据两者掺入的比例不同,使宣纸的韧性不同,分别适于书法和国画。画国画用笔墨和颜料多,要求掺入檀皮的比例高,因此价格也高。最后,姐姐选了一种价格适中的宣纸。由于该店只做批发不做零售,于是姐姐只能买了一捆,准备回沪与我分享。店主询问我们是否愿意参观他们用传统方法制造宣纸。他的邀请,自然让我们喜出望外。不经意中,又增加了一个旅游项目。

徐飞飞让他的太太看好店，就上了我们的车。车在乡村公路上行驶，途中我们问及他是否知道曹光华先生。他说，他的外婆来自曹氏家族，如果按辈分，他应该叫曹光华为叔叔。原来他也与曹氏宣纸技术有着不解之缘。当姐姐问及有关生宣与熟宣的区别时，他告诉我们，生宣浸入明矾水，就变成了熟宣。如果按照传统工艺，将其浸入豆浆水，就叫半生半熟宣纸。啊！原来如此，我们长了知识。

说话间，我们到达一处农舍前，穿过该屋，里面是一个院子，后面还有一排房子。走进正面屋子的大门，就是传统宣纸制作的车间。里面有几个矩形大池子。最外面的大池子里放满了乳白色的浆水。两个工人分别站在矩形池子长边的各一侧，双手抬着一个尺寸比池子略小的木架短边的四个角。据该厂的张立新厂长介绍，这个木架叫作“捞纸架”。架子分为两层，上层叫竹帘，由细竹丝编成；下层叫帘床，是在木架上按照1厘米间隙放置的芦苇秆。两位工人捧着捞纸架在池子中将其按到浆水中，来

传统宣纸制作

回摇晃两次后，浆水中的水就透过帘床流回了水池，而在竹帘上形成了宣纸的毛坯。站在外侧的工人捧起竹帘，转过身来，把竹帘上形成的宣纸毛坯覆盖在尺寸大小一致的宣纸垛上了。他们周而复始就把一张一张的宣纸生产出来了。为了防止上下宣纸粘贴在一起，在浆水中除了不断放入纸浆外，还要注入由一种野山藤中分泌出来的浆水，用做分离剂。当我们问及怎么没有看到纸浆的生产时，张厂长告诉我们，如今有专门按照不同用途的纸浆供应单位，自己就不需生产纸浆了。他接着说，等到宣纸垛到了一定厚度，就要施压将宣纸中的水分挤出。然后他将我们领到隔壁“晒纸”的地方，里面有一男一女两个工人在干活。男工将刚刚挤过水分的宣纸垛里的宣纸一张一张地揭下来，贴到旁边一人身高，大约 10 米长呈矩形截面叫作焙笼的箱体的大面上；女工用刷子赶紧把贴上去的宣纸烫平。据厂长说，以前是依靠太阳晒干的，效率太低，现在改为用在焙笼里灌进热水散发出来的热气来烘干。他又将我领到门外，原来是一个炉膛，如同烧窑在燃柴加热焙笼里的水。最后，徐经理陪我们走进另一边的一间房，一位女工正在切割成捆的宣纸，并经称了重量后，卷成平时我们在文具店里看到的所谓“一刀一刀”的宣纸成品。据小徐说，还有其他车间对宣纸进一步加工，使之成为各种用途的商品。我们上午的旅游变成了中国四大文明之一——传统造纸业的参观和考察。这是由旅行社组织的旅游所看不到的节目。

由于篇幅太长，当天去宣城敬亭山游览的内容就放到明天再写吧！

皖南行（五）

2016 年 12 月 6 日　多云

因为途中看了原来没有计划的古法造纸，所以上午时间就过去了。大家饥肠辘辘等着吃午饭了。那一带饭店不多，我们突然发现有一家“农家乐”饭店的牌子竖在路边，说往胡同进去 50 米就是餐厅。由我先下车去探路，由于仓促，把围巾也落在路边，当地居民把它交给了姐姐。餐厅没有菜谱，我只能进厨房打探，看看食材都还新鲜，就让他们进来用餐，还没等我拨通哥哥的手机,他们已经把车开进来了。于是,又由我和黄建冲去点菜。那厨娘给我们介绍有“麂子”肉,使我想起当年春节我们姐弟随叔叔去浙江余姚大隐婶婶的外婆家过年,总有一种“麂狼肉”的野味佳肴招待,让我们不能忘怀。我估计厨娘讲的“麂子”肉,大概就是“麂狼肉”,尽管菜价不菲,仍旧要了这道菜。到了餐厅,我告诉哥哥、姐姐有“麂狼肉”吃了,他们听了也很兴奋,还纷纷怀起了旧。上来第一道菜肴,锅子下面有加热,我们一尝味道,就是“麂狼肉”。我们让孙行卓和黄建冲也赶快品尝这种他们从来没有见过的美味。后来发现餐桌旁边还有“买一送一”的苹果醋供应广告,因此要了“买一送一”的 2 瓶苹果醋,甜中带酸,味道不错。等到快吃完时,厨娘进来询问菜肴质量如何,再一次强调所有食材都是“天然绿色”的,她其实是来听赞美声的。大家说道,“酒香不怕巷子深”,对这里的饭菜很有特色表示很欣赏,不过什么菜都放辣椒,不太适应江浙一带游客的口味,需要供应兼容当地和外来客人的菜肴。姐姐还教她两招浙江宁波菜肴的制作方法。一结账连饮料一共 300 元,哥哥说性价比还是很高的。

已经下午 1:30 了,大家赶忙上车直奔宣城北郊最后一个景点——敬亭山。对于敬亭山,我早年背过一首李白写的唐诗:“众鸟高飞去,孤云独去闲,相看两不厌,只有敬亭山”。从诗意中,我误认为敬亭山是一座在很荒凉地方的孤山。直到这次皖南之行,方知敬亭山与历代诗人墨客,尤其是与李白的关系如此的密切,怪不得有“诗山”的美称。早在桃花潭景区我就已经知道了,“唐朝时,泾县人士汪伦听说大诗人李白游敬亭山,就写信告诉李白,您喜欢旅游,请到我这里来,这儿有十里桃花,有万家酒店。于是李白就欣然而至。”桃花潭是因为李白游敬亭山而著名的。

穿过宣城城区就到了敬亭山风景区,如今“千城一面”,到了宣城也看不出它自己特有的城市风貌。不过,原来处于郊区的敬亭山风景区已经与主城区连成一片了。老远看见有两座牌楼,前一座是三门,后一座是五门。两座牌楼上面的匾上“敬亭山”三个字是由不同的书法家写的,其中五门的牌楼是现代书法家欧阳中石的墨迹。牌楼上刻满了许多古代最著名的诗人的作品，我看了一下，就发现诸如韩愈、白居易、杜牧、苏轼、欧阳修、文天祥、范仲淹等古代大文豪都对敬亭山有过感情的抒发。

其实敬亭山不是一座山，它有大小山峰60多座，最高的翠云峰海拔324米，上面建有翠云庵，远看如一座城楼屹立在顶峰。另有“太白独坐楼”一个景点，李白那首最有代表性的诗，大概就是坐在那里观景时，有感而发写出来的千古绝唱。我们再一次享受了65岁以上免票的待遇，但车必须停在上山道门外的停车场，要上山，徒步成为唯一的“交通工具”。但如果不上山，小车可以到达的景点也够我们观赏了。整个敬亭山风景区有点像我们以前到过的类似安徽琅琊山，是一个成熟的景区，所以各种亭台楼阁、松柏古树、山泉水潭、墨客遗迹等旅游元素无所不有。近年来，在有识之士的倡议下，对景区进行大规模修复，又增加了许多雕塑来描绘当年李白到此游览作客的景象。尤其是两座正在大规模修复的寺庙建筑，更是让前来的游客，一进景区就为之吸引。

说起这两座庙还各有千秋。一座名叫弘愿寺，不是我们经常看到的禅寺，它是属于佛教的净土宗的寺庙，净土宗是以阿弥陀佛为供奉的主要偶像的。因此它不像一般禅宗的禅寺内，有大雄宝殿那样的建筑。庙宇里面的路边到处都竖立着一人多高刻有“南无阿弥陀佛”字样、带灯的立柱。主殿名为“迎来殿”，大殿里就一尊阿弥陀佛的巨型塑像。四周的墙壁都是一尊一尊的小型阿弥陀佛金色塑像横向排列布满，总共有15层到顶。何等的壮观！大殿背后都是正在建造或者修复的各种殿堂。我姐姐出于对佛的尊敬和塑像艺术性的敬佩，也去“请”了一尊小型塑像，带回上海。随后我们也顾不得观赏此寺精致的庙前广场，赶紧往另一座寺庙广教寺赶去。该寺的正门是一座颇为壮观的楼阁，因为年久失修，正在修复之中，我们只能从边门进入。这座庙是正宗的禅寺，布局与其他的寺庙基本一样。只不过主要的塑像，如大雄宝殿内的释迦牟尼佛、药师佛、阿弥陀佛，天王殿里的四大金刚塑像等，都处于泥塑已经完成，现在正在涂装的阶段，里面搭满了脚手架。从塑像的艺术水准来看是相当高的。我正在其他佛殿漫游，姐姐笑着跑来对我说，刚才她跨进大雄宝殿时，发现那几位从事塑像涂装的工匠,一边在干活,一边在大声歌唱,他们嘴里吐出来的歌词"……从来就没有什么救世主,也不靠神仙皇帝,要创造人类的幸福,全靠我们自己……",那是《国际歌》第二段的歌词。在这样宗教的场所,歌唱这样的歌曲,她觉得很滑稽。这其实是我们中国世俗社会现象的一种写照。在我国,尊重宗教信仰,但人们也可以不相信宗教,有神论者与无神论者照样可以在一起和谐相处。

游完寺庙,我们就进入必须徒步的"山区"。沿上山的路边不时有雕塑供游人观赏。有一座上面有四个人物,其中最前面的主要角色右手提了一支毛笔在书写,后面是两位中年人和一个小孩。旁边有一块不规则的石块,上面有雕塑的介绍。雕塑名叫《登高赋诗》,解说词的意思是:李白的堂弟李昭当年在宣城当官,邀请李白和本家叔叔李云来敬亭山游览名胜,赏花饮酒,听鸟声,于是李白赋诗,李云书写。那小孩大概是个书童。再向前走一段,又是一座雕塑,是手握酒葫芦,微醉的李白正在欣赏僧人弹琴的场景。该座雕塑名叫《知音神契》,那位僧人是宣城灵源寺的仲濬。这里还有导游宣传牌介绍:是南北朝的著名诗人谢朓写了有关敬亭山的诗篇,才使敬亭山成为口口相传的"导游词",李白也是因为追随谢朓的足迹,七次飘然敬亭山,才留下了"相看两不厌,只有敬亭山"的千古绝唱。敬亭山是由于谢朓、李白的诗句才名扬天下。我和孙行卓朝着山顶方向爬了几节登山的台阶,看到沿途的亭台楼阁和包括现代书法家沙孟海和启功等人的书法石刻。再远眺翠云峰顶的楼阁,实在是心有余而力不足,可谓"望峰兴叹"。我是多么希望能够登顶或者到李白赋诗的地方,体验一下诗意啊! 这一路我从不同角度朝着山顶楼阁拍了许多照片,想以此来弥补一下。此时,夕阳已经西下,我们在皖南旅游的行程也到此为止了。

回顾这次《皖南行》,尽管时间只有 4 天,但旅游的质量是非常令人满意的。这一路,大家经常半开玩笑,用拙作《幸福就在当下》来形容自己的心情,因为我们都已步入晚年,珍惜这次机会。天公也作美,4 天内,天天艳阳高照,暖意浓浓,甚至还看到正在盛开的桂花。我们品味了诸如毛豆腐、臭鳜鱼等典型的徽派佳肴;住宿在查济古镇徽派建筑的民居客栈里;行驶在被称为“川藏线”那样险峻而壮观的山区公路上;游览了名胜古迹,名山大川;购买了原始产地的文房四宝,还观看了宣纸和酱菜等传统的生产过程;多少体会了解了一些当年新四军活动范围的地形地貌。从评价旅游的“食、宿、行、游、购、娱”所谓“六要素”来看,都是属于上乘的,是我们对于皖南文化比较全面实地学习了解的一次“旅行”。特别是近年来中央电视台拍摄的一系列关于中国文化的纪录片中,对于徽派文化,包括食文化、笔墨纸砚文化、建筑文化、旅游文化、民俗文化等都有长篇的专辑报道,使我们来前已经有了一定的知识积累,这次再亲眼观看了一下,记忆也就更加深刻了。然而毕竟步入晚年,记忆的东西也难免遗忘,因此,我留下了以上文字,再加上哥哥、孙行卓二位业余摄影家以及各位旅伴拍摄的作品,都将成为我们日后跑不动路的时候,可以回味到老的一份记忆。

评议

周　怡:短短四天,钱总的素材满满,从景点到美食,再到中国的宣纸制作,游记太丰富了。图文并茂,感觉身临其境。

陈素娣:写得真详细,随着你的文字,我也仿佛走了一遍。

张星玲:你为我们打了前站,很有兴趣也去走一趟。

何吉林:长知识!

章杏波:赞你争分夺秒写游记,与众微友分享,描述详尽,引人入胜!硕果累累!此行值得。

马淑云:使我想起记忆中的典雅的古镇,小桥流水,长有青苔的石板小巷,很美。

王哲昌:请平雷先生能在他的游记散文中,描述一下敬亭山有哪些能令诗仙李白“相看两不厌”的特殊景色。

这是一次高层次的旅游,无论在身心和文化修养方面肯定收获不小,祝贺你们!同时也感谢行卓、平天二位的摄影作品。尤其是平雷先生的短文《皖南行》五集，图文结合，看后似乎我也分享到了你们的一些快乐。

钱平天：平雷这篇《皖南行》纪实之五，“收官”得十分流畅贴切。不但记述了敬亭山与诗圣“相看两不厌”的历史典故和传说，还对这次《江南天路》全程作了一个客观的小结。

倪纪芬：很开心跟着钱同学游皖南，我一直很喜欢古地方，说不出为什么，就是看到了很有感觉。那些老街虽谈不上漂亮，但就是喜欢那些年代久远的墙壁，一连片老房子的棱角分明的屋顶，如能配上故事，那更是兴致盎然。还有那遍地的古桥、古塔、古寺庙、古亭阁、古牌坊，体现的都是当地人们的文化素质和艺术修养。它们虽然跟不上外面世界的变迁，跟不上灯红酒绿的节奏，显得有点寂静，单调，但它们的底蕴和被历史冲刷过的痕迹是那风景秀丽的地方无法超越的。谢谢钱同学详尽细致的叙述，虽未身临其境，但确实是一次美好的享受，期盼还能有下一次。

周文华：钱平雷同学边游边辛苦地天天笔耕，带着我们共游皖南，不厌其烦地详细道来。非常感谢你充分运用你的过人文笔，写出了精彩的引人入胜的游记文章，我们是坐享其成了。

华南行

华南行(一)

2017 年 2 月 9 日　星期四　多云　上海－珠海

今天,我们家族将去广东珠海,到建在一座名叫东澳岛上的 ClubMed 度假村聚会。我们姐弟四家现在每个月聚会一次。由于我女儿鹿怡和女婿殷切平时生活在海外,所以,他们一般没有机会与大家聚集在一起。即使我和妻子,也只有到他们那里探亲,才有机会与他们外出旅游。这次家族远离上海外出旅行,真是十分难得。与我们同行的还有二侄女菁怡的婆婆史慧芳女士和小姑李喻犀。可能考虑到安全,我们分坐了两架飞机。我们一家和姐姐以及大侄女臻怡一家被安排在同一架飞机,哥哥和弟弟他们以及二侄女一家在随后 15 分钟起飞的另一架飞机上。

到华南旅游虽然不是我家发起,但冥冥之中似乎这次到华南是早就预计中的活动目的地。我女婿有一位忘年交杨明桥先生,平时生活在悉尼,到了过年都要回到广东中山老家度假。去年他与夫人较早就回中山了,我在悉尼探亲期间,与他几乎每天在附近的运动场见面交谈,结果也因为投缘而成了朋友。他曾通过微信邀请我和妻子去中山一游,我们告诉他等女儿、女婿回国后,再作安排。但当我们决定去华南时,他们却在大年初七启程回悉尼了。因此,尽管我们仍旧去了广东,与杨先生却还是擦肩而过。

虽说广东我去过多次,但都在广州附近,香港、深圳也去了几次,就是珠海、澳门却一直没有去过,因此,此行我们不打算随大流,把外出时间都停留在那座岛上,打算提前一天出来去澳门一游,然后,从珠海返回上海,

ClubMed 度假村

也算填补了“空白”。

今天中午到了珠海，预定到一个叫“香洲港”的码头，乘坐下午2:40的渡轮才能上岛。一辆名叫 STAR LINES 巴士公司派来大巴车在12:45到飞机场将我们送往码头。估计从机场到码头只需要 1 个小时的车程，因此，这位名叫黎建文的司机建议我们稍微弯一弯，浏览一下珠海的市容，否则早早到达码头也无法坐下消停候船。

虽然珠海也是特区，但与同在广东的深圳的市容大不相同。深圳有着早期各地前来开发的历史痕迹，现在新旧建筑混杂在一起，显示出与如今各地一样——千城一面的特征。而眼前的珠海却完全不同。从机场出来，就让人有一种在人口比较稀少的外国城市的感觉。街道宽阔，两侧都是枝叶茂盛的热带作物。两边的建筑虽然也是高楼大厦居多，但密度远远不如国内其他城市。即使到了珠海的市中心，也没有其他城市商店鳞次栉比的密集排列,商业气息并不那么浓烈。长达40千米的城市海岸沿线现在被命名为“情侣路”,堤岸就是海滨人行道,下面就是沙滩游泳场或者是海滨公园了,它像一条缎带把珠海市区定格在“非商业城市”的位置上。在堤岸沿线的中点就是珠海城的城市标志——一座名为“珠海渔女”的雕塑,坐落在海边的巨石上。现在珠海以“航展”著称于世,我们看到路边有大型火箭的实物展示。还有类似“悉尼歌剧院”那样,用大型白色的蚌壳造型的珠海大剧院,耸立在大海的一座岛上,用海堤与陆上相连。这里人口也并不密集,一条条马路都显得那样安静,所以网上说,珠海是中国最适于居住的城市,的确名副其实。港珠澳大桥已经基本成型,可以看到它的雏形飞跨伶仃洋面。此外,澳门毕竟就在珠海旁边,那里的高大建筑也不时出现在我们的眼帘中。我们都感谢这位一路如数家珍地热情介绍珠海建设情况的黎师傅,尽管他不是珠海当地人,但作为“新珠海人”,他热爱珠海,将自己融入了珠海的建设事业中。

2:40,我们登上了驶向本次旅游的主要目的地——位于东澳岛的海轮,50分钟后登上一个名叫ClubMed的度假村,真是出乎我们的意料,在一座普通的海岛上,居然还有世界著名旅游连锁企业,在这里建设如此高规格的休闲场所。具体究竟如何只能等到明天体验后,再向微友们报告了。

华南行(二)

2017年2月10日　星期五　阴　珠海东澳岛

今天早晨我和妻子一觉睡到8:30,这是在上海很久没有的事情了。可能是昨天清晨4:00就起身赶飞机的缘故,缺觉了。我们的客房在度假村一座楼的6楼,阳台斜对着海滩,算是一间海景房。整个ClubMed度假村由若干幢错落的楼房所组成,我们的客房与度假村的服务功能楼,虽然不在一幢楼里,但互相是连在一起的。整个建筑是随地形而建的,平面布置也随之变化。其服务大堂在功能楼的第5层,即旅客是从位于半山腰的大门进来的。每次同一条船来的一批旅客到达,就被站在大门前舞动的员工迎入面积颇大的大厅，马上可以看到巨大的玻璃幕墙前方有一个海湾，与珠海那里的海水呈浅黄色不同，这里的海水已经是浅绿色的了。海湾的浅滩由半圈金色的沙滩铺垫，沙滩上摆的都是人们在游泳之后，可以休息的躺椅。往楼下一望是一个面积不小、形状不规则的游泳池，用深浅蓝色的瓷砖铺就，里面的水清澈见底，在微风中清波荡漾。如果再环视这几座依照地形布置呈月牙形的白色建筑群和周边茂密的热带树木花草的环境融为一体，马上让人产生一种觉得这里似乎在欧洲某个旅游度假胜地的感觉，加上这里的领班是来自加拿大的金发碧眼的欧裔女士，讲的英语欢迎词，这个感觉越发强烈。

据介绍，到了这里，缴了价格不菲的房费后，所有的一般娱乐餐饮都是免费的。妻子、女儿他们因为当天上午 10:00 光景在飞机上吃了一顿既不算早餐又不算午餐的饭后，到了下午 4:00 光景，饿得不行了。于是就去位于功能楼的 3 楼咖啡厅，吃了面条点心垫饥。那里一直开放的，游客可以在那里喝茶聊天发呆。晚饭是在位于 2 楼的自助餐厅用的餐，应该说品种是十分丰富的，从热菜、冷菜，到点心、甜食，再到水果、咖啡，应有尽有。餐桌布置也中西合璧，餐巾、刀叉、筷子一应俱全。哥哥说，这里的架势很像他们不久前去过的邮船，只不过面积不如邮船餐厅那么大。昨晚，随同来的年轻人精力充沛，晚饭后又是跳舞唱歌，又是打乒乓喝酒，还有大型互动的歌舞杂技表演，忙到半夜。我与妻子如同平时一样，10 点左右就上床睡觉了。

今天早晨吃过自助早餐后，就去岛上“游览”了。走出大厅的大门，就看见一块嵌在山崖石壁上的石碑，碑文的题目是“伶仃海岸记”，碑文的介绍，让游客知道这里美丽的景色背后有过一段悲壮历史：“珠海素有‘千岛之市’美誉，百余岛屿，宛若翡翠，镶嵌在碧波浩渺的伶仃洋上，‘伶仃海岸’由此得名。百岛之魁东澳岛，面积 4.6 平方千米。伶仃海岸坐落其中，岛上绿树掩映，岸边怪石奇秀，海水清澈湛蓝，海滩沙粒晶莹。登临东澳，心旷神怡，令人陶醉……”而在 700 年前，文天祥始败于惶恐滩，后幽于伶仃洋，留下了“……零丁洋里叹伶丁，人生自古谁无死，留取丹心照汗青”的不朽诗篇。以此告诉游客,抚今追昔,如今成了旅游胜地也不忘历史。

珠海街景

这里室外的游乐设施也很丰富,有羽毛球、射箭、迷你高尔夫等等,还有各种设施的儿童乐园,随来的朱心楠、李南萱小朋友玩得不亦乐乎。殷切因为射箭成绩突出,被园方特邀参加下午2:00举行的“比赛”。所以他也顾不得午休,就赶去“参战”了。我们其他人则逐级而下顺着地形向海滩走去。因为在冬季,今天可能是寒潮,气温并不高,海滩上游人稀少,但度假村为游客准备的披盖大毛巾和供应免费饮料的服务员,仍旧“坚守岗位”在值班上岗。喝点热饮料的游客还有,但脱衣服下海游泳的人几乎没有。那些供游客的躺椅也被折叠起来“休息”了。回眸环顾岸边的座座白色大楼与海滩组成的美景,人们可以想象得出,如在夏天,这里确实是一处世界级水平的天然浴场。

接近午餐,我们拾级而上往回走近功能大楼,当到达游泳池的旁边,看见丽臻姐姐也正好在寻觅可以留影的景色,见到鹿怡赶快让她一起跑去一处地方摄影拍照。此时我听见底楼发出浓烈的乐曲,跑进去一看,里面是歌厅,一位印欧裔的教练正带领一批中国大妈在做健身操。等到姐姐和鹿怡回来后,我们就穿过歌厅,乘坐电梯回客房了。虽然只有1个多小时的游览,我也基本弄清 ClubMed 度假村是怎么一种休闲度假的地方了。

评议

陈国梁：别有天地，是休闲、养生的好去处，令人羡慕。

张建波：ClubMed 应该说非常不错。

陈素娣：钱哥每篇游记都记录得那么详细，描绘得那样细致，以致我们看了后，犹如身临其境。

华南行(三)

2017 年 2 月 11 日　星期六　晴　珠海东澳岛—澳门

今天是正月十五元宵节，早晨用了自助餐以后，我就待在房间里编辑研究会徐副秘书长发过来有关《CCHC(持续照料社区)居家养老模式服务管理标准 1.0》中有关医疗方面的章节。篇幅不小，直到近 11:00 度假村要求退房的时间，才基本结束，马上发还给上海同仁们。因为去码头的车 12:20 离开，所以我们几乎来不及去吃 12:00 才开始的午餐了，11:30 就在 3 楼的咖啡厅，吃了一碗面条充饥。然后就上车赶往码头乘坐 13:00 的渡轮了，50 分钟后回到珠海的香洲港。我们要了一辆出租车直奔拱北口岸。这过口岸，虽然说只是过一“关”，可是从出租车下车处到澳门关的大门外，这段路却都要用双腿走出来的，距离可不短，虽说 65 岁以上老人可以优先通关，但走这点路可不轻松。

出了澳门海关大门，我们要了出租车，此时我们还没有一块澳门元在身，于是就问驾驶员，人民币好用吗？他的回答是肯定的。当我们到达预定的旅馆时，路码表已经跳出 47 元的数字，驾驶员说按 1∶1付人民币给他，妻子给了他 50 元人民币，他零头也不找就算完了。我们心里在嘀咕，人民币与澳门元之汇率好像是 1∶1.16 左右，他这么做就多收我们钱了，大约这里要收小费吧？等到我们在宾馆前台旁兑换处一看，人民币与澳门元之汇率是 1∶1.02，才明白在澳门使用人民币基本上就是 1∶1了。果然，我们吃完晚餐付的餐费，人民币就是按照这个汇率结账的。

在度假村哥哥就告诉我，到了澳门一定要到一个叫威尼斯大酒店的地方看一看，那里可以说包含了澳门所有的娱乐文化，尽管它不在澳门半岛——老市区，而在一个叫氹仔的离岛上，但有大巴免费接送。在我的心目中，来澳门主要看看大三巴这个澳门标志性建筑，然后光顾一下葡京大酒店，见识一下澳门的博彩文化，就算来过澳门了。对于所谓"博彩"，我是一点兴趣也没有，当年到澳洲，无论在悉尼，还是墨尔本，我也从来没有进过"赌城"瞅上一眼。哥哥说，你可以不参与博彩活动，但作为一种文化，还是值得看上一眼的。于是我们一住下，就乘坐从宾馆开往港澳码头的中巴，然后换乘威尼斯大酒店提供的大巴士前往。

与妻子在澳门大三巴前合影

过了一座跨海大桥，就到了目的地，我发现一路开去许多大型建筑都有"娱乐城"的广告字样，威尼斯大酒店周边的建筑，不仅规模宏大，而且还造型别致，与内地高楼大厦相比，确实更有欧洲建筑文化的风格。进了威尼斯大酒店，这哪像"宾馆"？好像进了上海的"环球城"一般，迎面不是货摊，就是两侧开设的各种名牌商店。等到按照指向走入"娱乐城"，里面的面积之大，可谓"一望无边"，以前在影视剧中看到的赌具出现在眼前，什么老虎机、轮盘机，算点数、大骰子……无论是我说得出来，还是说不清楚的博彩设施，一应俱全，游戏者也是中外人士济济一堂。我对此纯粹是外行，只是带着惊奇又感叹的心理匆匆一瞥。

女儿带领我们去了里面的一条美食街用晚餐，那餐厅模仿欧洲古城的广场，两边是各式食品店，中间是摆满餐桌的餐厅，饭菜按人民币计算确实不便宜。不过这里最绝的,是餐厅的穹顶,模仿自然的天空,蓝天白云,很有真实的感觉。更绝的是这里还在大约3层楼高的高层上,用人工建造一条“运河”,曲曲弯弯,还有小桥不时跨越。河里有穿着欧洲民间服装的欧洲后裔人士装扮的船夫,划着两头尖尖的小船,载着游客,大声唱着船夫曲在游弋。岸边还有姑娘在拨动竖琴,奏着古典乐曲“绿袖子”烘托气氛,让人仿佛回到了18世纪的欧洲。澳门人把“螺蛳壳里做道场”的本事,发挥到了极致。

走出威尼斯大酒店,乘大巴回到港澳码头,再转车去新葡京大酒店,车直接把我们送进它的地下车库,下了车就是它的博彩娱乐城。虽然据说它比原来以博彩闻名的老葡京大酒店的体量要大得多,但它的博彩场地与刚才在威尼斯大酒店看到的相比,实在是太小了。当我们走出新葡京大酒店的大门,就看到了对面的老葡京大酒店,霓虹灯装点得金碧辉煌,与新葡京大酒店遥相呼应,两者似乎标志着澳门历史发展的进程。这里离位于澳门半岛的我们的宾馆也不远,我们慢慢散着步就走回了旅店,度过了今天不轻松的元宵佳节。

评议

张永前: 我每年冬天在中山避寒,港澳也经常去走走。对澳门小有体会:1. 在遍布街头的钱币兑换店可以换钱,一般是1:1.12。2. 澳门的出租车司机素质较差,而且看不起“大陆表叔”,打车不找零,强收小费。3. 在澳门有几样小食品必尝:正宗葡式蛋挞、民信“双皮奶”、猪扒包。

陈素娣: 澳门的威尼斯大酒店真像美国拉斯维加斯城里的,好像在那里也叫威尼斯大酒店。

华南行(四)

2017年2月12日　星期天　晴　澳门—珠海—上海

今天是本次华南行的最后一天,妻子如同平时一样,7点钟就让我外出吃早饭,等到我把该做的事情都做好,已经是7:30了。跑到街上一看,大部分的商店都没有开门,看来这里的作息时间,与香港差不多。好不容易才找到一家饭店,里面没有一个顾客,只有我们点了早点用餐。8:20我们就乘坐宾馆附近的3路公交车前往澳门的地标建筑——大三巴。到达市政广场站,下了车,从这里可以上坡沿街前往大三巴。据说,大三巴要到9:00才开放,我们看到广场上搭建了舞台,布满了彩灯,原来是当地居民在"闹元宵",他们放在正月十六才举行民间聚会。有三位男士被装扮成"财神"的模样,舞龙的队伍长长的一串……好不热闹。当我们到达大三巴的坡下,只有游客数人,还很清静。我上坡到达大三巴这座牌楼的底下,看到有关大三巴的介绍。大三巴其实是一座名为"圣保禄教堂"的遗址,该教堂建于1602年至1604年,原名"天主之母"教堂,毁于1835年的大火,"三巴"是"圣保禄"的粤语之谐音。火灾中整体建筑付诸一炬,但它的前壁却屹立不倒,变成了一座牌坊。它糅合了欧洲文艺复兴和东方建筑的风格。大三巴分为五层,各种栩栩如生的雕塑镶嵌在其中。9:30遗址大门打开,对外开放,原来教堂的立柱痕迹用玻璃罩覆盖,保护起来。遗址的底下,还有墓室和天主教文化的博物馆,供游人参观。

从遗址出来,我们登上了一个叫"大炮台"的遗址,上面其实是澳门的制高点,排列放置着数门大炮,对着周边的城墙豁口。山顶是澳门博物馆的所在地,它要10:00才对外开放。顶上有数位大妈在跳广场舞,我们也没有耐心等候,就围着城墙俯瞰澳门的全景。澳门虽然有新、老葡京大酒店那样豪华的建筑,但大量的民居,虽然是高层建筑唱主角,但看上去有些年头了,显得逼仄和陈旧,与隔着濠江对望的珠海的崭新市容形成了强烈的对照。我对澳门的印象就是一个繁华的商业城市,没有以前到境外旅游那种新奇的感觉。

回到宾馆,退了房,在外面吃了据说有澳门特色的午餐,就匆匆打的去拱北口岸回珠海了。看着时间还早,女婿建议去"圆明新园"一游。于是拖了行李前往。圆明新园据说是按照北京被毁的圆明园建造的,在南国看到大量的北京古典宫殿建筑群,倒也是不错的创意。尤其是它的"西洋楼",重现当年被英法联军烧毁的建筑模样,与现在北京的圆明园遗址公园的断垣残壁联想在一起，让游人产生一种历史的厚重感。可惜的是，可能是建错了地方，这里的人们大多数为休闲而来，所以如今免费开放的公园内，在人造皇家园林中，大规模古代的建筑、船舫，与大量的现代娱乐设施混杂在一起，明明牌楼上写的是什么“皇家乐园”，但里面全是引进的外来玩意儿，形成了非今非古的奇特氛围。

如今的珠海，面积大大大于澳门，所以机场远离市中心，为了保险起见，我们早早前往机场，在候机室外一个叫作“大家乐”的餐饮休息处，看看时间还早，因为到上海已是半夜，没有时间写“作业”了，干脆趁着晚餐前，把本次游记的最后一篇完成了。

评议

钱鹿怡： 由于身在海外的缘故，钱家人一起出去旅行的机会不多。这次回国过年正好赶上与家人一同出行，非常开心，其乐融融，真是相亲相爱的一家人。

“两牙”纪行

“两牙”纪行(一)

2017 年 5 月 16 日　星期二　阴天　中国上海

今天我将要与哥哥钱平天、嫂嫂鲍永贞一起去欧洲的西班牙、葡萄牙(我在本文中将简称为“两牙”)去作一次号称 11 天实际为 9 天的旅游。

说起西班牙和葡萄牙这两个西欧的国家,大多数的中国人对它们的感觉就是上海俚语“面熟陌生”。从地理位置来说,它们在欧洲的端头——伊比利亚半岛上,以前国人很少有出国的机会,只能从各种媒体零打碎敲地接受一些与这两个国家相关的人和事的信息。到中国改革开放,普通老百姓可以出国旅游了,近一点的去“新马泰”,稍远,就是去日本、韩国,再远些就会选择曾经对我们影响较大的俄罗斯和东欧,要真有条件了,先要看的是美国,它毕竟是世界上最发达的国家。如果去西欧也应该是英国、法国、德国和意大利,那是欧洲经济文化最领先的国家。然而事实上,西班牙和葡萄牙这两个国家的种种文化元素,对我们一辈子的影响,却是“无孔不入”甚至“刻骨铭心”,甚至可以说渗透了我们的灵魂里。谈到历史,从哥伦布发现新大陆,到 15、16 世纪,“两牙”称霸世界,以至于拉丁美洲的老百姓,至今不是说西班牙语,就是说葡萄牙语,连中国的澳门也曾经处于葡萄牙人的势力范围;提到音乐,号称世界三大男高音中,有两位是西班牙人——多明戈、卡雷拉斯,他们闻名于世的歌剧“费加罗的婚礼”、“塞维利亚的理发师”中某些咏叹调唱段脍炙人口;说到文学,塞万提斯的小说“堂吉诃德”,在中国也是家喻户晓;论起美术,人们就要想到毕加索,那个多视角的画面究竟妙在哪里？还有其他文化领域,

葡萄牙里斯本印象

刺激的斗牛，近于疯狂的弗拉明戈舞，对于大多数中国人来说，虽然没有亲眼看到过西班牙人的表演，但从电影、电视里也已经领教了他们的魅力。“两牙”的体育盛事，更是与中国的体育迷“休戚相关”，且不说奥运会主席萨马兰奇是西班牙人，在他的任内，中国成功举办了奥运会。就是什么“皇家马德里”、什么“C 罗、菲戈、苏亚雷斯”等足球大腕，都是球迷们顶礼膜拜的偶像。

然而，尽管如此多的文化艺术元素影响了我们的生活，但要中国人说说这两个国家的地理状况，如巴塞罗那、里斯本在两国的哪个位置，大多数人恐怕说不上来，即使那些对“皇家马德里”达到痴迷程度的球迷，让他们去说说有关马德里城市的文化，除了足球，其他多半说不出多少名堂来。因此，我们此行到这两个既熟悉又陌生的国度，首先要实地去看看那些历史、音乐、歌剧、体育、美术、文学、舞蹈等文化元素产生或者发生的地点及其背景，其次是进一步领略“两牙”异国的风情，这是我们此行最主要的两个目的。

说起这次旅游的旅伴，有一半是去年3月份一起去东欧旅游团的旅友以及又由他们“扩展”进来的新旅友。与我家最相像的孙行卓家族，他携妻周毓书、弟弟孙行琦和妹妹孙行思同行。除了他是我哥哥最重要朋友的原因外，我与孙行琦还是中学六年的同学。孙行思是他们家的小妹妹，我与她已经有40多年没见过面了，她也从豆蔻少女步入了老妪的行列。我的亲戚黄建冲、李喻犀夫妇，我的师弟张嘉荣、师妹何胜妹伉俪，以及陆辛、王雅莉、孙炯、郑新培、吴文谅等等，也都是上次东欧旅游团的老旅友。这些人能够再一次重新聚会，最主要的原因就是大家都愿意跟随本次组团的“团主”朱国谦一起外出旅游，这位曾经当过党务工作者的总经理，总能让旅客处于一种全程安心、舒心、放心的心态之中。曾经跟他一起外出过的旅友都尝到了甜头，于是这次他发出“两牙”旅游的邀约时，立即获得大家的响应，而且还把自己的亲友纷纷拉来，一个团组一席难求。这次给我带来惊喜的新旅伴是张连发先生，他是因为孙行卓中学的同学而入列的，他还是我姐姐钱丽臻宝钢的同事，更是我唐山路故居几十年的老邻居。由于年龄相近，前几天一见面就有谈不完的怀旧话题，包括他的夫人、妹妹、小姨子也是本次的旅友。他们说，当他们看到我写的“唐山路轮船房子”一文时，感到特别亲切。预想在这次旅程中与张连发的交流话题，将是我们共同精彩的“余兴节目”。孙行卓还把他另一位继光中学的同学汪美丽老师也请来了。再一问她还是我和孙行琦中学同班同学周妙英的老同事。世界真小，尽是熟人相遇。

上次东欧成功的旅游，除了朱国谦先生的周密安排，还有众信国旅委派的一流的领队和导游，使我们感到非常满意。这次委派的领队名叫许虹，是一位网名叫婉君的女士，从她给我们发来的“注意事项”来看，是一位考虑问题比较周到的专业人士，给了大家良好的第一印象。但愿已经在马德里等候我们的导游的水平，也是一位不亚于东欧之行潘导的同行，这样我们就可以期待度过一个愉快而充实的“两牙之行”了。这不仅是我，也是我的旅友乃至关注我们旅程报道的广大微友们的希望。

接近14小时的旅途后，到达马德里，一位名叫张夙的年轻女导游，在晚上10:00把我们送上大巴，前往宾馆，11:00，也就是上海的次日5:00，我和孙行琦进了客房，“两牙”纪行正式开始。

评议和联想

冯寅生：做足功课的旅游才能做到不虚此行。

张星玲：开始记录了，我们又可以美美地跟随钱总的“两牙”之行，实景欣赏。

“两牙”纪行（二）

2017年5月17日　星期三　多云　西班牙美利达

今天早晨9:30我们就从宾馆出发了，直奔此行第一个景点托雷多镇。出了马德里城区不久，就看到一大片建筑，据导游小张讲，这里叫冯拉白拉达（fuenlabrada）华人仓库区，是南欧中国商品的集散地。原来是冷僻的郊区，现在南欧国家的批发商都到此来进货。这里越来越繁荣，这也与“一带一路”的战略有关。这里60%的商人是温州人，30%是青田人，其余10%是包括上海人在内的全国各地来的人，旁边还有一大片别墅和多层建筑住宅，是这些经商的华人居住区。小张导游介绍，这里的华人觉得自己越来越受当地人尊敬了，说这与祖国日益强大有关。

托雷多位于马德里西南70千米处的一个山丘上。这是一座山城，塔霍河逶迤流经古城的东、南、西三面，河水湍急，形成天然屏障。城北建有两道城墙，地理位置险要，能攻易守，是古代兵家必争之地。这里有2000多年的历史和文化，特别是近400年来保存完好的哥特式、巴洛克式等各类教堂、修道院、王宫、城墙、艺术学院等所谓“宫保鸡丁”等大型古建筑有多处，形态各异。大巴士停在托雷多镇外围的一处高地上，游客可以在此远眺托雷多全景，建筑群落与东欧其他国家建筑风貌差不多，但其色彩远不如东欧的丰富鲜艳，似乎没有吸引人眼球的景色。

到我们进了城，才发现城区街道尽是狭窄的斜坡，街道纵横交织，密如蛛网，好像没有一栋现代化建筑，全是古香古色的民宅，整个城市显得古典雅致。沿街出售镶金盘子和冷兵器的旅游品商店、旅店、酒家、咖啡馆鳞次栉比。托雷多的街景让人有似曾相识之感，想起来了，很像我不久前去过的澳门，与从外面上坡去大三巴牌坊的街道何等相似！同行的嫂嫂和黄建冲都有同感。嫂嫂说，完全有可能，澳门当年是葡萄牙的租界地，“两牙”的文化同属拉丁文化，这就容易解释了。

据导游介绍，托雷多历史上曾遭罗马人、西哥特人和阿拉伯人的入侵。入侵者也把这里定为国都，并下令保护当地的生活习俗、宗教信仰和历史遗产，允许已有的基督教、伊斯兰教和犹太教三种形态的文化并存共容，于是便保存下这样一座历史名城。著名建筑托雷多大教堂最具有典型意义，它从12世纪建设到17世纪，用了500年。由于宗教信仰更替，尽管此处是西班牙全国天主教教区中心的所在地，但是建筑本身却受到了时代变迁的影响，上面不仅有多种宗教建筑特征，而且建筑风格也可以看出从哥特式到巴洛克的变化痕迹。在托雷多大教堂旁边还有市政厅和立法院，它们分别代表宗教权、行政权和立法权，因此这里围成的地域叫三权广场。这里是西班牙历史的重要积淀处，游人如织，学生们也在此听老师讲课。中世纪的托雷多，是一座拥有20万人的城市，既是西班牙的首都，也是欧洲重要的政治、文化、商业和手工业中心之一。直到西班牙迁都马德里，它的地位才渐渐衰落。今日的托雷多，只是个拥有5.6万人的小镇，但它因保存完好的灿烂历史文化遗产而显示出巨大的魅力，每年大约有80万—100万世界各地的游客慕名而来。西班牙政府已将它列为全国文物重点保护区，联合国教科文组织也已将其列为世界文物保护区，这也是为什么我们到西班牙的第一站就是它。一上午走下来饥肠辘辘，但据小张说西班牙的作息时间令人不可思议，他们的午餐在下午2—

4点，晚饭要到10点，饭店厨师12点才上班。我们13点半去吃饭，还是挑他们空隙。我在上海时食欲不是很好，但今天中午似乎胃口特别好，幸亏这次朱总把我安排在第二组。我们组除了我和哥哥、嫂嫂外，还有6位组员都与组长黄建冲相关，他的夫人李喻犀，还有这次由黄建冲介绍而来的他的姐姐黄景萍、嫂嫂殷亦华，嫂嫂的姐姐殷亦黎和朋友张香萍女士。我们9人一桌，6位女同胞比较拘谨，就便宜了我们男同胞，也让我吃了个饱。我还发现这次来的旅友，四个组有3个与上次东欧旅友有关，仅有第四组是因为曾经随朱总旅游斯里兰卡结了缘，才又跟随朱总来了"两牙"。其中有一位叫曹建良的高大旅友吸引了我，与他攀谈一下，原来他是市人大的退休干部，他与我有过黑龙江工作的共同经历，因此也有些话题可聊。估计以后也会与其他新旅友逐渐熟悉起来。

午饭后我们直奔靠近葡萄牙边境的美利达镇，因为明天的目的地是里斯本，按照欧洲的法规，司机每天开的路程有一定的规定，所以今天在美利达下榻，明天的路程距离也就合法了。下午车开了300多千米。没想到与我国四川省差不多大小，面积为50万平方千米，人口为5000万的西班牙，居然是一个走在公路上看不见行人的国度，公路两侧尽是广袤的草场和稀稀拉拉的树木，而且这里是典型的地中海气候，冬天阴冷，夏天酷热，但它却是欧洲农产品出口的大国，真是不可思议。

"两牙"纪行(三)

2017年5月18日　星期四　多云　葡萄牙里斯本

今天在宾馆用早餐时，学弟张嘉荣就告诉我，天气转凉了，本来以为多带的衣服又有用武之地了，也能减轻一下我的拉杆箱的负担。早餐后偶尔看看日程表发现今天中午饭是要自己准备的。早在组团时旅行社就让我们准备方便面，于是乎匆匆忙忙把中午的方便面预热一番，到时再冲泡一下就可以食用了。

车向葡萄牙方向开去，小张导游滔滔不绝地将葡萄牙的历史先简要介绍一下。葡萄牙与西班牙原来都属罗马帝国，差不多同时兴起和衰落。

葡萄牙国土海岸线长，所以航海和造船技术都很发达，哥伦布当年就是从葡萄牙出发，一直向西行驶，原来目的地是印度，结果发现了美洲大陆。巴西原来是葡萄牙的殖民地，在原是葡萄牙的一个王子领导下闹独立，脱离了葡萄牙而成为独立国家。葡萄牙语与西班牙语同属拉丁语系，两者如同东北话与普通话之间的差别。葡萄牙人基本上能够听懂西班牙语，而西班牙人只能听懂葡萄牙语的少部分。这两种语言之间的关系有点像汉语与日语之间的关系，互相都能看懂一些。就这样说说，花去一个多小时，小张的认真演讲获得大家的掌声。

据说葡萄牙目前经济比西班牙差得多。尽管两国没有边防，公路相连，但两边的路面和设施差距明显。葡萄牙的地理地貌与西班牙差不多，也是大片的草场中间种有一些说不清名字的树木。经过将近 4 小时的行程，车子接近葡萄牙的首都里斯本，据小张介绍，该城以特茹河为界，分为东西两块，西岸是老城，东岸是新城，中间由一座名叫“四月二十五日”的大悬索桥连接。我们在过桥从东往西时，首先映入眼帘的是一座如同巴西里约基督山上的耶稣十字形塑像，听小张说，该塑像与里约的一模一样尺寸，整座塑像 11 米高，其中耶稣像高 3 米。

我们首先赶往第一个景点辛特拉小镇，这是一座位于辛特拉山下的旅游胜地，是昔日皇室和名人度假的胜地，被诗人拜伦称为“乐土”的地方，游人众多，有曲径通幽的街道和鲜花簇拥的住宅。有一处我们说不清名字的宫殿，旅游项目中没有安排入内。但我们心有不甘，仰望辛特拉山顶叫佩纳的宫殿，产生许多遐想，大家都非常想前往看看，至少可以鸟瞰一番。在小张的指引下，但我们纷纷乘坐各种交通工具——轿车、敞篷车、吉普，甚至还有上海马路上已经淘汰的“小乌龟”——三轮摩托，排成车队，飞也似的冲往山顶。在半山腰，车队暂停下车，据说这是拍摄山顶宫殿最好的视角，以此为背景，摆好姿势长枪短炮猛拍一番。然后转身又上车，再次冲过山顶，其他景色还未细品，就莫名其妙地被送回到了山下。除了刺激，还有惊险，我乘坐的那辆车的小青年司机居然有时双脱手在驾驶。但大家自费付了钱，还是直呼过瘾。

随后我们又前往今天另一个景点——号称“大地尽头,海洋开端”的欧洲最西端,被一位诗人定义为“陆止于此,海始于斯”的离海面140米的名叫罗卡角的悬崖。这里有一座灯塔,还有一个面向大西洋的十字架,十字架下方就刻有“陆止于此,海始于斯”的字样和该处所处的经纬度。看似平静的海面,由于大风、云层和阳光的共同作用,海水如同水墨画一般,尽管都是绿色,但也分为深浅五色。岸上可谓狂风大作,人们要站定照相都有困难,但这挡不住远道而来的游客一定要在这个“天涯海角”的地方留影的热情,于是大家争先恐后依偎着十字架拍照。我想弄一张单纯的十字架照片都难如愿。

今天的活动就算结束了,我们旅友的友谊又得到发展。今天经朱总介绍,我又认识了第四组的张耀林先生,他当年也为帮助知青回城,受中央派遣在佳木斯这座我所生活过的城市工作过,所以也有些共同的话题。另外,我把老邻居张连发和他妻子汪继贤、妹妹张雅芳与我哥哥、嫂嫂以及我的合影发到我们“唐山路轮船房子”微信群中,让微友们猜猜,结果也引发了他们对往事的回忆啊!

孙行卓先生昨天对我的文章觉得“意犹未尽”,实在正确,因为我无法完整写出所有的内容,今天又是一个“意犹未尽”的结局。

评议

章杏波: 查百度,阅资料,不如一读钱总笔下的旅游纪行畅快淋漓,引人入胜。去年春上,连续10来天,拜读了钱总即时写下的《东欧纪行》,也促成了我当夏下定东欧行的决心。

钱莹臻: 我们今天到苏格兰,在旅游途中每天读一篇二哥的大作特别有味,因为我们共同走进欧洲,感受欧洲,领悟欧洲的相同和不同点。

“两牙”纪行(四)

2017年5月19日　星期五　多云　西班牙塞维利亚

今天上午就是游览里斯本。8点钟我们就出发了。先去象征葡萄牙

15 世纪海权强盛时期的贝伦塔，它也是一座指引航行的灯塔。当年有一位名叫亨利的王子，宁肯放弃王位继承的机会，也要投身于航海事业。当时出海航行风险很大，也许一辈子就再也回不来了。出发时，除了请宗教人士为他们祈祷外，他们的亲人还要以一种吟唱的方式来表达自己的感情。这样的氛围自然是感伤的。这种表达方式后来就形成一种艺术形式叫法朵。由男女一人演唱，旋律恬静单调，用一个吉他伴奏。法朵后来成了葡萄牙的国粹，曾被某大学男生用来作为向女生表白爱情的手段。后来发展到要成为法朵演员，必须毕业于该大学，连如何喝彩都有讲究。曾经有一支葡萄牙合唱队来华演唱，由于观众不适时地鼓掌，导致演出中断。昨天在卡罗角我想和寇志鹏领队、张夙导游两位年轻人合影留念，由于当时狂风大作，大家都被弄得披头散发，有损形象，效果不佳，所以今天在贝伦塔前请人帮助重照一张。在贝伦塔不远处还有一座雄伟的大航海纪念碑，从它的背后看是一把形似宝剑的十字架，到前面一看是一艘驶向大海的轮船，前面有一个长者领航，两边沿着船舷排列着呈人字形的水手塑像。纪念碑左侧还有一颗心和"LOVE"字形的铁笼，上面挂满了象征男女相爱海誓山盟心结的锁。

与纪念碑遥相辉映的是一座大型修道院。由于与旅程时间冲突，我们没有入内。两者之间是环境优雅的绿化地带，除了有大小雕塑，还有正在盛开成排的吸引人们眼球的紫薇花树，甚至还有鸭子也在喷水池边悠闲地打着瞌睡。可见这里大概也是当地老百姓休闲的好去处。我看见一对年逾古稀的老人坐在长椅上，用英语向他们打招呼，也顾不上他们是否懂得英语，就把我的兄嫂拉来与他们坐到一起，拍摄一张两对中、葡老年夫妇的合影。因为安度晚年是全世界老人共同的心愿。

紧接着我们就到了号称葡萄牙的"香榭丽舍"大街的自由大道。这条街的前半部分是两侧林荫大道与商业、休闲功能并存的格局，所开的商店也是奢侈品牌商店居多。大街的后半部分以罗西欧广场为中心，逐渐向为平民服务的商业发展。有一条步行街直通海边，街头艺术家进行着诸如小乐队、铜人塑像造型、盲人手风琴独奏之类各种艺术表演。穿过街尾的大牌楼，原来是面临大海的市政大广场，相当气派。穿越广场来到海边，可以清楚地看到“四月二十五日”大桥和对岸的耶稣塑像。这是行程中没有的内容，也算意外的收获。

到午餐时点，我和孙行琦在步行街的露天咖啡馆各要了一份葡式点心和一杯牛奶，心安理得有了用膳的座位，再要了热水，把方便面泡了。当我们正享受着中西合璧的午餐，老邻居张连发和他的夫人、妹妹，还有妻妹汪继瑾以及中学同学汪美丽老师也来了，他们也在寻找合适的午餐。见到我们吃得正香，也坐了下来如法炮制享用葡国餐饮。

如今与第四组的旅友也逐渐熟悉起来了。在等候车子的间隙，曹云良先生向我介绍他的夫人王和芳女士，站在一旁的朱总介绍说她原来是徐汇区房地局执法大队的大队长。王又向我介绍她的老同事谢萌萌女士，朱总又说她是徐汇区房地局征收科科长。再与她俩一交谈，她们的老领导朱志荣局长也与我有过工作上的交往，原来她俩是我的同行！王女士的社交能力很强，这次她把她们那里的“小巷总理”高林玉女士和她的妹妹高林妹也一起“拉”进了我们的团队。

我们就要离开里斯本了，大家对这里的印象还不错，据历史记载1755年11月1日早晨，里斯本曾发生过里氏9级地震，地震所造成的损失加上接踵而至的海啸和火灾将整个里斯本夷为平地。这场灾难对当时葡萄牙经济带来了难以承受的冲击。但在当时的首相领导下，重建家园，同时制订了非常科学的城市规划，以致如今里斯本城市建设合理地利用地理地貌和防震技术，使道路、房屋安排得错落有致，又看上去赏心悦目。

经过6个小时的车程，我们告别了时差7个小时的葡萄牙，又回到了西班牙南部的塞维利亚，重新开始了与上海6个小时时差的生活。

“两牙”纪行（五）

2017年5月20日　星期六　晴　西班牙格拉纳达

今天清晨起床后，我发现我们所下榻的宾馆建筑具有浓厚的伊斯兰的元素，这可能与塞维利亚城市曾经由阿拉伯人统治相关。据小张介绍说，当时天主教徒收复塞维利亚后，许多领域都允许保留了阿拉伯文化，而且阿拉伯风格有几何图形装饰，很有特色。因此在塞维利亚至今到处可以看到阿拉伯元素的痕迹，甚至在人种上，也与西班牙其他地区的人在长相和打扮上有着明显的差异。

早餐时遇到旅友张嘉荣、何胜妹伉俪，今天是同济大学110周年校庆，我们三位同济学子以牛奶代替美酒互相干杯，庆祝母校的生日。旁边一起用餐的旅友们得知后，也举杯祝贺同庆。

随后我们就出发游览第一个景点黄金塔，此塔原来是一座阿拉伯风格的灯塔，后来被西班牙统治者用来堆放从殖民地掠来的黄金和珍宝。由于统治者生活极其奢华，所以里面的财富也逐渐被挥霍一空，后来就变成了一座博物馆。

西班牙龙达小城“五月节”游行队伍里的俊男靓女

接着我们去参观王宫和塞维利亚大教堂。王宫大门外排着长长的队伍，估计等到我们进去，时间也就差不多了。我们只能拐进旁边的小巷里，那倒也有点曲曲弯弯神秘的色彩，但是并没有比欧洲其他小镇更有吸引力。于是赶紧拐了出来，回到大路上。前方与梵蒂冈圣彼得大教堂和英国伦敦圣保罗大教堂齐名，号称世界第二大的塞维利亚大教堂确实令人震撼，其风格主要还是哥特式的尖顶，但有点阿拉伯风格掺杂其中。我们这些跑了欧洲几次的旅友，也逐渐地对“宫保鸡丁”的建筑风格有点入门了。但是据说教堂要到12:00才能开放，我们等不及，真有点遗憾。

我突然发现，教堂的侧门已经有人在进出了，于是赶紧前往，跨过大门进入这座举世闻名的大教堂，果然无论是纵深还是高度都具有巨大的尺寸，令人惊讶，真是一座名不虚传的大型宗教殿堂，里面还播放着醇厚浓郁的宗教音乐。我询问工作人员，他表示允许拍照，这一切让我们有点意外惊喜。我想这应该让其他旅友也一起分享，于是赶紧又跑出来招呼其他在附近拍照溜达的旅友赶快前来参观。他们也有点喜出望外，一边向我致谢，一边加快脚步向教堂大门赶去。等到黄建冲、李喻犀夫妇入内后，教堂工作人员大概觉得里面的人太多了，于是就关上了铁门，停止让游客的进入。总的看来，其世界第二的号称，是实至名归的。

从塞维利亚出来就到了号称“斗牛之城”的龙达小城。虽然城区不大，但是它是建立在悬崖绝壁上的一座城。下面是龙达大峡谷，深达110米，所以又有“天空之城”的雅号。大峡谷上方有石拱桥跨越，形成独特一景。我们虽然没有看到斗牛表演，却恰逢当地百姓举行五月节的游行，前面是警察骑着高头大马开道，随后是一支铜管乐队，一名少女举着大约是乐队的旗子，后面的队员有的敲鼓，有的吹号。接下来是衣着西班牙弗拉明戈式长裙的美女领头的队伍，其他男女老少都穿着民族服装。再后面是佩着盛装的马匹，驮着粮草。大家喜出望外地看着热闹，甚至忙着与游行队伍的当地居民合影，分享这突如其来的欢乐。

今天的第三个景点是地中海沿岸的米哈斯镇，它还有“白色小镇”的别称，开始人们以为这个名字与阿拉伯人曾经在此生活有关，实际并非如此，是200年前这里的居民自发把所有的房子，都粉刷成红瓦白色的建筑。这里原来并不是旅游景区，一个偶然的机会人们发现这里景色优美，于是乎成了旅游热点。这与我们周庄成为旅游景点的道理差不多。它实

在“白色小镇”米哈斯镇

际上与江西庐山的牯岭差不多，是建在山顶上的一座小城，街道上各种商店、酒吧比比皆是。最主要的视点，就是在面临地中海的高处平台上远眺天水一色。另外还有一个置于山洞里的有年头的小教堂，里面除了神的塑像，还有法器陈列的耳房。

由于我们团人数较多，集合是个问题，当我问及老旅友王雅莉的妹妹王雅萍在哪里？她说，她也正忙着找妹妹呢！其实王雅萍非常有集体观念，老早就回到集合点等待返程了。

评议和联想

张嘉荣：感谢学长钱老师，使我回忆起同济大学学习时的美好时光，不仅让我学到了文化知识，更让我得到了人生中最最重要的，美好、甜蜜、纯真的爱情，通过学习也改变了我的人生，使我成了一位建筑材料科学的科研人员和建筑业界的管理者。峥嵘岁月，无憾人生。祝同济大学在教书育人上更上一层楼，为祖国的建设培养更多人才。

“两牙”纪行（六）

2017 年 5 月 21 日　星期日　晴　西班牙瓦伦西亚

我们今天的活动就是在格拉纳达市内，它是与之同名的格拉纳达省的首府，昨天当车将进入格拉纳达市前就看见有一座山顶有积雪的山峰，听导游介绍那就是伊比利亚半岛上的最高峰——海拔 3481 米的穆拉森峰。我们到这儿就是冲着阿尔汉布拉宫——这座融阿拉伯、犹太教和基督教风格为一体的历史古迹而来，它是特殊的历史背景赋予这座城市的一处无价的艺术财富。由于这里曾是阿拉伯人在伊比利亚半岛上的最后一个王国的首都，因而成为具有宏大象征意义的城市。

我第一次听到格拉纳达这个名字是因为总政歌舞团男高音歌唱家程志演唱的一首美声唱法的保留节目就叫格拉纳达，歌词中好像有滑雪的内容。这次到西班牙，才知道有这么一座城市就叫格拉纳达，其中的阿尔汉布拉宫似乎是该城的代名词。小张导游在与我们一见面就说这处世界文化遗产项目的每天参观游客的人数限制在 6000 人，我们遗憾地被告知没有轮到。因为这是全球网上报名的，即使早报名，也要接受统筹调配，大多数的游客是排不上的。这对冲着该项目来的旅友，无疑是失望不已。于是纷纷通过朱总向小张及其所在当地旅行社“施加压力”。小张也一再表示尽力而为，不惜当天凌晨去排队购票。我心里一直忐忑不安，既然全世界旅行社都在“抢票”，排队恐怕也很难让大家都如愿入内吧？由朱总、小张和寇领队组成的“铁三角”核心加上志愿者陆辛老师在今天凌晨前往排队，已经是第十名了。第一名是凌晨 3 点到达的。终于买到了全球统筹多余的 300 多张票中的 38 张。当大家遇到了只睡了半宿的这四个人时，都表示了极大的尊敬和赞赏，纷纷与他们握手、拥抱和合影。此时小张似乎成了大家可爱的小妹妹，接受大姐、阿姨，甚至大叔们的拥抱。尤其是陆辛老师作为志愿者付出的辛劳更是让人感动，在远离祖国的地方，充分体现出旅友之间的关心与爱护。

我们如愿进入了阿尔汉布拉宫，这个当年阿拉伯国王的宫殿建筑群，主要是历代阿拉伯国王在13—14世纪逐渐建成的。运用牢固的塔楼，结实的大门，既构成了宫廷式的庭院，又形成了一个强大的堡垒。因为建筑中使用了发红的石料，因而又被称为“红宫”。我发现它与中国北京故宫一样，都是由围墙围起来的一大群宫殿和园林所组成。我们今天参观的主要包括三个景区：王宫、夏宫和守护堡垒。其中最令人惊叹的无疑是王宫。据说当年西班牙人收复该城后，发现王宫如此精致，舍不得破坏，以致完好保存至今，成为全世界人类的一处文化瑰宝。

我们首先参观的自然是王宫。它的正殿豪华无比，由三个反映阿拉伯宫殿特色的院子及建筑组成，其核心功能用来处理公务。

王宫中有四个主要的中庭：桃金娘中庭、狮庭、达拉哈中庭和雷哈中庭。就这四个中庭而言，最负盛名的当数“狮庭”。狮庭是一个经典的阿拉伯式庭院，其中心处有12只强劲有力的白色大理石狮托起一个大水钵，由两条水渠将院子四分。水从石狮的口中泻出，经由这两条水渠流向围合中庭的四个走廊。走廊由124根棕榈树般的柱子架设，拱门及走廊穹顶上的拼花图案和尺寸都由复杂的几何图形演变而成，非常精美。同样，走廊穹顶也表现出当时极其精湛的木工手艺。由于柱身较为纤细，常常将四根立柱组合在一起，这样，既满足了支撑结构的需求，又增添了庭院建筑的层次感，使空间更为丰富、细腻。人们在这样的环境中游览，很容易产生一种惊叹和赞美的心态。

另外，宫殿中的“桃金娘中庭”也同样是一处引人注目的大庭院，也是阿尔汉布拉宫最为重要的群体空间。它由大理石列柱围合而成，其间是一个浅而平的矩形反射水池，以及漂亮的中央喷泉。在水池旁侧排列着两行桃金娘树篱，它好像是经过精确修剪形成的如同墙壁、拱门形状的树丛，这也应该是该中庭名称的渊源。

最让人佩服的是宫殿内的“装潢”，在阿尔汉布拉宫里达到了极致。木料、石膏、彩釉、陶瓷等多种建筑材料用于铺砌釉面砖的壁脚板、墙身、

西班牙阿尔汉布拉宫建筑细部

横饰带，以及用弓形、钟乳石等修饰的穹顶等。几何图形、阿拉伯文字、阿拉伯文化典故都用来作为装饰性的元素，广大游客目瞪口呆，连声叫绝。

我们参观的第二部分是阿尔汉布拉宫最古老的组成部分——守护堡垒，它主要包括一座钟楼、高低错落的瞭望台，以及连接它们的城墙所围成的院子。我们一会儿登高到一个平台，眺望格拉纳达市全景，一会儿又下来去攀登更高的平台，“欲穷千里目，更上一层楼”，几次三番。

最后一个景点是夏宫，它是当年国王为躲避处理日常事务而建设的休闲场所。主要包括上花园、下花园和宫殿。我们到达下花园，就被桃金娘树篱的造型所迷住，用它分割成块的园林，各种鲜花盛开，中间还有矩形喷泉水池。忙着摄影，差一点忘记上面还有花园和宫殿。可惜的是宫殿大门紧闭，我们只好带着遗憾返回，但随山地形流淌的山泉倒是给满头大汗的我们带来一丝凉意。

众望所归的阿尔汉布拉宫游览，同时也给格拉纳达市的旅游画上了句号。本来以为宫殿里会有珍宝展示，但并没有出现，这使对珍宝首饰内行的傅国萍女士的特长还没有得到显露，相信在之后的宫殿游览中，我们会领略到她的水平。

评议和联想

钱平天：作为同游人，我深为平雷能用如此妥帖而专业的文字，精彩详细又通顺易读将一座结构繁复规模宏大的古代阿拉伯王宫——阿尔汉布拉宫——联合国世界历史文化遗产，剖析得如此条理清晰，入木三分，不由自主地从心底给他一个赞！

王和芳：你哥哥说出了我们的心里话，我难以用语言表达，值得欣赏！

陆　辛：每日一篇流畅全面精湛的文字概括行程，作为同游佩服，感动。

罗　青：能够预约进去就很不错了，一般很难预约到！

章杏波：贵旅游团38人能如愿以偿进入阿尔汉布拉宫参观，实属不易！为此项目凌晨排队购票的热心志愿者点赞！

“两牙”纪行（七）

2017年5月22日　星期一　多云　西班牙巴塞罗那

我们今天上午就在西班牙的第三大城市瓦伦西亚。据介绍，这座城市原本是一座没有特色的城市，但是西班牙人很会生活，他们可以造出节日来狂欢一番，在瓦伦西亚就有两个。一个叫法雅节，具有驱赶鬼邪的含义。当地人制作了各种材质的傀儡在各处摆放，到3月的某一天按照行政区域的划分，堆放在一起，尤其是下面还要垫上类似爆竹，能在燃烧中发出响声的东西。在中心城门由当年选出的“法雅小姐”发出统一号令，各处同时燃烧，火光冲天并发出震耳欲聋的声响，还要评比哪处火焰蹿得最高。如今法雅节已经成为狂欢节，全国各地都有人赶来参加。另一个节目是西红柿大战，某年8月西红柿卖不动，于是人们就穷开心，互相扔来扔去作乐。如今这个日子也成了节日，成吨的西红柿运进城来，居民们掏钱买来，到老城区的一个地方集中作乐。这个场景我们在电视上都看到过，原来就发生在瓦伦西亚。

昨天晚上瓦伦西亚队在西甲联赛中输了,否则球迷要游行庆祝,我们将整夜不得安宁。瓦伦西亚市由一条干涸的河流分为新旧城区。新城区中水族馆、体育场等大型建筑令人瞩目,但是这与国内许多城市的情况相类似,对我们没有什么吸引力。倒是老城区如同当年上海的南市区,反映当地人生活的街道、菜场、露天酒吧、街头雕塑一应俱全。尤其是教堂之密集,我们开玩笑说几乎每个居委会就有一座,而且还是不同的宗教。有一座犹太教堂,这是以前没有进去过的,我进去一看,金碧辉煌,赶紧招呼其他旅友悄悄地进去观望一下,出来后都对此感叹不已。

经过4个小时的车程,我们到达了西班牙的第二大城市巴塞罗那。因为在这个城市活动的内容实在太丰富,所以对该市的介绍放到明天再议。巴塞罗那的足球是该市的一张名片,导游先将我们送到巴萨俱乐部的主场,由于时间的原因,我们没有进入能容纳12万名观众的足球场。然后我们又去看了1992年奥运会的运动场。在2008年北京奥运会以前,当地人认为他们的奥运会办得水平最高,没有其他国家可以超过。在观看弗拉明戈表演前,我们还赶往海滨观看哥伦布的纪念碑,这是西班牙最高的哥伦布纪念碑,有60多米高。哥伦布塑像站在顶端,但是他手指向的并非是美洲新大陆,这究竟为什么?就此成为一件悬案。

傍晚我们进入专门演出西班牙国粹——弗拉明戈表演剧场,开始在休息厅,还有两个演员教大家学弗拉明戈舞蹈的基本功,后来进入剧场才知道那里才是正式表演的场地。据小张事先介绍,弗拉明戈来自吉卜赛人对生活的一种文化艺术的体验,所以表演者不是面带微笑的载歌载舞,而是脸色凝重的歌舞表演。等看到正式的表演,可以用以下词语形容:浓烈、刚烈、激烈,甚至是剧烈,给我们的感觉是互动、感动、激动,甚至是震动。出场的一共是12位演员,两名男演唱者自始至终一边用力鼓掌,一边歌唱,他们哪里是在唱歌,简直是在那里吼叫,如同中国的秦腔。一位击鼓手,除了击鼓,有时也要伴唱。另外还有两位男性吉他手,以及一位拉小提琴的姑娘。以上这些演员都是为舞蹈表演者服务的,他们并没有独立的表演。舞蹈又分独舞和群舞。两位女演员和一位男演员组成了群舞组,另两位女演员和一位男演员是独舞舞蹈家。无论是独舞还是群舞,都是属于处于高度剧烈运动的状态之中。有时看着上身动作不大,但脚上跳的类似踢踏舞步,速度之快,频率之高,踏步之重,真是令人眼花缭乱。尤其是那位男独舞演员,跳到最后出自头发里的汗水飞溅,可见卖力程度。那些穿着长裙的女演员,照样可以跳出大幅度动作的舞步,下面的观众不时鼓掌表示钦佩。旅友孙行卓一边看表演,一边拍着录像,一边连连说,如果不看,就白来西班牙了。一小时的表演结束了,我们中的一位旅友很有艺术品位,大约是叶敏女士,她对着伙伴宫莉说出两个字,高度概括了今天的感受:"震撼"。

评议和联想

钱雪元:对细节的描写背后是细致的观察、兴趣和惊人的记忆力,我习作游记的体会是:动笔时细节全忘了。另,瓦伦西亚有一座科学艺术城,未去可惜了。

孙行思:还没有从震撼中缓过神来,又跟着《两牙纪行(七)》高速旋转了一遍,不仅震撼,更是精彩。

孙行卓:观看弗拉明戈舞蹈随想　对于西班牙之旅中自费项目弗拉明戈舞蹈,我一直以为比不上国标舞比赛。所以,参加今日活动也只是为了解此舞蹈情况而已。在录制该节目的过程中,我被那苍凉而有穿透力的歌声震撼,被有力的踢踏舞步以及丰富细腻表情感染。这种来自社会底层的呼喊所表达的就是要自由,要生存,还带有对不公正的抗争。它绝不是在宫廷里培植出来的艺术,它是一个民族的呼喊。今天,我看到了,并且录像了,值了。本来还想要购买 DVD 片子,没有想到居然没有。所以回上海后,我第一件要做的事就是把四十几分钟的高清录像整理出来与朋友分享。

朱国谦:仔细阅读了《两牙纪行(七)》,深深为钱平雷老师的超常记忆力和娴熟的写作技巧所折服,把一天中参观景点的历史故事及精华之处高度概括,娓娓道来,每天不辞辛劳连夜赶写,为同行旅友提供了一篇又一篇能温故知新、值得珍藏的随行游记……我们为有您这样一位高水平、高素质的旅友而庆幸！除了感谢还是感谢！并诚挚地道一声珍重！不要搞得太累了……早点休息！

“两牙”纪行（八）

2017 年 5 月 23 日　星期二　多云　西班牙萨拉戈萨

今天在巴塞罗那的重头戏就是参观圣家教堂，这是西班牙现代艺术大师高迪众多的作品中的代表作，尽管它从 1883 年就开始建设，但到今天仍然处于建设的状态之中。昨天就有同事小周在微信中提及该教堂和高迪，由于我孤陋寡闻，居然事先不知道巴塞罗那还有如此举世闻名的建筑和大师。当我们到达这座教堂的面前，才知道它为什么还没有建设竣工，已经被列入世界文化遗产的名录的原因了。它已经不是什么“宫保鸡丁”之类的教堂了。正如导游先前介绍的，高迪认为世界上自然界没有直线的东西，所以外立面四个大尖顶以及若干个小尖顶都是呈现近似圆锥体，没有一处呈现直线的轮廓。上面附着的各种雕塑都是1∶1的尺寸。正门主要表现耶稣降生的过程，雕塑线条比较圆润光滑，后门上方主要表现耶稣受难的过程，雕塑的线条就显得比较逼仄冷峻。塑像布局的密度与中国佛教庙宇大雄宝殿释迦牟尼座像背后的以观世音为中心的“普度众生”群雕的程度差不多，但普度众生群雕高度一般只有 10 米左右，而教堂的外形高度有 172.5 米，可以想象建筑外表壮观的程度了。教堂的内部给人的感觉，还是只能用“赞叹”和“震撼”两个词语来形容了。从地面到穹顶 60 米高的净空，完全是用一根一根的巨大柱子来支撑的，它的外墙不承担重量。这座天主教堂所以称为“圣家教堂”，是因为它不是如同一般天主教教堂主要供奉圣母玛利亚，而是供奉包括圣父何塞和耶稣在内的整个家族。另外，巴塞罗那的守护神圣乔治也有雕像被供奉。这座教堂虽然宏伟，但是它并非当地主教所住的大教堂，而是为穷人建设的。游览完这座教堂，几个学建筑的旅友议论纷纷，觉得这已经不是建筑领域的作品了，它是承载着宗教文化的综合艺术精品。

随后导游又让我们去参观高迪的另两处代表性作品：米拉之家和巴特勒之家，虽然这两处公寓建筑与其他建筑相比确实有其奇特的地方，但是与圣家教堂相比，实在不在一个评价的体系中。

说起巴塞罗那，我原来只有1992年奥运会开幕式用射箭的方式来点燃大会火炬的记忆。再有就是原奥委会主席萨马兰奇是巴塞罗那人。除此之外，对它基本完全陌生。这次到了此地，才知道它也和许多国家的第二大城市对首都的态度一样，互相有点不太服气，像中国的上海对北京，日本的大阪对东京，俄罗斯的圣彼得堡对莫斯科，意大利的米兰对罗马。其实正是两个城市有接近的实力，才会产生彼此看似轻视，实质是互相重视甚至欣赏对方的表现。巴塞罗那对马德里也没有逃脱这个规律，据说还有过之而无不及。巴塞罗那所在州制订的地方法规是针对其他地方的人的，如整个西班牙就该州的高速公路是要收费的。当地有些人只讲当

巴塞罗那从1883年建设到今天仍未竣工的圣家教堂

地语言，而不肯讲西班牙语，包括当年的高迪。

不过这座城市确实胜过除了马德里之外西班牙的其他城市。不说名胜古迹，就是街景也略胜一筹。老城区所有的道路都是南北、东西方向分明，另有数条斜线连接。每个街区的房屋虽然不高，但都整齐划一，沿着东西、南北方向道路布局，围成四方的楼盘，中间是共同的院子。大概居住者原来希望所有的生活设施配套齐全，就可以相对独立生活。然而这四方楼群到了两条道路交叉口，又都被“切”去一只角，使四方楼群呈现成为“八角形”。西班牙人把这种形式的楼盘叫“苹果”。对于上海人来说似乎更加喜欢这样的城市。孙行卓就说，让他选择，他愿意住在巴塞罗那。不过，上次在圣彼得堡，他也说过同样的话。

从巴塞罗那到我们的最后一站马德里，有600多千米的路程，汽车司机不可能一下子从巴塞罗那开到马德里，于是在两城之间又增加了一站——萨拉戈萨，它虽然只有6万多人口，却也是一个州的州府所在地。真是没有想到这里还有一座我从来没有见过如此豪华壮观的天主教堂——圣妇皮拉尔大教堂，外观有11座圆形穹顶。进去不需要门票，里面有好几重拱形走廊的殿堂。每个殿堂还都有神龛，都有一个主要的塑像和两旁配套的雕塑，其雕刻之精美，令人叹为观止，用大理石雕刻的雕塑，其细致程度难以想象，人物的服饰裙摆好像会随风飘起来似的。大教堂外还有一座石拱桥，也让我这个第一专业为桥梁的工程师投去敬仰的目光。

今天真是破天荒，因为后面还有团队等候，我们安排在6:30就吃晚饭了。晚饭间同桌的黄景萍、殷亦黎二位曾经当过知青的大姐，都在感叹，当年艰苦地在农村生活时，做梦也不会想到如今能够周游世界。

评议

沈伟东： 每集都看，似亲临其境，长见识不少。

章杏波： 参观建设中的圣家大教堂，长见识。

汪美丽： 今天洗好澡，打开微信就有钱老师的《“两牙”纪行（八）》可读了,真是出人意料,钱老师真是了不起。

“两牙”纪行(九)

2017 年 5 月 24 日　星期三　晴　西班牙马德里

今天旅游是从萨拉戈萨向马德里——此行的最后一站挺进。中途去塞戈维亚游览一番。塞戈维亚也是一个世界级的旅游胜地。从萨拉戈萨去塞戈维亚的途中,有相当一部分的路程是脱离了高速公路,走的是国道。所以经过了不少小镇甚至村庄,看到了当地人生活的场景。这里城乡差别是很小的,即使小镇也清洁安宁。这一带大约属于发达的地区,大片农田的灌溉,都是运用自动化喷射的方式在作业。我真有点奇怪,在西班牙这一路,除了大城市外,几乎看不到人影,无论是发达地区,还是偏僻地区,都是如此。农田一望无边,让我想起当年去北大荒农场探亲,走在

桥梁工程师与建于公元一世纪的水渠桥合影

公路上,看两边的田野的视野,可以一直延伸到地平线,也看不到一个人,一座农舍。我把我的感受告诉了曾经在黑龙江生活过的旅友周毓书,她认同我的看法。这种景象怎么也会出现在人口稠密的欧洲?葡萄牙也是如此。在两个国家看到的大型工业厂房非常稀少。我在与哥哥议论,这些国家究竟依靠什么手段使老百姓拥有较高的生活水准?在西班牙看到许多山峰上安装了大量的风力发电机,看来减少化石能源是各国都在努力做的事情。

塞戈维亚的第一个景点是世界文化遗产——建于公元一世纪的水渠桥,那是一座由跨两层石拱顶构成的渡槽桥梁,其长度为 739 米,高度近 30 米。它是将海拔 1100 米雪山上的雪水引入城市的伟大工程。它的奇妙就在于整个建筑物完全是由大块石头堆砌而成,而石块之间却没有黏合剂,而且在经历了大地震后也完好无损。水渠的流水漕面的倾斜,形成高低差,使水能够顺坡流淌。在那个年代就有如此精确的测量技术,令后人佩服和尊敬。

游览的第二个景点是塞戈维亚大教堂,它是哥特式风格的教堂的最后一座,始建于 15 世纪,竣工于 16 世纪。以后教堂的建筑风格开始转型了。实际上它也已经从传统高耸的尖顶的形状向圆顶转变了。因此它有“哥特式教堂中的贵妇人”的别称。

第三个景点是阿尔卡萨城堡,这是许多西班牙历代国王最喜爱的行宫。西班牙历史上最有名气的“双王”,就是 15 世纪伊莎贝尔公主与和她青梅竹马并且已经统治一半国土的王子私奔,进而结婚。他们联手收复了所有的土地,统一了西班牙全国,夫妻俩同时执政为王。这位在历史上具有相当影响的女王,就是从该城堡走向教堂正式宣布为女王的。该座宫殿内部有皇宫大厅、弥撒礼拜堂、卧室、起居壁炉厅和武器展示厅等各种功能性房间。有一个大厅给我很深的印象,它的四周上方排列西班牙某一时段所有帝王的塑像,个个栩栩如生。如果仅仅从豪华的角度来比较,该宫不一定超过我们以前游览过的俄罗斯和东欧的皇宫。但它居然还是迪士尼乐园中白雪公主童话城堡的原型,因此其文化含量颇丰。

结束了塞戈维亚的游览，导游小张指挥我们全体旅友们拍上一张纪念游览塞戈维亚的“全家福”。

下午四点半，我们进入一个奥特莱斯购物中心，这是大多数女士的天堂，如鱼得水，而对于男士来说，世界名牌如同天书。当然多数人进入购物环境，还是会受别人影响象征性地买上一点礼物。

马德里市内交通堵车厉害，我们进入宾馆已经接近9时，晚饭还没有吃过。明天就要离开西班牙了。但还有不少“节目”没有完成，所以明天一早就要离开宾馆，我也草草地结束今天的“创作”，赶紧洗漱一番，就休息了。

评议

钱莹臻：看了您的“两牙”纪行，那无人替代的博闻强记，使我也领略了异国美好的风光并获得知识与快乐！

陆　辛：平雷先生的每日游记文笔流畅，好有功底。游记文章并不好写，要有敏锐的观察力、记忆力，对异域风情、人文景观有很强的评判能力，还要了解这个国家、地区的历史及文化特色。太多太广的知识面，作为同游为之敬佩也深深地道一声谢谢！不宜太累，不存则遗憾。留住美好，赞！

傅雅君：《“两牙”纪行（九）》，拜读两遍，欧洲小镇，有自动化灌溉的大片农田，山峰上的风力发电机，还有从照片中看到建于一世纪、由大块石头堆砌成的水渠桥。那个年代，没有设计图、没有施工图、没有机器设备，无数的大块石头怎么安放？怎么掌握平衡？让人无比惊讶、无限钦佩劳动人民智慧的伟大！从照片的一角已经使人对这座桥过目不忘，感觉它已经不亚于黄浦江上任何一座现代化的世界级大桥……大桥在风雨、地震中不倒，确实惊讶。造桥者早已驾鹤仙去，但他们的旷世之作永远在一代又一代的世人中屹立着，不管国籍、不管人种、不管肤色，都会为人类的文明进步骄傲、喝彩……

陈素娣：钱哥的游记述说详尽，描写细致，让我们犹如身临其境也一起游览了“两牙”。雅君姐的评说也到位明了。

“两牙”纪行(十)

2017 年 5 月 25 日　星期四　晴　西班牙马德里

今天是在西班牙的最后一天,没想到的是旅游内容十分丰富。大清早我们就离开了宾馆。由于马德里市内交通十分拥挤,所以我们很早就到达今天的第一个景点——马德里王宫。按照西班牙法律规定,像小张这样的导游是不允许直接在一些重要景点解说导游词的,要在一位“官导”的陪同下才能解说。这座王宫建于原来叫阿芳索宫的旧址上,那座王宫由于火灾毁于 1734 年圣诞前夜。西班牙有法国血统的国王菲利普决定建设新的王宫,这就是现有的马德里王宫,竣工于 1764 年。而菲利普国王没等到新宫完工就去世了。对新宫建造影响最大的是卡洛斯三世国王,因此那里许多标记都刻有卡洛斯三世的字样。以后各朝国王住在这里一直到拿破仑入侵。直到弗朗哥独裁政府下台,历朝国王名义上又入住,当下是 2014 年即位的费利佩国王和莱蒂西亚王后居住和用于执行国家级礼仪的地方。进入王宫是若干级大理石的台阶,走上楼梯迎面是西班牙的国徽,上面有个不知叫什么名字国王的雕塑座像。到了楼上各个房间就不允许拍照了。按照小张的解说,整个王宫一共有 3000 多个房间,但是开放的只有 20 多间。欧洲宫殿与中文宫殿的含义有所不同,国王、王后和王子每人都有三间卧室和三间接待室。

这些房间的摆设和装潢可以用两个字来概括——“奢华”。与我们以前看到过的俄罗斯和东欧国家的宫殿相比较,有过之而无不及。除了金碧辉煌的色彩以外,里面各种油画、穹顶画、雕塑等一应俱全,还有反映当年西班牙殖民地人民生活的图像。有一块看似桌布,其实是用极细的彩色瓷砖粉末拼接而成。各种时钟更是精细传神。另外有一间屋子摆放着著名提琴制作家制造的几把大、小提琴,据说王宫内举行室内音乐会就用这几把琴演奏。

大家赶紧参观,结果出来时发现时间比预期的提前了。于是又纷纷拍照留念。几位已经不再“苗条”的中年女旅友,此时很兴奋,重新焕发了青春,纷纷向上跳起,摆好姿势,让其他旅友帮助留影,效果还真的不错。

紧接着小张把我们领到西班牙广场附近,让我们去瞻仰在西班牙文学史上占有绝对地位的大文豪塞万提斯及其名著《堂吉诃德》中主人公堂吉诃德与他的忠实仆人桑丘的雕像。据小张说,由于我们阅读的是该书的中文版,使原著中西班牙语的韵味大为减少。如同红楼梦翻译成其他的文字后,外国人都无法完整地体验到中文美感一样。

今天的午餐是我们集体吃饭的最后一餐,看到朱总要讲话,我们都以为他要做一个总结报告,谁知道他突然宣布今天是旅友王雅萍的60大寿,随后小张和寇领队捧进来一个硕大的生日蛋糕,上面“60”的字样蜡烛还是他从上海特地带来的,不要说王雅萍女士对突如其来的生日祝贺感到惊喜,就是我们这些曾经感受过朱总这种特色服务的人,在以鼓掌的形式祝贺王雅萍女士的同时,也对朱总的细致的“思想工作”予以高度赞赏。当我们一起唱起生日歌时,也把这只生日蛋糕看作本次旅游画上结束的句号。

在前往机场的途中,我们在西班牙最著名的斗牛场前逗留一番。

看来马德里不愧是西班牙的首都,也是整个伊比利亚半岛的中心,据说所有高速公路的0千米都是从马德里出发的,市内建筑既有年头,又有模有样。

购物也是旅游的重要组成部分,今天我们上午在马德里的“南京路”——格兰西亚大道,下午在购物中心匆匆忙忙买了物品,中国人出国回来了都要给亲友送礼物。但如今一般的商品国内都可以轻易买到,因此购物成了一桩并不轻松的事情。

我们的“两牙”旅游马上就要结束了,我的“纪行”也应该收官了。感谢旅友和国内外广大的微友对拙作予以关注和点赞,特别要感谢我的中学同学孙行琦老师,每天晚上为我的文章出笼,同样付出了辛勤的劳动。

再见啦,马德里!再见啦,西班牙!

评议

钱平天：西班牙和葡萄牙在世界上最早以海洋殖民手段成为全球封建强国，其侵略范围和对世界历史的推动力不亚于当年蒙古的巨霸——成吉思汗；除了澳门是葡萄牙租界外，中国人普遍对这两个国家兴衰史知之甚少。自从英国自工业革命兴起替代西葡而成为新的“日不落国家”以后，二次世界大战又将美国推向帝国霸权主义顶峰，西、葡两国已经落伍成为北大西洋集团中的小国……通过这次十天的亲眼观看，给我留下两个深刻印象：其一，西、葡两国毕竟曾是世界强国，其历史、人物、文化、艺术、宗教、城市建筑、交通发达、生活水准、文明程度……在欧洲国家中仍位于中上位置；其二，这两个国家的主流民族以其特殊的性格特征展现在世界民族之中，这种特殊性格是：热血、浪漫、崇爱、享受、自由、粗犷、保守。

倪纪芬：天天看钱同学的《“两牙”纪行》很精彩，又长知识了。葡萄牙和西班牙是邻邦。除了葡萄牙的航海纪念碑像海上威武雄壮的霸王外，在外行的眼里，两国的建筑非常相似，多教堂，多城堡，都很独特，形状各异，高低错落，完全不同于那种摩天大厦，显出它们的精致灵巧，墙面上的雕刻魅力无穷，看了照片是美的享受，留下很深的印象。有一段观看西班牙歌舞表演的描述让人兴奋，大能量的剧烈运动让人感受到了这个民族人民的热情奔放。如果再有一场斗牛表演，那一定更加刺激，更加激动。谢谢钱同学，又共享了你的快乐。

楼珍珠：平雷同学的《“两牙”纪行》从一到十，看了真过瘾，看到了国外的美景，国外的“南京路”，真爽！谢谢你了！

汪　川：感谢平雷同学不辞辛劳，利用旅游间歇，给我们送来了精彩的《“两牙”纪行》。让我们不出国门能领略到“两牙”的历史风貌和风土人情。愿：“两牙”的经典建筑与泰德山峰共存，祝：“两牙”的灿烂文化像埃布罗河长流！

王哲昌：我天天在关注你们《“两牙”之行》图文并茂的旅欧信息，也给我这个相对封闭的人带来了不少欣喜，为你们高兴，也非常羡慕。平雷老弟的《"两牙"纪行》,给这次旅游增添了非常的光彩,有些文字看似随手拈来,实际看得出他深厚的文化积淀。我很喜欢看,连我的妻子清晨也在床上看你们的"两牙"之行。谢谢!

"两牙"纪行续篇
——花絮与随想

2017 年 5 月 28 日　星期天　多云　中国上海

"两牙"旅游终于结束了,从"5.16"微信群这两天几乎没有反响的情况来看,旅友们都累坏了,估计是"时差"使然,我也是如此。昨天下午还应母校澄衷中学事先的约定,赶去为学弟、学妹们做了一场报告,因为这场报告被列入上海市科普周的计划里,非要在规定的时间内完成的。所以尽管疲劳,还是强打精神完成了挂了"校友会讲师"的头衔,却从来没有执行过的使命。

估计大家虽然疲劳,但"两牙"旅游的情景还是会不断地出现在自己的脑海里,尤其是如今用手机拍摄照片是如此的随意和方便,人们只要稍有空闲,就可以翻出来,帮助自己回顾过去的好时光。我哥哥就在朋友圈里不断发布在"两牙"期间拍摄的精彩瞬间的照片,继续让微友也包括他自己共度好时光。我也继续用文字的形式,与微友们共享在外期间每天晚上"突击"出来的"纪行"文章中,还意犹未尽的点滴花絮和随想。

最近上海如何管理"公车"社会上议论纷纷,这次在西班牙的大城市发现他们也在发展公车,但管理得井井有条。坐在大巴士座位前排的嫂嫂观察得比我们仔细,她让哥哥和我注意,当地人们用好公车后,必须将车头抬起"挂"在停车架上,才停止收费,如果随意停放,自动计价系统就会不断从你的卡上扣款,直到你将车头"挂"好才停止,迫使你老老实实按章办事。

"两牙"的人脑子不算很灵活,办事效率也比较低。有两位旅友中午在休息站餐厅要了一份有"浇头"的面条,另外又加了一份别的"浇头",这下可难坏了收费员,他居然不知道怎样才能把第二种"浇头"的钱,加在第一份面条上,最后"慷慨"免收第二种浇头的钱。无论从国内出关,还是回国进关,或者在机场里办理登机手续,每个人需要的时间都不会很长,但在西班牙需要用的时间就要长得多。

西班牙人的英语水平也同样够呛,我要买一种看似马形状的挂件,用英语问营业员是"马"吗?她不会说英语的"狗",说西班牙语我们又听不懂,她急中生智"旺、旺"地模仿两声狗叫,才让我们明白,那个挂件是条狗。

在西班牙、葡萄牙上厕所可是一件麻烦的事情。以前无论是到东欧、还是西欧,上公共厕所要0.5欧元/次,因此临时找不到0.5欧元的硬币会遇到麻烦。而在"两牙",干脆就没有公共厕所,要"方便",就得上咖啡吧、酒吧等有服务或者卖商品的场所,只要你消费,就可以免费上厕所。据说此事还经过老百姓的"表决",那些咖啡吧、酒吧等众多的经营者,坚决要求取消公共厕所,这样能让他们获得商机,结果他们胜利了。可是我们就麻烦了。我们这次旅游项目,大概是属于旅行社的低价策略,中午的午餐几乎都要自己解决,中国人尤其是老年人吃不惯西餐,于是方便面成了午餐的主力,在"两牙",要喝开水可是一件"奢侈"的事情,旅馆、机场都没有开水供应。每到中午经过一个高速公路的休息站,就要想方设法弄热水,除了有旅伴买西餐时,请他们帮助"蹭"一点开水外,只有你自己花钱买食品才能弄到开水了。因此为了一点开水泡面,买不要吃的食品花的钱,远超方便面的价格,用上海俗话说:"小吃大汇钞"。

这就引出本次旅游中大家议论纷纷的话题,低价旅游的"性价比"问题。我们国人因为以前没有机会出国旅游,因此只要能出国看看,就可以了,价钱越便宜越好。可是"价廉物美"是"偶发"的概率,"好货不鏾,鏾货不好"这句上海俚语,应该是普遍的规律。在我国,目前旅游节目的设计问题,就出自这里,价格偏低。所以有些项目都是在建筑物外面转转,并不进去参观,等于是人家请你赴宴,只让你看到菜肴的样子,闻到菜品的香,却尝不到饭菜的味,有意思吗?还有追求到达城市的数量,忽略了该城景点的数量,这是旅游的本意吗?"千城一面",欧洲也一样,对于我们东方人来看,“宫保鸡丁”看多了,也差不多,应该看看诸如“文化遗产”那样让人感到“震撼”有特色的东西,才有价值。但凡是有看头的项目往往是自费项目,要旅客除了缴纳基本旅费外,再交自费项目的费用,他们中不少人顾虑重重,不愿意啊!如果回顾一下,我们这几次旅游印象最深刻的节目,就是自费项目,我为那些不愿意再交钱看自费项目的旅友们感到可惜,跑那么远,大钱都花了,还在乎小钱?其实这次的旅游团大多数旅友都是冲着朱总这位“领头羊”来的。他细腻周到的服务,使众旅友在旅游中舒适放心,所以他一声号召,大家都会响应,不会因为相差一两千元人民币的价格而考虑过多。这次也是如此,住宿、正餐的质量都不错,但就是偏偏这一两千元人民币的差价,使得旅游的质量受到明显的影响,特别是午餐成了每天旅友们的思想负担。有必要参观游览的项目应该包括在旅费内,这样避免一些旅友因为再次支付自费项目费用而顾虑重重,“强迫”他们去看值得游览的项目,这样做也是对提高整个节目的品质和声誉大有好处的对策。

还有“两牙”对于国人来说,还不是“热点”,所以那里对中国旅客的接待,还处于“初级阶段”,中国人的生活习惯他们考虑得较少,这一点中国的旅游界应该集体向“两牙”乃至欧洲的旅游界提出要求,毕竟中国的旅游市场对他们来说就是新的经济增长点啊!另外,随着中国人出国旅游机会越来越多,旅游界也应该逐渐走向成熟,采取“市场细分”,针对不同情况的旅客开辟不同的节目,低价并不是发展旅游市场最高明的策略。

这次去“两牙”的旅伴中,大多数的旅伴还是与我第一次同行,对于我每天一篇《纪行》的报道,许多旅友开始有些惊奇,甚至喜出望外。如汪美丽老师,她本来有每天撰写旅游日记的习惯,向她的亲友“汇报”当天的概况。当她看到我的《纪行》后,发现这是可以直接“利用”的文字,于是她就每天等待拙文出笼,随后发到她的微信群里。有一次我因故慢了一拍,她因疲乏实在抵挡不住瞌睡的来临,于是嘱咐她的室友孙行思女士,一旦发现我发布文章,立即叫醒她。我充当了她的“随行秘书”。还有一些新旅友在议论,说我这么大的年龄,还能如此快的速度,每天写出一篇包括一些难记的地名、人名和数字的文章，令他们难以置信，但看看内容确实是当天甚至刚刚才发生的事情，不可能是从哪儿“抄袭”来的文字。于是在猜想我是否有什么“秘密武器”？录音笔？口述转文字的软件？想想时间这么仓促，听听我的普通话也很不标准，好像运用录音笔、口述转文字的软件的可能性也不大。我告诉他们，除了手机和笔记本电脑，我没有其他“秘密武器”。只是我近年来“锻炼”出来“急就章”的一点本领而已。由于时间仓促，所以有些报道也有些“张冠李戴”，因为旅伴是刚刚认识，发现会把 A 讲的话套到 B 的身上。因此，本文也是我一些不成熟的想法，如果说得不全面甚至不对，也敬请旅友们和微友们谅解啊！

评议

钱平天：回味这次“西、葡”十一日游，在朱总、张、寇“铁三角”的有效组织下，在钱平雷每日一篇游记以及铁三角和陆辛深夜为大家排队购买入场券的精神感召下，我们这次“两牙游”获得比较丰硕的成果。中国人过去对欧洲历史了解偏于英、德、法、意和奥匈帝国等与中国关联密切的领域，对西、葡这些中世纪强国稍有忽视；我们通过这次肤浅的走马观花，看到了一个不平凡的西、葡。仔细想来，有着高迪的圣家教堂、西班牙的斗牛精神、弗拉明戈的歌舞表演、巴萨足球的梅西和皇家马德里、世界抽象派美术鼻祖毕加索、世界文学名著《堂吉诃德》、世界著名三大男高音中的多明戈、卡雷拉斯等以及奥运会老魁首萨马兰奇。西、葡两种语言，至今仍是世界第四、五大语种……当然还有一个对世界历史产生过巨大影响的西班牙巨人是不能遗忘的：航海家哥伦布！所有这些，都足以支撑起这块地域的历史文化文明的厚度！随着现代中国的强盛，中国人对西、葡的了解和尊重也一定会逐步深化。希望平雷能再写些后记，萃集和补充某些归纳性文字，使整篇游记得以更加完美。

殷亦黎：又拜读了《“两牙”纪行续篇》，深有同感，花时间、花精力奔波十几个小时总想看精华的，可是为了那么点零头，留下遗憾，米兰之家里面的精彩隔墙而过，奎尔公园慕名前来却没门票！没时间！幸好有四位奉献爱心,清晨冒着寒冷疲劳为全体获得了(阿尔汉布拉宫)的参观机会,才少些遗憾,在此再谢谢陆辛、朱总、寇队、张导,同时谢谢西葡旅游的队员们一路给予的欢乐和照顾！有缘再会!

汪美丽:《“两牙”纪行》都已收藏,昨天在家再次阅读旅途经历,历历在目倍感亲切,这两天还有续篇可看,更感到这次旅行的不寻常,再次感谢两位钱老师！很荣幸能认识你们。我也已把《“两牙”纪行》传给周妙英老师看了。

何吉林:你们的经验教训很有价值!

钱莹臻:你的记忆力值得佩服。看了你的《“两牙”纪行续篇》和平天大哥发布的“两牙”照片,我对“两牙”也有了印象。上面这篇花絮,让我对“两牙”的公共设施有了了解,看来像我这种肠胃不佳的人,暂时还不适合去“两牙”旅游了。

张海铭:接连几天看了钱总写的《“两牙”纪行》,可谓是发一篇即看一篇,看了一篇就期待着下一篇。钱总的《“两牙”纪行》完美地收官了,而我的思绪却还沉浸在《“两牙”纪行》所带来的遐想之中。钱总以他优美的文笔,行云流水般地记载了他此番的“两牙”游历,描述了他的所见所闻,所思所感,为大家展现了“两牙”的风土人情、地理风貌、民风习俗和有关的历史典故,使得我这个原先未去过“两牙”并对那里基本陌生的人,对“两牙”有了一个初步的了解和一种向往。读钱总的游记除了能让人了解一些他的游览经历外,更是一份愉悦的精神大餐！美好的东西分享(施者)是一种美德,体现了一种情怀;美好的东西分享(受者)是一种快乐,反映了生活的多彩。谢谢钱总的游记！期待着看到更多、更精彩的作品。祝钱总身体健康,生活愉快!

山居避暑记

一、2017 年 7 月 19 日　上海—浙江安吉董岭

上海如今处于高温天气的煎熬之中,尽管有了空调那样的制冷手段,但那是人造的环境,总不如自然气候条件形成的凉爽的感觉,让人觉得舒适。我的一位铁路局的老朋友陈国梁,他的皮肤过敏,不能忍受夏天湿热的环境,这几年大伏天,他躲到浙江安吉的山区,在毛竹茂密的山居(农家乐)度过盛夏。据他介绍,那里的气温只有 25 至 28 摄氏度之间,晚上可以盖被子睡觉。这令我们这些老朋友们羡慕不已。在他的帮助下,我们于今天登上了上墅乡董岭村,入住一个叫“新屋里”的农家乐旅店。

董岭村据说 106 户人家,有 85 户在搞农家乐,他们之间的竞争也很激烈,还“市场细分”价格不一。我们下榻的旅馆是两人一间客房,每人每天 100 元。包三餐伙食,中、晚餐 10 菜一汤。从中午的菜肴水平来看,量足味道纯正,大部分的食材是就地取材的。这里四周的自然风光在浙江省根本算不上什么风景,但天然的绿水青山带来优质的空气和水质,尤其是舒适的气温,引得上海、杭州的游客趋之若鹜。因此这里的经营者主要就做七、八两个月的旺季生意。

大清早从上海赶来,我们花了四个小时才到这里,主要是从上墅乡到董岭村的公路又陡又狭,尽管有许多路段的路面已经扩展,但仍有不少区段存在交会阻塞。所以这段山区公路成为我们上下最不便的阻碍了。住下来后我最大的感受就是又重新获得了自然凉爽舒服的感觉,这是住在大城市中久违的快感。因此从避暑的意愿角度来看是充分满足了。

二、2017年7月20日　董岭

昨晚在没有空调和电扇的“帮助”下入睡了，因为自己年龄大了，直接睡在竹席上太凉，有点吃不消，所以我和妻子又另外要了床单垫在下面，真正熟睡时还得盖上被子。清晨五点多，门前的路上已经有讲话声，这些旅客多半是老年人，起得早在散步了。我起身站到窗前，满目青山在晨曦中显得郁郁葱葱。我发现这里四周都是群山环抱，中间的盆地面积很小，如果单纯是种庄稼和蔬菜，产量十分有限，这里的农民如果纯粹务农，生活水平是高不了的。

如今他们利用错落有致的地形，办起了农家乐旅游项目，既不占良田，又有了可观的经济效益，出卖的最主要资源就是取之不尽的绿水青山的景色，以及随之而来的包括食宿、购物以及娱乐的服务，还解决了就业的难题。因此，“绿水青山就是金山银山”是一句大实话。

尽管这里没有名山大川，但是每日待在旅馆里也并不可取。于是乎就有一个名叫“小黄山”的景点，被当地的人们“培育”出来了。从旅社到一个叫“狮峰亭”的主要景点大约有五六千米的山路，前半程是高低不平的土石路，如果浇上沥青就是山区公路了，但目前还是凹凸的碎石路面。后半程则是以石阶为主的山间小路了。走这段路对老年人来说可并不轻松。大家纷纷拣了丢弃的竹竿当作手杖，省力不少。

既然被称为“小黄山”，游客们就要在沿途寻找具有黄山景色的元素作为摄影对象，哪怕有几块耸立的花岗石也不能放过。

终于登上了“小黄山”的顶峰，上面有一个破落的亭子叫狮峰亭，还有一个平台有栏杆供游客以群山为背景摄影留念。摄影有一定的蒙蔽性。我用手机将亭子的飞檐翘角与松树，加上登山石阶，把这些元素拍摄到一起，似乎成了一张很有品位的风景照。山下的“山沟”里有不少各种色彩的建筑，在成群的建设之中，远远望去如同处于欧洲山间一般。

我与妻子、胡定伦与夫人刘珮瑜、徐国铭、张淑华伉俪分别在此合影留念。当然还有我们“兄弟”四人和“三妯娌”的组合留影。

在这样的氛围中旅游,仿佛让人感觉又回到了当年青少年时代暑假里的登山活动,对气候反应的感觉是晴热,而不是如今的酷热。

三、2017 年 7 月 21 日　董岭

今天是我们在董岭村的第三天,开始对这座拥有“中国美丽乡村”称号的山村,有了进一步的认识。这里正随着旅游业的发展,逐渐从偏僻的山村向现代化的幸福家园目标转型。

围绕着村委会办公楼这里逐渐形成了自己的经济商贸文化的中心。清晨、傍晚人们都向村中心广场聚集,有的沿着山路散步,有的购物,有的跳起了广场舞,城镇的文化生活已经在不经意间融进了村民的日子里。

各种建筑风格的农家乐民居在四周山坡上如同雨后春笋耸立起来。基础设施也正在朝着更高水平建设,如污水处理已经列入议事日程。在盆地的中央,一座水库兼人造湖泊正在挖掘之中,据说围绕着水池,这里将有一座园林呈现在人们的面前。

随着上海、杭州等大城市的游客络绎不断地涌入,更加高雅的艺术文化也悄悄地进入了山沟沟里。我在床上躺着的时候,听到有“山楂树”、“红莓花儿开”等高低声部合唱的艺术歌曲的声音,从窗外不断飘来。这里还有这么优雅的艺术?顺着歌声我找到了一支合唱队,在一把悦耳小提琴伴奏下,一群中老年朋友正在全神贯注地纵情歌唱。我被他们感染了,也在一旁轻轻地哼唱。一曲毕,向他们打听,才知道他们原来是一家工厂的同事,退休后以这种方式聚集在一起,无形之中提升了这里的文化氛围。

除了音乐外,也有太极拳、绘画训练班开进了农家乐的民居中。今天电视上预报上海气温将达 40 摄氏度。国梁兄领着我们去各种风格的民居参观一番。上海的老人纷纷坐在民居的院子里,喝茶、聊天,享受着自然吹来的习习凉风。

四、2017 年 7 月 22 日　董岭—莫干山—上海

昨晚是在董岭的最后一个夜晚。其他游客唱完卡拉 OK,乘凉聊天完

毕,回房休息了。山村处于寂静的深夜,我走到窗前仰望天空,那是久违的满天星斗的苍穹啊！还有虽然暗淡,但在北半球已经久别了的银河啊！可惜我用手机是拍摄不出如此美丽的天象让微友们分享的,只能用傍晚的一缕晚霞代替一下吧！

清晨五点刚过,我们就起床了。这里四点多,天刚蒙蒙亮,全村的公鸡打鸣声此起彼伏地从远近不同的地方传来,告诉人们新的一天又开始了。这倒也是住在农村生活的重要特征之一。然而这里又比传统的农村向前迈进了一大步,人们讲卫生讲文明了。垃圾分类做得不错,无论是室内还是室外都非常干净,而且几乎没有蚊子。一点不亚于上海市区清洁的水准,在中国农村能够达到这样的水平真是了不起。国梁兄又在为我们准备早餐了。本来旅店为我们提供的早餐已经可以了,有五六碟小菜,如乳腐、毛豆炒咸菜、煮鸡蛋、酱黄瓜、泡菜等,还有稀饭、馒头等主食,够丰富了。但国梁兄还要另外再准备煮红薯、玉米、油条以及花生、炸蚕豆等等其他点心和菜肴,让我们极为感动,又非常过意不去,连连称赞并致谢。早饭后我们在依依不舍的氛围中向陈国梁大哥告别,驱车返程。

我们离开董岭回上海的途中打算到莫干山一游。由董岭下山的盘山公路,原来是等级较低的县乡公路,如今正在扩建路面,但是它的小半径弯道却无法改变的。张淑华默默地点了一下,一共拐了 82 个弯。路上我的手机响了,是我的表姐夫吴东建打来的电话。他从我姐那里得知,我在山上避暑,他难以忍受上海 40 摄氏度的高温,打算上山来找我。当他听说我已在返程途中感到很惊讶,问我为何不多待几天？我告诉他,旅店是很久前预定的,当时并非明确来避暑的。后面有别的游客等着,我们必须离开。他这才恍然大悟,原来不是随时可以入住的。

莫干山是国家级风景名胜区,它是以春秋时期夫妻铸剑匠师莫邪和干将的姓氏来命名的一座以“清凉世界”著称的名山,有我国四大避暑胜地之一的美誉。我们虽然多次从它的山脚下走过,因为杭长铁路就从武康镇穿过,但从未上过山。莫干山和董岭一样都属于天目山脉。早在一千多年前就开始发展,至今形成了丰富的人文景观。清末民初,还有许多外国人和中国富人在此建设各种风格的别墅,达200多幢。所以名人政客都在莫干山留下了许多故事。我在上山之前对莫干山的了解仅此而已。

我们登山的过程远比原来想象的要复杂。首先董岭与莫干山看似两地相差不远,但是它们之间是隔着其他山的,两者之间没有直达的公路。要拐过一大个弯才能到达莫干山前登山的公路。我们开始用导航仪,结果差一点把我们"导"到杭州市的莫干山路。亏得我们及时发现问题才没进杭州。等到我们好不容易到达山下,民警却告诉我们,让我们分流绕到后山去上山。路上引导标志又欠缺,驾驶员也都是外地人不认识路径,后车跟着前车跑错路的情况时有发生。好不容易到了山顶数千米处,车辆排起了长队走不动了,开始以为山顶停车场爆满,后来到了山门才知道要买门票才能进去的,这样足足等了一个多小时才总算上山了。这里对70岁以上的旅客是免费的,60至70岁的老人买半票。我们6人买了4张半价票到了山上才知道这莫干山与庐山一样,是一座山上小城,随景点形成一个个集散中心,除了景点还有饭店、购物、停车场等商业服务设施。景色确实迷人,由于时间关系,我们基本上是坐车上观景的。但还是会被车窗外由竹海、泉水和远眺的群山、湖泊共同组成的不同美景所陶醉,忍不住停车摄影。大家都以背后莫干山美丽景色为背景,或一人,或两人拍照留念。

皇后饭店及其旁边的别墅是毛泽东的下榻处。1954年3月毛泽东在这里主持起草新中国第一部宪法。毛主席对莫干山的印象很不错,他曾赋诗一首《七绝·莫干山》:

翻身复进七人房,
回首峰峦入莽苍。
四十八盘才走过,
风驰又已到钱塘。

蒋介石官邸也称武陵村,蒋与宋美龄在此度蜜月,也在此决定诸如发行金圆券等大事的决策会议。由此可见莫干山也与庐山一样产生过许多决定中国命运的事件。

由于时间紧迫,我们也来不及去看诸如:剑池飞瀑、白云山馆、芦花荡公园等门票上印有的检票景区。值得一提的是滴翠潭,它潭水清澈,睡莲盛开,旁立挹翠亭。潭边赭红巨岩上刻有"风月无边""莫干好"外,还有我的本家,也是我澄衷中学的学长,著名书画篆刻家钱君匋先生所题"翠"字,有三层楼那么高,号称"江南第一擘窠大字"。据旁边竖立的导游牌说明:1987 年夏天,钱宗兄应邀登山避暑,见巨岩光秃,一无点缀,感到惋惜,欣然题上平生书写最大的"翠"字。由此我觉得,一个好的旅行景点的建设,与文化人的作用有着密切的关系。莫干山虽然与董岭无可比之处,但它是董岭发展的楷模。它们的地理、地貌是相近的,气候条件也一样,都是避暑的好去处,两地最大的差距就是文化。当然董岭永远赶不上莫干山,因为后者有深厚的历史积淀,但是加大文化建设力度却是董岭可以努力的方向。

山居避暑就这样结束了,我们又回到酷热中的上海。可能由于我的题目让高温中微友更感兴趣,因此每天看我文章的人数量大增,而且反响热烈,不少点赞。微友们还纷纷问我如何去董岭,看来我的文章也无形中为董岭这个眼下对大多数上海人来说还是陌生的地方作了一次宣传。

评议与联想

陈梅生:看了《山居避暑记(二)》,很羡慕你们,点赞! 随感赋诗一首:

青山郁郁沐晨曦,流水潺潺绕林奇。窗外陌上人语声,同伴招呼忙穿衣。

看了《山居避暑记(四)》后,赞叹大自然美景,也深感友人的情谊。涂了几句,见笑。

《别董岭》:"欢歌过后山林静,仰望苍穹可数星。一抹晚霞下西山,晨起蒙蒙听鸡鸣。古稀伉俪来辞行,依依惜别友谊情。”

《登莫干山》:“滴翠潭边睡莲开,无限风情迎客来。山居倚栏留倩影,纳凉胜地君喜爱。”

周文华:旅游其实是一个费力气的活计,付出了,当然回报也不小,异国风情,青山绿水会尽收眼底,很享受也很公平的。天太热想去避暑,关键是走出空调间,许利利与钱平雷同学能克服年老体衰,勇敢地跨出了这一步,令人敬佩。一个走向远处的避暑地,一个走向青山绿水环抱的阴凉地,每天一觉醒来凉风习习,收获颇丰,这也算是出过力后,换回的身处清凉地的回报。有点眼红,有点羡慕嫉妒,但想想,需一路辛苦,懒字当头,就饱眼福看图文解暑得了,谢谢啦,等着看续集,祝二位避暑愉快!

董岭我没去过,莫干山我去过,肯定董岭永远赶不上莫干山,因为莫干山的历史文化积淀深厚!为纪念春秋时期夫妻铸剑匠师莫邪和干将,以他俩的姓来命名此山,故称“莫干山”。这种厚重的历史文化是改变不了的,况且它又是中国四大避暑胜地!

倪纪芬:想旅游首先要筋骨好。看和钱同学一起避暑游的同伴,尽管年纪不轻,但都神采奕奕,精力充沛。不仅要筋骨好,还得会挑地方,看钱同学们选的小黄山景点,群山环抱,郁郁葱葱,蓝天白云,风景秀丽,胜似人间仙境。看了这一幅幅的照片,真想身临其境,确是脱离高温煎熬的好去处。祝钱同学旅途愉快!

钱雪元:30 年前去过莫干山,真是“清凉世界”,何不多住几天?

梁学苏:临安天目山、安吉竹海、浦江仙华山……浙江的山林,早已是上海人的避暑胜地。此文图文并茂,文笔流畅朴素,如炎夏里山腰沙沙作响的竹叶,令人赏心悦目。在山居中吐故纳新,放松身心!夫妻同行,感情更深!

黄璐敏:又是一个上海人可避暑的好去处,请问是自驾车去?还是有车接?

钱莹臻:二哥的美篇做得太棒了,图文并茂,还有音乐,在 39°C 高温天,看看你的《山居避暑记》,也分享了丝丝凉意。

乌明皓：上海虽热，跟随平雷足迹，也让我们感到清凉。

祝若霞：感谢与分享钱平雷同学的美文《山居避暑记》。可惜我先生要晕车，驱车几个小时，根本不行，在此谢谢钱同学的佳作，让我们身临其境！

吴建英：有缘在董岭避暑而相识，歌声是我们友谊的桥梁。

越中行

一、便利的交通成全了“越中之行”

今年国庆长假，连着中秋佳节，有 8 天之久。以往 10 多年来，几乎所有长假，我与铁路局的老同事胡定伦、陈国梁、徐国铭以及我们的夫人都要自驾游外出旅游一番。一般都选择在上海的郊区，或者江浙邻近一带，因为 4 家人需要开 2 辆小车，但只有我和徐国铭两个司机，没有替班，所以走不远，往往是当天去，当天回。这次陈国梁夫妇到加拿大探亲去了，只有 3 家 6 人出行，有一辆 7 座的小车就可以了，这样我和徐国铭两个司机轮流开车，而且国铭年龄相对较轻，我们就可以跑得远一点了。浙江的新昌、嵊州、天台一带，除了浙江绿水青山中的天然美景外，更有历史悠久的文化积淀——佛教、戏曲流派的发源地。由于这些地方处于崇山峻岭之中，以前又不通铁路，大多数上海人都没有去这些地方。如今既有高速公路路网连通，又有杭州湾的嘉（兴）绍（兴）大桥竣工跨越，从上海到那里不消 3 个小时便可到达。事先我查阅了一些资料，做了一个旅游计划，预计 10 月 3 日上午出发，10 月 5 日下午返回上海，具体打算如下：

10 月 3 日上午　G15（沈海高速）经过嘉湖大桥沿常台高速到新昌吃午饭。

10 月 3 日下午　先去大佛寺——穿岩十九峰——天台进宾馆——晚饭。

10 月 4 日全天　天台山国清寺——石梁飞瀑——华顶山。

10 月 4 日下午　天台山景区——嵊州过夜。

10 月 5 日上午　嵊州——兰亭。

10月5日下午　从兰亭沿诸(暨)绍(兴)高速到柯岩景区——杭甬高速经过嘉绍大桥返回上海。

由于本次旅游最后完全是按照上述计划完成的,而且这些地方地处浙江腹地,又是越剧的发源地,因此,我把这次旅行称为《越中行》。

为了便于叙述,我本次外出没有像以前那样,每天晚上就将当天的游记写出,发给各位微友。因为一则我听从大家的劝告,由于年事渐高,写东西要"悠着点"不要太快,二则这次对收看长篇连续电视剧没有耐心的我,居然也被《那年花开月正圆》所吸引,成为晚间一集不落的忠实观众。因此就不可能仍以当天出文的方式进行游记撰写了。但由于内容实在丰富,我如不按日期作为撰写文章的串联红线,我都想不起那些已经过去的节目细节。为此我就以先后到过的景点,作为撰写内容的顺序。

二、新昌大佛寺原来不只是一座庙宇

直到这次来到新昌以前,我只知道新昌最有名的景点是看大佛。既然是大佛,佛像肯定安置在庙宇里,那么我们到新昌就意味着进寺院朝觐菩萨。到了庙前才知道,这里是一个有山有水的景区,里面有若干座寺庙,并不是单单一座大庙。进景区的门票要100元/张,我们6人中3人已过70岁,免票了,另3人也过了60岁,买半票即可。

大佛寺位于浙江省新昌县城西三里南明山,原来这里属于郊区,如今新昌为县级市,所以在城镇化的进程中,这里已经成为市区中的园林了。据大门前的游客中心有关资料介绍,该寺创始于东晋永和初年(公元345年),共有景点165个,其中人文景点45个,自然景观120个,是中国佛教天台宗祖庭之一,故为中国的重点开放寺院。进了景区,发现这里群山环抱、山清水秀、古树耸立、飞瀑直下、曲涧婉转、奇峰突起、幽洞深奥,加上处处亭台楼阁、宝塔佛殿,布局错落有致,故大佛寺又有"石城古刹"之美誉,显然是一处年代已久成熟的旅游胜地。

吸引我们停下来观看的第一个景点是"锯解岩"。我看到一个亭子,它的柱子上有一副对联:上联是"心意诚时佛可见",下联是"功夫到处石

新昌大佛寺一景——锯解岩

能开”,还有横匾上有四个字横批“功至石开”,再一看旁边有解说牌竖立:锯解岩,俗称:解开岩。原来亭子左侧有一块4米高、中间裂如锯开的磬石。相传建大佛寺时,工程浩大,做工的匠师们造佛遇到困难,欲离寺而去。传说此时两位神仙化成孩童,用茅草锯开岩石,鼓励僧俗相信“精诚所至,金石为开”,要持之以恒地雕琢佛像。解开岩还有一断石如和尚倒立,下面头部嘴、眼、鼻清晰可见,称“倒施和尚”。传说一个和尚见顽童以草锯石,讥笑他们说,你们若能锯开石头,我就倒立。结果巨石锯开了,那和尚只得倒立在那里了。在岩石的不远处,还有一块竖立的木牌介绍这块岩石的石质——“由方岩组砂砾岩和凝灰岩组成的复合型地貌,上下叠置,是新昌白垩纪沉积——火山岩地貌的主要特征。”这里还有科普宣传。

再往前走不远,有一处开阔的地方,说是一处叫“双林石窟”的景区,它包括明镜湖、双林叠瀑、卧佛殿和空中栈道等景点。它是经过开山后，形成一堵略倾斜高 38 米、分为 6 级的悬崖峭壁，飞瀑一级一级地从上而下，到地面有一个承接瀑布的水池。在山顶处有一块平台，上面香烟缭绕。后面就是一处佛殿——卧佛殿。从平台通往两边的上路，采用了悬臂支撑的空中栈道。当站在水池前的小广场上仰望叠瀑飞泻、卧佛殿高耸和空中栈道险要的组合景色，顿时有一种庄严感。那水池名为明镜湖，是取自禅宗六祖慧能的偈语："菩提本无树，明镜亦非台，本来无一物，何处惹尘埃。"

我们走马观花地看了悬崖上刻有 20 米高的"佛"字；刻有唐代著名诗人李白和孟浩然描写大佛寺诗篇的照壁。还有三处清澈碧波的放生池旁的岩石坡上刻有弘一法师手迹"南无阿弥陀佛"和"观自在菩萨""大势至菩萨"的石刻书法艺术。仰视了智者法塔，那是天台山国清寺开山祖师智头的衣钵塔。接着看到了大佛寺的"主角"——巨型弥勒佛大像。大佛宝像看似坐落在五重飞檐翘角的楼阁中，其实是在石城山仙髻岩的一穴石窟之内，这是大佛寺的核心区域。我们来时建筑正在大修，里面光线受到影响，但不管何时朝拜大佛金身，不管你有怎样的思想准备，只要一跨入大殿之门，你还是会感受到一种无形的震慑。宝像庄严，慈眉善目，甚至在微笑地凝视着每个香客，佛像的后半部分好像是镶嵌在后面的石壁里，与之融为一体的。据介绍大佛造像座高 2 米，身高 13.74 米，头部

与老伴在新昌大佛寺"双林叠瀑"合影

高4.8米，耳长2.8米，鼻长1.48米。整个造像比例协调，充分考虑了人们观赏的视角，被学界称之为“江南第一大佛”。有导游在介绍：传说当年石城山来了一位叫僧护的和尚，他发誓要在此岩壁上雕刻巨型弥勒佛大像，后来在后人僧淑、僧祐的先后接班、继续指挥之下，终于大功告成，名扬天下，从此开始了大佛寺的真正历史。由于凿刻大佛的传奇故事，人们也称大佛为“三生圣迹”。

石窟之外的上方还有随山势而建的宏伟的供奉释迦牟尼佛、药师佛、阿弥陀佛等“三世佛”的大雄宝殿、供奉“千手观音”的大悲殿等比较壮观的佛殿和迎风飘扬的幡旗。我们还看见排着长队、口念佛经、披着袈裟的僧侣，鱼贯地走向宿舍。后面还跟着两个穿着黑色袈裟，留着头发的信徒。

到了这里我们已经是筋疲力尽了，因为明天还要去天台山，所以今天不能继续上上下下地攀爬台阶了，还是慢慢地沿着左边是茂密的竹林上去漫步。右边是参天的古树，两边不断有精舍若隐若现的通幽曲径，返回原路到双林石窟，去等待徐国铭夫妇。我们几位古稀老人是没有脚力，去爬山观看卧佛殿和空中栈道连着的千佛院，只有国铭夫妇，兴致勃勃去了那两处景点，国铭夫人张淑华说，千佛院倒一般，那卧佛雕塑得很有气派，她还因为殿内无法拍下全景，用了录像手段，才把卧佛全身拍摄下来。就这样我们满意地完成了第一处景点的游览。

三、总算看到“穿岩十九峰”最好的立面

从新昌大佛寺出来，下午3点刚过，我们马上往位于新昌市中心西南22千米一个名为“穿岩十九峰”的景区赶去，尽管到处都有它和大佛寺并列的咖啡色为底色的旅游景点指示牌，但对于我们上海人来说，相比之下，新昌大佛寺的名气显然比它要大得多。我这次选择这个位于镜岭镇的景点，是因为胡定伦在前些日子就为我们订好了位于天台的宾馆，所以只要当天到达，住宿问题没有后顾之忧。天台在新昌的南面，我们去穿岩十九峰基本上是顺路的，只要稍微拐一点路，就可以游玩一个景点，何乐

而不为呢？所谓“穿岩十九峰”，是因为耸立在镜岭镇雅庄村后的十九座惟妙惟肖的山峰，它们依次为香炉峰、缆船峰、马鞍峰、新妇峰、棋盘峰、卓剑峰、覆钟峰、望海峰、笔架峰、阳岫峰、泗洲峰、磬峰、蒸饼峰、幞头峰、文殊峰、普贤峰、摆旗峰、狮子峰、鹅鼻峰等。因主景马鞍峰顶部有一穿山巨洞，故被冠以穿岩之名。前些日子，媒体曾报道这里有新建“玻璃栈道”很有刺激性。我们已经约定，在大佛寺我们当天的脚力已经基本用完，再爬山是没有劲头了，所以决定采取“坐车观景”的方式来达到游览的目的。

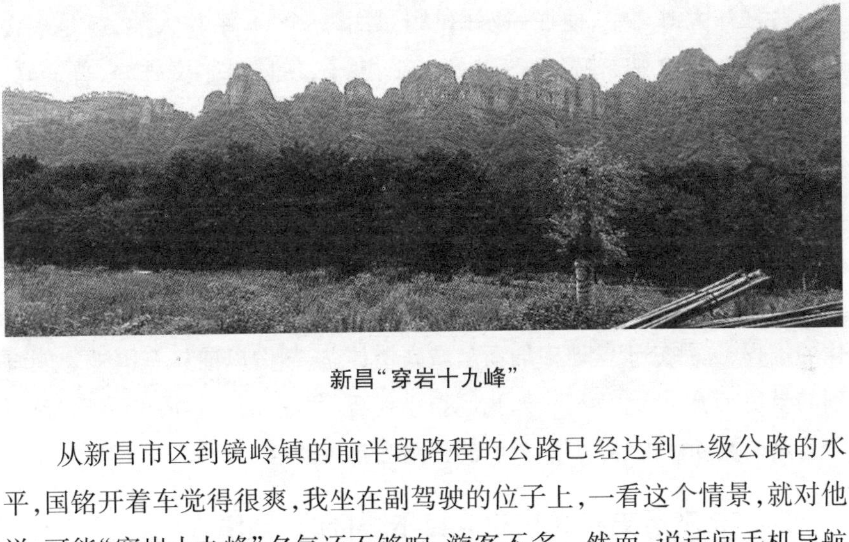

新昌“穿岩十九峰”

从新昌市区到镜岭镇的前半段路程的公路已经达到一级公路的水平，国铭开着车觉得很爽，我坐在副驾驶的位子上，一看这个情景，就对他说，可能“穿岩十九峰”名气还不够响，游客不多。然而，说话间手机导航已经显示前方有 2 千米红色拥堵区段，国铭说，估计是修路关系？果然，开了不久就发现前方又进入了以往来回 2 车道的普通公路，我判断是由于前面来回 4 车道的路面，一下子变成 2 车道才造成眼前的堵塞。但是情况并不乐观。车是过一会儿才向前走几步，又是几乎停滞不前了。时间一分一秒地流淌过去了，只能看看周围的环境。从车的左侧可以远望两座山峰与峰顶之间，架着悬索桥般的通道，也不知道是否就是“玻璃栈道”？右侧农家居民的围墙上画有十九峰一字儿排开，犹如屏风的国画风格的宣传画。这段路走了一个多小时，总算到了“穿岩十九峰”景区的一个入口处附近，看到还有一辆一辆的小车不断从景区出来，驶入公路，导致交汇处车流拥堵，要不是民警在指挥，要成一锅粥了。原来“穿岩十九峰”的游客与大佛寺相比，有过之而无不及啊！天色已经渐渐暗下来了，我们更是不会进景区了。真是没有想到，当车再往前开了不远，就看到了刚才在农家居民的围墙上画有十九峰的画面景色。于是我和胡夫人刘珮瑜、张淑华赶忙下车，到路的左侧的一处开阔地，把这代表性镜头拍摄下来。据有关资料上介绍，十九峰从北到南排列，有香炉、缆船、马鞍、新妇、棋盘、笔架、狮子、鹅鼻……皆以形似成名。相传古时大禹治水到了镜岭，在一片汪洋大海之中，他在一座山峰上凿了一个洞，系住大船，就是现在的“缆船峰”。文殊、普贤菩萨骑着白象、狮子，所以有了文殊峰、普贤峰、狮子峰等名字的来历和典故。此时我们也只能自我安慰，算是“到此一游”，看到了“穿岩十九峰”最好的立面。

离开“穿岩十九峰”景区，我们直奔天台，先走的是原来的普通公路，然后再上高速公路。这里有一段是山区公路，听国铭说，他以前来过这一带，如今路面也宽了，也浇上沥青了，好走多了。这里山清水秀，随着城镇化的进程，远眺处于盆地中的新昌城高楼林立，颇像以前只有国外才能看到的景色。妻子天仪说，犹如我们当年到新西兰南岛自驾游的感觉，新西兰公路的路面状况，还不如眼前的公路呢！

四、充满历史和文化积淀目不暇接的“国清寺”

到天台县自然离不开天台山，到天台山就先要想到国清寺。国清寺开始是依据天台宗创始人智颢亲手所画的样式建的。作为该宗的正式祖庭隋代高僧智越在国清寺创立天台宗，为中国佛教宗派天台宗的发源地，影响远及国内外。当年鉴真东渡时曾朝拜国清寺。日本留学僧最澄至天台山取经，回国后在日本兴建沿历寺，创立日本天台宗，后尊浙江天台山国清寺为祖庭。韩国也是如此。据说，即使在“文革”，周总理也极力保护国清寺,使其免受破坏,因为它在国际上具有重大影响。这当然也成为我们这次旅游“盛宴”的“主菜”。

从宾馆到国清寺只有3000米的距离,由于天台也由县改为市,市区也不断扩大,所以景区的大门口就在市区范围内。我们赶早到达景区大门,被告知,里面的停车场已经“客满”,让我们停到旁边的宾馆大院里,一会儿宾馆大院也“客满”了。景区门口有电子牌告示,该景区可以容纳多少游客,现在已经进入多少游客。这样精彩的景点居然不用买票,让我们觉着惊奇不已,与后来的景区把好几个景点围到一起,门票也捆在一起“高价搭卖”形成了强烈的反差。但进景区时,每个人都要过闸栏,杆子一翻,就计算一下。“大数据”就立即统计在册,反映到包括门口的电子告示牌和所有需要数据的地方。我国的信息化水平真是世界领先了。从统计数字来看好像进去的人数远没有到达额定的数字。

进了景区,从自然地形来看,国清寺坐落于四面环山清静的世外桃源式的地理环境之中。而国内大部分古刹,如宁波天童寺、普陀法雨寺、杭州灵隐寺、嵩山少林寺等均选址于三面环山的谷地。首先映入我们眼帘的是高达59.3米的隋塔,它屹立在高大的古树丛中,忽隐忽现,直到国清寺“南大门”,才看到塔身的全貌。但到了这里还是没有看到国清寺究竟“躲”在何处。转过一个亭子,只见一堵长长的黄色墙壁,上面有四个大字:“隋代古刹”,但是古刹山门仍旧不知开在哪里。等再过一座桥,向东望去,才看到寺庙的山门,上面有一匾:“国清讲寺”。据导游在讲:国清寺山门一反常规,朝东开而不朝南开。进了山门,再转一个直弯,走进一处约2米宽的甬道,顿时有一种通幽的神秘氛围,两旁古树浓荫,修竹夹道,让人产生需要打起精神的心理暗示。总算进了第一个佛殿——弥勒殿,这段路程就给了游客一个神奇的感觉,据说,这就是国清寺匠心独运的建筑布局的“起、承、转、合”。

国清寺依山就势,层层递高,据导游小册子上介绍:按四条南北轴线布列六百多间古建筑,所谓“四殿、六楼、八堂、二亭、二室”分为五条纵轴线:正中轴由南而北依次为弥勒殿、雨花殿、大雄宝殿、药师殿、观音殿;还有放生池、钟鼓楼、聚贤堂、方丈楼、三圣殿、妙法堂(上为藏经楼)伽蓝殿、罗汉堂、文物室等,大雄宝殿正中设明代铜铸释迦牟尼坐像。西轴线为安养堂、三圣殿、罗汉堂(文物室)、妙法堂(楼上为藏经阁),构成一个拥有2.8万平方米建筑面积、8000余间房屋的古建筑群。面对如此丰富的旅游资源,我简直无法应付,虽然说这些地方基本上都走到了,但属于"狼吞虎咽",根本来不及消化,在写本文过程中,也只能挑选印象深刻的来撰写,否则要变成长篇大论了。

首先要说"大雄宝殿",周边古樟松柏和各种花卉环绕。据门口的介绍,大殿高22米,门面宽30米,进深近20米。里面的这尊释迦牟尼像是用青铜铸成的,外贴真金,高达6.80米,重达13吨,端坐莲台,庄重慈祥。还有18尊元代所雕的楠木罗汉在两边列坐。释迦牟尼像的后壁是以普陀山、天台山为背景,雕塑"慈航普度"的观世音菩萨。两侧浮雕为文殊、普贤分别骑象、跨狮。佛教现职的主要"负责人"的塑像都在这里汇聚了。

其次我要谈到"碑亭",这是国清寺历史文化的重头戏。国清寺主建筑群后的小山坡上,在苍郁的松林中有一座重檐挑角、方石铺地的碑亭。亭额上写着由赵朴初书写的"法乳千秋"四个金字,亭中品字形排列着三座长方形的石碑。正中的丰碑为"天台智者大师赞仰颂碑",碑身约高2.6米、宽1.3米左右。长篇碑文和诗赞颂佛教天台宗创造人智者大师。右连的丰碑为"行满座主赠别最澄大师诗碑",稍低于智者丰碑。左边的一座丰碑是"最澄大师天台得法灵迹碑",这座碑的大小与行满碑大小相同。三座丰碑的背面,有日本山田是谛1982年5月写的敬白,长篇日文铭记了高祖先德,祈念中日两国永远亲善友好的虔诚心意。在"法乳千秋"碑亭左方,有一口围着石栏的古泉,上刻"锡杖泉"三字,据导游介绍,相传宋僧普明坐禅于此,因寺内取水不便,遂以锡杖顿地曰"此处当有泉",即有泉水涌出,故名"锡杖泉"。

下面我要说说我对罗汉堂的印象,中国寺庙的500罗汉堂有好几处,但以前看到的500罗汉,虽然都是500尊罗汉,但苏州西园寺和武汉归元寺里的500罗汉与昆明筇竹寺的500罗汉塑像的风格迥异。前两者都是500罗汉端坐的姿势，而且基本上都是金色的涂装。而后者就运用彩色涂装了，罗汉的脸形更加接近平常人的相貌，罗汉的姿势各异。这里的罗汉显然是重新塑造的，他们虽然采取了金色为主的涂装，但面容和姿势却与现代人更接近，栩栩如生，造型非常活泼。这在中国寺庙的罗汉堂中独树一帜。

"三圣殿"估计是国清寺的"特色"。它是供奉寒山、拾得和丰干三位高僧的殿堂。以前我们在苏州寒山寺看到的是寒山、拾得所谓"和、合"二仙，这里还有丰干，就引起了我的兴趣。实际上他们并非仙人，都是唐代人。拾得是个苦命人，刚出世便被父母遗弃，抛弃在荒郊，幸亏天台山的高僧丰干和尚化缘经过，慈悲为怀，将其带至寺中抚养，并起名"拾得"，在国清寺中将他受戒为僧。拾得受戒后，被派至厨房干杂活，当时寒山还没有到国清寺，但拾得常将一些余羹剩菜送给未入寺的寒山吃，他们真谓贫贱之交。国清寺的丰干和尚见他们如此要好，便让寒山进寺和拾得一起当国清寺的厨僧。自此后，他们朝夕相处，更加亲密无间。寒山和拾得在佛学、文学上的造诣都很深，他俩常一起吟诗作对，后人曾将他们的诗汇编成《寒山子集》三卷，并称他们三人为"三圣"。

书法爱好者对这里的书法艺术自然会投去更多的关注，最有代表性的是安养堂右边有一块独笔"鹅"字的碑。据说是大书法家王羲之写下的，可惜只剩下了半块，现在的独笔"鹅"字，右半边是王羲之的真迹，左半边是天台当地人曹伦选模仿王羲之的笔法尝试了千百次后补写的，所以看上去也浑然一体。除了王羲之，柳公权、黄庭坚、米芾、朱熹等大书法家留下了摩崖手迹，孟浩然、李白、贾岛、皮日休、陆龟蒙、杜荀鹤、洪适、郭沫若、邓拓、赵朴初等文人雅士均留下不朽名篇，说明国清寺也是文化艺术的重镇。

我们还游览了为众僧人和信徒进行讲经的妙法堂，参观了陈列大量天台宗文物的玉佛阁，接受了佛学文化的普及。实在是时间有限，目不暇接，只能是"点到为止"，带着依依不舍的心情离开了这个历史文化积淀深厚的圣地。

五、让你上上下下不停的“石梁飞瀑”景区

从国清寺出来，在景区门口看到“石梁飞瀑”景区的导游指示牌，开始以为就在附近，后来一问，需要坐免费巴士行走17千米，才能前往这个5A级景点。进这儿倒是要买票的，全票是60元/张。这里主要就是看大大小小的瀑布。不言而喻，瀑布的形成是地势高处往低处泻流水。所以要想看瀑布就要往下走，随后想回到原地面高度，再往上走。整个游程就是一个上上下下不停的过程。

我们首先到了一个叫“小铜壶”的景点，它是有一形状如壶的瀑布，俗称“小铜壶”，其状与东边的大铜壶极相似。瀑水泻落壶中，回旋打转，然后从形似壶嘴的岩隙中喷出，注入深渊，形成一泓碧潭，宛若古代计时工具“铜壶”之滴水，故名“铜壶滴漏”。

再向下游约200余米处有巨石大印，上雕刻着“法华晨光”篆体四字，这是目前国内最大的大印，号称“天下第一印”，它其实就是先把溪水坑里的一块大型鹅卵石的一面凿平，然后在上面刻字。“法华晨光”中“法华”是指佛教天台宗经典《妙法莲华经》，是大乘教义的集大成之作；“晨光”寓天台最早沐浴大乘佛光，是天台宗的发祥地的意思。

与90岁攀岩游览石梁飞瀑的老先生合影

我们接着往前走，沿路有溪涧和小瀑布呈现，路旁金桂飘香，空气清新，觉得很舒服，很有在杭州风景区游玩的味道。但腿部开始有点吃力了。

亏得我和胡定伦在国清寺前的小店里买了2根拐杖,帮了大忙,而天仪就觉得脚踝那里有点疼痛的感觉,年龄不饶人啊!就在这时候,“榜样”出现了,一位90岁左右的老汉拄着手杖,由一位中年男子搀扶在爬坡。他的老伴,一位80多岁的老太,正与一位抱着熟睡小孩的少妇,在后跟随,老太操着胶东口音,步伐并不吃力。为了分散注意力,我与老太搭讪起来了。原来老太今年85岁,她老伴叫宋君之,是一位南下的老干部,解放初期到了无锡,以后一直定居在无锡,老夫妻现在随小儿子夫妇生活在上海。这次就是随他们小两口到天台来旅游的。我们对他们这么良好的精神状态和小辈的孝顺表示了敬佩。说话间就来到了这个景区的重点景点——石梁飞瀑。

突然间眼前豁然开朗,一瀑三折从天而降,一条天然的石梁横架半空,巨大的水流穿梁洞而出,蔚为壮观。此梁长约7米,梁高约2米左右,横亘在两山的峭壁上,鬼斧神工,梁上几处溪水在此汇合,飞流直下,形成落差30余米、宽10余米的飞瀑。最佳观赏处有长条凳子可以休憩,还有竖立的牌子介绍。我赶紧拍摄下来,为以后的写作准备材料。关于“石梁飞瀑”的描写:“……飞瀑梁下而过,恰如天上银河倾泻而下,色如霜雪,声若雷霆……”。另一块“科普”宣传牌则介绍了石梁形成的原理:“石梁是世界上极为罕见的花岗岩天生桥,它的形成需要独特的地质和岩石力学条件。从内因上看,这里的岩石内存在着纵向和横向的‘两陡一缓’的裂痕系统;从外因上看,‘梯级式的瀑布’为‘冲蚀成梁’提供了足够的水力……”。到这里饱了眼福,也长了知识。徐国铭夫妇和刘珮瑜还觉得不过瘾,还跑到离瀑布更近的岩石上拍照留念。

接下来要还“地势债”了。水是往低处流的,人却要向上走的。我们连续爬了许多台阶,到了一处叫作“铗剑泉”的瀑布观赏处,这是一挂独具特色的飞瀑,高约40米,瀑布的水流为两边悬崖所夹,垂直下坠,形状犹如一把倚天的长剑,值得停下一看。随后,我们赶紧到一家农家乐饭店吃午饭,饭后又赶往下一个景点——华顶山,游览方针与昨天的穿岩十九峰一样,车上观景,因为大家已经走不动了。谁知到了景点前,又要买票,于是几乎所有的游客都调头返回,把车停在大门口的一块平地上,跑到前方看看山下的风景,就算来过了。在下山的途中,有一处视野非常好的景点,此地海拔406米,叫"桐柏驿站",是观看"天台盆地"最佳眺望的地方,那里还设置了免费的望远镜,可以清楚地看到日新月异的天台城。这也算对我们没有进华顶山的一个补偿吧!至此,我们的石梁飞瀑景区之行,也就全部结束了。

六、书法爱好者朝觐书法圣地兰亭记

绍兴兰亭是因为书圣王羲之书写了《兰亭序》而闻名天下。以前虽然到过绍兴数次,但因为那里不沿铁路,当天离开绍兴的旅游一般不会选择离市中心10多千米以外的兰亭,市内的鲁迅的三味书屋、东湖等景点已经足够玩上一天了。作为书法爱好者的我,近来经常书写小楷行书作品赠友,抄录诸如《岳阳楼记》《醉翁亭记》等古代优秀散文,其中抄录最多的就是《兰亭序》,大概已有几十次了,所以相比之下,对《兰亭序》中的句子最为熟悉:"崇山峻岭""茂林修竹""曲水流觞"……到实地亲眼看一看,或许对《兰亭序》中的意境能够更加深刻领会。在本次旅游的计划中,无意发现绍兴还有一处叫柯岩的景点,还没有去过,从次日下榻的嵊州三鼎大酒店去柯岩可以顺路到兰亭一游,于是就把兰亭列入本次旅游的节目中,获得了旅伴的赞同。

到了兰亭才知道,它已经不仅仅是一座园林,而是一个景区,所以也有旅客中心这样的接待集散地,除了80元/张的门票,还有导游小册子免费随意领取。从旅客中心到兰亭园门口内还有一段距离,并非互相挨着。

进了大门,沿着石板和卵石铺就的通幽小径行走,发现两边就是"茂林修竹",还有小溪流水与小路一起环绕前行,一种优雅的氛围油然而生。转过前方一个小山丘,第一个景点"鹅池"就展现在眼前。一位服务员正在用竹竿把几只站在岸边的大白鹅赶入池中,忽见鹅池中几只白鹅悠然嬉游,颇有生趣。旁边有石碑一块,上有"鹅池"二字,这两个字各成风格,"鹅"字看起来有着南方人的秀气,而"池"字则像北方汉子的粗犷,人

兰亭曲水流觞雕塑

称“父子碑”，据说是王羲之与其子王献之共同书写的。还说王羲之喜欢养鹅，是因为他认为鹅的神态动作，可以作为书法用笔的参考。他书法的精髓就是从鹅的形体上，悟出真谛的。连李白还专门为王羲之养鹅赋诗一首，这是导游在向游客讲解时，我听到的。

顺着小径继续前行，迎面是一处砖石结构，单檐顶的碑亭内有一块石碑，上有“兰亭”二字，系清康熙手书。据说该碑曾在动乱中被敲断成三截，后来被打捞上来，经过修补才成现在的样子，其中“亭”字已经残缺不全。

该亭旁边游客熙熙攘攘，原来这里就是流觞亭，亭内有“曲水邀欢处”一匾。一条大约只有一米的小溪，泉水清澈，从上往下，在竹影树荫下缓缓逶迤流淌，小溪两侧有片石堆砌，隔着一定距离，放置坐垫若干。当年，王羲之邀约41位文人雅士“群贤毕至，少长咸集”，列坐曲水两旁的坐垫上，并在水上漂流起装有酒的“觞”（酒杯），水流时急时缓，觞也就时漂时停。觞停在谁的面前，谁就必须写一首诗。王羲之将所赋37首诗汇集成册并书写下了《兰亭集序》，从此成为书法和文学的历史经典作品。那天“虽无丝竹管弦之盛”，但今天院内却安排了四位古装的姑娘，弹琴拨弦，奏乐助兴。又有两位古装姑娘为坐在座垫上的游客捞起流觞，向他们敬酒。这大概就是重现当时的意境，令人印象深刻。

流觞亭背后就是御碑亭了。该亭始建于清朝康熙年间，如今的建筑是1983年重建的。该亭有八角尖顶，重檐翘角，每角均有铜质风铃，发出悦耳铃声。据说，这是我国唯一由康熙、乾隆两个皇帝同书的“御碑”。因为是御碑，所以碑顶有云龙浮雕装饰，显得庄重。碑的正面是所书《兰亭序》全文，背面是乾隆游兰亭所写的《兰亭即事》。我仔细地琢磨了康熙的书法，确实水平非同一般，既刚劲有力，又有娟秀文气，说他是一位书法大家，也不为过。

有一座平板桥将流觞亭与王右军祠相连。王右军祠大约是放置古今名人书写《兰亭序》各种版本的地方，两侧回廊的墙壁上嵌刻的都是此类作品。据说王羲之的《兰亭序》真迹被称为“天下第一行书”，唐太宗看得爱不释手，最后被他带到陵墓中作陪葬了。如今看到的《兰亭序》是各位书法家模仿的作品，其中冯承素的作品被公认最接近王羲之的真迹。前人概括王右军祠的内容丰富：“天、地、日、月、星，山、水、廊、桥、亭。唐、宋、元、明、清，真、草、篆、隶、行。”它把环境、建筑、书法都包容无遗，也恰如其分。

到此时，我还是没有领略到“崇山峻岭”，直到指示牌引导我们向出口方向走去，跨过兰亭江上的“三折石桥”，在桥上远眺周围的群山，才发现确实有叠叠的山峦环抱。大概以前这儿是农村，如今此地已经城镇化了，所以在园内已经看不到“崇山峻岭”了。再往前是一处现代建筑——书法博物馆，我们往里一看，并没有大量书法展品在里面展示，就匆匆忙忙离去，赶往下一个景点了。走过一段河岸堤上的小路，通入一条模仿绍兴建筑风格的小街，各种绍兴土特产商店鳞次栉比一路排开。我们急于赶路也就没有停留，直奔停车场。至此，对我来说，一次书法教育的“洗礼”和“朝觐”也就结束了。

七、柯岩——出乎意料“压轴”大戏

我自以为自己因为长期从事铁路工作，见多识广，尤其对吴越地区的地理历史文化了解较多，但却不知道在萧甬铁路的柯桥站附近还有这么一处非同一般的风景旅游胜地，真是出乎意料。这次偶然发现了它，决定将其作为本次旅行的压轴大戏，因为它的位置靠近杭甬高速公路，是我们返程跨越嘉绍大桥比较理想的地方。从兰亭到那里也较近，到了那里才晓得柯岩风景区已经不是柯岩一个景点，当地人已经将其与鉴湖、鲁镇——鲁迅外婆家所在地三处“景点”捆绑在一起，作为旅游产品“搭卖”给游客了。每张门票要 130 元，我们中 3 人要买半票，也要 65 元/人，这是本次旅游中票价最贵的一张。我们对售票员说，时间关系，我们只游览柯岩，她的回答是：“不可以。”到了这里只能认账掏钱。

当我们走进具有唐代风格的景区的正门，迎面就是一座碑亭，里面是一块石碑，上面有四个大字“柯岩胜景”，据说是王羲之所书。亭子旁边是一块照壁，前面有清澈的水池，照壁上有四个大字“一炷烛天”，它与我们将要游览观看对面的“云骨”相映成趣。

接着，我们就直奔柯岩风景区的代表景物——弥勒大佛而去。据导游介绍，自三国以来，因历代开山采石造就了众多石壁、石宕等自然景观；隋唐年间，祖孙三代石匠历经百年相继开凿而成的奇石“云骨”和精雕而成的弥勒石佛。千百年来，随着自然景观的点缀和宗教文化的介入，加上文人墨客的点染，到清代，已形成著名的“柯岩八景”。其中有展现石景的弥勒佛像、云骨、七星岩、蚕花洞等景致，使柯岩成为一处自然风光与人文资源交融的旅游胜地。眼前的这座大佛说是释迦牟尼转世佛的盘坐造像，高度为 20.8 米，号称浙江四大石佛之一。它是从一块与周边没

绍兴柯岩“云骨”

有连接的独立石块上“抠”出来的。大佛的背部与佛龛不相连接，是分开的，俗称“圆雕”。据说，大佛的两个耳朵里面是相通的，可以容一人来往自如。

大佛东侧就是被称为“石魂”、“天下第一石”的云骨。这块石头高约30多米，底围4米。最“瘦”处不足1米，其形状上大下小，底脚细如锤子倒立，故取名“云骨”名副其实。大约20米处有“云骨”隶书大字。确实给人一种说不出、道不清，但富有艺术感染力的感觉。

绕过云骨，就看到山下有一组气势恢宏的仿唐代的建筑群——普照禅寺，门口好像是关公在守大门。财神殿、钟楼、弥勒佛殿随着地形变化逐步建成。里面还在建设之中，许多佛像雕塑尚未涂装。好像也有500罗汉，但体形要比国清寺小得多了，都装在玻璃柜里。附近还有一个山洞，里面香烟缭绕，只供奉一尊很小的菩萨，我们也看不出什么名堂，就退了出来。门前大佛像的背后有一泓清水，里面各种颜色的鱼，很是赏心悦目，在游客抛下食物的“调度”下，翻腾追逐，颇有乐趣。

到此，我们已到了让离开柯岩景点的时候了，对那鉴湖、鲁镇景点只能是“望景兴叹”了。

八、浙江人正在绿水青山中改变自己的面貌

这次到浙江去旅游，给了我们一个很深的印象，就是浙江人在绿水青山中改变自己的面貌，这里面包括环境面貌和精神面貌。我们此行6人，其中3人的祖籍是浙江，但我们都是出生在上海的浙江籍人，并非土生土长的浙江人，所以生活习惯和思维方式主要按照上海人的方式来进行的。而浙江当地人，尤其是杭州、宁波、温州等大城市以外的浙江人，他们凭着智慧勤劳刻苦的创业精神，很早就富起来了，出了大量的企业家。但有一段时间，其气质并没有与他们的财富一起，与时俱进。但这次我们明显地感觉到浙江人的素质发生了质的变化。

据国铭讲，以前他们开车去浙江山区，大多数是盘山公路，所以看看两地间的直线距离不远，但却要开很长时间的车，才能到达目的地。如今

高速公路四通八达，要过一个山冈，往往采取隧道的方式穿越而过。有时甚至是一条隧道刚刚出来，又钻进另一条隧道。两地间的路程大大地缩短了。浙江的高速公路一般只有来去各2股道，有时前面的2辆车开得慢一些，就会把整个路面“挡”住了。国铭说，他们宁可路面窄一些，同样的财力，就可以建设更多条数的路径，这是浙江人高明的地方。有一段时间我们到浙江去，发现环境恶化了，柯桥一带，清澈的河水变得黑臭，但这次我还没有看到一条黑臭的河流，生态环境明显好转。

这次在我们整个旅游的过程中，发现各景区的游客绝大多数是浙江本省人，外地来的游客并不多，从他们的服饰来看，也没有什么区别，说明浙江的城乡差别已经很小了。景区也非常干净，没有乱丢垃圾的现象，尤其是厕所非常清洁，甚至高雅。在好几个景点厕所小便处的墙壁上还有文化小品的布置，让游客在方便时，也不忘接受教育。在新昌大佛寺，这里现在还是4A级风景区，我看到这样的标语：“争创国家5A级旅游景区，推进新昌旅游二次创业”。这句话体现了他们懂得“绿水青山就是金山银山”的道理，把它化为自己“摇钱”的对策和手段。

我们这次下榻的天台县的三溢大酒店和嵊州市的鼎三大酒店都是胡定伦的儿媳妇陈秀娣在上海通过网上给我们预订的3星级宾馆。这两家宾馆分别在两座城市的“新区”，离老城都有一段距离。尤其是嵊州，新老城区处在高速公路前后两个近10千米出口处，所以我们原来打算去看看“越剧”发源地市容的愿望没有实现。但说明这两座城市的发展规划已经如同围棋一般布好了局。在天台，次日清晨，我拉开窗帘看后面的景色，是一个居民小区，其建筑和绿化水平可以与发达国家的公寓相媲美，院子里也停满了小车。根据头天在新昌从导航仪传来的饭店信息，我们去了一家名叫“一鸣”的饭店午餐，那里装修也算讲究，又充满了浙江地方文化风格的装饰元素。里面高朋满座，我一看都是普通老百姓在享受美食。我当时深感浙江人已经全面过上了幸福富足的生活。嵊州鼎三大酒店的水平完全超出我们的预料，相当高级，客房的装修达到了4星级以上的水准。尤其是它的浴室，设计得很有人情味。且不说喷淋的水让人

绍兴柯岩风景区游览图
Tourist Map for Keyan Scenic Resort
（柯岩·鉴湖·鲁镇）
KEYAN JIANHU LUZHEN

"越中行"掠影

感到惬意,就是地坪,也考虑到在四周做成2厘米高差的凹槽,喷淋头下来的水经人洗澡后,都流到凹槽里去了,既不需要防滑的垫子,也不会有洗澡水流到外面去。

当然这一切都在前进的路上,还有提升的空间,譬如菜肴摆设虽然颇有讲究,但菜的水准,无论是一般的饭店,还是大酒店的餐厅,其菜肴还如同大城市周边的农家菜,没有看到比较精致的。饭店推荐的有特色的菜肴和点心,明显停留在农家制作的水平,还缺乏文化的提升,离进入“大雅之堂”还有差距。客人在饭店餐厅里公开抽烟的现象还相当普遍。各种服务员虽然衣着打扮水准已经不亚于大城市,但气质的差距还有待提高。不过我们都认为这与经济文化建设一样,在中国存在梯级差距。这里的现象证明,差距会逐渐缩小的。整个浙江省就是一个逐步消除梯级差距的最好范例和缩影。

祝福浙江人民!

评议与联想

陈国梁: 这次由于赴加拿大探亲,没能参加“越中行”,甚是惋惜。看了钱总写的文章,很精彩,仿佛自己也跟着你们几位身临其境,好看,有劲,有味道,期待钱总后面的文章。钱总辛苦了,白天到处奔波,晚上又不能中断已经连贯的电视剧,还要少睡觉挤出时间写文章,粉丝们感谢你。

楼珍珠: 新昌我去玩过,但看了钱同学的“越中行”增加了很多知识,仿佛又去重游了一次,太好了!谢谢你!

陈素娣: 钱哥你真是太棒了。我前一时期也刚去过新昌,你的记录使我又一次犹如亲临其境,那里真的很好。《那年花开月正圆》我也是天天看。孙俪过去演的宫廷剧,我一部都没看,因为我不喜欢古代戏。想不到这部戏我被深深吸引住了。

郭玲春: 写游记了,好!念及天台,这是我父亲最钟爱的休闲地,那里似乎有一个远亲,时时照顾着我的双亲,记得爸爸来信叙述了这个小镇丰富新鲜的海产,让他乐不思沪。感谢你留下的墨迹,为我想念亲人时添加一份感性的场景。

汪美丽：柯岩好多年前去过，今天读来好像重游一次，谢谢钱老师。

章杏波：我的老领导、老同事及未谋面过的朋友，你们度过了一个有意义的国庆并中秋长假！令人羡慕，向你们学习！

柴慈铎：一次人文、休闲、史地考察的旅行！又是一次穿越历史，重返家乡的旅行。

李喻犀：图文并茂，认真拜读，犹如身临其境，也可作为以后出游的指导。

倪纪芬：去绍兴这条路二十多年前自驾游走过。那时没有正规公路，都是坑坑洼洼的泥石路，一路颠簸到了景点筋疲力尽，兴致大减。对石碑“鹅池”两字以及鹅池都有印象，原来那地方是个不太大的园林，除了这几块碑文没啥景色。现在已成旅游景点，它的文化和经济价值都上去了。记得还去过五泄，“一瀑五个弯”，脑袋里有这句话。钱同学你们这次没去吧？钱同学博古通今，《越中游》记叙的山峰，寺庙，古代文人及古文名著和碑文都涉及了古代文化，没有点古文化知识是不能那样有条不紊徐徐道来的，足见钱同学是位文理兼修的人才。钱同学身体一级棒，手勤脚健，文思敏捷。马不停蹄一站连一站景点连轴转。又拍照，又记录，又洋洋洒洒下笔如有神助，没有强健的体魄是做不到的。这肯定是平时注意保健和锻炼的结果，值得我们学习。

王存良：记叙很清楚，平实的闲情，没有什么高调，文字不甚雕琢，难得。

合肥学旅的故事、随笔和花絮

一、引子

2017年12月1日到3日，我去安徽合肥走了一趟，这本来目的是参加中国科普作家协会2017年年会，但是由于时代进步、科技发展、社会转型以及自己的年事已高，导致我的这趟旅程好事多磨，手忙脚乱，跌宕起伏，目不暇接乃至自认落伍。这次出行，我听取了亲朋好友的劝告“悠着点”，没有像往常，带着手提电脑，每天晚上在宾馆里忙着撰写当天的游记。打算回到上海后，把看到的、听到的和想到的，加以梳理，撰写出我下一本散文集《上海广度》的最后一篇文章。但当我坐在电脑前，打算开始撰写本文时，居然发现自己积累的内容涉及的地方实在是太多了，它们之间没有相互的逻辑关系，无法整理出一篇具有主题的散文。如果按照以往当天撰写的做法，还可以按照时间按部就班写出活动的进程，如今时过境迁，再用这个办法似乎也不行了。思来想去，还是把自己脑子里记忆比较清楚的事情，挑一些印象深刻的内容，甚至是戏剧性的场合，通过讲故事、随笔和花絮的方式，介绍给微友、读者们分享。由于各种入选内容相关性很差，而对于不同的读者，会有不同的兴趣点，那么，就请各位在阅读过程中，挑选自己喜欢的内容来看吧！如果不感兴趣，就一扫而过或者忽略不计跨越过去吧！

在为文章选题时，我想这次去合肥的最根本原因是学术活动，说起来连我自己也难以置信，我是1993年前后加入中国科普作家协会的，也算一个“资深会员”了。但20多年以来，我从来没有离开上海去参加过一次该会的活动。如今我已年逾古稀，如果再不去一趟，恐怕今后机会不多了。于是,我就按照为本次年会筹备而发布的征文启事投了稿,并被入选。这样我就有与会的理由。除了包括我被入选的征文发表外,还有其他学术研讨、参观活动,也都属于学术活动的范围内。从进入合肥这座城市开始,到离开那里,除了入住和开会的酒店,以及科普参观的场所外,其他合肥风景旅游地、商业街道一点没有沾过边。因此本次旅游纯粹是学术性和学习性的性质,为此我将其称为“学旅”。故本文的题目为《合肥学旅的故事、随笔和花絮》。其中有些章节,篇幅长一些,就算故事;有感而发,就算随笔;有点新闻价值的三言两语,就算花絮。

二、好事多磨的高铁旅程

我这个大半辈子干铁路的高级工程师,一直在为我国的高铁达到世界先进水平而自豪,然而,因为后来脱离了铁路系统,如今当我第一次单独来享受铁道科技的成果时,由于“想当然”,结果“败走麦城”。自从高铁成为我国铁道客运的主要形式以来,我一共出行过 3 次,前 2 次都是与其他旅伴结伴出行的,也都是在新建的上海虹桥站出发的。有一次和单位的同事一起去河南旅游,因为我较晚决定去的,所以他们大多数乘的车次票已经买不到了,给我临时买的“绿铁皮”的快客软卧票。我比他们先走,比他们晚到,由于我是在上海站上的车,于是给我留下乘高铁去虹桥站,乘动车或快客仍旧在上海站的“概念”。

12 月 1 日,我按照单位办公室主任给我网上订票的信息,提前一个多小时到达虹桥站,在自动售票机前,用身份证按照指令操作,取到了上海至合肥南站的来回高铁车票。我拿了去程的车票看到“7 号候车室检票”的字样,慢吞吞地走到了 7 号检票口,发现没有 11:57 开车到合肥南站的车次字样,于是再一次仔细地看了票面:“上海——合肥南”,此时,我发现始发站有问题了,马上看看旁边其他旅客的车票,发现人家的票面上的始发站是“上海虹桥站”。坏了!我走错始发站了,电子售票的先进性,无论在上海站,还是虹桥站,都可以用身份证取预订票,反而给我带来了误解。此时我第一反应就是马上乘 2 号线地铁赶往上海站。于是我拖了拉杆箱，下了自动扶梯，往地铁站赶去。所谓“虹桥枢纽”是火车站、机场、地铁站可以互相换乘的地方，哪知道它们之间都有一定的距离，不是轻易可以到达的。我急急忙忙赶了一段路后，发现时间飞逝，此时去理解爱因斯坦的“相对论”显得尤其确切。我估计，如果乘上地铁，还要到人民广场换乘1号线，再到上海站，即使最终赶上那班火车，也会让我这个老头儿在紧张的情绪中，累得个半死。尤其是如今就在另一座火车站，为什么不动脑筋从这儿出发呢？

想到此，我又重新返回虹桥站，再一次接受安检，进了高大进深的候车室，抓紧时间去退票窗口在票面规定开车时间前，办理改签。虽然队伍不算太长，也又耗去一段宝贵的时间，总算排到了窗前，一个小伙子满头大汗冲过来求我让他先办理，原因是，他也是应该在上海站上车的，此时离那趟车开车只有4分钟了，如果我不让他先办，很可能他的票就不能办理退票手续了。“同病相怜”，我同意让他先办。等到我办理的时候，售票员说，这里不能办理改签，只能退票。要改签，到旁边售票窗口去办理。我一看那队伍更长，我已经没有把握在开车时间前，办妥改签。无奈之下，我只好把车票退了，据说扣去了20%的手续费。

然后我又重新排队购买车票，大约半个小时后，到了窗前，售票员在电脑里寻找了好一会儿，摇着头说，只有下午4:43分的动车组票，它的速度很快，与高铁只相差10多分钟，但票价便宜了25%，我只能选择这趟车了。买好票看着时间，离开车还有5个小时。回想来时路上交通的拥堵，看来这五个小时只能在这里度过了。我给妻子打电话，告诉她我的情况，原定我到合肥就要向她报平安的，现在不行了。她在电话里嘱咐我中午去吃一碗面条，热汤热面，胃能舒服些。我好不容易在候车大厅上方，看到有一家“台湾小吃”的饮食店，要了一份30元的“担仔面条”，等到筷子一撩，那面条只有区区几根，就算我这个胃口不大的人，也根本吃不饱。等到下午2点果然又饿了，于是拖了行李去找了候车室另一端的“大娘水饺店”再吃了一顿。就这样，东坐一会儿，西看一会儿，终于熬到开车前半小时，到了5号检票口，原来这趟车的终点站是武汉。

有一位中年人排在我的后面，我问他检票还要不要身份证？他说，不要了。于是我们俩就搭上了话，他说他到六安下车。以前六安不通火车，所以我弄不清六安的具体位置，后来他一解释，才知道在合肥南站的后一站，那地方就是大别山区。他又对我讲带有安徽口音的上海话，我问他在上海工作吗？他告诉我，他 1993 年就来上海闯荡，如今也站稳了。但是父母、家属还都在老家，不过也在六安城里买了房子。说话间，检票了，还真巧，他就和我同车厢又同排。上了车他把他靠窗的位子留给我，让他原来的邻座旅客换到我的座位上去，继续我们的聊天，就这样我也多了一位可以交谈的旅伴。

他又继续介绍他的情况。如今最让他操心的是 2 个孩子，大女儿已是大学二年级的学生，小儿子马上也要考大学了。他觉得自己学历不够，走上社会后付出更多努力。希望孩子多念点书，有了较高学历，将来就业机会更多些。我一问他年龄，只有 43 岁。在上海这个年龄的人不可能有孩子上大学的。他说，他们那里结婚早，他要出来打工，就要先把婚结了。3 个小时的旅程，这样交谈，觉得时间过得很快，过了南京南站，下一站就是合肥南站了。他说请我这次会后，有机会去六安一行，这当然是不可能的，但既然这样热情，按照当下时髦的做法，先“扫一扫”对方的二维码，成为微友联系起来吧！于是我知道他叫“徐为松”。

在列车行进过程中，我一直注意着车厢门框上方显示屏上显示列车的速度，总在 250 千米/小时左右，这样速度到合肥不需 3 小时，为什么算“动车组”呢？原来停的站多，昆山、无锡、常州、镇江到南京都需要停靠。尤其是在常州南站，停了 19 分钟，只见后面的列车，一列一列地从后面超越过去，我想，那大概才是“高铁”了。动车组理应为它们让路。可是这个概念在我与上海科普作家协会的两位领导江世亮、李乔一起返回上海时，又给搞懵了。我们买的是“高铁”票，从合肥南站到上海站，过了南京南站后，沪宁线上几乎所有保留下来的车站，除了昆山，它都停：丹阳、常州南、惠山、无锡、苏州。尤其是从惠山到无锡之间时速只有 10 千米，天呢！那停站方式简直有点像当年沪宁线上的“慢车”了。据江世亮、李乔说，他们去合肥时乘的高铁行程，只有2个小时多一点，返程时间，多了将近1个小时，还都叫“高铁”，票价一样。1个小时在“高铁”领域中，可不是很短的时间哦！

有趣是事情还有，江世亮、李乔因为是中国科普作家协会的常务理事，他们要在第一天下午出席理事会议，所以一早就从虹桥站启程了。在他们心目中，他们回沪的终点站肯定也是虹桥站。当他们进了合肥南站的候车室，才发现终点站也是与我一样的上海站！而且与我还是同一车厢！

与上海科普作家同仁合影

这上海站、上海虹桥站分别承担哪种功能的客车？这高铁、这动车组究竟区别在哪里？这一站都不停的“高铁”与一连串中间站都停的高铁是同样的票价，道理是什么？此外，这200千米/小时速度的高铁与300千米/小时以上速度的高铁列车，采取同样的票价；同样距离内，差不多的旅行时间，却不同的票价，都让我这个曾经的“老铁路”搞得稀里糊涂。

我想,除了我跟不上铁道科技发展的步伐,这也是广大旅客希望铁路部门管理软件水平相应同步提高的一种期望吧!

三、领略合肥现代化大都市气派

从合肥南站的出口处出来,按照引导牌的指点,我很快找到了出租车的等候处,它在一条从地道口上匝道的道路的两侧,旅客们在蛇形栅栏中渐渐移动,等候从地道口不断驶来的出租车。那架势一点不亚于国际大都市机场出租车等候点的样子。我大约等了20多分钟,才上了一辆出租车。那驾驶员浓厚的安徽当地口音,让我重温了当年在上海铁路局工作,到安徽出差,与安徽籍员工打交道时,他们发出的乡音。说起合肥,它虽然是省城,但在铁路系统的地位很低,是全国除了拉萨当年不通铁路的原因以外,唯一没有铁路分局以上机构驻扎的省会。合肥火车站的上级领导机构是位于京沪线上的蚌埠铁路分局。

我这次开会下榻的是天鹅湖大酒店,据驾驶员说从合肥南站到那里还是有一段不短的路程的。这一路马路很宽,但红绿灯也不少,两边街景灯火辉煌,我说,合肥发展得很快。驾驶员一面以自豪的口气称是,又用埋怨的口吻说,交通拥堵导致影响了收入。我说,如果立交多一点就好了。驾驶员一面表示同意我的观点,一面就将车开上了一段高架道路。他在让我知道,合肥也是有立体交通的,这大概就是合肥人在维护家乡形象不受贬低的一种暗示。

大约过了20多分钟,来到一片高楼林立的区域。楼宇被各种照明手段装点得晶莹剔透。其中"天鹅湖大酒店"的霓虹灯在夜空中显得格外醒目。不知转了几个弯,车辆停泊在酒店的大门口,驾驶员友好地将我的拉杆箱从出租车的后备厢中取出,我则付款与之告别。大门口中国科普作家协会的李姗姗小姐等工作人员热情地为我办理报到手续,并抱歉地告诉我,因为前来与会的代表远远超出了事先的估计,原来我一个人的房间还要住进一个人。此时在大厅里碰到了已经到达的李乔和新增补理事王韬。王韬也因为同样原因,与江世亮安排在同一房间。我也只能无奈

合肥夜景

地接受大会的安排，与一位不相识的会员住在一间。真是没有想到，将近10点半进来与我同住一屋的是中国科普研究所的高宏斌主任，和他一交谈，还真找着了可以与我分享共同感兴趣话题的一位“知音”。与他邂逅，真是一个意外的收获，这是后话。本来我可以到底楼自助餐厅用餐，但因为先前高铁上车的问题，弄得我有点累了。另外，我还自带面包、香肠和香蕉可以充饥，也就懒得下楼了。

安排好行李，脱了外套，煮上开水，就等水开喝茶用餐了。在此间隙，我拉开了窗帘，一刹那，窗外的景色把我立刻镇住了。这哪里是在前几年华东地区经济最为落后的安徽，完全是一副国际大都市的气派，胜过了我上次去深圳，住在四川宾馆所看到的情景。眼前的高楼大厦，不仅有通透灯光形成的层层楼面组成的擎天立柱，还有的大厦立面变成了用移动LED灯合成的“世界500强企业入驻”字样的幻灯屏幕。因为位于天鹅湖畔，宽阔的湖面也成了这些灯光闪烁大厦倒映的镜面。再转了一个视角，鸟瞰下方，是几条打着红白车灯的滚滚车流，在一座体量不小的立交桥的地方，随着不同车道，按照不同的方向徐徐地流动着，场面颇为壮观精彩。这就是我刚到合肥就领略到的现代化大都市的风采！

四、直来直去的名家名人演讲

这次年会除了开幕式和闭幕式，会议分为上午全体会议听取大会报告和下午分为六个主题的分论坛。在本章节我主要让微友们分享上午四位名家名人做报告中比较精彩或者让人思考的片段。本次大会由中国科普作家协会新当选的理事长周忠和院士主持的，这位60后的中年院士出任理事长出乎我们的意料，一般在我们的概念中，院士都是白发苍苍的老者，而且我发现他的思维比较敏捷，讲话也比较直率，在后面的4位名家名人报告或者PPT上发现不同意见，就会直接发表自己不同的看法。但大约因为“直来直去”的缘故，在名家名人的报告中，他也“遭遇”到对方对他当面发表相左的观点。这就显示出学术活动本来就应该具有的“百花齐放，百家争鸣”直来直去的氛围，而不是领导、名家之间看似互相尊重，实则互相吹捧的不良学术作风。

第一个上台发言做报告的是著名天文学家、科普作家卞毓麟教授，他有“中国的阿西莫夫”的雅称。他在他的报告中提出了一个“元科普”的名词。说“元科普”就是“原创科普”作品，应该是工作在科研第一线的领军人物（团队）生产的一类科普作品，是他对本领域科学前沿的清晰解释……然后，他引出正在主持会议的周忠和院士曾经说的一段话，大意是周院士非常期待等到他自己把繁忙的科研工作搞好了，退下来后可以静下心来搞科普创作……对于周院士的这个观点，他表示了不同的意见。卞教授认为当下最需要的作品就是像周院士那样在第一线搞科研的领军人物，把最新的成果向非常期待的公众解释清楚，怎么能将科普创作摆到退下来以后呢？当然我只是表述卞教授讲话的意思，卞教授的语言是很风趣的，既引起了在场听众满场鼓掌和笑声，又让主持人周院士在愉悦的氛围中听取了“批评”。我对李乔说，卞教授的语言表达水平实在让人佩服。

第二个做演讲的是如今让国人最为自豪的以潘建伟院士为首的中科大“量子通信”团队中的少壮派陈宇翱教授。他的报告题目是《量子的上世纪和下世纪》。做有关“量子”这个尖端科学的科普报告，确实不是一件容易的事情。陈教授首先介绍了最早提出“量子假设”概念的普朗克，连他自己也一度想否定这个“量子”的，但后来有一群人都认可发现它是存在的，而且逐渐发展成为“量子力学”，属于物理学的一个重要分支，为原子弹、半导体、激光、超导、核磁共振等一系列科技发展奠定了理论的基础，这属于第一次量子革命。以量子信息技术为代表的第二次量子革命，将对综合国力和国际竞争力产生根本性影响。大概看着下面听众似懂非懂的表情，陈教授讲了一句非常“经典”幽默的话，一位对量子力学有重要贡献的名叫尼尔斯·玻尔的科学家甚至说过，弄不清楚“量子”概念是正常的，而弄得清“量子”概念才是不正常的。这句话引得全场哄堂大笑，在随后的听众提问中，提问者频频应用这句话来表示自己提的问题可能幼稚而自嘲。

第三个报告人是个名人，就是原来 CCTV 上《正大综艺》的主持人王雪纯。她如今是一档大型科普节目《加油！向未来》的制片人，称自己的节目是“传统媒体的崭新科学表达”。这档节目开始邀请一些文体明星加盟，想以此吸引更多的观众，如让百米冠军张培萌与国产大型飞机比赛起飞时的速度。后来她逐渐意识到，要真正提高质量，就要邀请科普和科幻大家，以及有创新苗头的青少年一起参加，果然效果不错。于是她打出的 PPT 的画面上的标语：“团结就是力量，坚持就是胜利”。由于她 PPT 所用的词语不少都是口号，画面的背景全是红白相间，让人回想起那个特殊年代的海报。主持人提醒报告人，这个 PPT 不该有如此的倾向，报告人却一脸的茫然。下面就有听众在议论，如今的年轻人不知道特殊年代，是很可怕的事情。

第四个报告人是前一段时间被科普界看作接班人的“松鼠会”的代

表人物姬十三。他的团队跳出传统科普主要使用纸质和影视媒体,他们使用网络媒体,具有更新换代的意义,被各级政府和广大青少年所关注。他们目前正在坚持运用信息技术搞科普。他以"新内容、新传播、新用户"来诠释他的话题《正在发生的科普新变化》。其中知识可以收费了,知识提供者可以得到8—10倍的收益等观点和做法,与传统知识分子羞于谈钱的观念不同,引起想以科普为事业人们的很大兴趣。

本章节属于花絮性质,我就点到为止了。

五、科普、科幻需要文学的"名分"

我这次之所以主动参与征文,要去参加中国科普作家协会年会,是带着疑惑求解答的目的而去的。上海市科普作家协会很长一段时间,一直在探索"科普与文学"相结合的创作路子。20多年来,也产生了一批不同于人们印象中以类似《十万个为什么》即"科技知识浅说"小品的散文、小说,但这些以小说、散文为载体的科普作品,到底属于文学作品,还是科普作品,也就是说归到哪个文学类别却成了问题。前些日子,听说中国科普作家协会加入中国作家协会,成为它的一个团体会员,也有几位科普作家被中国作协吸收为个人会员,那么,他们属于中国作协的哪个专业委员会,是否有一个科学类的专业委员会,成了我非常想知道的事情。因为上海市科普作协,前些日子对此有过议论,还没有意见一致的结论。最近随着一些科幻作家的作品,如刘慈欣的《三体》、郁景芳的《北京折叠》在国际上获奖,科幻作品在社会上逐渐热了起来,我估计科幻文学已经在文学界获得了认可和地位,而科普小说、科普散文的地位更加尴尬了,到底算哪类文学?它们如同蝙蝠,说它有翅膀,属于鸟类,大家不认可,因为它有哺乳纲动物的主要特征;说它是哺乳动物,它又长着翅膀能飞。虽然在学科分类上,人类可以将其归入哺乳纲动物,但毕竟它拥有双重的主要特征,在童话描写中它有着"两头靠不上"的尴尬。

看了《会议手册》,下午的6个分论坛,其他诸如旅游科普、科普产业、编辑、教育、青年都与我关系不大,相比之下,能与我对上口的只有"科学文艺与科幻论坛”，因此，我只有参加该论坛了。

当我找到会场时，已经迟到了。一进去，发现这个会场很小，但也有在房间的纵向一面墙上悬挂《中国科普作家协会 2017 年会“科学文艺与科幻论坛”》的横幅。室内一共大概只有 30 来个位子，中间摆了一张长方形的会议桌，两侧还各有一排桌椅。中间的会议桌上有些人的面前放有席卡，但没有满放，有几个位子前没有席卡，两侧位子也没有席卡，但基本都坐满了，看上去都是年轻人。在这样的情况下，我只能选择中间会议桌的空位坐下，我四周打量一下，没有一张熟悉的脸。扫一下席卡上的名字，几乎都不认识，也只有王晋康的名字以前在中国科普作协杂志《科普作家通讯》上经常看到，它的席卡对着一位年龄与我相仿的学者模样的长者。另外，与我一样坐在中间桌旁没有席卡的与会者，一般年龄都在中年以上了，其中一位戴着淡咖啡色毡帽，气质高雅，在上午的会场上，就很受大家瞩目的女士，也在这里。

按照议程，第一个发言的是一位名叫弗朗西斯科·沃尔索的意大利科幻作家，但只听见一位年轻的姑娘捧着 iPad 在念中文，每念完一句，就对着前方放在讲台顶上小屏幕里的外国老头，用手打出一个 OK 的手势，然后，那老头继续他的英语演讲，前面的大屏幕也随着老头讲的内容在滚动画面。啊！原来那屏幕里的意大利老头就是发言人弗朗西斯科·沃尔索，他在意大利通过网络电视在参会，那姑娘是在替他翻译。接着我的邻座，一位在北师大读科幻博士的意大利留学生，她的中文名字叫彩云，也随后发了言。他俩的观点主要是表示，如今国际上科幻的舞台主要被英语国家主导着，像中文、意大利文的科幻作品都需要通过英语“中转”才能交流，他们已经在为中、意科幻作品直接互相翻译做努力。

后来按照议程发言的除了王晋康，都是中青年人，他们中有科幻作家、科幻研究者，甚至还有画家，各抒己见，内容丰富，但都是我陌生领域的事物和见解。科幻作家杨平谈及如何塑造“科技影响之下全人类的精神文化状况”。科幻研究者付昌义是南京工业大学的副教授，他通过评论科幻小说《永生医院》，指出了科幻小说中，有着现实主义的隐喻。来自杭州的画家岳路平的报告,充满了艺术家式的幻想乃至狂想,使我辈的反应,根本跟不上他报告的节奏,但又不得不佩服如今年轻人充分的想象能力。

只有王晋康先生,这位中国科普作协副理事长的发言,还比较配我的胃口。他比较概括地回顾了中国科幻发展的历史和近况。目前影视界资金大量介入,5—10 年内形成高潮,他们科幻作家对此不敢乐观,需要谨慎。大部分科幻作家是从科普作家转型而来。他认为,科幻作品中的成分,30% 是科学,70% 是文学;而科普作品中,则 70% 是科学,30% 是文学。如果科学和文学各占 50%,那就是精品了。如今,40 岁以上的读者对科幻采取疏远的态度,而 40 岁以下的读者是科幻迷。

在上述各位的发言过程中,主持人姜振宇对大家打招呼说,按照惯例,应该有听众提问环节,但由于时间仓促,就准备在后面一并解决了。谁知道当上面这些人发完言,他就让一位叫凌晨的女科普作家作中国科普作协科学文艺委员会的年度总结报告了。等到凌女士匆匆念完报告,主持人就宣布散会拍照了。到这里,我才刚刚明白,这里的聚会其实是一个专业委员会的年会,而我是一个不知底细的"闯入者"。原来这是一个科普尤其是科幻作家的圈子,次日参观时,我向那位当翻译的姑娘打听,问她来自何方?她说,她是吴岩老师的学生。那吴岩又是谁呢?那姑娘见我连吴岩是谁都不晓得,都懒得理我了。江世亮在旁边告诉我,吴岩教授在科幻界大名鼎鼎,是原北师大唯一的科幻博士生导师,如今去了南方科大,主持人姜振宇也是他的学生,是那姑娘的师兄,他们都随导师去了南方。

我一听就急了,我是带着问题来的,怎么就这样走过场了呢?于是我就简单介绍自己来自上海,本次来合肥的目的,又谈到所谓"蝙蝠"式的尴尬,我们的科普散文、科普小说算文学中的哪一类?如果说统称为"科普文学",文学界承认不承认?王晋康先生解释说,应该可以称为"大科幻",不要说你说的科普文学像蝙蝠,不久前也有人称科幻小说是"蝙蝠"呢!意思是说,科幻小说还没有得到文学界承认,可以单独立为一个种类呢！原来科普和科幻都有同病相怜的尴尬啊！

我昨晚与高宏斌先生交谈时，他也谈到，文学界认为科普作品可以依附在儿童文学、军事文学的类别中。如要单独成为一种文学分类，需要拿出依据。科普界目前还没有做好理论方面的准备，看来还需时日，如果上海的同志可以先走一步，那就太好了。第二天，我和江世亮共进早餐时，与那位戴着淡咖啡色毡帽的女士正好同桌，江与她原来就认识，江为我们做了介绍，原来她是中国作家协会创联室的冯秋子老师。我又提了昨天的问题，她说她也注意到我的问题。她分析主要原因是文学评论界的专家，还没有做好接受和评论科学作品的专业准备，让他们去做他们不熟悉的事情，是有困难的。我认为冯老师点中了问题的要害。我还是认为，不管怎么说，为科普文学在文学领域中争得一席之地，是我们科普界义不容辞的职责，也是一件具有划时代历史意义的事情。尤其是我们上海的科普界在"科普与文学"相结合的创作道路上，取得了可喜的成果，理应给它有一个文学学科类别的"名分"。

分论坛结束，大家一起拍照留念，随后主持人打听到我，专门让那翻译姑娘给我送来照片。南京工业大学的付昌义教授，还给大家建立了一个微信群，我也在其中，是否从今开始，我也算这个圈子里的一员啦？

六、并不轻松的知识更新"洗礼"

按照大会安排，第二天是组织参观学习，要在以前，到了一个地方，安排半天到一天的参观学习中，最主要的内容就是游览当地的名胜古迹。可这次可是名副其实的参观学习。分成了两路，第一路去中国科大参观，第二路主要考察时代出版传媒公司、科大讯飞和中科院强磁场科学中心。我事先没有登记，后来听江世亮、李乔说，他们都是参观第二路，我也就随他们而去了。说这次参观学习名副其实，确实不假，通过这半天的参观，使我们受到了一次高科技的科普教育，在感到科技发展速度之快而震撼的同时，也感到我国的青年科技人员的"厉害"，所谓"后生可畏"，而我辈这样的老科技人员确实是落伍了，也应该以"服老"的愉快心态退下来了。

我们第一个参观的时代出版传媒公司在一座高楼里，等待的过程中，接待工作人员先让我们去看看在二楼举行的《第二届中国瓷画双年展》，那是景德镇的陶瓷艺术家把陶瓷平板作为“纸”或“画布”，用陶瓷的语言，向世人描绘出一幅幅生动的艺术画卷。它除了要表现绘画的语言，还要经过“火”的洗礼，所以是美术界和陶瓷界共同携手才能达到理想的境界。无论是花鸟画、还是山水画都有，作为国画的爱好者，我也不免要用手机拍下几张照片。这里毕竟是艺术欣赏，其心情是愉悦的，无须参观者全神贯注地“学习”。随后上楼进入时代出版传媒公司——它的前身是安徽电子影像出版公司，今天主要给我们介绍他们“时代 e 博智慧校园（TIME@ BO）”的系列产品，通过“时代教育在线”的数字教育应用服务云平台，让安徽省发达地区和边远地区的学校享受到同质的教育。在这里，我们也没有需要强记的东西，只有一个软件为我们津津乐道，一个帮助教师批改作业的软件，它可以把学生的错题，集中到一个数据库里，这样学生在那里找到自己知识点的薄弱环节，老师也可以集中力量，帮助学生改错，双方都省去中间许多归纳寻找错处的环节。我们是以“外行看热闹”的心态，参与这个参观节目的。

第二个参观节目，内容最丰富，表演最精彩，但理解也最吃力，那就是大名鼎鼎的号称“中国智能语音与人工智能产业领导者”的科大讯飞公司。公司在一座高楼大厦里，一进底楼大厅，就看到墙上一溜的照片，都是国家顶级领导人考察该公司或者在某场合与该公司领导交谈、合影。让大家最熟悉的是李克强总理在人大期间，看刘庆峰董事长做语音设备演示的镜头。接待者将我们引入一座大会场，前方舞台在左侧有一个讲坛，有一位名叫徐健的小伙子作为主讲人，右侧有一个讲台，一位年轻的姑娘作为助手，配合徐健。报告是按照 PPT 播放的进程逐步展开的。内容实在太多，而且都是需要听者具备一定的科技素养才能及时接受的，我是竖起耳朵认真听讲和张大眼睛观看演示的，但毕竟年纪不饶人，反应跟不上，谈的内容也不是我的本行，所以无法即时消化。本文也不是科普文章，我就挑选给我留下比较深刻印象的东西，与大家分享。

徐健的题目是《人工智能技术最新进展及典型应用》，他首先介绍了如今到处在媒体上出现的“AI”两个英文大写字母是什么意思，那其实因为“人工智能(Artificial Intelligence)”中两个英文名词，第一个字母的大写缩写。AI 技术发展走过了三次浪潮，前两次浪潮，代表的顶峰发生在 1970 年和 1990 年，分别以第一款人工智能软件和第五代计算机为代表，如今正处于第三次高潮，代表是语音识别上的成功。而他们公司在语音识别方面处于全世界最先进的水平，屡次在国际比赛上获第一名。语音识别属于“感知智能”技术，它还包括语音识别和多语种语音处理。通俗地说，它使信息时代各种机器像人一样“能听会说”。

语音合成可以将任意的文字信息转化为自然流畅的语言，相当于给机器装上了人工嘴巴。我们现在有时听到电话总机接线员的声音是电脑发出的声音，内容是讲清楚了，但听上去，它的声音的质量很差，不像正常人在讲话，一句句子被分割成一个词一个词吐出来。这个声音质量有专业的考评指数叫自然度。如果说 CCTV 播音员的水平最高，自然度是 5.0，那么，人工合成的声音能大于 3.0，就允许进入应用市场了，大概就是我上述电话总机或电脑接线员的声音。在 2011 年，该公司已经达到了 4.5 的水平，我们听到的声音的自然度，远远超过一般中国人的普通话水平了。

再介绍他们的语音识别技术和自然语言理解技术。语音识别技术可以将语言中内容、说话人、语种等信息识别出来，相当于给机器装上了人工耳朵。自然语言理解技术可以对自然语言进行语义理解给出适当的指令集合，相当于给机器赋予人工的大脑。随后，他们给我们演示了李克强总理在做政府工作报告的画面，本来聋哑人是听不见，靠屏幕下方的小屏幕里的手势演示员，打手势同步翻译的，在这里当李克强总理一边在做报告，一边在大屏幕的下方就有文字同步演示出来了。也就是说，聋哑人可以看字幕，而不需要借助翻译了。另外一个例子，就是美国总统特朗普在讲话，他讲的英语，但发出的声音却是与他口气相似、口型相近的中国话。

这就意味着有相当一部分外国影视，观众可以借助这项技术，直接欣赏了。据说，目前好多方言也可以同样得到处理了。徐健说，以后许多地方可以用嘴巴来替代眼睛和手指发出指令。

徐健他们讲的内容远远不止我写的这些，但因为我来不及消化，以及记不住更多的东西，有些如他们在比赛的试题中，还有常识推理思考的成分，我就只能知道有这么一回事，无法在这里进行诠释性地介绍了。

从科大讯飞公司出来前往中科院强磁场科学中心途中，穿过两边的湖泊到了一个叫“科技岛”的地方，据说安徽类似这种大小湖泊很多，以前都是自然状态的样子，如今都变成高科技园区的所在地了。楼宇、树木、草坪和湖泊融为一体，如同一个大花园，这里已经根本不是我们以前印象中的安徽了。在自助餐厅用了午餐，就去参观中科院强磁场科学中心，听该中心负责科普的科技人员介绍，这儿也有高科技的装备，真是没想到。大家都在说，中国科技大学迁来合肥，其对安徽发展的影响不可估量，说名牌大学是“国之重器”，很有道理。昨天，上海电视台播放上海市党政主要领导访问安徽的消息，当地领导安排他们参观的也是科大讯飞公司和科技岛上的中科院强磁场科学中心，由此可见，这两处已经是安徽省引以为豪的名片。

在这些参观活动进行的过程中，接待我们的都是年轻人，我还和另外两位年轻才俊有缘相识，并成为微友。当我和江世亮、李乔一面走，一面在交谈议论参观内容的时候，有一位 40 岁上下的年轻人主动与我打招呼，问我们是否来自上海，因为他听到我们在讲上海话，感到亲切，我听他的口音，完全是北方人，怎么会对上海话感兴趣呢？原来他是同济大学的毕业生侯俊琳，现在北京中国科学出版社工作。啊！还是我的小师弟！随后我们的共同语言就多了起来，当时交换了名片，并用彼此的手机互扫了二维码，成了微友。由于我没戴老花眼镜，事后才知道，他已经是一个分社的社长，而且还有正高级的编审技术职称，是出版界的一位年轻的领军人物。另一位年轻人叫章琢之，是午餐时江世亮给我介绍的，也来自上海，是在上海教育出版社工作的一位优秀的后起之秀。由于我们没有交换名片,我至今不知道他具体担任什么工作,从他告诉我,他所担任的社会工作来推断,在单位也已经不是一位普通的编辑了,而是挑着重担了。由于他们社的方鸿辉、郑石平老师都是我的老朋友,所以,与他一见如故,我们也成了微友。

我们乘大客车从“科学岛”直接去了合肥南站,至此,我的合肥“学旅”也就结束了,这次所看到、听到、学到的东西实在太多,是我在晚年一次不可多得的知识更新和洗礼,花了几天时间,消化一下,写成这么一篇的“杂文箩筐”,把一些东西往里面一装,也就画上了句号。

评议和随想

汪　川:平雷同学,你的“合肥学旅”的随笔,很幽默,很风趣。读了很愉悦,起到了“开心一刻”的作用,谢谢。

许兴汉:细节生动,内容有趣,没有微言大义,却能发人深省。好文!

何吉林:“甚矣吾衰矣!”辛弃疾这句话越来越有体会啦!

章杏波:真可谓“老革命碰到新问题”。

汪美丽:钱老师老有所学,老有所为。乘车的经历就像一篇微型小说一样生动有趣。也给我们提个醒,出门要搞清哪个车站,哪个机场。

钱丽臻:习惯于自驾或坐飞机出游的平雷,这次坐火车受累了,中饭吃不饱不说,连火车站都搞错了。想起当年你写一篇文章说一个老乡背了行李到你们铁路局去,以为那是火车站。铁路行家长期未坐火车之故吧!还要排队退票,真正辛苦!没有取笑之意,我等垂垂老矣,如今我一人出门就怕坐火车,自动扶梯要扶把手又要顾行李,好几次行李翻落,所幸未伤及他人,自己摔跤也有发生乃至皮破血流。话说回来动车高铁,远处变近途,千里行程只需区区几小时,若不去领略享受,此生乐趣更待何时?与弟妹共勉之。

顾　颖:有意思,虽然我也遇到过,但没有这么狼狈。

周昭德:铁路出身竟然如此?

周文华:你这旁人看来搞笑经历,我也碰到一次,这次去北京顺道天津游，在乘高铁回来时，去了天津站，不知怎么搞错了，进的是天津西站。那时还浑然不知，幸亏我家聪明的一休小孙子发现了，当时我还在安检，他在看屏幕，继而看他跑去站岗处，事后才知道，他在问大屏幕上为何没找到我们的车次？站岗的叫他拿票看，他从双肩背包带子上的小口袋里取出票给站岗的看，才知站点搞错，赶紧掉头。同桌汪川同学再给你笑一次，但你不知当时的那份焦躁的情绪有多厉害，至今想起还心有余悸，我们乘的是当天发车的最后一趟，还是网上预定的。亏得我家的一休，11岁的小孙子救了我们，紧张吗？看来再老下去，得跟小孙子出游了。只是看了钱平雷同学的走错站，情景写得详细生动有趣，尽管该同情你，但我还是忍俊不禁笑出了声，你也得为粗心买单呀！

陈梅生：幸亏你的脑子好用，转得快，省得劳心劳力。

陈国梁：虹桥站和上海站阴差阳错总是有搞错出发站上车的事件发生，以前上海站和上海南站也时有搞错，接下来如果造个上海东站，差错的概率应该会更高。飞机，浦东机场和虹桥机场，一号航站楼和二号航站楼，不但出发时会搞错，接客时也会搞错。国际性大都市，交通是发达了，但千万不能粗心大意，老年人就更要小心谨慎了，这就是现代化快节奏的生活。

钱平天：平雷的文章第二段较生动，反映的并不是老年的迟钝，而是长期当领导的人，在单独行动时的“烦恼”；社会发展得很快，许多新生事物已经在社会上流行了，会有许多人跟不上，老人当然在其中，不过平雷反应敏捷，还不能列入，他属于“领导跟不上”。这段中科大讯飞和强磁场中心的参观纪实，写出了一个老科技工作者（平雷担任过较长时期的上海铁道学会秘书长，是一位以铁路桥梁为主的具有综合科普知识的老知识分子）对当今中国科技飞速发展的一种惊喜和感叹！

张星玲：日常生活的点滴就能写出一篇短文，这就是名副其实的作家。

夏　萍：科普作家，到哪里都与科普相关。我看钱老师思维敏捷，下笔有神，好迅捷啊！我虽然对深奥的科学术语感觉懵懂，但看了文章，多少知道了一点文字能快速转化为语音了！

章杏波：今年“中国科普作协2017年年会”盛况空前！通过作者对其作梗概式的介绍，使我这样尚热爱科普的会外人略知一二，收获良多。

张光武：你是真正热爱写作的科普作家。

顾亚民：平雷同学笔耕不辍，“有道云笔记”中常见你的各类题材的新作，集开创性、资料性、知识性、趣味性于一体。何言开创性呢？试举一例，举全国之力而进行的“医改”“教改”多少年反反复复都很难见成效，而你有勇气去探索“养老”这一民生大课题并写成了小说，这就具开创的精神，使人很感动，觉得了不起，是在尽一个作家的社会责任吧。平雷同学还有令人钦佩的锲而不舍的“钉子”精神，有了头衔也必得有名分，此说可见于你今天的文字，这就有了文人不可多得的名士之风。文字简约平朴、也时见精致细腻，读起来有那么一丝烟火气，烟火气来自于坚实的土地，或许和唐山路那幢船型房子也有关联，有小时候的味道。上述有感，无论对错，一笑而过吧！

毛正峻：钱老师你这个科普专家毕竟与众不同，让人迷迷糊糊的人工智能和语音识别，就三言二语表述清晰了。你开始偏科普，后来偏小说，现在偏散文了。此文有景，有情，有味。让人佩服。

郭玲春：且行且思且动笔，有心有情有道义。难得！

科文学思

科普是集成创新的基础
——首创《CCHC(持续照料社区)居家养老模式服务管理标准1.0》回顾

养老问题是我国政府和广大民众极为关注的大事,按照国情将有90%的老人及其家属采取“居家养老”的方式。目前虽然创造了许多好的居家养老的模式,诸如“时间银行”“长者照顾之家”等,但都有这样或那样的不足,如果要把这些好的模式,取长补短,进行整合,就需要制定一套有关服务与管理的标准。它应该是“将居家养老所需的各种条件,经过集成创新成为保障支撑体系、操作的规范,加上由党和政府、运营商、社会团体、志愿者以及老人与他们的家属组成的组织形式,所共同合成的规范”。

CCHC是“持续照料社区”的英文“Continuing Care Home-based Community”的缩写,《CCHC(持续照料社区)居家养老模式服务与管理标准1.0》(下称《标准1.0》)是我国第一部有关居家养老的标准,撰写制定这部标准涉及许多专业,必须进行集成创新才能奏效。本文作者作为《标准1.0》的主编,要负责建立《标准1.0》的框架,编制其目录,就必须对涉及的几十个专业的相关知识和技能,都有一定的了解,还要掌握一定的科学方法,加以整合。同时要让参与编写《标准1.0》的团队各位成员,在与其他专业的同仁合作时,对非本专业的知识和技能也要有一个基本的了解。在编成《标准1.0》后,还要让更多的相关人士全面理解其内涵。在这里,本人作为一名科普作家的素养,得到了充分的发挥。本文将对《标准1.0》编制过程中,运用科普的手段,成功编制和推广的心得体会做一回顾,显示了科普在集成创新中的基础作用和潜在魅力。

一、科普作家的经历让我成为主编

我是中国科普作协的一名老会员，我的第一专业是桥梁与隧道，属于土木建筑和交通工程范畴。我长期在铁路这个涉及众多专业“大而全”的企业里工作，尤其是长期在上海市科普作协也担任一定的职务，所以有机会从其他专业的会员同仁那里获得许许多多非本专业的基本知识。

我国的科普强调，除了普及科技知识外，还要普及科学思想、科学精神和科学方法。我因为从事铁路行业，对系统方法理解较深以外，还对逻辑方法、数学方法等其他科学方法有了一定程度的掌握，我在上海市科普作协对外举办的学习班和科普讲座中，经常担任演讲科学方法课程的角色。

上海市科普作协一直号召会员在探索科普与人文科学相结合的创作新路，我作为其中一员也积极投入。近20年来，我撰写并出版了四部散文集——《幸福相对论》《幸福就在当下》《幸福永伴你我他》和《上海高度》，在文理结合方面取得一些成绩，也获得了一定的好评，并因此被上海市作家协会吸收为会员，成为一名“双重作家”。

CCHC居家养老模式是上海楼宇科技研究会的团体会员单位海阳集团的徐超董事长，在学习了加拿大、美国的养老模式，结合了我国国情提出来的一种模式，与我前几年所做的课题《居家养老保证支撑体系》中的观点有许多不谋而合的地方，但当时它只有概念，没有具体可操作的规范。于是我们商定由我领衔组织专家班子，具体撰写。

成为科普作家的经历，使我跨出了桥梁与隧道专业，能够运用科学方法，领衔将许多不同专业的专家召集到一起，将他们的专业知识进行有机地交叉，产生了一系列诸如《旅游房地产学》《旅游交通学》《智慧楼宇评价指标体系》《物业管理标准》等新的边缘科学和科技成果，这让我具备了成为《标准1.0》主编的基本条件。

二、科普型“导论”奠定了《标准1.0》开篇的基础

要制定《标准1.0》,首先就要编制一个目录,这是我主编的事情。我运用系统方法的原理,先着手编制《标准1.0》的目录,我将它分为四大组成部分:第一部分是CCHC居家养老模式体系的体制和构造,内容涉及对CCHC居家养老模式体系体制和构造(模型)加以阐述和表示。运营商与政府、民间自治组织、志愿者组织各自的职责和义务以及互动机制。第二部分是CCHC居家养老模式体系的行政管理制度,主要内容包括CCHC体系的人事劳资、培训、服饰、档案信息、基金、财务、公共关系等的专业管理制度等。第三部分是CCHC居家养老模式体系的服务管理标准,主要内容包括对CCHC居家养老模式体系中医疗、助浴、餐饮、家政、精神心理慰藉等专业的服务标准和操作标准。第四部分是CCHC居家养老模式设施的类别及其管理标准,涉及金融、建筑、IT、机电等专业。

上述众多的专业,不仅包括理工,还有医疗、心理,更多的是属于文科领域。不要说必须要让参与撰写的各路专家知道,其他与自己相关专业的知识和技能大概是怎么一回事,就是对于海阳集团,也更需要让其知道《标准1.0》的主要内容是什么,以便获得他们的认可。

作为主编的我,就用科普的方法,搞了一个“导论”为载体,把上述各个专业它们在《标准1.0》中处于什么角色,什么地位,起什么作用,它们之间的逻辑关系,在“导论”中加以叙述,使所有参与者都知道了自己在《标准1.0》中的地位。

在撰写“导论”之前,如同准备撰写科普文章一样,我自己也要收集资料,把我原来并不熟悉的专业知识也学习一番,如助浴,看似简单,其实大有学问。我是科普作家,比较善于把学到的知识,用比较浅显的文字加以表达。我还将“导论”这篇“科普文章”放在正文前面,作为《标准1.0》的重要组成部分,引导各位撰写者一开始就纳入集成研究创新的正确轨道,果然取得了理想的效果。

科普手段为撰写《标准1.0》奠定了基础。

三、以科普小说为指南，诠释并推广《标准 1.0》

由于各位同仁较快地进入了角色，《标准 1.0》只花了 3 个月就完成了初稿，经过上海市一批养老问题权威人士的鉴定，已经交付上海市科技文献出版社进入出版程序了。该部标准有 600 多页，总字数估计在 50 万字以上。篇幅之大，涉及领域之广，连我这个主编事先也没有想到。我发现对广大读者来说，不可能也没有必要完整地阅读这部标准，但作为需要运用这部标准的人们来说，全面地理解《标准 1.0》的内涵是必要的。用什么办法来弥补这个缺陷呢？我决定写一部中篇科普小说，用讲故事的方法来帮助人们理解《标准 1.0》，科普与人文相结合的创作路子发挥了作用。

我的小说的名字叫《居家养老解困记》，在小说中，我虚构了一对小夫妻，因为岳父患了卒中后遗症，需要从没有电梯的多层建筑的 4 层去医院做康复理疗，发生了无法克服的困难。他们又不具备入住养老院的条件，必须在家养老，了解了 CCHC 居家养老模式之后，最终解决了问题。我将小说分成 21 章，每天在微信上发送一章，因为涉及人们最为关注的问题，反响热烈，大家都说通过阅读小说，理解了《标准 1.0》中涉及的许多科技知识，同时也分享了文艺小说带来的情节描绘的风采。海阳集团也运用小说，来让文化水平不太高的员工理解《标准 1.0》的内容，为《标准 1.0》的出台作了有力的铺垫。这部小说还请原上海科普作协副秘书长、画家蔡康非画了 40 张插画，也由上海科技文献出版社正式出版。该书与《标准 1.0》一起，在 2017 年上海书展上举行了首发式。

上海市老龄委科研中心殷志刚教授说，《标准 1.0》是他看到的国内第一部有关居家养老的标准，其他专家也给了很高的评价。为了让《标准 1.0》达到世界先进水平，也让我们的成果得到国际上的认可，经上海市政府的批准，我们决定在 2017 年 11 月份举行“上海居家养老模式国际论坛和会展”，让世界各国的专家来研讨居家养老这个大家共同关注的问题。

正是由于我们有了《标准 1.0》,填补了我国在这方面的空白,我们才有"本钱"搭建舞台。作为组织者,我很清楚科普在这次编写《标准 1.0》的集成创新中所起到的基础作用,没有科普,3 个月根本拿不出如此庞大的文字工程,这就是科普的魅力所在。"待到山花烂漫时,她在丛中笑。"

(本文被中国科普作家协会收入 2017 年年会的《论文选集》)

夜幕下的“中国画”

最近我与我的几位同事应邓展鹏先生之邀出席由英国屋宇装备工程师学会香港分会在上海举行的照明科技研讨会。会议的报告是用中英文为会议用语,其中专程从英国赶来的苏菲女士的2个报告自然采用英语。从香港来的钟教授,开场白用普通话,但一旦转入正题报告就用英语了,估计其中许多专业术语,他也不知道汉语是怎么称呼的。只有最后一个来自上海某设计院的杨赟博士介绍上海顾村的一个以“龙”命名的文化园区项目的照明技术,才是用普通话演讲的。估计这类研讨会由于语言的原因,一半以上的与会者对会议内容的理解,是打折扣的。虽然我粗通英语,但是有关照明的专业术语,我也是陌生的,当第一个报告的苏菲女士演讲时,尽管她的英语发音无可挑剔,但由于我不认识那几个在PPT上反复出现的英语词语,所以我大概连一半的内容都不知道她在讲什么。当时我只能低下头用手机查字典了,当诸如“compatible”“visual”等词语在学术报告里表示“兼容”“视觉”的意思被我意会后,再来听钟教授的报告就“一马平川”几乎全听明白了,我还有可能不时为那几位英语水平不能听懂的同事“翻译”几句,让他们知道大概在讲什么东西了。然而“三十年河东三十年河西”,当杨博士用中文做报告时,就轮到苏菲们一知半解了,他们只能是依靠PPT的画面,再运用自己的专业知识功底在那里“蒙”了。

在完全听懂杨博士报告后,会议就结束了,我们几个都对杨博士如何运用照明泛光技术在夜幕下“画”出由古典楼阁和江南民居组合而成的风景国画,表示了极大的兴趣和由衷的赞赏,因为这项照明工程确实是设计者结合了中国传统诗词和国画的文化艺术的原理和手法进行构思,再利用现代的科技和器材所“画”出来的美丽画面。同事们都鼓动我,将杨博士的报告内容用科普散文的形式写出来，让更多的微友也能分享，这倒给我出了一道难题。看到最后的效果画面，确实赏心悦目，但如要说明，既涉及太多的古建筑和照明技术的专业术语，又要懂得诗词的意境和国画的技法，对我来说确实是一件很困难的事情，况且，由于我的座位靠后，也没有拍到 PPT 理想的照片。不过按照我的个性，是很想将其表达出来的，考虑再三，最后还是决定尝试一下，试着撰写一篇文理“兼容”的文章。

杨赟博士的演示

杨博士介绍的位于上海宝山顾村文化中心的主题建筑是一座建在 10 米高台基上的 40 多米高“文昌阁”，文化中心之所以用“龙”作为主题，是寓意中华民族是“龙的传人”意思。用以活动和展览的用房是一组采用江南民居风格——带有山墙和马头墙的白墙黛瓦的多层建筑，围绕在“文昌阁”的周围，用白色的墙壁配上黑色的“人”字形瓦片盖在顶部的围墙，将文化中心围成院落。当杨博士接受任务时，这些建筑已经基本建好，脚手架也已拆除。现在需要他们用灯光来渲染夜景。但当时对他们的要求是在安装照明设备的过程中，如果再次搭建脚手架不许弄破一片瓦。文化中心的前方是交通繁忙的宝安公路，它的背面是一群高层住宅。因此，前方的观看效果是显示楼阁的豪华高贵的气质，而从背后看过来是一幅淡雅的江南水墨风景画的效果。这确实是一项无论从策划、设计,还是到施工、安装都是很困难的工程,它不仅需要建设者具备高超的工程建筑的本领,更需要的是设计者具备比较深厚的中国传统文化的修养。而这些杨博士他们都做到了,这大概就是这个项目被海外关注,他们被邀请前来做学术报告的原因。

杨博士他们怎样处理这项工程的,我也只能大概地把情况介绍一下,因为我只是当场听了一次报告而已,请读者谅解。杨博士们首先用了两句诗词来对江南建筑的文化特征做了归纳:质朴而又鲜明的群体意向——水墨画一般的色彩和层次,凝练而又生动的局部细节——粉墙黛瓦,反宇向阳——根据中国传统建筑的哲学思想,即在建造房屋时,在末跨的桁架上安置生头木结构,让屋面依纵轴方向两端翘起,使得建筑主体的屋顶向上凸起。

他又用了白居易的诗句"青砖小瓦马头墙,回廊挂落花格窗",并将其转化为水墨丹青,再现江南民居古朴典雅、溢彩流光的建筑风格——"青色的砖、小片的黛瓦、马头墙,雕梁花窗,飞檐出甍(屋脊),回廊挂落,雕刻精美,流檐翘角,宏伟壮观",用建筑构件组合而成的诗情画意,来表示他准备"以光影之韵,呈丹青之魂。承古韵之美,扬文化之神"的创意。用大白话来说,就是他打算通过照明的技术来表现国画的精髓,以此继承和发扬中国古典文化美的魅力。

在解决了创意的思路后,接着进入技术的层面。他利用中国画的技法来寻找这些建筑的构件中,哪些应该用照明灯光来勾勒出它们的形状或者烘托出建筑的特征。他从著名画家吴冠中国画中得到了启发,他运用"黑白反向处理"的手法,即类似以前黑白照片进行翻拍所得到的底片。以夜幕为画面的背景,显示出在白天处于阴暗部位的构件,然后用"白描"的技法,将其勾勒出来,作为将来布置灯光的对象。并用明朝文人袁可立的《观海市》中的词句"飞檐列栋,丹垩粉黛"——即"楼栋瓦檐,色彩鲜明"的意思,作为这个建筑照明色彩期望达到的水准。

根据我有限的记忆,杨博士除了用 LED 条形或点状灯光照明把建筑屋顶的屋脊、屋檐和马头墙、普通山墙以及主要梁柱构件的形状“勾勒”出来外，他把重点放在大屋顶的飞檐斗拱和民居式建筑及其台基的大块墙面的泛光处理上。

中国传统建筑中尤以屋顶造型最为突出，使屋顶成为中国古代汉族建筑最突出的形式特色。飞檐是中国传统建筑中屋顶造型的重要组成部分，我们通常用到“飞檐斗拱”一词，是飞檐翘角和支撑它的斗拱的合称。飞檐是汉族传统建筑檐部形式，屋檐特别是屋角的檐部向上翘起，若飞举之势，常用在亭、台、楼、阁、宫殿、庙宇等建筑的屋顶转角处，四角翘伸，形如飞鸟展翅，轻盈活泼，所以也常被称为飞檐翘角。它不但扩大了采光面、有利于排泄雨水，而且增添了建筑物向上的动感，仿佛是一种气将屋檐向上托举，建筑群中层层叠叠的飞檐更是营造出壮观的气势和中国古建筑特有的飞动轻快的韵味。

斗拱是将屋檐托起的交叠的曲木组合，它由四种构件组成——拱、翘、昂、斗。斗拱可以将纵向的力量向横向拓展，拱架在斗上，向外挑出，拱端之上再安斗，这样逐层纵横交错叠加，形成上大下小的托架。斗拱最初孤立地置于柱上或挑梁外端，分别起传递梁的荷载于柱身和支撑屋檐重量，以增加出檐深度的作用。

一般的读者在读到这里时，会感到有些困难，这里集中了太多的古建筑的术语，但一旦看到实物，也就一目了然了。我想还是采取“外行看热闹，内行看门道”的办法来对待这段文字吧！对于外行只要知道所谓飞檐翘角就是中国式宫殿楼阁的大屋顶四个翘起来的角建筑构件；对于想进一步了解的读者来说，斗拱就是它的底下支撑翘角的那些一层层横向斗形的构件和在其上面向外挑出另一构件的组合件的名称。杨博士对在白天处于翘角下方的阴暗部位下了较大的工夫，安装了各种隐蔽的照明灯具，使它们在夜间大放异彩，凸显出飞檐斗拱结构的特征和轮廓，从而对观赏者产生一种视觉冲击，突出了大屋顶对于楼阁建筑本体庄严高大凝重形象的烘托作用。在屋顶瓦片凹下去的部位，除了具有排泄雨水功能，也通过安装支架，架空安装了灯具，这样既能排水，又能发光，在白天10米外还看不出有灯具安置在里面。另外,对于顺着瓦片往下屋檐排泄雨水的滴水瓦呈波浪状檐口,杨博士运用条形 LED 灯带,将其曲线勾勒出来,增添了屋顶的美感。

杨博士对于民居式展厅和 10 米高台基四周大片的墙壁,主要还是应用泛光灯,由下往上放射散光来达到墙面柔和且色彩淡雅的效果。主要办法就是根据墙体原来的颜色,如展览馆的白色墙体,浆砌片石贴面的黄色台基边墙,都需要采用不同颜色的泛光灯来往上散射。如果白色墙体上还有窗户镶嵌,那么就不能简单地由下往上泛光,在窗户处还要运用其他照明手法,凸显窗子的特点。对于白色的围墙,因为顶端有"人"字形的黛瓦覆盖,也是江南建筑的一种重要组成部分,因此既要采用泛光手法,也要用条形 LED 灯带凸显顶端呈波浪形黑色瓦片的特征。毕竟是"工程项目",在不许弄破既有建筑一块瓦片的"紧箍咒"的条件下设计和施工,作为建设者确实除了上述文化艺术水平的要求外,还要运用土木建筑结构工程师的脑筋,对如何"插"进去照明设施以及如何安全施工,都需要付出大量的脑力劳动。说这项工程是传统人文艺术与现代工程技术结合的典范,应该实至名归。他们的努力达到了预期的效果,并获得国内外同行的高度关注,因此才有杨博士今天的报告。

不要说具体操作者,就是我这个旁听者乃至读者,写完或者读完这篇文章,都觉得不是一件轻松的事情。当然如果到实地看到这幅美丽"夜幕中的中国画",为之赞美或感叹时,也会觉得与建设者的艰辛相比,我们付出的辛苦,实在是微不足道了。当然,他们除了品尝艰辛,更多的是成功者的幸福和喜悦。

评议

徐和芬: 瓦片的灯在安装时,要求白天几乎看不到灯,又不能影响雨水和杂物通过,所以都是用支架上架在瓦片,白天在 10 米开外根本就看不到安装的 LED 灯。

张星玲: 写出了杨博士的全部解说设计构思。通过慢慢地细看,使我们对这方面的专业有点了解了!

科普“弦乐四重奏”

我是一个业余的科普作家,我知道当下搞科普的比搞高雅音乐的日子还要难过,因为人们在被“科普”的过程中,还是需要花费一定脑筋去理解深奥的科技知识的,要大家像听轻音乐那样,在没有压力的心态下,懂得了高深的科技知识,谈何容易。尽管科学传播人想了许多办法,通过“寓教于乐”的途径,让受众在更加轻松的氛围中,不知不觉地学习了解更多的科技知识,乃至科学思想、科学精神和科学方法。但前沿的科学理论和复杂的工程技术,要用粗浅的语言来诠释和表达,能让广大受众听懂,还是一门很深的学问。目前搞科普的大约有三类人士:一类是让科技人员去普及本专业的科技知识,另一类是让某专业的人士去普及其他领域的科技知识,还有一类就是专门从事科普创作的科普专家。这其中第一类的科普参与者人数最多,而二、三类的人士都属于凤毛麟角,为数很少。长期以来,人们有种错觉,以为那些大科学家不仅在本专业上是专家,在科普方面也肯定是行家,因为他们最了解本专业的知识及其发展动态。其实则不然,大多数的著名专家在与本专业的同行谈论专业时,可能侃侃而谈,非常流畅,因为他们拥有共同语言——“专业术语”,容易表达沟通。一旦让他不用术语,去对外行讲述他的专业知识,他往往就会觉得束手无策,举步艰难。所以据我观察,既在本专业属于领军人物,又能深入浅出把最新的科学研究的成果向公众传播的大科学家,人数并不多。还要把他们有机地组合起来,成功地对受众进行宣传演讲,使听众处于一种美的享受之中,这样的聚会简直可以与聆听一场高雅的音乐会的效果媲美,那更是令人难以想象。而在 2016 年 12 月 10 日,我出席了由上海市科协、市科普作协和媒体共同举办的一场《解读科学类诺贝尔奖

(2016)》化学奖专场的活动中，就曾得到这样的享受，并且突然产生了这样的念头，眼前的场景，不就是一场科普的“弦乐四重奏音乐会”吗？

《解读科学类诺贝尔奖》科普活动是“上海市科协大讲坛”和上海市科普作家协会与上海的《文汇报》等主流媒体共同创建的一项品牌科普活动，它主要对当年获得诺贝尔生理或医学奖、物理奖和化学奖等科学类奖项的内容和获奖者进行介绍。它的模式是邀请四位嘉宾：一位是与当年获奖者从事同类研究的著名科学家，作为解读嘉宾来诠释获奖内容，并介绍获奖者的背景情况；再请一位比前者资历稍浅，但前途看好的青年学者作为互动嘉宾；还在《解放日报》《文汇报》《新民晚报》请一位从事科技报道已有一定成就的新闻工作者，作为代表公众参与讨论的媒体记者；再特别邀请一位该领域的权威——院士担任主持人。

我收到了今年3场的全部入场券，由于外出，第二场物理奖专场缺席了。第一场生理或医学奖专场的四位嘉宾中，我与其中两位是认识的，主持人钱旭红院士不仅是本届科普作协的理事长，还是拙作《幸福永伴你我他》的序言撰写者。媒体记者董纯蕾女士与我，因为都是科普作协的会员也有过交往。那天的内容我也基本能够即时理解，除了刘伟教授出色的表达能力的原因外，其中不少的术语诸如“自噬”、“酵母”等，我以前已经理解它们的含义了。

而昨天由田禾院士解读的“分子机器”中，虽然用了不少机械方面诸如“构件”、“轴”等我所熟悉的学科术语，但出现的许多分子式，都是微观世界中的东西。尽管田禾院士的科普表达能力很强，但对我来说，一下子要接受陌生的化学术语还是太多，一边消化，一边还要随着田禾院士演讲进程的节奏去理解，并且还要不断地想象，由分子作为“构件”组成的机器模样和运转方式，确实有点吃力，甚至还留有一些难以理解的地方。等到田教授演讲完毕，另外三位都一起登场互动了，此时这位曾经被今年获奖者之一斯托达特教授专门赞扬过的田禾院士提出，让斯托达特教授的得意门生——浙大的李昊博士，来对他的报告进行评论。李昊博士倒也不客气地作了补充。恰恰是李博士的补充，使我对前面尚未消化的疑点得到了解答,由此产生了一种从困惑中解脱的快感。媒体代表《文汇报》的许琦敏女士也很有针对性地提出自己的问题。尤其是主持人丁奎岭院士不愧为中科院有机所的所长,不但具有专业造诣,而且还有领导艺术,能够高瞻远瞩稳妥地驾驭着会议的展开。

在与下面听众的互动中,不少来自上海各个大学的学生不断向台上他们看作偶像的老师提出问题,老师们也愉快地与他们进行交流,整个场面气氛非常热烈而有序,不亚于一场精彩的文艺表演所产生的现场效果。我突然想起,在我的青少年时代,当时由俞丽拿、丁芷诺、沈西蒂和林应荣等四位上海音乐学院学生和青年教师组成的女子弦乐四重奏组,在国际室内乐比赛中获奖,于是在上海掀起了一波"弦乐四重奏"热。在《新民晚报》中看到过一篇文章,介绍四重奏中,各种乐器分别担任的角色:第一小提琴如同一位健谈的中年人,做主题演讲;第二小提琴好比一个求知欲很强的青年人,不断提问;中提琴好像一位中年妇女,也插进来发表自己的观点;而大提琴就是一位稳健的长者,驾驭着整个谈话的节奏。他们四人虽然角色不同,各说各的,但凑在一起,却组合成了非常和谐悦耳的乐曲。我再看眼前的四位嘉宾,不就是一组现成的四重奏吗?田禾院士无疑担任了第一小提琴角色,表现主题旋律,李博士担当第二小提琴手恰如其分,许记者就是中提琴演奏者,她正好还是一位女士。丁院士驾驭大提琴再合适不过了。当时我问了本次活动的主要组织者江世亮秘书长,下面的学生是否都是来自化学专业的?他说,基本是的。于是我产生了想要发言的冲动。

当我举起手,要求发言时,因为话筒都在后面学生集中的地方传递,丁院士还亲自跑下台来给我话筒。我首先感谢他们给了我们精彩的报告,接着我自我介绍,我不是化学专业,而是土木建筑专业出身的业余科普作家,刚才四位不同角色组合的演讲,给我的不仅是知识,还有美的享受,我又把上面四位嘉宾如同弦乐四重奏的角色讲了一遍,获得了下面全场鼓掌认同。我接着说,希望田禾院士们多多地把科普知识向我们这些非专业的人群传播。丁院士表示,土木建筑属于宏观学科,而化学分子学属于微观学科，两者相隔较远，交流确实比较困难些。我就举了当年铁路桥梁涂装，需要事先利用柴油、汽油清洗油污，这种做法污染了江河的例子。因为我听到了哥哥作为化学专家对我进行运用“表面活性剂”的“科普”宣传，说表面活性剂的分子可以将油污的分子包起来，形成新的分子溶解于水，流入江河不会造成污染，于是我就“现成”买来“表面活性剂”在南京长江大桥上进行试验，果然取得成功，并在全国铁路系统介绍推广。这不就是微观世界的东西在宏观世界中的运用吗？

会上，田禾院士还谈到他们已经做好准备把自己的成果运用到医学防癌的药物中去，问题是，医学专业的同志们还没有做好迎接他们的准备。我在想，你们不去主动把自己的成果“科普”给医学专业的同志们，他们怎么会有“觉悟”来迎接你们的介入呢？田教授还在会上说，今年诺贝尔化学奖的获得者中，有师生连续三代获得过诺贝尔化学奖，为此，他提出“师从天才”的观点，让想有大作为的天才学生，先找一个天才的老师。同时希望学生能够突破原来已经有成就的研究方向，探索新的领域。另外，按照李博士的观点，即使是因为“分子机器”而获奖，到如今还是“科学家手中的玩物”，没有实用价值可言。会后，当江秘书长把我正式介绍给丁院士时，我对丁院士开玩笑说，除了把“天才”的学生送去研究尖端前沿的东西外，应该把那些不那么“天才”的学生，送到其他领域去传播你们的成果，说不定会有新的成果产生。

不管怎么说，尽管研究领域不同，思维方式不同，也有些观点可能不同，但当你稍微仔细地了解别人喜欢而为之努力钻研的领域，也会发现科学与文艺一样具有魅力，不仅可以给人以美的享受，而且还会发现，诸如科普讲座的模式居然与弦乐四重奏之间，有着惊人的相似之处，这不是一种意外的收获吗？

过把作家瘾

一、书展嘉宾　幸福作家

昨天是2017年上海书展暨“书香中国”上海周的首日。除了各个出版社摆开展台卖书外，还有各种各样的活动，邀请各行各业的名人作为嘉宾出席，与广大读者见面。从9:30开始，在上海展览馆的范围内，大大小小的活动会场就热闹开了。从一定程度来说，这些活动比购书还要吸引读者。前几年，我看见歌手韦唯被年轻读者簇拥，无法脱身。更多的读者会趋之若鹜随着人流去围观平日里只有在报纸媒体上看到听到的名人的真面目。我虽然不会参与这些以文体明星作为嘉宾的活动，但是更多嘉宾是各个出版社隆重推出的书籍的作者，他们往往是具有一定知名度的作家，我只有在上海书展举办活动中，包括首发式、讲座和签售仪式上，才能看到他们，也就是自己心仪的作家。

每年的上海书展虽然活动场子不少，但相比于展出书籍的数量，作者能得到进场当嘉宾的机会就显得微不足道了。相反，作为一名作家，他每年能创作的作品，能够达到出版的数量也是极其有限的，毕竟写作是一件非常艰苦的脑力劳动，需要作者呕心沥血，废寝忘食，才能写出一本可以拿得出手的作品。从这个角度讲，作为一位作家，如果能够在上海书展上亮相，应该也是他生活中一件非常荣幸的事情。正如著名作家赵丽宏老师所讲：“每到书展，是作家们最忙的时候，但也是最幸福的时候，能与这么多的读者面对面交流，看到喜欢阅读的人越来越多。”因此，每年的上海书展是广大读者与作者的嘉年华，也是上海老百姓文化生活的盛大节日。赵老师的话道出了上海书展在作家心目中的地位。

二、科普作家　机会难得

同样是作家,科普作家就没有文学作家的“待遇”。科普作家大多数是理工科背景、喜欢文学的科技人员,当然也有社会人文知识背景、喜欢科技的学者和新闻工作者,但后者人数很少。由于众所周知的原因,科普作家中基本上都是业余创作者,科普作品也远不如文学作品那样具有影响力。与著名作家相比,我们老一代的科普作家在中国社会中家喻户晓的只有高士奇、叶永烈等那么几位。谈起科普作品,好像也还只有《十万个为什么》,出了一版又一版。即使在上海书展的活动中,上海科普创作界也只有卞毓麟、褚君浩等几位顶级人物亮过相。究其原因,在我国有个奇怪的现象,人们在学校读书时,重理工轻人文。但到了素质教育时,又倒了过来,人们重文史轻科技。很可能是因为阅读科普作品不像欣赏文学作品,需要读者动脑子才能理解的,所以科普作品一直处于很尴尬的境地。近年来,似乎只有养生类内容在为科普撑场面。即使有些有影响的媒体在介绍上海书展的活动时,也基本上选择介绍文史类作品相关的场次,与科技有关的活动都被省略了。

我从 1988 年开始进行科普创作,到了 20 世纪 90 年代初期,加入了上海市科普作家协会,成为一名业余的科普作家。从 1998 年开始,为了改变科普作品在读者心目中敬而远之的局面,上海科普作协一直号召科普作家探索“科普与文学相结合”的创作思路,我也开始了散文写作的尝试,从 2005 年至今,陆续出版了 4 本散文集。每本散文集出版时,都很荣幸,有赵丽宏、叶辛、钱旭红、郑惠强等著名作家和科学家先后作序,也都举行了研讨会暨首发式,不少领导和学者、作家出席点评,《文汇报》等媒体也都有报道。因为自己有了作品,所以当我每年去上海书展看到作家们在参与各项活动时,也会遐想,如果哪一次上海书展,我也能应邀当一次作者嘉宾,真是太幸福啦！但一是作品,二是时机,三是机遇均未到,也只能是遐想。而在昨天,我的“理想”居然实现了。

三、养老标准　小说诠释

2016年5月,在一个偶然的情况下,我加入了上海市作家协会,成为它的会员,即所谓文学作家,当我被批准的消息传来,经过微信朋友圈的传播,我得到几乎所有的亲朋好友的祝贺。当年我成为中国科普作家协会会员,或者获得科普方面高层次的荣誉时,也没有得到过这样的点赞。这说明在大家心目中,我算一名作家了。2017年1月我的第四本散文集《上海高度》出版,它的首发式时间错过了2016年的上海书展,离2017年8月的上海书展还远,所以属于"时机未到"。

2016年年末,我所担任秘书长的上海市楼宇科技研究会接受其团体会员单位海阳集团的委托,编写一部名为《CCHC(持续照料社区)居家养老模式服务管理标准1.0》(下称《标准1.0》)的书籍,我与CCHC模式的提出者徐超共同担任主编。这本书涉及的专业实在太多,不仅有理工科技,还有医疗心理,更有社会人文。当其文稿在3月底完成时,50多万字,达600多页,是厚厚的一大本。《标准1.0》是一个完整的体系,它希望每一个与之相关的人都能理解它的内涵,但在具体执行时,各人只要了解本专业的条款即可,不必捧着它全部熟悉。这是一个两难的问题,它就需要编写者有一种科普的方法。如果是一般的单一专业,我用通常的科技知识浅说的手法,编写一个小册子就可以了。但这里涉及这么多的专业,这条路就走不通,于是我就和徐超商议,写一篇科普小说,虚拟一对中年夫妇,由于女方父亲卒中后遗症造成偏瘫,有了难以克服的困难,通过CCHC体系的帮助,解决了问题,取名为《居家养老解困记》。我的想法获得了徐超和其他编写者的一致赞成,我也"硬着头皮"开始我第一部小说的创作。

四、涉猎小说　废寝忘食

在我当年开始文学创作的时候,我是打算写一篇长篇小说。因为我们文学爱好者对文学的喜好,一般都是从看小说开始的。著名作家的代表作都是小说，所以如果自己想当作家，也一定是从学写小说开始的。当我把我的想法告诉哥哥钱平天时，他劝说我，小说千万不可轻易入手，那是一件非常艰苦的工作，很可能最终无法完成。当时我是听取了哥哥的劝导，以散文作为自己文学创作的品种。这次小说的创作让我尝到了它的味道——呕心沥血，废寝忘食。由于我是《标准 1.0》的主编之一，因此除了编辑，我也写了许多章节，像"助浴"之类养老服务中的重要内容，我也查阅了许多资料，问询了实际操作者，认认真真学习一番才写成的。其他不是我写的章节，我也必须了解掌握后，才能编辑。另外由于我有长期从事铁路工作的经历，对于多学科联动的作业管理，有比较深刻的理解，因此编写《标准 1.0》时，对我来说难度不大。但当要写小说时，问题就来了，你如何将这么多专业的知识，用故事的形式将它们表现出来，让读者在轻轻松松的氛围中，了解掌握其中的要领，确实比我以前写散文时，难度要大多了。

我小说的开始就突出了悬念，当这对小夫妻遇到了困难时，用什么办法来解决，找养老院，去护理院，让社区解决护理，都碰了壁。由于我仍旧采用每天一章登载在微信朋友圈的方式，读者反映，小说抓住了读者的注意力，他们在关注你是通过什么途径解决这个社会上具有普遍性的问题的。因为文章的题目《居家养老解困记》已经暗示读者，最后是如何解决问题的。写着写着，我的弱点就暴露出来了。其中"三级网络、四级平台"是术语，但又必须要交代清楚的，写到这里，已经有一个多星期了，有些读者看到还没有解决问题，但却要花脑筋去深刻理解其中内容时，就有点缺乏继续阅读的耐心了。我是从"有道云"发现每天阅读的人数减少的问题的。这是我在撰写中，遇到的第一个"坎"。我的老同学许兴汉是中文系出身，他发现了我的问题，及时地给我指出，小说要通过其中人物对话，来诠释要点，突出人物性格。我马上接受了他的忠告，改变我用写科普文章写小说的风格，文章又峰回路转，进入小说的境界。同时我补进去三幅"三级网络、四级平台"的示意图，让读者有了视觉的直观认识，效果显著。由于我的文章是每天连续发出的，因此前面已经说出去的话，是无法更改的,尤其是文章中的人物要让他们逐渐建立起关系的,这就需要我给他们创造机会,在故事情节中制造事件。这让我经常在半夜醒来后,无法入睡,在床上思考接下来文章如何继续展开。有时正写着,自己还沉浸在故事的情节之中,妻子让我吃饭了,我是老大不情愿离开电脑桌子,一边吃,一边还在想着餐后怎么继续写下去。这种废寝忘食的现象,在写散文时,是不曾有过的。我会副秘书长宋心昌,也是文科出身,他告诉我,作为小说,应该有爱情的描写,才能吸引更多读者。于是,我硬是让来自F大学的志愿者博士生周同学与J大学的女实习生梁同学建立起恋爱关系。由于文章篇幅不长,属于中篇小说,书中没有“黄昏恋”的情节,宋秘书长说,有点小欠缺。

五、挖空心思　厚积薄发

写小说,需要作者有深厚生活阅历的功底,我虽然以前没有写过小说,但有丰富的学习工作生活的经历,因此写起东西就有点厚积薄发的意思,故事中许多事情发生的地点都是我曾经生活工作过的地点,如哈尔滨、杭州。我对许多事情的广泛兴趣,也成了我小说的内容。如越剧《梁山伯与祝英台》中“楼台会”一幕的唱词,也在文章中多次运用。除了科技知识,在科普中,要求对于科学精神、科学思想、科学方法的宣传,我也通过人物对话融合在情节之中。从这个意义上说,被同伴戏称我是“双重作家”,即科普作家同时又是文学作家作品的特色就显露出来了。许兴汉先生把我这部作品定性为“非虚拟科普小说”。写小说需要虚构人物,这么多的人物名字,也让我挖空心思,我就在周围同事的姓名中进行组合。如男主角郭星浩的名字就来自我的同事郭际冬、张星玲和倪英浩三人,我在他们名字中各取一字;同样女主角宋春芬,则来自副秘书长宋心昌、张家春和徐和芬。到后来,我的同事和朋友们都发现,他们的名字都被我整合进了小说里。许兴汉还告诉我,在我周边寻找典型性的人物,作为小说中人物的模特儿,通过对话和描述,使主人公的性格鲜活起来。当我开玩笑地告诉这些被我当作模特的微友,他们也对自己在文章中的表现和命运,更加关心起来。小说中有两个主人公我用的是真名,其中一位就是徐超。他非常关心小说创作的进程,关注小说内容的正确性,同时也把连载的小说每天在他的微信朋友圈中转发,连他的市领导朋友也对小说发生了浓厚的兴趣,每天催促着徐超的转载,转发略有迟缓,他就会来电询问。当徐超感到小说达到可以诠释《标准 1.0》的目的,就让他的所有员工,把小说当作教材来学习。21 天,终于把我第一部小说的创作完成了,我长长地舒了一口气,再一次深深地感觉到,当年哥哥劝我不要轻易写小说的忠告,是何等的正确!那确实是一件需要呕心沥血去做的事情。然而,微友的反应却是何等的热烈,他们对居家养老问题的关心超过对小说写作水平的关注,发表了许多评议和联想。我哥哥的评议具有典型性,他写道:"……这次大胆采用小说的形式探讨和讨论居家养老这个颇为复杂且难以文艺化的课题,虽稍欠小说的娱乐性和趣味性,却有益于推动社会的进步,表现出作者一种社会责任感和知难而上的勇气!"我把这些评议都收藏在文章的附录中。

六、赶上时机　借船出海

当《标准 1.0》请专家评审时,上海市老龄委科研中心主任殷志刚先生指出,在国内还没有看到过有关居家养老的标准,如果依此权威性发言推测,《标准 1.0》则是国内第一部有关居家养老的标准。为了占据学术的高地,我与徐超商定将《标准 1.0》和《居家养老解困记》正式公开出版。2017 年 4 月,我与海阳集团的朱总找到了与我长期有着良好合作关系的上海科技文献出版社副总编张树先生,商谈了合作事宜。前述的三张示意图让我受到启发,增加插图,能够提高小说的可读性,因为它还带有教材的功能。于是我就恳请曾经与我一起担任上海市科普作协副秘书长的画家蔡康非先生为其绘制插图,蔡先生在百忙中为拙文补了 40 张彩色图画,为该小说增添了丰富的视觉享受。

我们还与张树总编商定,将这两本书放到 2017 年 8 月上海书展上进行首发式活动,因为居家养老是一件全社会都非常关注的大事,它的第一部标准的诞生,具有历史性和新闻性,选择书展作为宣传的平台非常合适。对于《居家养老解困记》作者的我来说,借船出海,也获得了以作家的身份担任书展活动嘉宾的礼遇。

张树先生满口答应由出版社向出版局报名参加。就这样,由上海科学技术文献出版社担任主办单位,我会与海阳集团担任协办单位的首发式的阵容就定局了。我会秘书处的张星玲主任和周怡秘书等同仁与海阳集团的朱琼副总积极而紧张地配合出版社投入了筹备工作。副理事长毛正峻研究员不仅欣然同意担任主持人,还帮助联系了“第一财经”等媒体朋友前来采访。

8 月 16 日,2017 年上海书展暨“书香中国”上海周的首日上午 9:30,上海书展第一批活动就开始了。“《标准 1.0》《居家养老解困记》图书首发式”也在此时隆重举行。我会郑惠强理事长特地连夜从湖南出差赶回上海与会,上海市老科技工作者协会乐秀海副会长等兄弟组织的领导作为贵宾,也受到特别邀请到场祝贺。相比于其他场子,我们的场子面积还算比较大的,但也坐得满满当当。我会的一些老中青会员的代表,如卫国昌、齐晓斋、周昭德、吕为澄等都大清早从老远赶来参加仪式。我也把我的妻子、哥哥、姐姐以及孙行卓、孙行琦昆仲作为我的亲朋好友代表请来“捧场”,让他们也分享我的快乐和喜悦。我和郑惠强、徐超作为嘉宾分别发了言,介绍《标准 1.0》和《居家养老解困记》的由来,编写的内容和后续的打算。会议简短热烈,大家都对这个仪式表示满意。作为作者,我也为一些读者在《居家养老解困记》一书的扉页上签名。

因为怕停车困难,我和妻子没有开车,清晨 7 点就乘地铁出发了,结果 8 点钟就到达了上海展览馆,与工作人员一起进了场。太早了,就在场子里兜了好几圈,还买了一张长三角的地图,大概是今年书展第一个顾客了。会议一结束我们就乘地铁回了家,打开手机一看,毛正峻副理事长已经把“第一财经”严东彦等记者发布的消息传过来了,真是神速了!我也借花献佛,把消息通过微信,传给我的朋友圈里的微友们,让他们分享。结果是可想而知的,点赞和祝贺铺天盖地如雪花似地飞来,让我兴奋不已。我的老领导,市科协原副主席钱雪元写道:“跟一般读书人不同,你是一位行动力很强的人,能把一件看似小事做大,做得有声有色。在我们老人圈子里都发‘舒心,爱心,平心’等心灵鸡汤的微信时,你在居家养老方面的成绩令人叹服。……居家养老是符合我国国情的,创造中国特色的养老模式多么重要。”我哥哥在我们家族的微信圈里还开起了玩笑,他对我女儿说:“鹿怡,你爸在台上讲话时,我看到你妈坐在台下笑得很甜!你妈妈那时一定在赞赏自己有眼光,很早就认准了你爸是‘潜力股’”。他们的表扬也好,玩笑也罢,我都“照单全收”,因为给我带来的都是幸福的感觉。说实话,在骨子里,我就是一名科技工作者,其他的角色都是业余爱好而已。但在这里我以《居家养老解困记》为作品,乘着2017年上海书展的时机,借着《标准1.0》出版的机遇,让我以作家协会会员的身份,过了一把作家瘾。

《过把作家瘾》的评议与联想之一

后记:本来属于报道性的一篇散文,结果被我写成了近6000字的洋洋长文。主要原因是我在文章里花了很长篇幅,侃侃而谈,叙述自己第一次撰写小说的过程和感受。微友们对本文除了点赞外,评议和联想也不少,给了我较大的触动。一方面是在对我文章鼓励褒奖的同时,对我为老年朋友关注的问题所做的努力,予以肯定。另一方面,也从客观的视角,向我提醒老龄健康与发挥余热之间,需要平衡和适度的控制。其中以我哥哥的评议最具有代表性,两个方面都谈到了。确实,这需要让我静下心来,好好想想。另外,发送微友们的评议,也逐渐成为大家交流的一个平台,这次我也照例选择部分,转载一下,请各位共同分享。

评议与联想

陈国梁:钱教授真是作家中的快手,无论是当天,还是即时发生的事件,您总会在极短的时间内,发表您的作品。无论是东欧游,还是“两牙”游,即使当天已经处于筋疲力尽的状态下,您照样还会有精彩的文章奉献给粉丝们,大家也都先睹为快。还有几次与您一起的国内游,无论是到保持自然生态的崇明,还是去具有深厚文化底蕴的浙江古镇,乃至登上号称避暑胜地的安吉董岭,我都亲自领教了您的出手之快。不需修改,也不用润色,颇能吸引读者的佳作一挥而就,让粉丝们大呼过瘾,足见您在写作上确有过人之处。您的四本散文集,我已看过几遍,近期似乎意犹未尽,又重新再看一遍,犹如炎热盛夏里的一杯可口的凉茶,浑身舒畅。

楼珍珠:确实,我们平时看到一本好书,只是用于佳作欣赏,很少想到作者的辛劳,只有像平雷同学写过这些好书的作家,才能体谅其中的辛苦和不易。感谢平雷同学常给我们好书看!

何胜妹:钱老师,您真棒!不仅术业有专攻,而且是一名优秀的作家!为您点赞!

陆　辛:做自己想做的,写自己经历的,谈自己感受的,乐在其中,真棒,真好!

殷亦黎:您真棒!多产快产的优秀作家!

陈梅生:平雷兄又出了新书,恭喜您又在新的领域里有新的突破,望多出好书,让大家共享。

孙　炯:老有所乐,老有所为!

胡定伦:一分耕耘,一分收获。只有行动力强的人,方能使梦成真。

顾亚民:祝贺平雷同学实现了自己的“理想”!这毕竟是上层建筑,踏入这门槛是要有能耐的。

周文华:看到老顾在祝贺平雷同学,我也赶快寻找原委,知道了在这次上海书展中,平雷同学应邀当了一回作者嘉宾,实现了自己梦寐以求的理想,值得庆贺!但愿以后邀约不断,还期待你第五本散文集也能早日面世,为你加油鼓劲,当然我们也跟着一起分享快乐。

李庆振:付出很大,成绩也很大!你确实是个人才,又努力又刻苦又有毅力,值得我们学习!

顾正兰:同意李庆振同学的评价,写小说是艰苦的工作,你确实是人才,但毕竟年纪大了,要适当休息,保重身体!

张天成：平雷能静下心来伏案疾书，我不如也。到我们这个年龄，每个人的经历回忆都可以写成厚厚的一本书，我有这个心思，就是没有静下来的功夫。

倪英浩：无私、忘我、专注、坚持，真乃我等晚辈学习之楷模。

黄鑫霖：这是一个又实际，又时尚的话题！

章杏波：适逢其时地为老年人呼吁，功德无量！

钱平天：你近期作品不少，出手也快，证明你的思维和动作均在上佳状态，社会活动也接连不断，其中许多活动能给你带来身心愉快，我想到爸爸生前担任副秘书长工作到80岁，对他长寿有益，所以我对你在退休后仍取得的许多成绩，从心底里感到高兴！行卓兄在群里发了你在书展上的照片，我的老友章哲荪看了说你见老，是否写得太多而劳神了？这话引起了我的思索。我想，你写作尤其是艰苦的写作，应该让步于安逸和健康，要有一个适度，毕竟你也年逾古稀了，名誉财富地位都已达一定高度，现在应把长寿提到第一位置上来了。不要写那些费神的小说，更不要追求写作速度，慢慢写，悠着点。你的周围人群都知道你思维快，记忆力超强，写作速度惊人！有些读者也因不全面了解你的情况而习以为常。中华名言“达权知变”，你应适当调整一下，适当放慢节奏，逐步以休闲、解闷、爱好、轻松为主调，变快步舞曲为小夜曲、咏叹调？这是我所想到的话题。

《过把作家瘾》的评议与联想之二

后记二：我把拙文《过把作家瘾》一文的“联想和评议”作为微友交流的平台在微友圈里发送后，没有想到激起了微友们更多的联想和评议，有些词语还是从彼此评议的用词中派生出来的，比如：伏案疾书，老骥伏枥，志在千里……还有更多的微友，以为我如此投入文学创作而引起了对健康的影响，规劝我要保重身体，使我感到友情的可贵。其实我仅仅写了这么一本小说，以后估计也不会再写了。至于其他写作也只是“老有所乐”的兴趣爱好而已，哪里还有“雄心壮志”一说，荣誉更不用说了，对于一个年逾古稀的老人而言，名和利，几乎都是没有什么实际价值的东西了。我的生活基本上属于在家“安度晚年”的状态，社会活动很有限。身体状况也还可以，散文写作对我来说，只是一种乐趣，也许因为写文章的速度较之一般老年人偏快，因此给微友造成“伏案疾书”的假象。但不管怎样，对于微友们的关心和厚爱表示由衷的感谢。再一次把微友的“联想和评议”在此发送，让微友们分享。

胡定伦：平天兄在评议中用音乐术语描述，大概是渐渐地从“Allegro”到“Moderato”再到“Lento”，即从快板到中板再到慢板的意思吧？

梁学苏：钱平天哥哥写得特别真诚！文笔也非常出彩而朴实！我向这位为祖国奉献青春和一生的知识分子，对家人如此关爱、真挚坦诚的钱哥哥致以崇高敬意！

张和平：钱平天的评议，让我很感动，满满的手足情，真诚、温柔并实在。你有这样好的兄弟姐妹是你的福气。

倪纪芬：祝贺钱同学又圆了一美梦。一年一度的书展我也关心的，而今年有钱同学的参与更提高了我的关注度，身边有一位熟悉的作家在书展中当上嘉宾，很自然地兴奋点被点燃。作家是一份辛苦的职业，从《过把作家瘾》中看出了钱同学对当作家的敬业和乐业。侃侃而谈写小说的历程，享受自己灵感迸发时的激情和欢愉，因为热爱，趣味自然会在笔尖上如泉水般涌动而出，随着作品的问世，自身的价值也得到提升。如果说作品的问世是谓敬业，那么享受来自各方面的鼓励和褒奖就可说是乐业了。对钱同学怀着一颗责任心，不辜负作家的光荣使命，伏案疾书，多产快产，敬业又乐业深表敬意。

周文华：钱平雷同学，看了你写的创作小说的过程，我真是笑出了声，干吗要这么认真当回事？我怀疑你当初是选错专业入错行，你该考文学院才对路子，不是吗？写了科普作品成绩已经不菲了，所获荣誉也不少，怎么又对写小说来了兴趣，这可不是一般人敢涉猎的区域，你却又闯了进去且投入了大量精力，出了受欢迎的小说，名副其实地当起了作家。

你的作品在熠熠生辉,读者阅读量在增多,写作水平更见长,我想你该很满足了。俗语讲,老骥伏枥,志在千里,对你而言,哪止千里?你早已功成名就了。我只想提醒你休闲,安康不能忘,攀爬高峰是无止境的,但生命是有尽头的,再伏案疾书、废寝忘食地想大干,对古稀之年的你来讲已不太适合,该颐养天年了,不知讲对了没有,不妥之处请见谅。当然,你的孜孜不倦、活到老学到老的精神该送上大赞,你是澄衷的骄傲与楷模,向你学习!

外国文学也有方言问题

——参加中外作家《写作与写作计划》交流会见闻

一

中国语言中有许多种方言，所以大家都要用以北方话为基础，以北京音为标准语音的普通话（以前叫国语）来说和写，才能互相交流。尽管如今以上海话为代表的吴语系和以广州话为代表的粤语系的方言，也都可以用文字进行书写了，但是写出来的文章，一般的国人是看不懂的。即使是当地人也可能因为不认识其中关键的冷僻汉字，无法完整地理解其中的含义。所以当自己的口头语言不是普通话的作者在写文章的时候，与以讲普通话为母语的作者相比，存在一种差距，就是后者往往可以直接将口头用语的词语转变为文字跃然纸上，而前者有时就需要在普通话中寻找一个合适的词语，去取代自己脑子中想要用来表达意思最为确切的那个方言用语，因为我们一般人是用最为熟悉的语言来进行思维的，那往往是方言。像我尽管对普通话，或者宁波方言也同样熟悉，但最主要的语感还是来自上海话。原来我以为这是我们中国，尤其是汉语才有的特有的现象，在昨天我才知道，同样应用一种外语为母语的外国作家在写文章时，也有这样的问题。

二

前些日子，我收到了上海市作家协会发来的会议通知，让我在9月16日周六的下午去作家协会大厅参加“2017上海写作计划中外作家交流会(二)”,会议主题是《写作与写作计划》。写作还有计划?我的脑子里闪过一个疑惑,带着这个问题,我如期来到会场。趁着会议还没有开始,我看了一个小册子,封面上的标题就是《写作与写作计划》,上方还有一行英文:“WRITING AND THE WRITING PROGRAM”。其左上方还有一行小字:“2017 上海写作计划”。在第 2、3 页分别是上海市作协王安忆主席的文章的中英文版。尽管她用的题目还是《写作与写作计划》,但从文字的内容来看,并非是一篇直接解释“写作计划”概念的文章,而是一篇畅谈为什么要有“写作计划”的散文。作为科技人员出身或者说科普作家的我,习惯于直来直去地理解或诠释一个陌生的新概念,王主席运用诗化的语言在描述,我还是没有弄清楚这“写作计划”究竟是怎么一回事,这大概就是科技人员与人文学者思维方式的差异吧?于是我又翻到了第 3、4 页处,文章的标题是《上海写作计划》,其中内容可以概括为:上海市作协的基本概况;上海市作协自 2008 年开始主办“上海写作计划”,每年 9 月 1 日至 10 月 31 日邀请若干国外优秀作家来上海生活两个月,称为“驻市作家”。让他们在驻留期间,直接体验上海市民的生活,与上海作家、大中学生交流,以此打造上海与国际文学交流的平台。小册子的后面逐一介绍了本年邀请来自瑞士、以色列、墨西哥、阿根廷、印度、法国、西班牙、保加利亚、爱尔兰、丹麦等国的驻市作家。

随后,交流会正式开始,今天的作家嘉宾是来自阿根廷的玛丽娜·波切利、以色列的加丽特·达罕·卡丽巴赫和中国的小白。由上海作家唐颖主持。二位中国作家都有过应邀到国外做驻留写作计划的经历。到他俩介绍,我才明白“写作计划”大概是怎么一回事。早在 18 世纪,歌德就提出了世界文学的理想,让各国人民都能分享不同国家的文学。但当时只是理想,如今交通发达了,就有了可以实现的可能。比较有名的就是由聂华苓夫妇在美国爱荷华举办的“国际写作计划”。唐颖在 2004 年参加了那年的写作计划。而王安忆早在 20 世纪 80 年代就参加过“国际写作计划”,给了她很大的影响。她和孙颙等上海市作协的领导感觉到,作为国际文化大都市的上海,一定需要更多世界作家的眼光来注视它,于是就有了2008年开始的上海写作计划,这一搞,10年过去了。小白的介绍,更进一步说明“写作计划”对被邀请的外国作家,并没有什么约束,只是给你一个与你原来写作地方不一样的环境,至于对你愿意写什么并没有要求。他前年被邀请到新西兰做写作计划,结果把他置于一座四周是大海的山顶的灯塔改建的房子里,下山一次需要半个小时,开始时他就安心写自己没有完成的剧本。后来异国环境对他还是有触动,他才开始观察并创作在那里所见所闻的作品。这次来的外国作家,这两天也有些人仍在撰写他们原来在国内没有完成的作品。但毕竟到了一个新的环境,所谓“错位”,就有产生艺术的源泉了,他们已经开始在观察上海了。正如以色列的那位女作家所说,尽管到上海只有2周,她已经感觉到美国爱荷华是一座文学城市,可以在那里写故事,而上海本身就是一个故事。怪不得,在前几年的上海写作计划中,已经有外国作家写出来许多诸如《上海小笼包》《萦绕不散的茶香》《鲁迅的四个梦》《功夫喜剧》《中山公园卖花女》《迷失上海》《上海探戈》《上海如归》等精彩作品,收入在以“母语为他乡”为主题的“上海写作计划”十周年纪念文集中,记录了他们在这座城市的冒险与惊喜。这大概就是上海市作协举办“上海写作计划”的初衷和目的所取得的重要成果之一吧!

在弄懂了“写作计划”的概念后,我再关注交流会的其他内容就更加深入了。也确实发现文学作家的生活、生存环境与我们科技人员乃至科普作家的有着较大的差别,尽管我自诩“阅历丰富”,但这里还是有种让我感觉陌生的氛围。

三

主持人唐颖老师首先请两位外国作家谈谈她们的基本观点。事先发给我们一份她们基本观点的书面资料,不知是否翻译的原因,那位以色列的女作家的观点显得很抽象,我不清楚她究竟要表达什么意思,有关语言的一段我把它摘录下来,请读者帮助我来“悟”一下:“……我觉得大部分作家和我一样,认为语言不是人们相互了解和分享信息的唯一途径或方法,相对于语言来说,我们称之为‘风格’的东西告诉人们的是这个故事会‘怎样’的,而不仅仅是故事是‘什么’。如果手艺人,比如作家,在他的作品中使用太多的形容词或描述的话,那么这部作品的平衡就会被打破……我们不能在没有参考界限的情况下讨论写作过程……”。

相比于以色列女作家,来自阿根廷的女作家的观点就非常鲜明和吸引人,我作为听众就有可能把她的观点摘要地表述如下:

1. 文学从一开始就是围绕着旅行展开的……作者在旅途中看到的、认知的、理解的、发现的人和物,就形成了他们笔下人物的身份及其对他们所产生的影响。

2. 说到写作计划中的作家驻留异地或者异国,就要谈到目前拉丁美洲作家的工作条件,能到陌生的环境来写作,似乎是一件非常奢侈的事情。因为当下那里的作家为了谋生,会去做其他任何工作,从教育到餐饮都有。令人可笑的是,由于文盲数量太多,买书的人很少,但卖书的人,却是那些文盲。

3. 但真如鲁迅先生所说,靠写作为生的作家无论有多么困难,写作的重要性和必要性还是要坚持。

4. 200 年前,拉丁美洲的独立,意味着西班牙语将成为贯穿整个大陆的主要语言,然而随着历史的进程,许多土著表达、非洲词语和其他术语都渗透到了西班牙语中,变成官方的、权威的用语。

5. 在国外驻留写作过程中,当与其他人的实践和语言之间产生差异时,自己语言的特点就明显地凸显出来了。尤其是每个作家都有自己的口头语言,也就体现了自己的身份和人生观,在拉丁美洲正是因为各国都有自己的口头语言和肢体语言,才没有被西班牙语及其语法所束缚,而是各种根据自己的生活经历进行不断调整的不同的西班牙语。

6. 因为有了上述对旅行的认知,已经拥有自己的口头语言和肢体语言,所以就有可能与驻留的当地文化进行交流,有了认识和理解他们文化特性的机会。

四

阿根廷女作家的观点显然可以带动听众们的兴趣，于是主持人就顺势把话题引导到如何看待主流语言与地方语言的关系上来了。唐女士以汉语为例，说在中国范围内，可分为南北两大片语言分类。北方话与普通话差不多，而南方话里就要分好多方言。在写作方面，北方作家用普通话写作就比南方作家方便得多。理由如同我在本文开始所说一样。她本人文章的特点，是受翻译语言影响较大。这一点还引起另一位前来参加写作计划的外国女作家的兴趣，她问唐老师，你们上海方言与普通话之间存在差异，你们上海作家是如何来解决这个问题的？唐老师回答说，这一点确实没有办法，只好往普通话靠。因为普通话里无法包含地方的方言。她的观点获得了小白老师的认同。不过，最近有一位叫金宇澄的上海作家在一部名叫《繁花》的小说中，已经有所突破，他试图将上海方言，恰当地应用在故事情节中、上海人所说的话语中，也让不懂上海话的读者能够看懂。对于唐老师这个观点，我是不太认同的，其实普通话也是在发展变化之中的，不少地方方言也不断充实进了普通话，成为它不可或缺的组成部分。如"尴尬"一词，原来来自吴越语系，现在不是也成为所有运用汉语写作的人们共同的词语了吗？再有"打的"，它开始是广东人引进英语"TAXI"一词，按照粤语翻译成"的士"，是出租车的意思，广东人管叫出租车为"打的"。如今，它不也成为普通话里的一个词语了吗？

阿根廷女作家后来谈的事情，也印证了我的观点。她说，我们作家写作的语言，可能与讲的不一样。我们在学校里教的是西班牙的西班牙语，而在家人、朋友之间讲的是不一样的西班牙语。从西班牙语，甚至英语、法语翻译过来的西班牙语，与我们用的不一样，那是欧洲的西班牙语。我们作家应该用自己的语言，因为语言对作家而言，是涉及对作家自身身份的认同问题。但西班牙人往往认为，我们用的西班牙语其中语法有误。阿根廷作家写的文章不受墨西哥读者的青睐，如果要让他们接受，必须由西班牙出版社出版……

我想，其实拉丁美洲的各国除了巴西用葡萄牙语，作家们都用西班牙语在写作，但由于存在口头语言的差异，就有不同“风格”的西班牙语文章产生，肯定也有不少该国特有“词语”，但毕竟这些词语都会慢慢地融入“大西班牙语”这个熔炉里，成为不可分割的一体。这些国家的口头语言就是一种地方方言，它们和西班牙语的关系，与我们汉语中的方言和普通话的关系不是如出一辙吗？如果我们把金宇澄的《繁花》说成是上海“风格”的中文小说，把陈忠实的《白鹿原》说成是陕西“风格”的中文小说，那么，他们阿根廷作家写的就是阿根廷“风格”的西班牙文小说，古巴作家写的就是古巴“风格”的西班牙文小说……从世界范围来看，汉语和西班牙语都属于大的语种，它们都是由不同“风格”方言共同融合，并在不断发展变化的语言。只不过汉语基本上在大中华范围内，尤其是主要在中国国内流行，而西班牙语分布到了更多的国家而已。

那位来自以色列的女作家在谈到这个问题时，也在一定程度上说明了大的语系与方言的关系。她说，她是摩洛哥籍的以色列人。以色列虽然只有600多万人，但也是来自四面八方各个国家，在家里用自己的原籍国语言讲话，如她的奶奶不识字，但能用方言讲故事。但如果大家要交流，就必须讲或看彼此共同的语言——希伯来语——以色列的国语。你看，一个这么小的国家也还存在同样的方言与官方主流语言关系的语言学术问题。

我当然也不会在作家与听众交流环节的有限时间内发表自己的观点，我只是悄悄地与坐在我旁边刚刚结识的青年文友贾明进先生交流了我的看法。小白老师作为嘉宾也说，选择这个问题来讨论，实在太大了。会议在以色列女作家自弹自唱的表演中结束。

我是第一次参加作家协会举办的研讨交流活动，那些争先恐后举手要提问的上海作家或者文学青年所提的问题，五花八门，与主题好像大多数都有点文不对题，与我们科技界的研讨会直奔主题的氛围很不一样。我在那里寻思，这大概是因为文学作家擅长于发散思维，而科技人员拘泥于逻辑思维的原因吧？

评议和联想

贾明进：同感，文学有相通性，语言是为故事服务的，适当的点缀方言，如同夜空中稀疏的星星，灿烂明亮，全部使用方言，就像在吃连食材名字都叫不出的全海鲜宴，消化不了。钱老师真厉害，一场读书会能写这么多感悟，谢谢钱老师分享！

王存良：论证清楚、丰富、准确，不只是简单的会议记录，佩服。

王和芳：钱老师早上好！读了你的这篇文章我长知识了，谢谢！

陈梅生：看了你写的文章后，在你文中的提到那位阿根廷作家，她认为语言应根据所在生活和地域环境来调整，这一点我非常认同。上海话也有多种口音，江西话同样有多种口音，一个省市的人都互相听不懂，然而都是地方语言，从大方面来说，都是中国话。所以，墨西哥人不喜欢阿根廷作者写的话，一样的词可能含义不一样，我认为哪个国家都存在这类问题，这仅仅是我个人拙见，请见谅。

外国人是如何居家养老的？
——各国居家养老模式学习笔记和体会摘要

一、本文的由来

昨天是星期六，我的大学同学杨妙生给我发来微信，问我在家里还是外出？于是我给他去了电话。原来他马上要离开上海去加拿大生活一段时间，看望旅居在那里的儿子一家，尤其是他们夫妇日夜思念的宝贝小孙子，他是来向我道别的。我告诉他，我正在翻译一本介绍有关澳大利亚居家养老制度的小册子，这是我的一位师姐黄素芳女士设法辗转给我弄来的宝贵资料。我还说，我是在为于11月份由上海市楼宇科技研究会和海阳集团主办举行的“2017年上海居家养老国际会展”中的“第一馆CCHC体系及各国居家养老模式馆”的展示内容在寻找相关资料。杨妙生同学颇为惊讶，到了这个年龄的我，还在忙碌。不过，他也很理解我的生活方式，因为他认为生命在于运动，适合自己就好，他作为一名土建科技人员，也希望最好再干个建设项目，觉得不工作有点无聊，到80岁开始养老才比较好。于是，他说“你忙吧”，并祝愿我身体健康。

为了准备这个馆的资料，我已经坐在书房里忙碌了3天，一边查阅资料，一边编写解说词，一边还要与海阳集团的合作者钱呈杰小姐及时沟通。到昨天下午，总算把本次展会中要介绍的几个海外国家的居家养老模式的资料整理完毕，下周就可以与钱小姐具体研究展出内容了。今天凌晨，我从睡梦中醒来，突然想到，既然花了这么多的时间学习、记录、消化、体会，除了为会展所应用，应该让更多对居家养老关心的老人和他们的家属，乃至政府部门和广大民众也多少了解一点外国人是如何居家养老的。这为大家选择自己的养老方式,或者制定养老模式的政策,有一个比较和参考。于是我就在上午和海阳集团的徐超董事长商议,把我已经搜集到的资料进行汇编,撰写成为一组科普文章,在网上和媒体上发表。这就是本文的由来。

二、各国居家养老模式综述

老龄化已经是世界上许多国家人口结构的一个重要特征。如何让老年人安度晚年也是各国政府和广大民众面临的一个大问题。由于各国的国情和各种民族的习俗各有特点,有共同的地方,但也存在一定程度的差异,所以各自的养老方式也会因地制宜,采取不同的模式。

居家养老是世界各国的大多数老人最愿意选择的养老形式,然而众所周知,它绝不是仅仅让老人及其亲属自行解决所有遇到的问题,需要政府和社会为他们提供必要的条件和支持。于是各个国家的政府和养老服务机构就根据当地的条件和风俗习惯设计和制定了符合本国或地区的居家养老模式。如美国有 CCRC 模式(Continuing Care Retirement Community),加拿大有 CCAC 模式(Community Care Access Centre),日本有“在宅介护”模式,澳大利亚有“居家养老一揽子计划”模式(Home Care Package Program)……我们提出的 CCHC 模式,即“持续照料社区居家养老”模式(Continuing Care Home-based Community),就是海阳集团经过多年的实践,在吸收了各国的经验和教训的基础上,按照中国国情提出的一种居家养老模式。

在本文中,我们将 CCHC 居家养老模式的理念和主要内容向读者做一次比较全面的展示。同时也将美国、加拿大、日本和澳大利亚等国家和地区有关居家养老模式的主要理念和内容逐一做简要介绍,让它们与我们的 CCHC 居家养老模式一起放到由上海搭建的国际平台上,让大家能够更进一步地理解 CCHC 的来龙去脉,来做比较,互相切磋,取长补短,共同提高。希望本文能为普天下的老年人能够安度晚年,为造福他们的家庭,做出我们的一点贡献;能让为围绕居家养老做出贡献的各方联合起来,共同开创出一条产业链,做出我们的一点贡献。

三、美国的 CCRC 养老模式

1. CCRC 的概况

CCRC,中文翻译为"持续照料退休社区",CCRC 起源至今已经有 100 多年的历史。CCRC 是一种复合式的老年社区,通过为老年人提供自理、介护、介助一体化的居住设施和服务,使老年人在健康状况和自理能力变化时,依然可以在熟悉的环境中继续居住,并获得与身体状况相对应的照料服务。

内容提要与学习体会:CCRC 就是通过老年社区为各类老年人提供的居住设施和服务,使老年人在健康状况和自理能力发生变化的过程中,依然可以在熟悉的环境中继续居住,并获得与身体状况相对应的照料服务的一种养老模式。

2. CCRC 社区的特征

(1) CCRC 通常选择在距市中心 50—100 千米、一小时车程内、交通便利的城市周边地区。退休社区以围墙封闭自成一体,配备安全监控、保安巡查等多种方式提供安全保障。社区配有大面积绿地、景观、花园、种植园区。

(2) 为入住者提供优美的居住养生环境,并且从个人居所到服务场所、公共空间全部为无障碍设计。社区提供各种生活配套设施:餐厅、超市、洗衣、银行、邮局、美容美发及各种娱乐活动场所。在社区内入住者可以方便地解决一切生活需要。

(3) 社区建设的社区医院拥有经验丰富的各专科医生,为入住者提供预防、医疗、护理和康复等多种专业、快捷、亲情的医疗服务。入住者在身体状况和自理能力发生变化时,可以获得与其健康状况相对应的居住空间与关怀照料服务。

(4) 同时,社区为老人提供充分的活动学习空间及各种设施。由于社区规模大,入住人员多,老人可以结交兴趣爱好相同的朋友,根据不同爱好自愿组成各种学习、活动小组，如：书画、音乐、棋牌、球类、手工制作、电脑、养生等。

内容提要与学习体会：CCRC 就是一种离开市中心、让各类老人集中居住，并能满足他们日常生活、医疗、社交、娱乐等各种条件，环境优美的社区。

3. 对被服务老人进行分类

（1）自理型老人——居住者在社区中有独立的住所并且生活能够自理。社区为这一部分老年人提供便捷的社区服务，如餐饮、清洁和洗衣、医疗保健及紧急救护等。同时，为满足老年人精神生活的需求，社区会组织各种形式的活动，如老年大学、兴趣协会等，丰富自助型老年人的日常生活。

（2）介助型老人——当居住者的日常生活需要他人帮助照料时，他们将从自理转入介助型护理。介助型的居住个体是分开的，但设施在同一个区域。介助老人得到的服务内容除社区服务之外，还包括日常生活照护，如饮食、穿衣、洗浴、洗漱及医疗护理等，社区还会为介助型老人提供与他们的身体状况相适应的各类活动，丰富其日常生活。

（3）介护型老人——当居住者生活完全不能自理，需要他人的照料时，他们将转入介护型护理，得到社区提供的 24 小时有专业护士照料的监护服务。通常介护型的居住者年龄在 80 岁以上，同时在特殊的单元里居住。

内容提要与学习体会：CCRC 根据入驻老人身体和能力的状况，把老人分为自理型、介助型、介护型三类，按照不同的类别，给予不同的服务与帮助，甚至安排进入特殊的单元居住。

4. CCRC 的优点

（1）环境优美、安全便捷。

持续照料退休社区充分融合了普通社区和一般养老机构的规划设计优点，在选址上关注生态环境和自然气候，大量运用园林景观和水系营造出人与自然和谐的居住环境，使老人在城市中享受到田园生活，达到怡情养性、延年益寿的目的,十分适合老年人居住和生活。

(2) 安全设计周到。

轮椅坡道、宽敞房门、医用电梯、连廊、无处不在的扶手、安全监控和报警装置等设计让老人体验到普通住宅所不能提供的便利性和安全性。

(3) 配套设施齐全。

老年医院、餐饮中心、娱乐活动室、老年用品商店,为老年人的餐饮、购物、休闲、健身、娱乐等日常生活带来极大的方便。

内容提要与学习体会: 根据上述环境优美,设计安全周到,配套设施齐全等条件,CCRC 社区确实是老人养老的理想去处。

5. CCRC 对我们的启发和参考

(1) 满足了老人对健康管理、护理和医疗等基本养老需求;在同一社区中满足了老人不同生理年龄阶段不同的养老需求。

(2) 居住条件满足适老性要求。

(3) 由于配套设施要求较高,导致前期资金投入较大、资金回笼相对较慢;客户在一开始就要缴纳支付入门费,大部分老人不能达到要求。

(4) 远离市中心,另外还要划出专用土地,也不符合中国老人希望与子孙靠近,享受天伦之乐的意愿。

内容提要与学习体会: 根据 CCRC 的情况,第(1)、(2)条,值得我们参考,而(3)(4)条,显然不符合中国国情。

四、加拿大的 CCAC 养老模式

1. CCAC 的概况

加拿大主流养老形式分为三种:省政府半公立型长期护理院、私人养老院和居家养老。CCAC 是加拿大省一级政府专门设置的一个健康评估机构,这个机构根据老人申请和医生推荐对每位申请人进行健康护理评估,只有符合要求的老人才能入住省政府半公立型长期护理院。

以前很多加拿大人都了解和选择前两种养老形式,但由于加拿大老龄化严重,当年婴儿潮出生的老人已进入退休年龄,政府财政吃紧,所以省卫生部逐渐加大居家养老的资金投入和推广力度。因此,如今 CCAC 的评估已经扩大到上述三种主流养老形式如何选择的范畴,因此 CCAC 也是包括居家养老在内的加拿大养老模式的代称。

内容提要与学习体会: 加拿大主流养老形式分为三种:省政府半公立型长期护理院、私人养老院和居家养老。CCAC 是加拿大省一级政府专门设置的一个健康评估机构,现在 CCAC 成了加拿大某种养老模式的代称。

2. 三种养老方式的简介

(1) 省政府半公立型长期护理院

在加拿大经营省政府半公立型长期护理院需要政府发的牌照(license)。政府卫生部会根据各个护理院所获得的牌照床位数和入住老人需要护理的难度分发资金。所资助的项目有:全部护理费用、饮食、娱乐,大约每人每天 120 加元左右。老人自己负担住宿和杂费,大约每人每天付 54 加元。如果老人的最低工资无法负担每天 54 加元,政府会根据个人财政状况补助差价。住房一般分为标准间(2—4 人/间)、双人间和单间。54 加元是标准间,如果选住双人间和单间,另外要交 10—20 加元/天的附加费。

由于省拨款的执牌床位有限,并且规管严格,只有符合护理要求的老人才能入住这种养老院。省政府专门设置一个健康评估机构,叫 Community Care Access Centre(CCAC)。这个机构根据老人申请和医生推荐对每位申请人进行健康护理评估。入住的绝大部分是老人,但也有少数年轻(18 岁以上)但需要长期护理的病人,有点像国内的长期住院部。

内容提要与学习体会: 加拿大的这种护理院在上海郊区也有设立,是卫生部门主办的,但由于离市中心较远,家属探视不方便,而且医疗护理的成分过大,对入住者完全如同病人,并不受广大老人和家属欢迎。

(2) 私人养老院(Retirement Homes)则是老年生活的另一种选择。这种养老院主要适用于生活自理程度较高的老人。入住这种私人养老院没有门槛,能负担得起即可。根据私立养老院的质量和位置,其价格差别很大。一室一厅4500—5500/月加元甚至更高,单间(studio)3200—5000加元/月,双人间每月2300—3000加元/月。上述价格一般包括:住宿、三餐、二次点心(snacks)、娱乐节目、每周一次卫生打扫和清理房间、每周一次床单浴巾的清洗。护理费用根据个人需要和护理长评估另算。

私人养老院也根据提供护理服务和老人需求的不同,进一步分为:Assisted Living(协助生活),Independ Living(独立生活),Senior Apartment(老人公寓),Memory Care(失忆护理)几种形式。有的养老院只提供其中一种的服务,有的养老院会提供几种不同的服务。一般说来,这几种不同护理方式会分散在不同的楼层。比如说,独立生活的老人不和协助生活的老人住在同一楼。

一般私立养老院都提供24小时护士服务和医生上门诊治服务。房间有独立带淋浴的卫生间。每个房间有紧急呼叫系统(nursing call bell system)。很多养老院都有健身房、游乐室、小型图书馆、私人会客室和私人餐厅以便家庭团聚就餐,有的高档养老院还有游泳池。

加拿大的私人养老院营业利润都很不错,一般有35%—50%。适龄75岁老人中,每100人有5到6人入住这种私立养老院,平均年龄86岁。

加拿大卫生部对私立养老院管理很严格。检查人员会不定时上门抽查,不合格勒令更改,或停业。

内容提要与学习体会: 加拿大这种养老方式就是由民间操办的养老院,根据老人健康和能力状况的不同形式,主要费用由老人自理,政府部门进行监管。

(3) 居家养老

居家养老可以是公私结合的。服务包括:护理(洗澡、换药、量血压、血糖监控……)、陪伴、做饭、打扫卫生、协助购物等等。上门服务的都是受过专业训练的服务人员和护工。居家护理也在CCAC的评估范围,符合评估的政府提供服务费补贴,按时间计算。现在因为政府卫生部门资金吃紧,基本服务都按15分钟为一个单元。有些老人入住私人养老院也能符合这种居家服务补贴。

内容提要与学习体会：加拿大这种养老方式是因为政府发现无法包揽社会养老的事宜，提倡老人居家养老，各种专业人员上门服务，但政府予以一定的补贴。这倒与我们 CCHC 的模式有点接近，可以互相借鉴。

五、日本的"在宅介护"模式

1. "在宅介护"模式的概念

在日本，养老同样也分为"在宅养老（介护）"和"机构养老（介护）"两类。被介护人群中，七成以上选择"在宅介护"即居家养老。但是，日本的"在宅介护"和中国传统的家庭养老有所不同，除了依靠家人的力量，很大一部分是由民间公司提供的专业介护服务解决的。通过全民参保，配以相关的制度和机构，使居家养老的老人获得必要的介护。

这样的介护的目标是：对老人意味着自力，意味着自理，意味着自立。而自立意味着尊严，意味着成就感，意味着生活乐趣。自立支援介护引发的正能量，可以帮助一个迟暮老人发挥自身能力，获得最接近本人期待的生活。

内容提要与学习体会：日本的"在宅介护"即居家养老就是由老人的家属和民间专业介护公司共同完成老人居家养老的服务问题。主要运用全民参与的社会保险提供的资金，配以相关的体制和制度，老人只要承担很少的钱，就能获得必要的介护服务。

2. 专业的介护机构

每个专业介护机构为一定范围一定数量的老人提供"在宅介护"服务，他们往往与国内各地的"生活支援企业"携手成立养老产业集团。他们提出的理念是"自立支援介护"。不仅仅是提供进食、洗浴、排泄等身体护理和清洁、洗衣、购物等生活支援等服务，而且在了解老人的身体状况、家庭情况，并进行了介护评价之后，提供维护老人尊严的介护服务。所谓"介护评估"，指的是经验丰富的介护专家登门拜访接受服务的用户，了解本人及家属的希望和要求、用户身体状况及生活环境，对数百个检查项目一一进行仔细询问，制定有据可依的服务方案。

内容提要与学习体会：日本的专业介护机构是在对每一位居家养老的老人进行“介护评价”后，提出有据可依的服务方案。由这些专业机构牵头，与其他产品和服务的供应商共同联手，成立养老产业集团，类似于海阳集团打算牵头的居家养老的产业链的联合。

3. 介护费用的来源和相关的体制

（1）日本社会保险的构成。现在，日本实现了“全民皆保险、全民皆有养老金”，使得每一个国民都有机会享受医疗服务、实现老年保障，也为将来高龄护理作准备。

（2）关于日本的护理保险制度、老年人福利。

（a）护理保险制度概要。伴随着老龄化的发展、需护理老年人的增加、护理长期化等问题日益显著，对护理的要求也越来越多。另一方面，核心家庭化的进展、从事护理家族人员的老龄化（即所谓的“老老护理”）等，围绕着需护理者的家庭情况也在发生变化。对于社会全体支撑老年人护理的机制，日本于2000年颁布了护理保险制度。

（b）护理保险制度规定，因高龄而处于卧床、失智等情况时常需要护理的状态时（需护理状态）；或者需要在家务事及整理衣冠等日常生活方面得到支援、特别是护理预防服务将非常有效解决此问题时（需援助状态），利用者只需支付费用的10%，即可在护理服务提供商提供的住宅或设施接受护理服务。

（c）护理保险制度以市、町、村为运营主体，40岁以上的人必须加入，并负担保险费。

（d）护理保险有以下特征，在利用前，市、町、村将进行调查、认证需护理程度；由护理管理员（护理援助专员）制定护理计划等。

（e）制度开始实施至今，已经超过10年。护理保险作为老年人社会保障制度的核心已经成为必不可缺的一部分。但是，在老龄化进一步发展的背景下，护理费用正在急速增加，预测将由2012年的约9兆日元增长到2025年的约20兆日元。今后，应该从长期性的视点出发，探讨服务支付金与保险费负担之间的收支平衡。

（3）护理保险制度实施情况。

（4）需护理程度的认证基准。需护理认证（需援助级别认证），是指判断是否属于需护理状态（需援助状态）、需要什么程度的护理（援助）的手续。由作为保险者的市、町、村设立的“护理认证审查会”进行判定。

由于需护理认证（需援助1级—需护理5级，数字越大，需要护理的级别越高）与护理服务的支付额相互关联，所以全国统一规定认证基准。为了客观、公平地进行护理服务需要程度（应进行什么程度的）的判定，判定分为以下两个阶段，电脑根据面谈、主治医生意见书内容进行的一次判定，和有学识的保健医疗福利经验者以一次判定为基础进行的二次判定。

内容提要与学习体会：日本居家养老介护的费用是通过护理保险制度为将来高龄护理作准备的。而如何运用这笔费用，乃至自己应该承担的比例是有一整套管理的体制和办法的。

4. 串联与养老有关企事业的平台

在日本，还有一些民间组织承担串联与养老有关企事业的功能，大阪商工会议所就是这么一个团体。它把内部与老龄有关的产业串联在一起，形成了一种类似产业链的松散组织，并作为平台，向海外介绍这方面的业务。如大阪商工会议所制作的日文中文对照的小册子《日本老龄产业企业介绍》，以此作为一个平台，向中国介绍提供老年人产品与相关服务、在老龄产业领域开展业务的日本企业信息。

内容提要与学习体会：日本此类机构，对中国也有参考的价值，我们确实需要社会团体作为平台，通过诸如制定《CCHC（持续照料社区）居家养老模式服务管理标准1.0》，把相关的企事业串联起来，共同完成居家养老的任务。

六、澳大利亚的居家养老（HCP）模式

1. 居家养老一揽子计划（HCP）概念

澳大利亚“居家养老一揽子计划（HCP）”是英文“Home Care Packages Program”的中文名称。每一位老人先要接受ACAT（老年护理评估小

组)的评估或者打电话或者上网询问 My Aged Care(政府负责养老的机构),得到关于评估过程和适用于不同类型政府资助老年保健的资格的信息。这些类型是:

(1) 短期的和机动的护理。

(2) 上门的支持服务。

(3) 居家养老一揽子计划,分为四级,内容包括:个人护理,支持服务(饮食和食物准备、交通、购物等)和护理,专职医疗和临床服务。

(4) 进养老院。

澳大利亚政府提倡居家养老一揽子计划。

内容提要与学习体会:澳大利亚也提倡居家养老,并随着国家财力和国情的变化和发展,设计了"居家养老一揽子计划",在老百姓中推行。

2. 居家养老一揽子计划(HCP)的内容

该计划帮助老人在自己家养老期间,为护理、服务和档案(个人养老档案资料)管理等方面,提供补贴,以满足老人个人的需求。

居家养老一揽子计划分为四级。专业的评估师会与老人家一起找出选择哪一级服务对自己来说是最合适的,哪一级服务是自己需要的也是可以得到的。

这四级的"一揽子"组成是:

一级支持人们基础的养老需求;

二级支持人们低水平的养老需求;

三级支持人们中等水平的养老需求;

四级支持人们高水平的养老需求。

不同级别的居家养老提供不同款额的补贴。这笔款项支付给由老人家选择的认可家庭护理服务的提供者。补贴有助于减少为老人服务和护理所交付的总费用的支出。当然也期望老人家在个人经济允许的情况下为自己的护理费用做出贡献。

老人家可以在居家养老一揽子计划下购买的服务类型包括:

个人服务:洗澡、上厕所、穿衣服、移动和通讯等。

营养,水合作用,膳食补充和饮食。

持续管理:帮助使用辅助用具和电器,如一次性垫和吸收剂,救生椅,卧床和小便器,导尿管和排气装置。

流动性和灵巧性设施。

护理,专业医疗和治疗服务。

运输和个人帮助。

皮肤完整性管理。

还可以用于:远程医疗、辅助医疗器材和辅助技术,如流动的个人通讯、安全设备。

居家养老一揽子计划资金不能作为一般收入来源,例如:日常账单,食品,抵押贷款或租金等。

内容提要与学习体会:澳大利亚的居家养老一揽子计划,经过专业评价,按照老人不同情况定为不同等级的"需求"。不同的等级,政府给予不同款额的补助,可以用于规定范围内购买护理和服务,甚至器材。

七、中国的 CCHC 居家养老模式

1. CCHC(持续照料社区)居家养老的概念

CCHC 是"持续照料社区"的英文"Continuing Care Home-based Community"的缩写,是海阳集团在自己实践的基础上,在学习和总结了国内外居家养老模式的基础上,提出的一种符合中国国情的养老模式。它是指"在党的领导下,以坚持政府主导和社会参与,以家庭为核心,以社区为依托,以专业化服务为依靠,所形成的一种带有社会性的养老方式。各方面所形成的合力,共同为居家的老年人提供以解决日常生活困难为主要目的的社会化服务事业"。服务内容主要包括生活照料、医疗服务以及精神关爱服务。

内容提要与学习体会:如果能对包括占 90% 家庭自我照顾与占 7% 社区居家养老在内的 97% 广义的居家养老(下称居家养老)有一个比较完善的保障支撑系统作为后盾,就等于解决了养老问题的最大板块。

“CCHC”也符合国际居家养老术语的规范。

2. CCHC 模式体系的构造

简单地说，就是12个字：“小机构、大社会、全天候、零距离”。具体模型是三级网络、四级平台，即市、区、街道（社区）三级网络，市、区、街道（社区）、居委四级平台。

三级网络、四级平台的功能分别是：

（1）市级网络

以上海市为例，这一级的网络主要是让相关部门的功能得到落实，各区政府的民政、医疗卫生、司法、建设等部门将是市一级养老服务供给体系、保障体系、政策支撑体系、需求评估体系、行业监管体系“五位一体”的组织指导层面功能的载体。这一级网络实质是由各种政策和政府职能所形成的虚拟平台。另外，诸如老龄委、老年慈善基金会、市志愿者协会等半官方社团的功能也可归入这个所谓的第一级网络。

（2）区级网络和平台

在区一级，由政府、社团、企业的各种资源进行组合，共同建设一个满足居家养老服务和产品的混合实体——××区养老综合服务总部——第二级平台。把养老从纯粹是福利慈善的事业向着福利慈善事业与提供各种养老服务产品的产业相结合的产业链方向推进。根据统一规划引入诸如养老产品和服务、医疗心理保健、社会捐赠基金、司法顾问、家政服务管理培训中心等等所有与养老有密切关系的功能性事业或产业。

在区一级，应由一位区委副书记、副区长明确分管养老工作。成立区、县一级的“××区养老指导中心”——第二级网络，由分管养老工作的区委副书记、副区长分别担任管委会的主任、第一副主任，也可请人大、政协副职担任副主任，民政局局长担任常务副主任。政府相关部门副主任、社会名流、企业代表、居民代表等担任委员。

（3）社区、街道、乡镇一级的网络和平台。

在社区、街道、乡镇一级建立诸如“××社区老年服务中心”——第三级平台这样的综合养老服务基地,作为具体在CCHC居家养老模式中为老人服务和管理的载体。中心可以像当地医院规模一般,建设或者改造具有"智慧楼宇"标准的建筑作为经营用房。当然,里面除了有总部派驻的各种老年服务和产品的分支机构或驻在员,如家政工作者管理分中心,除了根据老人需求派员上门服务外,还有有特色的老年活动场所。老年餐饮、老年医疗机构、老年用品商店等也不能少,但这些带有某种功能性的机构,不一定就设立在分中心里面,可以通过各种契约的途径,以"互联网+"的方式下达各种指令,让他们为居家养老的老人送去产品和服务就可以同样达到目的,这些服务产品都可以"外卖",为"居家养老"者服务。同时根据"中国特色",里面还有社区党组织、司法调解、志愿者的派出机构入驻。

街道一级也要成立一个"社区老年服务指导中心"——第三级网络。建议由街道党委书记、街道主任分别担任正副主任,社区有关负责人、社区居委会代表、居民中的退离休专家代表、居民代表组成。

(4) 扎根于最基层的第四级平台——"驿站"。

CCHC居家养老模式,可以概括为:小机构、大社区、全天候、零距离。最具有特色的,就是在社区(乡镇)的最基层——居委会(村)一级设立诸如"驿站"那样CCHC居家养老模式最前沿的派驻机构,里面有驻在员、巡视员等若干由分中心派出的工作人员长期驻扎。这个机构只要有数十平方米的业务用房;全年无休,24小时值班;全天候服务,居家养老的老人随叫随到,零距离接触。通过"驿站",达到服务对于整个社区居家养老老人的全覆盖。有了驿站这样的机构,使CCHC居家养老模式的各种管理和服务的功能,在第一时间被居家养老的老人和家属得到分享。驿站是三级网络的末端,是第四级平台。

内容提要与学习体会: 三级网络、四级平台是对"小机构、大社会、全天候、零距离"目标的组织落实。它是按照中国的国情来设计的一套组织体制。它能使政府和全社会的力量与专业的运营企业的功能得到有机结合,充分发挥。

3. 居家养老模式服务管理标准

居家养老是涉及千家万户的大事,但如何对其进行管理,如何对前来提供服务的人员的服务质量进行评价,这就需要一个标准。此外,目前大家虽然创造了许多好的居家养老的模式,诸如“时间银行”、“长者照顾之家”等,但都有这样或那样的不足,如果要把这些好的模式取长补短,进行整合,就需要制定一套有关服务与管理的标准。它应该是“将居家养老所需的各种条件,经过集成创新成为保障支撑体系、操作的规范,加上由党和政府、运营商、社会团体、志愿者以及老人与他们的家属组成的组织形式,所共同合成的规范”。

内容提要与学习体会:作为一个逐渐成熟而且目前在居家养老领域领先的企业集团,什么是领先的标志?那就是制订这个领域的标准,先从企业标准做起,逐渐成为地方标准的主要制定者,最后变成全国甚至国际标准的主要制订参与者。在当今时代,谁掌握了标准,谁就拥有话语权,就能引领一个产业。从这个角度讲,如果要将养老做成一个产业,也必须从制订企业的标准开始。国家有关部委也希望有关企业和组织先行制定养老标准。

4.《CCHC(持续照料社区)居家养老模式服务管理标准1.0》的内容

《标准1.0》的主要构成:它分为四大组成部分:第一部分是CCHC居家养老模式体系的体制和构造,内容涉及对CCHC居家养老模式体系体制和构造(模型)加以阐述和表示。运营商与政府、民间自治组织、志愿者组织各自的职责和义务以及互动机制。第二部分是CCHC居家养老模式体系的行政管理制度,主要内容包括CCHC体系的人事劳资、培训、服饰、档案信息、基金、财务、公共关系等专业管理制度等。第三部分是CCHC居家养老模式体系的服务管理标准,主要内容包括对CCHC居家养老模式体系中医疗、助浴、餐饮、家政、精神心理慰藉等专业的服务标准和操作标准。第四部分是CCHC居家养老模式设施的类别及其管理标准,涉及金融、建筑、IT、机电等专业。

内容提要与学习体会:《CCHC(持续照料社区)居家养老模式服务

管理标准1.0》是我国第一部有关居家养老的标准。撰写制定这部标准涉及许多专业,不仅包括理工,还有医疗心理,更多的是属于文科领域,必须进行集成创新才能奏效。这一标准的问世也使我国在居家养老的理论上有所突破,能够与世界上其他国家有了一个互相学习和对话的基础。

用楼内拥有老人的户数比例代替同意与否的比例进行表决

——呼吁为适老房的建设和改造立法

老龄化城市是指65岁以上人口占城市人口总数7%以上或者60岁以上人口占城市人口10%以上,14岁以下人口占城市人口的30%以下,年龄中位数为30岁以上的人口类型的城市。而我们上海,截至2013年12月31日,全市户籍人口1432.34万人,由于20世纪50年代中后期出生人口开始进入老年期,上海低龄老年人口快速增加,60周岁以上老年人口已达387万余人,占总人口的27%,2025年申城将达到老龄化高峰。上海"9073"养老服务格局雏形初现,有关部门称"形成了以家庭自我照顾为基础、社区居家养老为依托、机构养老和医疗服务为支撑的社会养老服务格局"。但实际上,随着家庭结构小型化趋势,家庭照护功能日益弱化,生活不能自理的老年人数量增加,仍存在着服务总量供给不足、社会参与度不高等问题,所以社会上对养老问题担忧不安的主要根源就在于此。如果能对占90%居家养老有一个比较完善的保障支撑系统作为后盾,就等于解决了养老问题的最大板块。其中,一个重要保障条件就是老人住宅的适老性。"居家养老"就意味着这些老人的家就成为"个体养老院",既然是"养老院",就意味着他们的住宅需要具备一定的适老条件。房屋的适老性应该主要包括:

一、所在楼宇的出行条件,说得通俗些,就是住宅要具备电梯以及无障碍通道,以及走廊通道的扶手等。

二、住宅内部的构造,要让老年人能够方便通行。

三、里面的家具、电器、卫浴设施符合老年人的生活习惯,也方便照顾老年人的帮助者操作。

四、包括IT技术设备在内的必要装置,提高老年人的生活质量和安全、舒适程度。

目前,有相当数量的老人住在多层建筑的新工房内,没有电梯成为他们最大的苦恼。一到高龄,或者行动不便的状态出现,下楼就成了他们最大的奢望。像滑稽表演艺术家童双春、李青那样的名人都被电梯所束缚,失去了与社会的联系和与友人的交往,极其痛苦,认为自己的生活质量大大地下降了。目前通过上海市老年基金会、上海市老科技工作者协会等社团的呼吁,多层建筑安装电梯的手续看似减少不少,但实际上还是一件非常艰难的事情,在上海还是属于凤毛麟角,稀有事物。这里面除了楼宇本身先天条件不足之外,最重要的原因,就是要能够获得楼内绝大多数居民的同意,成为多层建筑能否安装电梯最困难的原因。按照目前的做法,如果仍旧沿用“动迁拆迁”的思路,恐怕一时半会儿难以得到突破。为此,应该进行地方性立法,采取大多数即2/3的入住居民户数同意,就认为该座楼具备安装电梯条件的前提。而这个同意与否,不是采取投票表决的方式,是以该楼里的居民家里是否有65岁以上老人的户数与此楼总共拥有的户数之比,是否超过66.7%。如果超过这个数字,无论其他33.3%的居民如何反对,都要少数服从多数,意味着这座楼可以启动安装电梯的程序了。至于装电梯的费用问题,不在这里研究。

另外,在上海对多层建筑的适老性也要立法,按照上述四个条件建立标准。所有新建的多层民用住宅建筑,都要安装电梯,因为我国老龄化将是一个很长的历史时期。事后进行适老性改造比预先设置要困难得多。政府也应拿出一些补贴或者减税,来支持房屋的适老性建设和改造,因为这在一定的程度上,减少了政府在建立养老机构上支出的费用。

我的小说有了“名分”

一

2017年8月16日在上海书展上，我的第一本小说《居家养老解困记》与《CCHC（持续照料社区）居家养老模式服务管理标准1.0》（简称《标准1.0》）两本书一起举行了首发式。前者是为诠释后者而创作的，因为《标准1.0》是一部有50多万字、600多页的工具类书籍，一般的读者没有必要通读该书，但却应该全面了解它的内涵，我作为主编与另一位主编徐超商量下来，决定用一篇科普小说来把《标准1.0》的主要内容贯串起来，帮助受众理解。我以每天写一章并在微信群里发表的进度，花了21天的工夫，完成了全文约6万字的小说写作。其间，随着文章情节的发展，不时转来读者的反应，除了关心主人公的命运外，也有诸如许兴汉、宋心昌等中文系出身背景的文友，以小说结构和文体的要求，对我及时地提出了宝贵的意见，让我在随后的继续写作中，使文章除了保持科普作品拥有的知识性、通俗性的特点之外，还尽量朝着文学小说趣味性、故事性的方向靠近。最后交付出版社正式出版，并在书展的第一天开幕的第一时间举行了首发式，得到了各类媒体的及时报道。我也受到了到场读者和亲朋好友的祝贺，作为作者其心情的愉悦是不言而喻的。但好景不长，我在为该小说究竟属于什么文体，产生了困惑。为此，我曾与不少文友进行了讨论，但始终没有得到令人满意信服的结果，而在9月28日由上海、江苏、浙江、安徽四省市科普作家协会共同主办的《加强作品评论　繁荣原创科普——“杨秉辉医学科普”评论会》上，我的问题意外地得到了答案，它的文体应该属于——科普文学。

二

长期以来,在人们的心目中,所谓科普作品就是科技知识浅说文章的代名词。在中国,《十万个为什么》作为一部经典的科普作品,几乎已经成为整个科普文章的总代表,它已经再版了10次,也从仅仅是普及科技知识,发展到逐步引入对科学思想、科学精神和科学方法的传播。它牢牢地占据了我国科普创作舞台中心的位置,似乎就是中国科普的《大百科全书》,以致如果以后的科普作品再按这个套路创作,希望超越《十万个为什么》,就会被人们认为是不自量力。我有一次代表一部新出版的科普丛书作品的作者,参加上海市科技进步奖的评审会的陈述,当我说道,我们的愿望是要创作一部超越《十万个为什么》水平的作品,受到了一位出版家、文学作家身份的评审组的副组长的严厉批评,他说,我的说法是不知天高地厚。但作为科普作家,对当下科普创作的情景,已经充满危机感,因为随着广大受众的文化和科学素养水平的与时俱进,如果仍旧停留在原来科技知识浅说科普小品式的创作形式上,那它的路子只有越走越窄。现在,几乎所有上海的主流媒体已经没有了科普专版,因为读者已经不满足于科技知识浅说那种科普说教的传播方式了。于是对于科普作家来说,寻找新的作品形式,使其成为广大老百姓喜闻乐见,雅俗共赏的科普作品,成了他们追求的目标。

以杨秉辉、陈积芳、李正兴等为代表的上海市科普作家协会主要负责人,近20多年来一直提倡科普与人文,尤其是与文学相结合的创作新路子。他们身先士卒,创作了不少以文学、美术、摄影作为载体的新颖科普作品,其中,后来担任上海市科普作协负责人卞毓麟教授创作的科学与人文相结合的散文式的作品《追星——关于天文、历史、艺术与宗教的传奇》达到了相当高的水平,荣获国家科技进步二等奖,是科普与文学相结合创作路子最为令人瞩目的成就,极大地鼓舞了上海科普作家继续走科普与文学相结合创作的信心。科普与文学相结合,也成为上海科普界在中国科普界中的一个地方特色。

三

作为科普作协的一名会员，我原来以为这样做主要是为了提高科普作品的趣味性和可读性，以此来提高广大受众对科普作品的吸引力。近10多年来，我以科技人员的作者身份背景，以文学散文的形式先后撰写并出版了《幸福相对论》《幸福就在当下》《幸福永伴你我他》和《上海高度》四本作品集，这些文章有些事先在一些报纸、杂志报道刊登过，尤其是近年来网络兴起，一般书中的文章都在微博、微信中事先发布，效果还是不错的。也拥有了一批喜欢我作品风格的读者“粉丝”，我也因为拥有《幸福相对论》《幸福就在当下》《幸福永伴你我他》被科普同仁称为“幸福三部曲”，而且前两本书，还是著名作家赵丽宏和叶辛老师为其作序，得到了文学界的认可。在科普作协同仁达世新等介绍下，我加入了上海市作家协会，成了一名“文学作家”，于是被科普作协老秘书长周昭德戏称为“双重作家”。我一直从事散文创作，没敢涉足撰写小说，因为我哥哥钱平天很早就告诫我，写小说要“呕心沥血”，不可轻易沾边。这次我在不得已的情况下，运用小说方式撰写了《居家养老解困记》一书，但这部小说到底算什么文体，我一直没有弄清楚。因为我在文章中，虚构了一对中年夫妇，女方父亲因为中风，半身瘫痪，又住在没有电梯的四楼，康复理疗要去医院，还有日常的照料，都成了家庭无法解决的问题，后来通过CCHC居家养老模式，终于比较理想地达到了居家养老的目的。许兴汉以其文学工作者的观点，认为这部小说，可以称为非虚拟小说，因为里面有几位人物用的是真实的名字，如CCHC概念的提出者徐超，就用的是真名，而且做的事情也是实际生活中的例子。因为其中科普成分很多，我们倾向于叫作“非虚拟科普小说”。但谈到如果再包括我写的散文，那么这些文章的总体应该属于何种文体？就没有了结果。

据我观察，社会上对科普作品的了解，还是主要停留在类似《十万个为什么》那种科技知识浅说的小品文的印象中。以前科普界也觉得自己的作品缺乏故事性和可读性，曾邀请著名文学作家来进行科普创作，结果基本上以失败告终,因为一般作家的科学素养还达不到撰写科技文章的水平。其实科普界也知道,即使是专业科技人员,拥有相当的本专业水准,要是不使用专业术语,大多数的科技人员也很难具备对外行浅说本行事物的能力。而文学界与科技有关系的文体是科幻小说,因为这更是文学作家的软肋,它需要作者同时具备非同一般的科技想象和文字驾驭能力。

于是问题就来了,一边是社会对科技知识浅说科普文章这种文体的传统认知,另一边是文学界对科幻文章呼唤招手。于是,介于两者之间的"科普与文学"相结合作品的文体究竟归到何处,好像还没有一个"名分",这就成了问题。我一直在思考这个问题,并希望得到行家们的启发。我曾经专门上门讨教中文系出身的陈积芳副理事长,他是一位拥有深厚文学功底的"教授级高级工程师",可谓"文理皆通"的科普领军人物。那天在他的办公室里,还有一位我有点面熟陌生的郭德利先生,他对这个话题也很感兴趣,但我们最后还是没能讨论出结果,确实这是一个难以轻易得出结论的事物。陈积芳先生只能无奈地拍了拍我的肩膀笑着说:"还是按照卞毓麟教授所说,'只要读者喜欢看就行了',先不急于要'名分'啦!"但我认为如果没有"名分",除了书籍或者网络,作者可以自行解决发表问题,但纸质媒体就很难成为它们的发表载体。如《解放日报》有副刊《朝花》,《文汇报》有《笔会》,《新民晚报》有《夜光杯》,即使像《上海民盟》这类受众比较单一的报纸也有副刊,这些副刊就是刊登一些文学性而非新闻性的文章,这些副刊还往往是这张报纸最吸引读者的地方。然而,我们科技界的《上海科技报》却没有副刊版面,因为它缺乏源源不断送来的文学性、趣味性很强的文章。本来科普作协广大作者撰写的科普与文学相结合的科普作品,应该就是科技报副刊稿源最理想的来源,但却因为没有"名分",报社就无法安排类似副刊那样的版面。这是我在与《上海科技报》副总编姜晓凌为此问题讨论中发表的看法。

四

在《加强作品评论　繁荣原创科普——"杨秉辉医学科普"评论会》

上,与会者都对这位受人尊敬的科普创作界前辈予以高度赞赏。杨秉辉教授以《我的医学科普之路》为题,发表了主旨演说,卞毓麟教授以《素朴与入俗——杨秉辉医学短篇小说之美》为题,发表了评论。确实这两位的演讲水平充分表现了上海市乃至中国科普界的最高水平,让我受益匪浅。在杨秉辉教授的报告中,他追溯了他撰写小说的由来。他介绍了20世纪70年代,美国的恩格尔教授提出,医学应该从单纯的生物学的模式转化为生物—心理—社会的模式。近年来,在医学教育中又有"叙事医学"的提法,要求学生将学到的医学知识整合到具体的病人身上,去说其得病后的痛苦,治愈后的喜悦等,让医学教育中的叙事医学在心理、社会的背景下展开,也就是"讲故事"。这让杨教授想到,人物、事件、场景正是小说的要素,应该可以借用小说的形式来写医学科普。所以他就采用小说的形式,来表述、普及医学健康的知识。先后出版了诸如《财务科长范得"痔"》,长篇小说《祺东的黄兴家医生》等一系列小说。他指出"用写小说的形式写医学科普,可借鉴的经验不多,于我而言亦是一种尝试。但我相信科幻小说既能够激起人们阅读的兴趣,又能够使人开拓科学思维,那么'科学纪实小说'也应该既能够激起人们阅读的兴趣,又能够使人获得医学的科学知识……"。我突然发现,我要寻找问题的解答不就在这里吗?"科学纪实小说"不就是答案吗?

随后,卞毓麟教授对杨教授小说的评价:一是"素朴之美",他认为"素朴之美"是一种内在的本色的美,其奥秘则在于"自然"二字。福楼拜是实践素朴之美的大师,他的散文是近世散文的典范,连高尔基都十分佩服他的高超本领。福楼拜的座右铭就是"只有你精确地知道你所想说的,才是说得好"。二是"入俗之美",此"俗"绝非"庸俗"、"俗套",一语双关:既有"通俗"的意思,又有"风俗"的意味。接着,复旦大学出版社社长王德耀教授又发表了评论,他将杨教授的小说称为"医学科普纪实小说"。

听到这里,我有点激动起来,有一点想要发言的冲动,本来我在会前还对卞教授说,会后将要与他讨论这个问题,现在看来已经解决了。趁着

“自由发言”环节，我抢先第一个举手发言。我说，上海科普界“科普与文学”相结合的创作路子，一直走到现在，不经意中已经产生了一大批作品和成果，有小说，有散文，形成了一种特殊文学的品种，它处于科技知识浅说的科普小品文与科幻小说之间，但却因为没有一个“名分”，导致这些作品没有所属文学品类的名称，也因此缺少了可以发表的载体。今天的会议有了结果，如果是小说，就叫“科学纪实小说”，那么，拙作《居家养老解困记》就是一部科学纪实小说。

没想到，当我发完言后，坐在我旁边的达世新老师却并不认同我的观点。他是一位集科普、军事、文学、影视作家为一体的“多重作家”。他说，从文学的角度来说，小说里的人物如果是虚构的，就不能称为“纪实小说”，而在会上，杨教授认为尽管人物是虚构的，但里面科学的道理或者现象，却是真实的，因此他给予“纪实”定义的理由就能成立。毕竟是学术问题，据说会后达世新还专门找了杨教授，表达了自己的观点。晚餐中，当我以水代酒向杨教授敬酒的时候，他对我说，达世新所讲的也有道理，同时，他也意识到要给“科普与文学”相结合的作品一个“名分”。看来杨教授在吃饭期间，脑子也没有停下来。在餐后我们一起乘电梯下楼时，还在讨论这个问题，大家觉得或许称之为“科学文学”或者“科普文学”比较准确，尤其是“科普文学”也许更合适，如果小说，就称为“科普小说”，如果是散文，就称为“科普散文”。由此说来，如果我们想要“名分”，或者文学分类，是否就叫“科普文学”？

五

这次会议还解决了我的另一个苦恼。我的“科普散文”已经写得不少，但与文学散文家相比，总觉得自己的散文文采不够华丽，用词比较枯燥，这可能与我以理工科为主要知识背景有关。中文系出身的文友张光武先生曾经鼓励我，让我保持这个写作风格，但我总有一点走不出这个烦恼。今天，卞毓麟教授对杨教授小说评价的“素朴之美”和“入俗之美”倒是解决了我的烦恼，那不就是“科普文学”作品的评价标准和特点吗？他认为,杨教授的科普作品是一种"炉火纯青的境界,平淡之中见新奇的境界"。那不也就是我的散文应该追求的目标吗?平淡比华丽更加符合"科普文学"作品的特色。

会后我驱车回家,路上与顺便搭车的李正兴老秘书长开玩笑,说他提倡将科普与文学"联姻",结果生了一堆小孩,如今孩子的"户口"报在哪家却成了问题,因为两家都没有他的"名分"。第二天,许兴汉来了电话,当天他因为有特殊原因,没有与会,问及开会情况。我除了告诉他,会议成功外,也谈到了我们对"名分"问题的讨论。他听了也很激动,说在一定程度上,这个问题的讨论,正是科普作协的发展中,需要重视的一个战略性的话题,也应该是这次会议的重要成果之一。

昨天下午,那天在陈积芳老师办公室遇到的郭德利老师给我来了电话,说他对"名分"的话题,很感兴趣,我们那天的讨论有点意犹未尽,因为没有结论,约我国庆节长假后与他叙谈一次,我们继续讨论。我则告诉他,这个问题已经基本解决,科学文学或者科普文学都是比较可取的选择。他听了很高兴,说他更倾向于"科普文学"。

评价与联想

许兴汉:读后感到:一,行文周密流畅,对提出科普文学的概念作了充分叙述,言之有物,言之有理。二,文章本身也是一篇有读头的科普散文,可供当前在从事科普写作的人士对如何写好科普文章作更深层次的思考。三是此文有探讨性,可引起更多相关人士的探讨兴趣,我建议,可把此文发到公共网上,让更多人关心此事,也许就此对我们的科普创作有一个新的推动或发展机会。点滴感想,仅供参考。

徐　满:祝贺平雷同学小说成功并且有了名分,为你高兴,也为小说高兴。

钱平天:科普文学为大众所需,对作者要求颇高。能写者不多。

倪纪芬:拜读钱同学的作品已有好多。留下的印象是钱同学的文章清新质朴,行文如流水。如坐茶室里听他娓娓道来,层次清晰地把情节描述清楚,听者可不带任何疑问,神情放松地静静享受。因为钱同学的文章传递的都是美好的,善良的信息。从《我的小说有了"名分"》一文里,更看到了钱同学对写作的热爱,及认真的态度。把自己的知识通过散文和小说的形式发展,提高读书人兴趣,丰富读书人的知识面,钱同学的晚年生活过得很有意义。

李正兴:按照你确定的"科普文学",也不能代表你的小说,你的小说只能是其中的一个分支。还不如叫"科普小说"实在(现有"科幻小说"、"科学小说")。反正我是这样认为的。你不妨查阅一下叶永烈《论科学文艺》一文,可能对你小说的定名有所启发。

"晚餐中当我向杨教授敬酒(以水代酒)的时候"这里加红字更妥。

卞毓麟:钱先生:我又想了几天,最后得出的结论是,将"科普纪实小说"改为"科普纪事小说"即可,不会产生歧义。未知尊意如何?

钱平雷:卞教授:非常感谢您为我思考了好几天,我完全同意您的观点,称其为"科普纪事小说"。另外,李正兴后来给我回信提出了他的意见,并让我参看(叶永烈《论科学文艺》),我上网查了一下,有以下摘录:

"……从20世纪20年代起,'科学小说'一词便风行世界,沿用至今,在英美,对科学小说和科学幻想小说是不加区分的,都写作'Science Fiction'字样,原意是'科学小说',并无幻想的意思。在俄文中,科学幻想小说则是有'幻想'意思的。它写作'Научно-фантаст ическ ий Расскаэ',即'科学幻想小说'。就现代汉语而言,'科学小说'和'科学幻想小说'包含显然是不同的。虽然他们都是小说,但按照通常的理解只有具有'科学''幻想''小说'三要素,才称其为科学幻想小说。(叶永烈《论科学文艺》)在我们的现代汉语中,科学是符合科学的,及反映自然、社会、思维客观规律的东西。幻想是指以社会或个人的理想和愿望为依据对还没有实现的东西有所想象。因此,科学和科学幻想绝不可能画等号,'科学小说'也不应等同于'科学幻想小说'。目前,对于科学幻想小说有点各说纷纭,我国也还有把‘科学幻想小说’译成科学小说的，根据我们中国的具体情况和语言习惯，我认为‘科学小说’和‘科学幻想小说’是应该有所区别的。……科学小说只是科普园中的一个分枝，它不能够，也不可能排斥和贬低其他科普创作的存在。科普创作的方法和手段，很多，就文艺性而言，有科学小品、科学童话、科学故事、科学诗、科学幻想小说、科学小说等等，文艺形式是普及科学知识的一个重要方法和手段，但它不是唯一的，所以科学小说也同样是如此。”

我觉得我们科普界需要的就是对叶永烈说的“科普园”给一个“名分”，譬如叫“科普文学”，比“科学文学”更确切，但不包括科学幻想小说。也就是我会将“科普与文学相结合”产生的作品加上以前的科普小品的总称。如今中国科普作家协会成为中国作家协会的团体会员，如果有了“科普文学”一说，就可以建立“科普文学专业委员会”，如同“军事文学、影视文学”一般，有一个专业品类的总称，也与我们“科普作家协会”的名称可以呼应，使我们的作品有一个名正言顺的地位。以上仅是我不成熟的想法，请予以指教。

李正兴：我赞同“科普文学”一说，其分支有科普小说、科普散文、科普小品、科普童话……但需要有一论文论述它与“科学文艺”中的科幻小说、科学小说、科学小品、科学散文的区别及其具有当代科普的价值。这篇论文只能请钱平雷撰写，论文形成后征得上海市科普作家协会同意，先在协会内广泛征求意见，召开专题研讨会，然后建议由卞毓麟牵头在中国科普作家协会系统内争鸣一番……

卞毓麟：钱先生：今天继续同杨院长讨论此事。杨院长认为“医学纪实小说”没什么不妥。我又查了《辞海》（第六版彩图本），支持杨院长的意见。请见附件，达世新的顾虑似可消除。您看如何？祝中秋快乐！

附录：《辞海》（第六版彩图本）纪实文学，亦称“非虚构小说”。包括口述实录文学、历史传记小说、报告文学和新新闻主义报道等。这类作品突破了小说是散文虚拟作品的观念。用小说手法描写现实生活中的真人真事。用文学语言记录具有典型意义的社会事件。允许作者运用各种象征手法和虚构某些细节以表达自己的观察和想象,在艺术上打破了虚构和非虚构之间的界限,既有事件的真实性又有小说的文学型和自由性。

达世新:您和李老师的佳作,为我们的节日增添了喜庆。多年来,您笔头一直很快,不易!文中提及的关于杨老师科普文学新作"名分"的问题,当时仅是会后朋友间的聊谈,但您专门提及也有探讨价值,因为创新就会面临新的问题。文艺创作领域历来把小说与报告文学等纪实文学的主要区别界定为是否虚构。杨老师多年来的科普创作我一直很钦佩,不断创新且内容充实,贴近大众。至于文体的"归属",有机会倒可共同展开讨论,我个人觉得既可在现有的概念中找"位子",也可有新命名。只要在逻辑上成立,又富有推动科学传播的意义。祝您和各位老师节假日轻松快乐!

对于作品标什么样式,我个人没什么要坚持的,这本是作者自己的选择。我只是上次会后聊谈时介绍情况,在文艺创作领域,过去也发生过类似讨论,但现在,通常已将"小说"和"纪实文学"两类界定得较清楚。这情况您也可转告几位老师,但到此为止。因本是会后简聊而已。祝愿大家新品不断!

许兴汉:谈笑皆鸿儒,往来无白丁。诸位各抒已见,议论风生,这是科普创作中的一个可喜现象,此事由《我的小说有了"名分"》引发,兄的大作功不可没!

越写越短的“命题作文”

——参与《新民晚报》副刊《夜光杯》征文记

我从开始撰写散文以来，大概已有200多篇，计100多万字，但从来没有向上海三大报《解放日报》《文汇报》《新民晚报》的副刊《朝花》《笔会》《夜光杯》投过稿，而我自己却是这些副刊的忠实读者。上述三种报纸我曾经都订阅过，特别是阅读《新民晚报》，几十年以来几乎没有断档过，成为我日常生活中不可或缺的内容之一。我之所以没有去投稿，是我不敢投，因为自己开始撰写散文的时候，已经年近天命，没有了一般青年作者“屡退屡投”的勇气。因为我知道这些大报的副刊版面有限，是稀缺的资源，与打算投稿作者的数量不成正比，所以只有为数很少的作者，才能把自己的稿子变成“白纸黑字”的作品，尤其是，我发现每张报纸副刊上的作者基本总是那么一些人，估计他们是获得编者信赖的作家群体，而且已经成为“被约稿者”了。一般说来，一个作者从开始投稿，到稿子被编者接受，在报刊上刊登，肯定是一个漫长的过程。除非你已经拥有非凡的写作能力，让编者“一见钟情”，让你的稿子刊登，更不用说由投稿者转变为“被约稿者”。我的科普作品曾经有过被媒体“一见钟情”的待遇，但这与科普作者的数量远远少于文学作者的原因有关。我虽然如今也有“文学作家”的头衔，但毕竟前面还没有“著名”二字，因此有自知之明，还是不要去挤这“粥少僧多”的市场吧！

可前几天《新民晚报》的副刊《夜光杯》的《十日谈》栏目刊登了有关“有故事的房子”的征文启事，引起了我的注意，尤其是它要求文章不要超过1200字，让我感兴趣。这真像当年中学时代的命题作文啊！我曾经参加过一些征文的活动,大多数都是科技系统举办的,成绩确实还不错,全国的二等奖、上海市的一等奖等奖项,我都获得过。但《新民晚报》的《十日谈》我没有把握,因为它意味着只有 10 篇左右的文章可以入选。上海能够产生故事的建筑,可以说成千上万,甚至是每幢房子都有故事。只要有人愿意写,都可以参与。其次,《夜光杯》本来就有一批基本的作者,他们的作品与一般的读者相比,更容易获得编者的青睐,留给普通作者的机会就很小了。在《新民晚报》上,我从来没有发表过文章,哪怕是科普作品,所以只能属于普通作者,希望渺茫。然而,我觉得不妨一试,因为,一则,“轮船房子”在北外滩地区确实是一座具有历史沧桑感的建筑,值得介绍给广大读者;二则,我拥有丰富的关于“轮船房子”故事的题材,而且都已经变成故事,已经公开发表过,说明社会认可。如果本次征文不能入选,也不会给我带来诸如没有面子的负面影响,所以就打开电脑,按键盘开始撰写了。

我写的散文有个特点,就是许多读者觉得,看我的文章如同与我在聊天,听我在讲故事,所以文章的口语感比较浓厚。其实我在撰写过程中,是随思路自由地展开的,一般不太顾及文字的字数,想到哪里,就写到哪里。这篇文章的开始也是如此,就是如何把“轮船房子”中最精华的东西奉献给读者。因为脑子里觉得可以“编故事”的素材太多,所以一口气就写了一长串,等到我意犹未尽结尾时,查了一下完成的字数,居然有 2400 多个字,比征文通知的要求,足足超出了一倍,要想符合投稿的要求,唯一的出路就是往下削减文章的字数。真没想到,要削减字数比增加字数要困难得多。而且还不是一般地削减,而是把一段、一段的大块文章忍痛删去。已经删去不少了,一查字数,还在 1800 个字的数量级上,差得远了,还得继续削减下去。因为统计字数是包括标点符号的,所以如何减少标点符号也成了可以想办法的地方。本来,“讲故事”是需要采取情节渲染的手段的,必要的形容词也是不可缺少的,但在这里非但不能允许,而且还要把此类词语毫不留情地删去,毕竟文采需要让位于情节。文章正在一字一句地抹去,屏幕上的文章篇幅也正在逐步缩小。我再查了一下字数，还在1300多个，还是不合格，继续削减下去吧！这越写越短的文章经历我并不多见，尤其是如此大幅度的削减，更是第一次。看来剩下100来个字的削减是越来越难了，因为100个字形成不了故事的一个情节的，可以采取的方法，就是逐字逐句地进行推敲，把可留可不留的文字，认准以后，将其抹去。同时，查阅字数的频率也在提高。到了1210个字的时候，我几乎是抹1—2个字，就要查阅一次字数，当跳出1200个字的时候，我长长地松了一口气，达标了！但我的文章已经面目全非了。虽然想要介绍的故事的主要情节被保留了，但是文采是大大地褪色了。

至于我对《新民晚报》能否录用拙作，不抱希望。即使不录用，仍旧可以在我的第五本散文集《上海广度》出版问世时，将此文发表，还可请读者们来评议品味一下，这篇越写越短文章的内容和"风采"！

（见附件：《一条开不走的"轮船"》）

发文词：《一条开不走的"轮船"》最终没有在《新民晚报》副刊《夜光杯》的《十日谈》专栏中被录用，估计一方面是我的水平还不够，另一方面我发现《十日谈》就意味着只能刊登10篇相关的文章。他们征文的题目是"有故事的房子"，结果刊登的10篇文章中，提及"有故事"的房子，都是诸如锦江小礼堂、少年宫、北站大楼等不仅有故事，而且是发生过"大事件"或者"公共建筑"那样的"房子"。与它们相比，而且限制在10座建筑，"轮船房子"自然排不上号了。这篇文章也是我的散文集《上海广度》所有稿子中唯一没有在微信中发布过的文章，就在这里提前刊登了，以飨读者。

附件：一条开不走的"轮船"

在上海虹口唐山路、东汉阳路与商丘路三条马路交界处，有一栋如同一条轮船般停泊在那里的四层楼钢筋混凝土建筑，在周围都是石库门弄堂房子以及棚户简屋的领域里，这座建筑无论是它的建筑高度，还是结构水准，确实可以称得上是鹤立鸡群。当地的人们称其为"轮船房子"。由于它的高度，前面没有高层建筑阻挡，向前一直可以看到黄浦江上大船的桅杆和烟囱。到了三层楼的阳台上,还可以清楚地看到外滩建筑的天际线。隔着东汉阳路是包括一排临街店面的叫作祥裕里的石库门弄堂。大热天从黄浦江吹来的东南风被轮船房子阻挡,为此,祥裕里的居民不免发狠道:"这条轮船什么时候才能开走啊!"

据我父亲生前告诉我,30 年代的英商德和洋行,根据其董事长雷士德的遗嘱,建造了一所海运学院(后为海员医院),轮船房子是为教师作宿舍而建造的,所以在建筑的尾部模仿船尾搞成了圆弧形,好像一条轮船停泊在那里。抗战期间,日寇占领了轮船房子,抗战胜利,德和洋行乘机收回,包括我父亲等许多该公司的员工,都把家搬进了轮船房子。我家就住在东边数过来的第二幢单元,前门是唐山路 31 号。1946 年 4 月,我就出生在唐山路 31 号,于是轮船房子与我结下了不解之缘,我在成家前都是住在这座房子里的。

轮船房子的住户,一般都有一点文化,在解放初期,为开展里弄居委会工作,发挥了作用。我母亲只有初中文化程度,但她热情的天性,使她被推选担任了居委会副主任兼妇代会主任,她呕心沥血帮助许多劳动妇女识字。摘了文盲帽子的妇女大姐给她送锦旗,上面有"李老师盛华"五个金光闪闪的大字。她把家里风琴搬上临时搭建的舞台,教台下的广大儿童学习演唱歌颂翻身解放的歌曲,获得了小朋友的尊敬,直到她的晚年,已经四五十岁的当年小朋友,也会主动迎上来,叫一声"李大姐姆妈"。

轮船房子的居民还有一个共同的特点,就是重视对孩子的教育和全面发展的培养。孩子们也确实很争气,即使在很难考大学的年头,都能考上包括清华、交大、浙大等名校在内的重点大学。因此,从"两弹一星"到如今的高铁技术的业务骨干人才辈出。许多孩子还多才多艺,在我家,我姐姐是个绘画高手,还曾是上海交大游泳队的队长;我哥哥是篆刻、书法皆通的化学分析专家;我虽然学的是桥隧,但我还是一名兼有文学和科普的"双重"作家。唐山路 27 号还出过小有名气的配音演员翁振新。17 号的王照明的儿子就是当下上海女排的主教练王之腾。

邻里和睦也是轮船房子的老传统，如今虽然许多人家搬离了原址，但情谊不散。我们这些发小们，组成一个“唐山路船房子”的微信群，互通信息。我曾经写了一篇“唐山路轮船房子”的怀旧散文，引起了巨大的反响，不仅是群里，就是原来祥裕里等周边居民都广为传播，成为大家共同美好的回忆。

岁月流逝，轮船不走，但周边居民都托党的福，动迁搬走了，留下了“垂垂老矣”的轮船房子，依然耸立在那里，不知前途如何。希望上海市能够把它与海员医院连在一起留下，并予以修缮保护，因为它曾经也是上海的一处重要的地标建筑。

评议和联想

范　奕：我很喜欢你的文章。我觉得你的征文《一条开不走的“轮船”房子》，名字改做《一条开不走的“轮船”》似乎更有韵味。

倪纪芬：和钱同学有同感。我也喜欢看《新民晚报》的副刊《夜光杯》的文章。它包罗万象，人物历史、民情风俗、诗词歌赋、琴棋书画、日月星辰、虫草花木，等等。短小精悍，既有人文气息又具生活气息，是个深受百姓喜爱的好刊物。钱同学的“船房”没能选进《夜光杯》，我认为是钱同学的写作风格和《夜光杯》要求有区别。钱同学的写作特点是对事物观察敏锐细致，描写很详尽，明晰，条理清楚，真实感和立体感很强。语言朴实真诚，情感真实，畅所欲言。文章像缓缓流动的小溪，清秀，流畅。而一定要在规定的字数里完成文章，就失去了原有的风格。不用牵强附会，保持自己的特色，愿好文源源不断。

戴一梁：拜读了你的大作《轮船房子》，恕我直言，我这个人不讨人喜欢就在于直言，此文未被采纳，这同你写作风格有关。缺少情节，缺少故事，乃至没有“看点”！读者一眼扫去，没有见到为什么会造船型房子，谜底在哪里？或者何人所造，为什么有此结构？船型房子好处在哪里？你语句不够尖锐，柔情有余，激情缺少，也无悬念！当然，这只是我个人观点，仅作参考，因为同学之间，提出不同的角度和方向，给你一个思考的路径而已！别人我也不会说的！

楼珍珠： 钱平雷的“短文”船房写得真好，因为周边的拆迁，船房更显突出，我们仍在唐山路的居民也会谈起它的过去，但不如平雷知道得那么多，那么深，谢谢你给我增加知识！

注：该文最终被《新民晚报》副刊所录用，刊登在2018年1月20日《夜光杯》版面上。

后　　记

我的第五本散文集《上海广度》继《幸福相对论》《幸福就在当下》《幸福永伴你我他》和《上海高度》前四本散文集出版后，又将问世了。

2018 年是上海市科普作家协会成立 40 周年。我从 20 世纪 90 年代初期加入了上海市科普作协，又由她推荐成为中国科普作协的会员，长期受到科普作协的培养和帮助，使我从一个开始仅仅是撰写几篇科普小品的作者，成长成为具备撰写和编辑科普作品专集的业余科普作家。同时我在响应上海市科普作协“文学与科普相结合”撰写路子的过程中，每当我有散文集出版时，科普作协都举行了研讨会暨首发式，给予总结和评论，使自己的写作水平有了长足的进步，因此又被上海市作家协会吸收为会员。因此，无论我是否在上海科普作协担任职务，我都对她抱有深厚的感情。《上海广度》的出版不仅是我一个科普文学爱好者写作历程上的又一座里程碑，也是我作为一名上海市科普作家协会老会员在该会成立 40 周年来临之际，向协会的一份献礼，一份心意。

同样，上海市楼宇科技研究会对我撰写科普文学作品也予以高度的重视，不仅把它看作是该会科普工作的重要组成部分，也与上海市科普作协多次合作举办相关活动，还在物质和精神上给予大力支持。本书的出版也同样得到上海市楼宇科技研究会的帮助。郑惠强理事长和科普作协的钱旭红理事长还曾分别为拙作《上海高度》和《幸福永伴你我他》作序。

在准备《上海广度》出版的过程中，原来打算与以往四本散文集出版一样，邀请一位有影响力的著名作家或学者为其作序。与几位同仁商议后，曾向一位给过我许多指点和帮助、德高望重的科普作家提出，请他为

《上海广度》写一篇序言。确实由于客观原因，这位作家在此书出版期间无法完成，但出版在即，不能继续等待了。于是经与他沟通后，我决定本书不设序言，也不再邀请其他著名作家或学者作序了，这也表示我对那位德高望重的科普作家的理解和尊重。

《上海广度》的出版，也是我与上海科技文献出版社的又一次合作的成果。除了散文集，我们还有科技管理的标准、科普小说、科普丛书出版以及科普讲座方面的合作，说起来，与张树、李莺等出版社的朋友已有10多年的友好合作和交往，彼此之间建立了健康良好的工作关系和友谊。因此，当我的新作《上海广度》即将出版时，我首先要感谢的是上海科技文献出版社的张树总编和为此做出贡献的其他同志们，尤其是要衷心感谢担任本书编辑的李莺女士，她为本书的出版，不仅承担了编辑工作，还有由此带来的许多其他事务。

在我把《上海广度》的稿子交付出版社之后，我自己也生了一场不小的疾病，亲友们都认为和我与年龄不相称的高速度的写作有关，我个人并不这么认为，因为写作给我带来的是快乐，我并没有把它看做为负担。然而，我得疾病的部位，确实影响了我的视力，要想"高速度"写作，也是不再可能了。由此推断，《上海广度》出版后，在很长的一段时间内，我不再可能会有新的散文集问世了，毕竟每一本散文集都在30万字左右的篇幅，不是一件一蹴而就能完成的事情，真是心有余而力不足了。由此想来，《上海广度》的出版，更加感觉宝贵。

由于网络和微信的作用，《上海广度》一书收集的文章，都在微信中与微友们事先分享过，许多微友也在拙文后面热情地发表自己的感谢或者评论，我也把他们的文字大多收录到书中，因此本书的出版，不是我一个人的作品，还是与各位微友合作的共同产物。在此也向各位微友表示衷心的感谢。

在本书出版编辑期间，我的最后一篇文章《越写越短的"命题作文"——参与《〈新民晚报〉副刊〈夜光杯〉征文记》的附件《一条开不走的"轮船"》在《新民晚报》上正式刊登了。因为在该报正式发表《十日谈》

的栏目中,10 篇文章中没有刊登我的投稿,说明没有被采用。我就以为我第一次向上海三大报副刊投稿失败了,我还把此消息告诉我的微友们,他们有人还帮助我分析其中的原因。但不知什么原因,峰回路转,2018 年 1 月 20 日,该文又被刊登出来了,成为我写作道路上一件有纪念意义的喜事,因此也在本《后记》上补上一笔,让读者们分享我的喜悦。